La mala hierba

Novela

Agustín Martínez

La mala hierba

Planeta

PEFC Certificado

Este libro procede de bosques gestionados de forma sostenible

PEFC

PEFC/14-38-00305

www.pefc.es

Avda. Diagonal, 662-664, 08034 Barcelona (España)
www.planetadelibros.com

Diseño de la cubierta: Booket / Área Editorial Grupo Planeta
Imagen de la cubierta: Shutterstock
Primera edición en Colección Booket: enero de 2025

Depósito legal: B. 20.134-2024
ISBN: 978-84-08-29773-4
Impresión y encuadernación: Liberdúplex, S. L.
Printed in Spain - Impreso en España

Biografía

Agustín Martínez nació en Lorca, Murcia, en 1975. Licenciado en Imagen y Sonido en la Universidad Complutense de Madrid, inició su carrera profesional como guionista a sus veintitrés años. Desde entonces ha escrito en numerosas series. En 2015 publicó su primera novela, *Monteperdido*, que fue traducida a más de una docena de lenguas. *La mala hierba*, su segunda novela, también fue publicada en diferentes países. En 2019 creó *La Caza. Monteperdido*, adaptación de su novela homónima, de la que ya se han producido cuatro temporadas. Actualmente es creador y *showrunner* de diferentes proyectos audiovisuales. Agustín es uno de los tres escritores integrantes del proyecto de creación colectiva Carmen Mola (junto a Jorge Díaz y Antonio Mercero), ganadora del premio Planeta 2021 con el thriller histórico *La Bestia* y escritora de las novelas *La novia gitana*, *La red púrpura*, *La Nena*, *Las Madres* y *El Clan*, la exitosa saga de la inspectora Elena Blanco.

A Laura, Darío y Laura,
porque sin ellos no habría nada

1

La espalda de la noche

Cuando los corderos se pierden en el monte, dijo, se les oye llorar. Unas veces viene la madre. Otras el lobo.

CORMAC MCCARTHY, *Meridiano de sangre*

Jacobo

Quiero recordarte descansando sobre mi pecho, exhausta después de hacer el amor, y no como el barco que se hunde en un charco de sangre a mis pies.

Lo intento con todas mis fuerzas; juro que lo intento.

Quiero volver a aquella playa. A tu espalda desnuda; a los reflejos de un mar bravo que te dibujaba olas en la piel, una caricia. Y después, cuando me perseguiste hasta el piso de estudiantes en el extrarradio de la ciudad, rodeados por la estridencia de los coches que atravesaban la autovía.

Quiero verte, Irene, cómo dejabas caer tus ojos hacia mí y me sonreías. Quiero volver a pensar que íbamos a comernos la vida. Que íbamos a crecer salvajes.

Pero el tiempo me zarandea y me impide quedarme allí, en aquella playa o en el piso de estudiantes.

Atravieso los años, la universidad, los primeros trabajos, noches de demasiadas cervezas y risas de amigos que también fueron quedando atrás, borrosos: ¿quién puede recordar hoy sus rostros? El frigorífico vacío y el pánico interno, tal vez solo mío, a la vida que empezaba a formarse dentro de ti, Irene, que amenazaba con salir y devorarnos. Nuestra hija. Miriam y la boda.

Un trabajo estable. La tarjeta de El Corte Inglés y el amor perfecto por ese bebé que nos sonreía desde su cuna, segura de que sus padres sabrían protegerla de cualquier mal.

Quiero detenerme, pero es imposible. Quiero parar, te juro que quiero parar.

Pero sigo avanzando hacia el desastre como un proyectil.

¿Te acuerdas de esas otras noches, Irene, cuando nos abrazábamos derrotados? La piel de tu espalda ya no era una playa tersa. No me importaba. Habría hundido mi cara en ella igual que la primera noche junto al mar. ¿Por qué no puedo volver atrás?

Nos mentimos. Nos dijimos que podíamos retomar la marcha después de que todo saltara por los aires.

El anciano sentado junto al surtidor, cuando paramos en la gasolinera con el coche lleno de maletas y de todo aquello que no habíamos conseguido vender, no nos advirtió de nada. Solo hizo un leve gesto con la cabeza y permaneció en silencio, con la sonrisa congelada y una dentadura a la que le faltaban varias piezas. Al ver su piel entendí adónde habíamos llegado. No a un desierto de dunas suaves, horizontes dorados e infinitos, sino de barrancos, piedras y tierra cuarteada. Matorrales de cobre como alambradas.

Miriam estaba en el asiento trasero del coche y ni siquiera sonrió cuando le llevamos las chocolatinas. Las abandonó a su lado y siguió jugando con el móvil sin echar una sola mirada fuera, a esa tierra donde pretendíamos volver a empezar.

A ese desierto que nos acogió, al cortijo, apartados

del pueblo y de cualquier ruido. Tan lejos del principio, del estruendo de las olas.

Al pie de la nada.

Te habías transformado en una extraña. ¿O fui yo quien se alejó? Estaba perdido. Miraba a mi alrededor y me preguntaba: ¿cómo hemos llegado aquí? ¿En qué momento soñamos con este futuro?

El cortijo de paredes encaladas y ventanas que cerraban mal. El frío del desierto en invierno se colaba por todas partes. Miriam había ido a dormir a casa de una amiga y yo pensaba, al igual que tantas otras noches, en cómo arreglar lo nuestro. En dejar de mirarnos como dos perros de presa que se mueven en círculos por el redil que era la casa. Manteniéndonos la distancia, midiéndonos.

Odiaba esas putas ventanas; tan negras en cuanto caía la noche.

No había encendido la televisión. Oí tus pasos, bajando las escaleras, y supe que ibas a entrar en el salón. Miré al vano de la puerta esperando ver tu silueta y, estúpido, infantil, imaginé que lo hacías desnuda y me decías: «Abrázame. Vamos a hacerlo, como cuando lo hacíamos antes».

La llama azul de la estufa tembló durante un segundo, puedo recordarlo, al igual que el fuego recorriendo con un espasmo y un zumbido el frontal de amianto de la catalítica para recuperar el calor. Hay detalles insignificantes grabados en mi memoria, pero el conjunto de lo que sucedió aquella noche permanece como una figura mal ensamblada, brazos y piernas en lugares imposibles, el monstruo del pasado arrastrándose hacia mí, rogándome que le dé forma con un balbuceo incoherente, mitad llanto, mitad grito.

La puerta de la cocina no cerraba. El peso del hierro

la había descolgado, las viejas bisagras apenas si podían sostenerla. En el suelo, el dibujo del arco de la puerta, un arañazo blanco en las baldosas. No supe arreglarla y tampoco pudimos pagar a nadie para que lo hiciera. ¿Qué te voy a contar del dinero, Irene?

Por esa puerta entraron.

Puedo verme escupiendo sangre en el pasillo. Clavando mis manos en el suelo como si fuera una pared vertical por la que me despeñaba. El charco pegajoso bajo mi pecho, el ruido de un chapoteo absurdo al deslizar mi cuerpo sobre él.

Me levanté, eso fue antes, en el salón, y miré al vano de la puerta. Irene, ¿por qué había pensado que aparecerías desnuda o, quizá, solo cubierta por la bata de algodón, abierta, los pechos y tu sexo ante mí? «Vamos a olvidar todo lo que ha pasado», podrías haber dicho.

De repente, todas esas posibilidades desaparecieron como quien tira del mantel, llevándose cubiertos y platos, y deja al descubierto la madera desbastada.

Solo te oí gritar «¡Jacobo!».

«¿Quién ha entrado?», dije yo. Las voces de aquellos hombres sonaron como sirenas, alarmas del desastre, «¡¿Dónde te crees que vas?!». El chirrido de una silla al arrastrar las patas sobre la cerámica del suelo como una tiza rota en la pizarra... «Tú grita, puta, grita lo que quieras.»

El fogonazo del disparo, un relámpago blanco que, durante un instante, dibujó sus siluetas. Negras. Tan negras y, sin embargo, ¿por qué creía haber visto sus dientes de marfil enmarcados en una sonrisa?

Uno de ellos vino hacia mí; la escopeta colgando a su lado como una azada. Pude ver la sangre que le empapaba la pernera del pantalón.

¿Qué dije o qué hice? ¿Te llamé, Irene, o simplemente me di la vuelta y traté de huir?

Su disparo me atravesó el pulmón derecho. Quizá sí tuve valor y me abalancé sobre él, desesperado, inconsciente, y gritando «¡Irene!». Como si pudiera atravesarlos, no solo al hombre que me había disparado, sino a todos, y cogerte de la mano, Irene. Saltar a través de una ventana, dotado de una fuerza increíble y, a grandes zancadas, más bien vuelos, alejarnos del cortijo, ladrones de Bagdad que recorren los tejados y a los que basta un leve roce sobre la superficie para elevarse, mágicos, contra el cielo. Irene enamorada y liviana, cogida de mi mano, su pelo batiéndose como una bandera.

Estabas muerta. Desmadejada en el suelo de la cocina: ¿llegué a verte? Fui incapaz de reconocer tu cara bajo un amasijo de pelo, sangre y carne. ¿Te dispararon en la cabeza? No estoy seguro.

¿Estabas desnuda? ¿Llevabas la bata de algodón?

Alguien se apoyaba en el quicio de la puerta de la cocina. Miraba hacia fuera, al desierto. Lo que ocurría dentro de esas viejas paredes, los gritos y el dolor, no iban con él. Como el profesor que ha aprendido a ignorar a los alumnos que alborotan la clase.

La mancha en que se había transformado tu cara, Irene, era lo único que había ante mis ojos. Una masa informe donde me habría gustado hundir las manos para volver a colocar cada cosa en su lugar.

Una pelliza marrón con un cuello de borrego. Algo así vestía quien volvía ahora del salón, ¿o bajaba las escaleras?

Dijeron: «Tú grita, puta, grita». Dijeron: «¿Dónde te crees que vas?». Dijeron: «Tengo hambre».

Todavía era de noche cuando sus piernas pasaron junto a mí; recogían los casquillos del suelo.

Incliné la cabeza y, desde donde estaba, vi tu pie, Irene: desnudo, rígido. Me mostraba la planta, endurecida y marrón y también roja: la sangre.

Oí cómo vaciaban cajones, tiraban cosas al suelo, y tuve ganas de reír: ¿qué buscáis, imbéciles?, ¿qué tenemos, salvo una enorme nada, tan grande y muerta como este desierto, una nada que nos ha estado tragando, abriendo su boca de gusano ciego para comernos, a Irene, a Miriam, a mí?

Buscad, buscad.

Pero luego lloré.

¿Por qué nosotros, si no tenemos nada, si no somos nadie? ¿Por qué, Irene?

Desierto

–una celebración–

El hombre que le sonreía bajo el voladizo de la gasolinera exhibía una dentadura a la que le faltaban piezas con la impudicia de la anciana que se levanta la falda. No hacía nada más que sonreír y acompañar esa mueca con un repetitivo cabeceo afirmativo. A la sombra de un sol que hacía hervir la tierra alrededor de la gasolinera, el asfalto y el techo de su coche, aparcado junto al surtidor. Jacobo le respondió con un gesto idéntico, sonrisa y cabeceo, y pensó que, vistos desde fuera, debían de parecer un par de idiotas, sonriendo y cabeceando, sonriendo y cabeceando.

Irene vino exhalando una nube de humo. Había ido a la parte trasera a fumarse un cigarro.

—¿Has pagado? —preguntó a Jacobo.

—Con veinte euros nos llega —dijo después de afirmar—. ¿A cuánto estamos?

—A unos sesenta kilómetros, creo. —Irene miró al coche y luego, dándose por vencida, enfiló sus pasos hacia la tienda de la gasolinera—. Vamos a comprarle algo.

Jacobo la siguió al interior. A través de la cristalera, vio que el anciano se había levantado y ahora estaba apoyado en la ventanilla trasera de su coche: ¿hablaba con Miriam?

¿Qué hace el abuelo...?, se preguntó mientras Irene recorría el *stand* de chocolatinas. Iba a salir para decirle que se apartara de su hija cuando el viejo, parsimonioso, se alejó del coche. Irene descubrió el gesto de preocupación en Jacobo y él, para tranquilizarla, dijo:

—Tu hija ha debido de espantarlo.

Un aviso sonó en el móvil de Irene.

—Están en la plaza del pueblo, en la terraza del Diamond —leyó en el mensaje—. Mi hermano tiene las llaves.

—«*Daiamond*», en inglés, no te olvides —bromeó Jacobo, pero no conseguía eliminar la inquietud que le había provocado ese anciano. Con paso cansado, el hombre se alejaba de la gasolinera por el arcén de la carretera, bajo el sol. Rumbo a ningún sitio.

—No digas tonterías cuando lleguemos —le pidió Irene mientras se decantaba por un Twix—. No se bromea con las cosas del pueblo...

En el coche, Miriam ni siquiera levantó la mirada del móvil cuando su madre le lanzó la chocolatina. La barrita de Twix cayó en su regazo.

—¿Qué tal un gracias? —la acusó Irene mientras se ponía el cinturón.

—Un Twix, mamá..., qué pasada, pero ¿cómo me lo has comprado? Me da hasta pena comérmelo.

Jacobo arrancó con la esperanza de que el ruido del motor apagara el sarcasmo de Miriam.

—Cariño, llevamos muchas horas de carretera. ¿De verdad quieres que nos peleemos? —Irene se hundió en su asiento y encendió la radio. Jacobo agradeció que su mujer evitara la discusión.

Salió del aparcamiento de la gasolinera y, al tomar la incorporación, se situó junto al anciano. Redujo la marcha. El viejo levantó la cabeza y le saludó con la boca abierta y los huecos de la dentadura a la intemperie. Hizo visera con sus manos para evitar que le cegara el sol.

—¿Qué te ha dicho ese hombre?

—Nada —respondió Miriam—. Se ha quedado en la ventanilla... mirando... ¿Me habíais echado los seguros?

Aceleró y el anciano se fue haciendo pequeño en el espejo retrovisor hasta desaparecer. El coche salió de nuevo a una autovía que se hundía entre los montes pelados como una cicatriz.

Jacobo intentó olvidar al viejo y pensar que eran una familia más, deslizándose en silencio por una carretera cualquiera del país, rumbo al sur. Sabía que se engañaba; en realidad, se estaban despeñando. Miraba a sus mujeres, había empezado a llamarlas así hacía unos años, y sus caras, apagadas, le recordaban a un jardín abandonado donde las flores se ajan.

El asfalto bordeaba el desierto como un cortafuegos. Tabernas quedaba al sur y ellos tomaron el desvío por la comarcal, hacia Portocarrero. Una bandada de vencejos dibujaba espirales en el cielo.

Irene bajó su espejo, el neceser de maquillaje abierto sobre los muslos. Se limpió el sudor de la cara con unas toallitas y, después, se recogió el pelo en una coleta para echarse polvos. Sus ojos grises recorrían con detalle cada centímetro de su rostro, intentaba tapar con el maquillaje el cansancio del viaje. El cansancio de ese último año.

Habían salido temprano y Miriam apenas si había hablado en las siete horas de carretera. Encogida en el asiento trasero, los pies descalzos sobre la tapicería, la cabeza hundida en el móvil y los cascos puestos; solo el intermitente tarareo de la música que escuchaba recordaba su presencia. Jacobo sintió pena por su hija, por cómo leía esas conversaciones del grupo de amigas del instituto, conversaciones que cada vez le serían más ajenas. «Miriam ha salido del grupo», aparecería un día escrito. Le resultaba tétrica la asepsia con la que, a veces, las redes sociales describían cambios que, en realidad, eran dramas.

—Me han puesto en la calle —fueron las palabras de Jacobo al regresar a casa después de que le comunicaran el despido.

Irene, entonces, le tranquilizó y preguntó a cuánto ascendía la indemnización. Miriam jugaba en el salón con unas muñecas. Pasaba horas con ellas. Las vestía y desvestía, les intercambiaba las cabezas y fingía sus voces, pero, solo unos días después, aquellas muñecas se quedaron apartadas en un rincón de su cuarto. A medio vestir, transformadas en pequeños monstruos, las melenas rubias hechas un ovillo. Una mañana, Jacobo entró en la habitación de su hija para pedirle que hiciera la cama y se dio cuenta de que tampoco estaban allí. Las muñecas se habían esfumado.

Mientras tanto, recibos impagados, un subsidio del paro mucho más corto de lo esperado, la casa de la sierra a la que ya no podían hacer frente. Qué rápido desapareció todo aquello que creía eterno. Irene dejó de trabajar cuando Miriam nació, aunque nunca había llegado a tener un contrato estable. Ahora, a su edad, ¿dónde iba a encontrar empleo? Él imprimió currículums, rescató el viejo diploma de empresariales, el máster en estadística, los años de experiencia en la Agencia Europea de Trenes. Llamó a quienes consideraba amigos.

No fue fácil asumir cuán prescindible podía ser para el mundo. Los niños seguían yendo al colegio, la gente charlaba en torno a un café, alguien vaciaba por las noches los contenedores de basura. La rueda giraba ajena a que él ya no estaba en ella.

Miriam lloró cuando le dijeron que iban a mudarse. Intentaron contárselo como si fuera una decisión tomada por ellos cuando, en realidad, no podían decidir nada. Hacía tres años que la madre de Irene había muerto. Su vieja casa en el pueblo estaba vacía. Habían pensado venderla, pero el mercado ya no era como antes. Ningún comprador se interesó por ese cortijo al borde de la ruina. Irene se encerró una noche en la habitación y habló más de una hora con su hermano. Luego, con los ojos todavía enrojecidos por las lágrimas, le dijo que a Alberto le parecía bien. Podían instalarse en la casa de sus padres mientras ponían en orden las cosas.

Pero no había orden posible. Su vida se había amontonado en un trastero y lo único que podían hacer era echar la llave y olvidarse de ella. Jacobo negoció con los bancos para saldar su deuda a cambio de las dos casas. Intentaron vender todo aquello que tenía algún valor: la lavadora, el frigorífico, la televisión, el portátil de Miriam...

Y, después, desaparecer en ese desierto con la esperanza de que allí podrían retomar sus vidas. Eso se murmuraban mientras la casa se vaciaba, se colaba en maletas y cajas como si fueran sumideros. Ella había cumplido los cuarenta y tres años, él tenía uno más. ¿Realmente estaban a tiempo de empezar nada?

Los golpes en la ventanilla hicieron que Miriam diera un respingo. Ni siquiera se había dado cuenta de que habían llegado al pueblo. Su tío Alberto le hablaba desde el otro lado del cristal y hacía gestos para que lo bajara. Ella se quitó los cascos.

—Pero, nena, ¿tú cómo has *crecío*? —La voz de Alberto entró en el coche acompañada por una bocanada de ese olor a campo al que tanto le iba a costar acostumbrarse.

Miriam se encogió de hombros como respuesta. Sus padres salieron del coche y esperó que, a partir de ese momento, ellos acapararan toda la atención. Pensaba que, siempre y cuando no lo mirara, el sitio al que habían ido a parar tampoco existía. «Huele a cerdo», había escrito en el chat de sus amigas al atravesar tierras recién abonadas en la carretera. Fue lo último que dijo de aquel lugar. *No hables más de él, no lo mires y terminará por desaparecer*, se repitió. Cogió la barrita de Twix, pero, al abrirla, descubrió que el calor la había deshecho. Se manchó los dedos de chocolate. Los chupó. Aunque intentaba permanecer al margen, era imposible: las voces se colaban en el interior del coche.

Lo que Irene había llamado plaza en la gasolinera no era tal, sino un cruce de calles; el ensanche de una acera y, en el centro, un olivo de ramas secas, más un fósil que otra cosa. *El árbol del ahorcado*, pensó Jacobo, pero prefirió callar el comentario al recordar el aviso de su mujer: «No se bromea con las cosas del pueblo». Alrededor del olivo se esparcían mesas, sillas de plástico. Estaban ocupadas por un grupo de hombres y mujeres vestidos de gala que se pusieron en pie al verlos llegar. Ellos, enfundados en trajes; ellas, con vestidos ceñidos y escotes desbordados. Un enjambre de saludos y tintineos de copas que les sonreía y sudaba.

—Un gin-tonic, por lo menos, os tomaréis. —Y Alberto le dio un golpe de camaradería a Jacobo en la espalda para, después, abrazar a su hermana.

—Estamos deseando llegar, que son muchas horas de viaje —se excusó él.

El hermano de Irene le acusó de maricón mientras se alejaba hacia las mesas y pedía un botellín para su cuñado. Alberto despedía olor a alcohol y *aftershave*. Se había quitado la chaqueta, el sudor le empapaba la camisa, adherida a su piel, y transparentaba el pelo que le crecía en la espalda. El grupo jaleó la idea del hermano de Irene y alguien sacó una cerveza de un cubo de hielo, un botellín que viajaba de mano en mano rumbo a Jacobo. Otros comían jamón de unos platos en los que brillaba la huella de grasa. Todos uniformados para Dios sabe qué celebración.

—¡Qué guapa estás! —escuchó que decía Irene.

Jacobo buscó en ese desorden a su mujer y la descubrió con los brazos abiertos, preparada para recibir a la esposa de su hermano. Rosa llevaba un vestido fucsia y, cuando se acercó a Irene, patizamba, porque había bebido demasiado o porque no estaba acostumbrada a los tacones, se sujetó el escote para que no se le salieran las tetas.

—Un poco más y nos pillas todavía en la iglesia. El cura, dos horas nos ha tenido de boda. Ni que fuéramos kikos —dijo Rosa mientras le daba dos besos.

El botellín llegó a manos de Jacobo y agradeció el trago de cerveza fría. Hacía calor. Un golpeteo nervioso, ¿alguien tamborileaba con los dedos en una mesa?, se mezclaba con las voces.

Le costaba reconocer las caras de los que una vez fueron amigos de Irene. En el caos de trajes, camisas blancas y vestidos, todos distintos y, al mismo tiempo, iguales, los rostros le resultaban extraños. Alberto y Rosa eran los únicos que los habían visitado en la ciudad. Los únicos familiares. Él solo había pasado unas Navidades en Portocarrero. Cenó alguna noche con matrimonios del pueblo y, como si surgiera de ese recuerdo, escuchó la voz de la Fuertes.

—Me cago en la puta, Irene. Nosotras aquí, emperifollándonos desde las nueve, y tú estás hecha una modelo.

Jacobo hizo un esfuerzo por acordarse de su nombre, ¿Berta?, no estaba seguro y daba igual. Todos la llamaban la Fuertes. Con un traje de chaqueta estampado en flores y un tocado con medio velo que el sudor le pegaba a la frente, la Fuertes y su escaso metro y medio se hicieron un hueco entre Irene y Rosa para besar a la recién llegada. Un cigarro en la punta de sus dedos y la voz partida, rota desde el colegio, le había dicho Irene, y que parecía imposible que naciera de ese pequeño cuerpo, delgado, nervioso.

—En lugar de darte un beso, debería darte una hostia —bromeó la Fuertes.

—¿Quién se ha casado? —preguntó Irene.

—El Gordo, con la de la panadería. Isabelita —explicó Rosa—. Pero ¿tú qué vas a saber quiénes son?

—El Gordo sí sé quién es —se defendió Irene.

—Nos vamos al Asador, que han montado allí el convite. Aunque nos podían poner un autobús, que no anda ninguno como para coger el coche. —La Fuertes se rio con estruendo de su propio comentario.

El ruido del golpeteo ganó presencia; un redoble que aumentaba en velocidad, pero arrítmico. Nadie lo provocaba en las mesas. Jacobo volvió la vista atrás. Miriam seguía en el coche y pudo ver cómo su hija se hundía aún más en el asiento, apenas podía adivinar parte de sus rizos morenos; una melena que ya había perdido los reflejos dorados de la niñez. Si Miriam hubiera puesto un pie en el suelo, habría pasado de beso en beso, entre pellizcos en los mofletes y halagos a sus incipientes pechos. Con la excusa de no interrumpir la celebración, Jacobo le pidió a Alberto las llaves del cortijo. Él se registró los bolsillos con un entrechocar de monedas.

—Espera, que me parece que las llevaba en la chaqueta.

¿De dónde venía el dichoso ruido? El bar Diamond hacía esquina. Un toldo descolorido que quizá fue rojo alguna vez, con el nombre serigrafiado, se desplegaba inútil bajo el sol de mediodía. En las mesas, alrededor del olivo seco, los invitados bebían y comían, mordisqueaban lascas de jamón sin parar de hablar, de gritar. Sin embargo, las calles adyacentes estaban desiertas. Por un instante, esa fauna ruidosa le pareció a Jacobo una alegre comitiva de dementes en el día libre del psiquiátrico. Borrachos, eufóricos, disfrazados de gente normal, pero que, sobreactuando, se delataban.

¿Y los niños?, se preguntó.

Entonces, lo vio: en la esquina de una calle próxima, un pájaro sacudía sus alas contra el asfalto, histérico. Tal vez herido, el vencejo era incapaz de remontar el vuelo.

Se giró al escuchar el ruido de la puerta del Diamond batirse con violencia. Un quejido de dolor y luego:

—¡Te vas a tu puta casa!

Un hombre salió expelido del bar, trastabillando hasta caer sobre el asfalto. El griterío de la plaza se apagó, como si, de repente, hubieran encendido las luces en mitad de la función y ya no tuviera sentido seguir fingiendo. Un silencio que encajaba, ahora sí, con las calles vacías, con el árbol muerto y la ausencia de niños. En mitad de la carretera, el hombre se incorporó con dificultad, dolorido. Era un anciano y a Jacobo le sorprendió que lograra ponerse en pie. Aunque no lo había visto antes, supo de inmediato quién era; Irene le había hablado de él. El pelo largo y cano recogido en una coleta que descansaba sobre su espalda, pantalones vaqueros y un chaleco de cuero bajo el que no vestía nada más y dejaba a la vista la piel morena y manchada por el sol. Una piel vieja. El Indio se agachó para recoger su sombrero, un bombín con una pluma cosida en el lateral, cuando recibió otro empujón. Esta vez, el anciano pudo mantener el equilibrio. Jacobo quiso intervenir, pero su mirada se encontró con la de Irene: «Estate quieto», le decía, y recordó otra vez lo que ella le había advertido en la gasolinera. «No se bromea con las cosas del pueblo.»

Ni siquiera el repentino silencio que se había instalado en la plaza sirvió para despertar la curiosidad de

Miriam. Su hija seguía escondida en el asiento trasero del coche, intentando hacerse invisible. ¿Qué había pasado con el vencejo? ¿Había logrado volar? Ya no podía verlo.

—¡Y, encima, tienes el cuajo de plantarte aquí! —volvió a gritar quien había empujado al Indio. Entonces, su tono cambió. Con un aire de compadreo le dijo—: Anda, toma el sombrero de los cojones.

Ginés lo recogió y se lo hundió en la cabeza al Indio. El marido de la Fuertes seguía tal y como Jacobo lo recordaba: el pelo negro y ensortijado alrededor de un rostro redondo como una yema de huevo. La camisa, hoy también con corbata, cerrada hasta el último botón, estrangulándole su recio cuello. Se estaba subiendo los pantalones, recolocándoselos, mientras se tambaleaba como una peonza sobre unos pies demasiado pequeños para darle equilibrio.

—No podéis dejar que hagan lo que les dé la gana —les advirtió el Indio mientras se alejaba de Ginés unos pasos. Parecía que, a su bravuconería, iba a seguirle una carrera despavorida en cualquier momento.

—¿Y quién te dice que lo estén haciendo?

No fue Ginés quien contestó al Indio. Alguien más había salido del bar. Jacobo se inclinó ligeramente para ver al hombre que intentaba poner fin a la discusión: el Rubio.

—No seas coñazo, que no hay para tanto. Anda y déjanos tranquilos, no nos des la boda... —Y con eso el Rubio parecía dar por terminado el problema.

—Esos críos son el demonio... —se atrevió a murmurar el Indio.

El anciano recorrió con una mirada que parecía una acusación a los que se habían convertido en espectadores: Ginés y el resto de los invitados a la sombra del árbol muerto. Alberto y su mujer, Rosa. La Fuertes, que dejó escapar una bocanada de humo. También ellos, Irene y Jacobo, extraños en mitad de la celebración. Él se sintió incómodo y rehuyó los ojos del Indio. Volvió la mirada a las calles vacías para preguntarse de nuevo: ¿dónde están los niños?

El Indio se alejó encorvado por una callejuela que se retorcía hacia la parte baja del pueblo. Tras unos segundos de silencio, el bullicio volvió a estallar en conversaciones, risas y «dame un puto quinto». Irene se había sentado en el borde de una mesa de plástico. El sol iluminaba su camiseta blanca hasta el punto de hacerla traslúcida. Jacobo vio la sombra marrón que se dibujaba sobre la areola de sus pezones. Ginés se abalanzó para darle la bienvenida, pero él no podía apartar la mirada de su mujer. Un suave viento, arrastrando fuego de la sierra que había a la espalda de Portocarrero, recorrió el laberinto de calles hasta llegar a la plaza y levantar servilletas de papel de las mesas, los vuelos de los vestidos, el pelo de Irene, que tembló sobre su cara. Ella se lo apartó antes de saludar al Rubio.

—Me ha dicho Alberto que os quedáis en el cortijo. —La voz de Ginés, delante de Jacobo, le impidió oír qué le decía Irene al Rubio, por qué parecía tan feliz—. Vas a tener que meterle mano; por lo que he visto, tiene la cubierta hecha una pena...

¿Por qué tenía ganas de mandar a Ginés a la mierda? ¿Por qué esa tentación de soltarle un puñetazo? Quizá el marido de la Fuertes notó esa animadversión y por eso se justificó:

—Bajo todos los días a Tabernas, a trabajar, y paso por al lado del cortijo.

Irene y el Rubio se acercaron. ¿Cuchicheaban?, se preguntó Jacobo. Él llevaba la chaqueta del traje abierta, la corbata, negra y estrecha, batiéndose sobre su pecho como un péndulo. Y ese gesto de superioridad, ¿de conmiseración? Como si sus finos labios dijeran: ya sé cómo estáis, hechos una mierda, tranquilos, voy a cuidar de vosotros... Sabía que tenía los mismos años que él, pero el Rubio, de alguna forma, había detenido el curso del tiempo y todavía conservaba el brillo de la juventud en la piel.

¿Por qué no llevaba sujetador Irene? No se había dado cuenta en todo el viaje. Le costaba entender por qué le molestaba tanto entrever sus pezones al trasluz, rozándose con el algodón. Erectos.

—¿Cómo le hacéis eso al pobre hombre? —le espetó Jacobo al Rubio como saludo.

—El Indio no está bien. ¿Cuánto hace que no lo veis? Lo suyo ya no hace gracia...

El Rubio le tendió la mano y Jacobo se la estrechó. Irene pidió un cigarro. Sacó su paquete de tabaco para darle uno. El Rubio prendió el mechero antes de que Jacobo tuviera oportunidad de buscar el suyo. Alberto volvió de las mesas con las llaves del cortijo.

—Irene tiene mi teléfono —dijo el Rubio—. Lo que haga falta...

Las palabras quedaron suspendidas en el aire. Jacobo le dio las gracias y, con las llaves del cortijo en la mano, regresó al coche. Irene tiró su cigarrillo antes de subir, lo aplastó con la punta de la zapatilla.

El sol caía vertical, sin apenas lugar para la sombra. Jacobo se dio cuenta al arrancar de que había empezado a sudar.

—No sé qué les habrá hecho el Indio para tratarlo así. ¿Cuántos años debe de tener el pobre? ¿Setenta?

Irene no contestó y eso fue todo lo que se habló en el coche hasta que llegaron al cortijo.

La autovía separaba el pueblo del desierto. Había que cruzarla y, un par de kilómetros después, coger una salida que pronto se transformaba en un camino de tierra para llegar al cortijo. La estructura, rectangular, se levantaba en mitad de una era cuarteada por la sequía. Matojos amarillentos y piedras sobre los que circulaba el coche y que Jacobo pensó que debía ser lo primero que tenía que limpiar si no quería reventar las ruedas.

Daba la impresión de que la casa llevaba abandonada mucho más tiempo del que había estado en realidad. El encalado de las paredes se había desconchado haciendo visible la mampostería de sus muros. Marrón como los montes que los rodeaban. Irene forcejeaba con la puerta metálica, enrobinada, intentando abrirla. Miriam había salido del coche y miraba con desgana a esa nada que los envolvía. Tierras muertas, el lejano rumor de los coches en la autovía se confundía con el viento y las chicharras, piedras níveas como cráneos y, alrededor de la casa, unas chumberas que parecían enfermas. Las palas habían perdido el color y exhibían un blanco calcáreo. Días después, Ginés le contaría que era por la plaga de la cochinilla. El parásito se había extendido por toda Almería y se alimentaba de la savia de las chumberas hasta matarlas. No se podía hacer nada salvo quemarlas.

Un gato atigrado y famélico salió corriendo de algún lugar de la casa cuando Irene logró abrir la puerta, que chirrió con un grito agudo, el quejido de unas bisagras oxidadas.

Entraron como quien da los primeros pasos en un barco a la deriva. Polvo y arena caliza se acumulaban sobre los pocos muebles que había en el salón, un viejo sillón, una estantería de obra. Miriam gritó que había excrementos al pie de las escaleras que subían al segundo piso donde estaban las dos habitaciones. Obra del gato, seguramente. Jacobo pensó que sería un milagro que hubiera agua corriente y luz, que las tuberías todavía funcionaran. Alberto, en teoría, se había encargado de dar todo de alta. «¿Habrá internet?», había preguntado Miriam antes de hacer la mudanza. Uno de los escasos momentos en los que había abandonado la negación ante el futuro que se cernía sobre ellos para interesarse por él. «No creo que llegue, cariño», había contestado Irene.

Una grieta cruzaba el techo del salón. Parecía el perfil de una cadena montañosa.

—Media hora con la puerta, y la de la cocina está abierta —oyó que decía Irene desde la cocina.

—¿De qué puerta hablas? —preguntó Jacobo. Quería sonar enérgico, como si la ruina en la que estaba la casa no hubiera podido con él.

—En la cocina hay otra puerta, da al patio de atrás, y se ve que está rota; no cierra —le explicó Irene al regresar. Se sacudía las manos de un polvo que, por mucho que intentaran mantener a raya, siempre iba a encontrar rendijas por donde colarse.

La puerta de la cocina. Y, en una esquina del salón, una estufa catalítica que a Jacobo le resultó excéntrica: ¿algún día iban a pasar frío en ese infierno?

—En cuanto saquemos las maletas, me pongo con esa puerta. A ver si tiene arreglo.

Jacobo salió de la casa. Abrió el maletero. Dentro, lo

poco que quedaba de su vida. A su alrededor, el desierto. El canto lejano de las chicharras. Recortado contra el cielo, sobre una loma, le pareció ver la silueta de un coche. Alguien se montaba en él, lo ponía en marcha y se alejaba hasta disolverse como aceite hirviendo en la línea del horizonte.

Hospital

–despierta, tigre–

—¿Jacobo? —El médico esperó en silencio algún tipo de reacción y, al no obtenerla, hizo un gesto a sus compañeros para que le quitaran la intubación—. Preparados por si no respira por sí solo.

La cánula, tiznada de sangre y fluidos, salió de su boca. Jacobo sintió un leve ardor, lejano, como el recuerdo de una herida. Creía estar sumergido en un mar negro, petróleo, y empezó a boquear asfixiado. Temía absorber la oscuridad que le rodeaba, que el líquido se volviera pétreo en su interior y acabara por matarle. Los ojos se le empañaron de lágrimas que quemaban.

Los médicos retiraron la respiración artificial; su ritmo cardíaco aumentó, aún dentro de los parámetros normales. Uno de ellos le presionaba suavemente el pecho, de manera rítmica. «Despierta, tigre.»

La oscuridad fue perdiendo densidad y pudo adivinar siluetas. Un rumor de voces, de hombres y mujeres que parecían estar hablando en otra habitación, aunque de él, ¿cómo podía saberlo? Jacobo movió ligeramente la cabeza en un espasmo, ¿o no lo hizo y solo fue una descarga eléctrica interior?

Las siluetas se agitaban al otro lado de sus párpados como insectos.

Recordó el disparo. No la detonación, sino el eco que vino después, rebotando en las paredes del cortijo. Rebotando todavía en las paredes de su cráneo.

Una de las siluetas se venció sobre él y sintió el frío de la mano al posarse sobre su mejilla. Le abrió un párpado. Después, un haz de luz blanca le cegó antes de apagarse.

Respiraba con dificultad, pero respiraba por sí mismo.

Abrió los ojos y la habitación estaba vacía. ¿Cuánto tiempo había pasado? ¿Adónde habían ido a parar aquellas siluetas? Fue incapaz de encajar lo que veía, las imágenes eran palabras escritas en un alfabeto desconocido. Un fluorescente blanco zumbaba suavemente sobre él.

—Jacobo, ¿puedes oírme? —¿De dónde venía esa voz?—. Basta con que parpadees si puedes hacerlo. Parpadea si es que sí.

Y Jacobo parpadeó. Quiso girar la cabeza, pero los músculos no le respondían. Imaginó sus pupilas, moviéndose de un lado a otro, histéricas como un pájaro con las alas rotas.

—Muy bien, Jacobo. Lo estás haciendo muy bien.

Las lágrimas ya no quemaban como al principio. Contrajo los dedos de la mano derecha, al menos esa fue su sensación, aunque ya no sabía bien si todos esos impulsos realmente tenían consecuencia en el exterior o solo eran sensaciones bajo su piel.

—Soy Miguel, pero aquí todos me llaman Lagarto. Son unos cabrones. ¿Te ves con fuerzas de mover ese cuerpo sandunguero?

El olor frío y picante de la crema, la piel resbaladiza y Lagarto, su monserga en la que alternaba largos monólogos sobre el personal del hospital y melodías irreconocibles, con tarareos que también llenaban el silencio. Y, mientras tanto, ejercicios que intentaban recuperar, o al menos salvar, su escasa movilidad. La luz de la ventana hacía más profundas las cicatrices en la cara de Lagarto, un acné virulento en la adolescencia, quizá viruela. Tenía surcos cuarteándole la piel y, en las escasas ocasiones en que callaba, Jacobo lo veía ligeramente encorvado sobre él, con sus ojos saltones, afilado, paralizado como la lagartija en el muro.

Los quejidos fueron los primeros sonidos que emitió. El dolor por las flexiones que Lagarto le obligaba a hacer y que provocaban que su boca exhalara un lamento.

—Eso está muy bien, Jacobo —le felicitaba Lagarto—. A ver si te oigo cagarte en mi puta madre la próxima vez.

Más y más voces, hombres y mujeres, visitándolo en aquella habitación. «¿Cómo estás, Jacobo?» E imaginaba su mirada ausente, extraviada, clavada en esas caras que le sonreían y trataban de sonar familiares. Pero ¿quiénes eran? Un aroma a tomillo quedaba a veces flotando en el aire. A campo y viento.

—¿Sabes por qué estás aquí? —le preguntó alguien una vez.

Lagarto lo sentó en un sillón, en la esquina de la habitación. Le costaba mantenerse erguido.

—Soy Juan Carlos, el cirujano que te operó. Te estás recuperando muy bien, Jacobo. ¿Lo sabes?

Él hacía esfuerzos por fijar la vista en ese hombre de bata blanca que se había sentado frente a él. Sin embargo, su imaginación transformaba al hombre en mujer, la bata blanca en una piel desnuda. Aquella habitación de hospital, en una playa, una noche.

«¿Sabes por qué estás aquí?», le habían preguntado. Esa pregunta se quedó dentro de él, recorriendo su cuerpo como si fuera un enorme caserón, abriendo y cerrando puertas, atravesando pasillos, buscando desesperado al gato que llora atrapado en algún rincón.

—Tengo sed —le dijo a una enfermera.

Intentaba, en esas horas que ahora sufría eternas, reconstruir su vida. Recordó los testimonios de hombres que habían vivido un accidente de tren y no podían describir cómo había sucedido. Pero él no solo había perdido ese instante en que todo se quebró. Su vida, su historia, era poco más que el gusto en el paladar de una comida que no podía identificar. Solo dos certezas: su amor por Irene. Su amor por Miriam.

—Ella es Verónica, la psicóloga del centro —dijo el cirujano. Una mujer vestida con traje de chaqueta buscó una silla para sentarse al lado de Jacobo, posó una mano sobre la de él. Había estado haciendo preguntas a Lagarto, a las enfermeras, y todos le habían dicho que pronto vendrían los médicos para explicárselo todo. Ahora sentía que caminaba por el filo de una cornisa y agradeció la mano de Verónica, cogiéndole suavemente, dándole un punto de apoyo en la realidad.

—No tengas miedo. En tu estado, es normal que te cueste entender qué ha pasado. Para eso estamos nosotros aquí, para intentar explicártelo. Posiblemente, ni siquiera sepas el tiempo que llevas aquí, en el hospital. Han sido casi dos meses.

Jacobo cabeceó ligeramente. Sabía que eran los prolegómenos de una noticia que, de alguna forma, ya había estado revoloteando por esas cuatro paredes. Un cuervo encerrado.

—Vamos a dejar de lado los tecnicismos. Ya habrá ocasión con el cirujano. Quizá lo hayas olvidado, pero llegaste aquí todavía consciente. Habías recibido un impacto de bala. Se te practicó una operación, el doctor Juan Carlos Mendizábal fue el encargado. Tenías perforado el pulmón. Por eso decidieron inducirte el coma. Fueron diecisiete días los que estuviste así, hasta que estimaron que podías respirar por ti mismo...

Verónica hizo una pausa para que Jacobo asumiera la información, el silencio tras una cucharada después de una temporada de hambruna. Su cuerpo tenía que asimilar esos viejos nutrientes, las palabras. El relato que da sentido a todo.

—Has sido un campeón. Lagarto, el fisio, nos ha contado cómo te esfuerzas. Ya verás como todo va a salir bien —continuó la psicóloga.

—¿Irene? —alcanzó a vocalizar Jacobo. Desde que despertó, no había dicho su nombre en voz alta o no recordaba haberlo hecho.

—Sé que estas son las peores noticias, pero no pudimos hacer nada por ella. —La mano de Verónica apretó ahora con más fuerza la de Jacobo. Él supo que la psicóloga había estado esperando la pregunta. Sus palabras, la explicación que vino después, sonó levemente impostada, demasiado tiempo ensayándola ante el espejo—. Cuando los servicios sanitarios llegaron a la casa, ella ya había fallecido. ¿Recuerdas algo de lo que pasó?

Como un látigo, le golpeó la imagen de la pernera del pantalón de aquel hombre, empapada de sangre.

Sangre de Irene.

La recordó estremeciéndose sobre él, cuando hacían el amor. Su pulso acelerado, tan viva.

La garganta se le contrajo en un nudo y pensó que caería de nuevo en la oscuridad de la que había escapado, ese mar negro. Pero quería resistir. Solo un poco más.

—¿Y mi hija?

La mano de Verónica sobre la suya se despegó levemente, quizá nerviosa, para volver a cogérsela, aunque esta vez era él quien tenía la sensación de estar sujetándola a ella.

—Tu hija está bien, tranquilo. Están cuidando de ella.

Lagarto dejó de hablar. El fisioterapeuta tapaba el silencio con tarareos de canciones irreconocibles, al menos para Jacobo, como siempre había hecho, pero sus charlas sobre el personal del hospital desaparecieron. En el gimnasio, le tumbaba sobre una colchoneta, le hacía flexionar las piernas. Jacobo había logrado sostenerse en pie, incluso dar unos pasos. Tenía que comer, recuperar masa muscular. Los diecisiete días de coma se habían llevado casi veinte kilos.

Comía y bajaba al gimnasio. Se esforzaba para volver a ser independiente. Pero Lagarto apenas hablaba con él.

Todavía perdía la noción del tiempo. Jacobo hacía un ejercicio que le resultaba pueril: ante una madera con forma de sierra colgada de una pared, fingía que sus dedos eran pequeñas piernas y que subían por esa escalera. Alternaba índice y corazón, escalón tras escalón, con ese supuesto muñeco en el que se convertía su mano derecha. Sin embargo, en ocasiones, se quedaba paralizado a mitad de ejercicio, a mitad de tramo. ¿Subía o bajaba la escalera imaginaria? ¿Cuánto tiempo llevaba sentado ante esa madera?

—La Guardia Civil está investigando, en cuanto sepan algo seguro que vienen a hablar contigo —le intentaba tranquilizar Verónica, la psicóloga.

Tampoco Lagarto respondía a sus preguntas.

—Mi trabajo es echarte del hospital. —El fisio quería sonar como un amigo que bromea. En realidad, solo zanjaba la conversación.

Alberto también estuvo en el hospital. El hermano de Irene se interesó por su recuperación y le felicitó por los avances que había hecho. Al principio, los médicos, le confesó, no esperaban que volviera a andar. Jacobo le preguntó por Miriam, por qué no venía a visitarle, quería ver a su hija. «¿Cómo ha llevado todo?» Y ese «todo», tan pronto lo nombró, le resultó un peso excesivo, una descomunal piedra de Sísifo bajo la que acabarían aplastados: el asesinato de su madre.

—Está bien —contestó Alberto—. Díselo a los médicos, que quieres verla. A mí tampoco me dejaban venir. Te tienen en mantillas. Normal después de lo que ha pasado.

Irene llevaba muerta casi tres meses. Los recuerdos de aquella noche, en el cortijo, le ahogaban como una marea viva que le atrapaba cuando menos lo esperaba. Era incapaz de ponerles orden y se refugiaba en una única convicción: esa noche, Miriam no estaba en casa. Se había ido a dormir con Carol, la hija de la Fuertes. Su habitación estaba vacía, no podían encontrarla en ella, ninguno de esos hombres, el de la pelliza marrón, ninguno. Su hija estaba a salvo y a esa idea se aferraba como un náufrago.

Vio a Alberto caminar por el pasillo, después, junto a Verónica. La mirada hundida en el suelo, ¿avergonzado? Hasta que, tras un breve intercambio de frases que Jacobo no pudo escuchar, Alberto negó enérgico y, sin decir nada más, se despidió de la psicóloga con paso rápido.

Otros días vinieron después, pero Alberto no regresó al hospital.

—Está aquí la Guardia Civil. Quieren hablar contigo —le dijo una mañana Verónica. Se sentó en el borde de la cama. Jacobo estaba de pie, frente a la ventana. Supo que no traerían buenas noticias—. Voy a estar a tu lado —le prometió la psicóloga.

Su memoria se había roto. Recuperarse físicamente ya no le parecía tan difícil como reconstruir pieza a pieza lo que había sido su vida. Su pasado era un *déjà vu*. La impresión de haberlo vivido, la familiaridad de ciertos sentimientos, nombres y lugares. Irene, una playa y un piso sucio y pequeño en el extrarradio de la ciudad. Una cama de sábanas sudadas. La pequeña Miriam y el desierto. Las sombras que irrumpieron en el cortijo y los disparos: el dolor cuando la bala le atravesó el pecho. Pero ¿por qué? ¿Quiénes eran esos hombres, qué buscaban en ellos? ¿Por qué les dieron muerte?

Y, como islas que surgen en mitad del océano, aparecían otros recuerdos con perfecta nitidez.

Miriam tenía seis años cuando él tuvo que viajar unos días a Bruselas para asistir a un Congreso de la

Agencia del Tren. El último día, antes de coger el vuelo de regreso, desayunó y dio un paseo por la plaza de Santa Catalina. En las calles de esa ciudad desconocida se sintió enfermo. Quizá había comido y bebido demasiado, una indigestión. Tenía ganas de vomitar, mareado. Hipocondríaco, pensó: *¿qué pasaría si muero en este momento?* Hacía frío y el camino de regreso al hotel se le antojaba imposible. Se sentó en un banco de la plaza. ¿Qué estaba haciendo allí, solo? ¿Qué sentido tenía la soledad que a veces añoraba? Intentó recuperar el control y, aunque temía desvanecerse en cualquier momento, volvió al hotel. Era una pieza inútil por sí misma, era el parásito que no puede subsistir lejos del animal. Contó los minutos hasta que llegó la hora de marchar al aeropuerto. Luego, el taxi y, por fin, su casa. Al entrar en el dormitorio, se descalzó y, sin quitarse la ropa, se metió bajo la manta. Irene dormía abrazada a la pequeña Miriam; él cerró los ojos junto a su hija y extendió el brazo sobre ella, su mano alcanzó la cintura de Irene. Acompasó la respiración a las de sus mujeres y, sin darse cuenta, el pánico que le había acompañado desde la mañana en Bruselas desapareció. Los tres dormidos en ese refugio, a media tarde, ajenos al resto del mundo.

El sargento Almela le estrechó la mano y le invitó a sentarse. Verónica le había llevado a un despacho del hospital donde nunca había estado. La mesa de madera noble, los archivadores de las estanterías le hicieron suponer que ese cuarto debía de ser propiedad de algún directivo. Otro guardia civil, este vestido de uniforme, cerró la puerta y se quedó de pie junto a ella, a la espalda de Jacobo. ¿Pensaban que podía huir? El sargento Almela estaba al final de su carrera. Tez morena y sesenta años desde los que ya podía atisbar la jubilación. Con gesto fúnebre, le dio el pésame por Irene. Jacobo se lo agradeció y, mientras se sentaba, pensó que Almela era de esa clase de personas que siempre saben qué hay que hacer en los velatorios.

Entonces, se dio cuenta de que no había estado presente en el entierro de Irene.

—Sabemos que se está haciendo muchas preguntas, pero hemos considerado conveniente esperar a que se recuperara para hablar con usted —dijo Almela, y luego añadió—: Los médicos nos han dicho que sus recuerdos son todavía algo confusos. —Y cerró la frase con un chasquido, como si fuera un punto.

—Me cuesta ordenar todo —confesó Jacobo y, con la mirada, buscó la aprobación de Verónica.

—Tranquilo, Jacobo. La Guardia Civil ha hecho su trabajo —dijo Verónica, y, sin embargo, no sonó tranquilizadora. ¿Era una advertencia?

—Esto va a ser muy duro para usted —continuó el sargento—. Y le juro que preferiría no estar diciéndoselo. Bastante ha pasado ya.

Jacobo miró a su alrededor y supo que nadie quería estar en ese despacho.

—Su esposa no pudo sobrevivir a los disparos. Fueron dos. Uno en el estómago y otro, el que le provocó la muerte, en el pecho. —Almela empezaba a desarrollar el resultado de sus investigaciones como el joyero abre la manta de piedras preciosas. *Dos disparos*, pensó Jacobo. Y saber que ninguno de ellos fue en la cabeza resultó balsámico. Sus recuerdos, se dio cuenta, además de escasos, mentían—. Ginés Salvador fue quien dio el aviso a las emergencias. Fue a primera hora a su casa para recoger unas cosas que necesitaba su hija para el instituto. Unos libros. Gracias a él, usted está con vida.

Pensó en Ginés, el marido de la Fuertes, pensó en que tenía que ir a su casa y darle las gracias. El sargento explicó que los asaltantes habían hecho varios disparos más. Uno de ellos fue el que le atravesó el pulmón.

—Entraron por la puerta de la cocina —continuó, y eso sí lo recordaba Jacobo con claridad—. Hemos podido identificarlos gracias a las huellas que recogimos en la casa. Ambos tienen antecedentes por tráfico de drogas: hachís, cocaína... También están relacionados con un atraco que se produjo en el pueblo, unos meses antes. Son de nacionalidad serbia: Zoran Bukovij y Sinisa Petric. De cuarenta y dos años, el primero, y veintitrés, el segundo. Sin embargo, no pudimos detenerlos. Según hemos podido averiguar, cogieron un avión a Belgrado, desde Madrid, al día siguiente.

Intentó organizar toda la información que le estaba dando. Aunque de forma residual, como una canción que suena tan baja que es imposible identificar su melodía, vinieron a su memoria conversaciones en el pueblo sobre asaltos a casas aisladas, atracos, fantasmas que rondaban la noche del desierto. La casa de Ginés y la Fuertes. Debió de comentar algo en voz alta porque el sargento le respondió:

—Fueron los mismos que robaron en la casa de Ginés Salvador, pero, en esta ocasión, creemos que no se trató de un atraco, Jacobo.

Su nombre de pila y una carpeta marrón que, no sabía cómo, había aparecido sobre la mesa y con la que jugueteaban, nerviosos, los gruesos dedos del sargento le hicieron pensar que se acercaba al precipicio. A ese vacío que ya había visto en el personal del hospital, en Alberto, ansioso por marcharse antes de que la conversación le llevara a un terreno que no quería pisar.

—No se llevaron nada de valor, y la violencia con la que se emplearon tampoco encaja. Tenemos pruebas que nos hacen suponer que no había otra intención que... —De nuevo el tamborileo sobre la carpeta marrón. Verónica se aclaró la garganta y, después, se arrepintió del sonido con una disculpa—, bueno..., acabar con su vida —concluyó Almela.

—¿Por qué...? Nosotros no le hemos hecho... —Jacobo solo podía tartamudear. Hablaba en un presente que ya no existía, al menos para Irene.

—El hecho de que Zoran y Sinisa cogieran un avión a la mañana siguiente, un vuelo para el que habían comprado billetes cuatro días antes, nos situó en esa línea. Creemos que fueron contratados para hacer lo que hicieron.

Un año y medio en el desierto, pensó Jacobo. Eso era lo que llevaban viviendo en el cortijo. ¿Qué había pasado en ese tiempo para que alguien quisiera matarlos? La culpa se enroscó en su garganta, como una serpiente, y pensó en el Rubio, en Ginés y la Fuertes, en Alberto y las monsergas de Rosa, su cuñada, sobre las tradiciones de Portocarrero, en todos sus errores.

En esa forma tan equivocada de amar a Irene.

—Pronto recibirá el alta y tendrá que enfrentarse a todo lo que se ha dicho. Por desgracia, no hemos conseguido mantener al margen a la televisión y los periódicos...

—Vamos a estar a tu lado en todo momento —intervino Verónica.

El plural mayestático, ese ejército que prometía

envolverle, ¿quiénes eran y por qué iban a ser tan necesarios?

—Encontramos estas conversaciones en el teléfono móvil de su hija —dijo el sargento, empujando suavemente la carpeta marrón sobre la mesa—. Aquí podrá encontrar un extracto de ellas. No podemos mostrarle todas y tampoco puede quedárselas: forman parte del secreto de sumario y, además, involucran a otros menores. Por eso, sus nombres aparecen tachados. El juez ha hecho una excepción porque entendía que con mi palabra no iba a bastar...

La carpeta ahora estaba en manos de Jacobo. Sin embargo, él seguía mirando al sargento y a la psicóloga. Sus ojos buscaban una respuesta que ahuyentara a los demonios.

—Jacobo, todo indica que quien contrató a esos dos sicarios fue su propia hija: Miriam. Las conversaciones no dejan lugar a la duda. Siento de verdad tener que contarle esto...

—¿Dónde está mi hija? —respondió Jacobo con un estallido. Quiso ponerse de pie, tirar todo al suelo—. ¿Qué le han hecho?

—De momento, está internada en un centro de menores —contestó Almela.

—Jacobo, tranquilízate. Nadie va a hacerle daño a tu hija —intentó contenerle la psicóloga.

Sí, se había levantado. También había tirado un flexo de la mesa, que colgaba de un lateral, el cable tirante. El guardia civil de la puerta se acercó por su espalda y le sujetó. Ahora entendía su presencia en el despacho. La carpeta marrón estaba en el suelo; unos pocos folios habían salido de ella como lenguas burlándose de él.

—Es una locura —alcanzó a decir—. Tiene catorce años... Es una niña...

Nada más que silencio. Si era una pregunta, nadie en ese despacho tenía una respuesta para él.

Chat

–cambio de asunto–

MIRIAM: No podéis entenderlo ☹

[redacted]: Explícamelo, que tampoco soy tan idiota. Porque, ¿quién no está harta de sus padres?

MIRIAM: No te compares. No tiene nada que ver. ¿O es que tu padre te hace esas visitas?

[redacted]: Le cortaba los huevos.

[redacted]: Ve a la policía.

MIRIAM: No es tan tonto. Se reirían de mí. Mi padre diría que me lo estoy inventando. Que soy una especie de psicópata y que si no estoy en tratamiento es porque somos más pobres que las ratas...

[redacted]: Estás de bajón. Duerme y verás como mañana lo ves de otra forma.

MIRIAM: No sé por qué. ¿Mañana no va a estar el borracho en la casa?

[redacted]: Se lo tienes que contar a alguien.

MIRIAM: Ya os lo estoy contando a vosotros. No quiero que lo sepa nadie más. ¿Está claro?

[redacted]: ¿Y qué vamos a hacer nosotros?

Miriam: Nada. No se puede hacer nada.

[redacted]: Habla con tu madre, nena!!

Miriam: No le importo una mierda.

[redacted]: ¿Te queda piedra? Hazte un porrito. Te va a relajar...

...

...

[redacted]: Miriam...? 😳

Miriam: Ha subido.

[redacted]: Grábalo con el móvil.

Miriam: Se ha ido... Se ha asomado a la puerta y me he hecho la dormida. Voy a fumarme ese canuto, a ver si me entra el sueño y no me despierto en veinte años...

[redacted]: Cuando ya sean dos viejos que se mean encima, jaja!!

Miriam: Voy a ser como las cuidadoras esas que salen en la tele. Les voy a dejar con el pañal lleno de mierda y, como me digan algo, les doy una hostia, jaja!! 😝

[redacted]: Eres una bestia... 😂 😂 😂

Miriam: Podían matarse entre ellos, en plan violencia de género...

[redacted]: ¡Cuidao! Que los tíos siempre matan primero a la hija y luego a la mujer.

Miriam: Hijos de puta, es verdad 😄

[redacted]: ¿Y si tienen un accidente de coche?

Miriam: Yo no tengo suerte. No me va a pasar... Pero sería guay. Imagina: yo sola, sin esos dos... a lo mejor tienen algún seguro y me forro...

[redacted]: Mis padres dicen que más les valía separarse.

Miriam: ¿Y tu tío, [redacted]? ¿Qué dice él?

[redacted]: A mí no me ha dicho nada.

Miriam: Son como los caballos que ya no pueden más. Lo mejor es darles un tiro de gracia. Por su bien 😇

[redacted]: 😱Si te vas a meter a asesina en serie, te doy mi dirección...

MIRIAM: Que cada uno mate a sus padres. Que esto no es el teleparricida. Jajaja!!! 😆😆

[redacted]: Os estáis pasando. Voy a borrar esta conversación.

[redacted]: Estamos de coña, nene! Jajaja! 😆

MIRIAM: Además, tengo trece años. Matar no es un delito. Puedo acabar con medio pueblo y seguiría en la calle...

[redacted]: Espera, que entonces sí que te daba un par de nombres para tu lista.

MIRIAM: Podría coger un cuchillo ahora, meterme en su habitación, y rajarles el cuello.

[redacted]: Y mientras matas a uno, el otro se despierta. No iba a salir bien.

MIRIAM: Y todo el mundo sabría que he sido yo. Es verdad. No iré a la cárcel, pero tampoco quiero quedar como una loca.

[redacted]: Mira el lado bueno: te harías famosa. La asesina de Portocarrero, jajaja!!! 😆😝 Seguro que te hacen entrevistas, una película...

[redacted]: ¿Y si los envenenas?

MIRIAM: Necesitaría un veneno indetectable... que luego la policía sabe hasta qué has fumado por un pelo...

[redacted]: ¿No te vale con matar a tu padre?

MIRIAM: Tienen que ser los dos.

Miriam ha cambiado el asunto del grupo a «Cómo matar a tus padres»

[redacted]: LOL 😂😂😂

MIRIAM: Imagínate. La puerta de la cocina no cierra. Una noche, un tío entra a robar y les pega un tiro...

[redacted]: ¿Y tú dónde estás? 🙄

MIRIAM: Contigo. Viendo la tele. Jajaja!!! 😁

La curva

–algo extraña–

Nora había parado el coche en el arcén de la autovía, en la curva que describía la salida a la comarcal. Con hilo de pescar, ató un ramo de rosas blancas al quitamiedos y, después, se apoyó en el capó, la mirada perdida en Portocarrero. Se imaginó a sí misma como una de esas mujeres solitarias y, al mismo tiempo, autosuficientes, de los cuadros de Hopper. Rodeadas por grandes paisajes a los que no temen pertenecer. Masas de color, la luz de este sur, el rojo del desierto y, contra la sierra, las casas blancas del pueblo. Inclinó ligeramente la cara pensando en cómo los rayos del sol la iluminarían.

Podría ser la esposa de Hopper. «Píntame otra vez, cariño», murmuró.

Su sombra ovalada se extendía sobre el Ford Fiesta. ¿Por qué no ser modelo, aunque ya no supiera dónde quedaba el final de su ombligo?

Un coche, al detenerse junto a ella, la apartó de su fantasía. El conductor bajó la ventanilla del copiloto y una música electrónica escapó de su interior. Nora, de un brinco, saltó del capó y se vio sonreír en el cristal tintado mientras se ocultaba en la puerta. Las luces de emergencia sonaban con un chapoteo intermitente. Le molestaba que no coincidieran con el ritmo de la música que emergía del coche.

—¿Se encuentra bien? —le oyó preguntar antes de poder verle la cara.

Nora hizo visera con sus manos mientras afirmaba. El chico debía de haber cumplido los dieciocho años recientemente y, en el sillón de cuero beis, con una mano descansando en el volante, le pareció un ladrón que ha robado unos zapatos que le están grandes. Apagó la música y repitió la pregunta:

—¿Se encuentra bien?

—Ah, oh..., sí..., estupendamente.

El chico desvió la mirada al ramo de flores que Nora había atado al quitamiedos. El viento había arrancado algunos pétalos. *Tengo que dejar de hacer estas cosas*, pensó ella. Aunque era consciente de que no lo haría.

—¿Cómo te llamas? —preguntó Nora.

—¿Perdona? —contestó el chico, incómodo. Quizá estaba valorando si era oportuno darle el pésame.

—Que cómo te llamas. Es por decírselo a mi terapeuta. —E impostó ligeramente la voz, como si estuviera en mitad de una sesión—: «Hoy, en la carretera, se ha parado un chico muy amable para preguntarme si estaba bien.» Te juro que eso no es algo que haga todo el mundo. «Y el chico se llamaba...» —Nora hizo un gesto con las manos dándole a entender que ahora él debía completar su frase.

—Néstor —respondió como si se tratara de la pregunta de un concurso.

—Néstor —repitió Nora y, tras un chasquido de dedos, fue a buscar una libreta en la guantera del coche—. Me lo apunto.

—Si no necesitas nada, yo...

—Claro, Néstor. Tú sigue. Tranquilo. De verdad que estoy estupendamente.

Nora supuso que Néstor habría echado un último vistazo al ramo antes de subir la ventanilla, poner la música y alejarse en su BMW serie 3, 330 diésel por el desvío a Portocarrero. Tuvo tiempo de apuntar la matrícula mientras pensaba en la cantidad de datos absurdos que era capaz de almacenar. Modelos de coche, años de fabricación. Este, negro, probablemente saliera a la venta en 2002. Una de las enseñanzas que ÉL había dejado grabadas a fuego en su memoria. También, una de las menos dolorosas: su pasión por los coches.

Mientras el coche se perdía por la carretera, pensó que el BMW podía ser un regalo del tío del chico. Para que empezara a moverse con él. No todo el mundo aprende a conducir con un coche como ese. Ella, desde luego, no tuvo un BMW. ¿Cuánto tiempo haría que Néstor tenía el carnet de conducir? No llevaba ninguna «L» en la luna trasera.

¿Qué más da, Nora?, se dijo mientras volvía a su coche y retomaba el camino.

Atrás quedaron las flores.

Nora callejeó en busca de aparcamiento. El pueblo, retorcido y estrecho, apenas dejaba espacio a los coches. Se le caló un par de veces en una cuesta y temió que algún vecino se acercara a llamarle la atención. Al fin, decidió dejarlo en un descampado, allí donde las casas empezaban a desperdigarse y se difuminaba la forma de las calles. Fue caminando, pisando la sombra que proyectaban las fachadas, la mayoría de dos alturas, por lo que parecía la avenida principal: la calle de Joaquín Gómez. Un nombre que, para ser el de la vía más importante del pueblo, le resultó, cuando menos, vulgar. Vio gatos dormitando en alféizares. Vio perros famélicos cruzando la carretera sin mirar a los lados bajo un sol que, como no llegara pronto a algún lugar con aire acondicionado, terminaría por deshacerla. Vio un cartel de «supermercado», pintado con letras negras en la tapia de una casa abandonada. Una flecha señalaba su ubicación.

Después de un tiempo avanzando por ese extraño decorado, se dio cuenta de que había sido absurdo temer que algún vecino se acercara a ella cuando se le caló el coche. Portocarrero parecía deshabitado.

Sobre los tejados, pudo ver la torre de una iglesia que se erigía en la parte alta del pueblo. Dudó si debía dirigirse allí: ¿no es alrededor de la iglesia donde surge la vida en los pueblos? Sin embargo, al llegar a un cruce de calles, encontró un ensanchamiento de la acera, un árbol sin una sola hoja, pero cuyas raíces habían levantado las baldosas. Y, en la esquina, un bar. «Diamond», leyó en el toldo, y pensó que a ese nombre debía de faltarle alguna letra. Ese no podía ser su verdadero nombre.

Atravesó la cortina de plástico de la puerta y sintió una bocanada de frío. Aire acondicionado. El pelo, después de la caminata, se le había mojado a la altura de las sienes. Hizo el ademán de recogérselo y sacó una goma de su bolso, pero, al llegar a la barra, se arrepintió. Tras las botellas había un espejo, y ver su cara enrojecida le hizo recordar que llevar coleta la hacía más gorda. Destacaba su cuello, la anchura de sus hombros, y su cabeza se convertía en una aceituna en difícil equilibrio sobre la pera que dibujaba su cuerpo. Pidió una cerveza y se metió los dedos bajo el pelo para airearlo.

«Gracias», dijo al camarero cuando este se la sirvió. En una mesa, cuatro ancianos jugaban al dominó, silenciosos. Como si la partida fuera su condena diaria. Al otro extremo de la barra reconoció a Ginés Salvador. No tanto por su aspecto: bajo, le sacaba solo unos centímetros, el pelo engominado, de rizo pequeño, y la camisa abotonada al cuello. Pero fue su pierna izquierda, que arrastró levemente al dejar un periódico en mitad de la barra, lo que le confirmó que se trataba de él.

—¿Puedo? —preguntó Nora mientras cogía el periódico que él había dejado.

—Es del bar —contestó Ginés sin mirarla.

Nora fue pasando páginas hasta encontrar lo que buscaba. En la sección local había una breve columna en la que se informaba de que la Interpol estaba tras los súbditos serbios que se suponía responsables del asesinato de I. E.

Nora podía completar el nombre: Irene Escudero.

—Ojalá los pillen pronto —murmuró. Realmente lo deseaba y no supo contener ese pensamiento.

El camarero parecía más un labrador; concentrado en alguna tarea indescifrable con la caja registradora, metiendo y sacando el cajón, como si no entendiera su funcionamiento, no reaccionó al comentario de Nora. Ginés dejó unas monedas en la barra y se despidió con algo que le sonó como un gruñido.

—¿Conocía a Irene? —preguntó Nora antes de que Ginés saliera del bar.

—Ya hemos tenido bastantes periodistas por aquí —contestó él y, como amenazaba con seguir su camino, Nora insistió:

—No soy periodista. Es solo que he leído las noticias y me da tanta pena...

—Sí, mucha pena —murmuró Ginés.

Los ancianos seguían jugando mecánicamente al dominó. El camarero, también ausente, al menos había dejado de dar golpes a la caja registradora.

—¿Trabaja en el Pueblo del Oeste?

—Trabajaba. —Ginés se volvió a Nora, exasperado—. Mire, no quiero ser desagradable, pero no nos conocemos de nada.

—Eso se puede arreglar. —Nora dio unos pasos hacia Ginés, extendió su mano—. Nora —se presentó.

—Ginés. Perfecto. Ya somos picha y culo —le dijo apretándole la mano—. Si no es periodista, es usted muy cotilla.

—Que nos hemos presentado, me puedes tutear —respondió Nora sin soltarle la mano.

—¿Qué le has dado a... Nora..., nene? —dijo, levantando la voz, al camarero—. ¿O ya venías loca de casa?

—Yo prefiero «desequilibrada», es más..., no sé..., misterioso —bromeó Nora. Luego soltó la mano de Ginés y, con un gesto, lo invitó a que la acompañara a la barra—. Solo quiero hablar un poco de Irene y de todo lo que pasó. Te prometo que soy de fiar.

—Si ya lo han dicho por todos sitios —se quejó Ginés, y luego continuó hablando con un soniquete cansado al principio, pero que pronto dejó de lado toda impostura—. La niña es el puto demonio. Su padre se salvó de milagro. No se lo envidio. A ver cómo sobrevive uno a que la nena haga eso: tu mujer, muerta. La pobre Irene. Y él, Jacobo... Seguro que ahora mismo estará diciendo: ¿por qué no me pegaron un tiro en la cabeza?

—¿No estás yendo demasiado rápido? Quiero decir, hablan de dos hombres del Este, los que busca Interpol...

—¿Has leído los mensajes de teléfono que han salido?

—Sí, claro.

—¿Qué más quieres? Lo que manda cojones es que la nena, dentro de nada, te la ves otra vez por la calle.

—Todavía tienen que juzgarla.

—¿Y cuánto le puede caer? —Ginés había vuelto a la barra. Le pidió una caña al camarero antes de continuar—: Hazme caso. Yo la conozco. A nadie le trae cuenta tener a esa cría cerca...

Ginés dio un sorbo a su cerveza. Nora guardó silencio unos segundos; buscaba, bajo las palabras de Ginés, las razones que le empujaban a hablar así de ella. Quizá no las hubiera. Quizá solo fuera el discurso que se había instalado en Portocarrero, de la misma forma que una comunidad convierte en historia lo que antes solo era leyenda. Un rumor. Ahora las sospechas se habían convertido en hechos demostrados. Nadie, en ningún rincón de ese pueblo, hablaría bien de Miriam.

—A mí me parece una niña normal —dijo Nora.

Ginés dejó la cerveza sobre la barra. La espuma le había dibujado un arco blanco sobre el labio superior. Se lo limpió con la lengua antes de preguntar:

—¿La conoces?

—Soy su abogada. Claro que conozco a Miriam.

Esta vez, los ancianos sí dejaron de lado las fichas de dominó y volvieron sus cabezas en dirección a Nora.

Esa mujer con un vestido de pequeñas flores rosadas que estaba sentada junto a Ginés.

Con algunos kilos de más.

Un tanto risueña.

Y un poco extraña.

Caracoles

–paseo de domingo–

Cogió una habitación en la Venta del Cura, que también era el único hostal del pueblo. La dueña, Concha, acompañó a Nora por las escaleras hasta el primer piso. En la planta baja quedaba el restaurante, verdadero negocio de la Venta. Los huéspedes tenían derecho a un descuento en el menú del día. «Se te queda en nueve euros», especificó Concha mientras le abría el cuarto, y por la entonación y la forma en que seseaba, Nora supuso que el francés había sido el idioma de gran parte de su vida. Aunque se esforzaba, Concha era incapaz de enterrar el acento por completo.

Tras la puerta, polvo en suspensión que iluminaron los rayos de un sol poniente. Atravesaba las aperturas de una persiana de plástico a medio cerrar en la única ventana de la habitación. Una colcha de ganchillo que algún día fue blanca, pero que ahora había tomado un color ocre y amarilleaba en las esquinas. Una cómoda de pino frente a la cama y, sobre esta, un cuadro con una fotografía antigua de un pueblo que, supuso, era ese mismo pueblo; Portocarrero años atrás, en blanco y negro. Calles estrechas de casas encaladas, mujeres de negro con cántaros en equilibrio sobre la cabeza y un burro cargado con utensilios hechos de esparto. Cestos y alpargatas.

—No ha cambiado mucho —dijo Nora al acercarse al cuadro. El cruce de calles fotografiado era el mismo sobre el que ahora se levantaba la pensión.

—Ni falta que hace —contestó Concha sin disimular su orgullo—. Esta era la casa del cura. Se quedó hecha una ruina; se fue a Gérgal y allí sigue. Viene los domingos y a los oficios...

Comuniones, bodas y entierros. Misas de difuntos. El reloj religioso de Portocarrero.

Nora puso su maleta sobre la cama y la abrió, más por evitar que Concha siguiera mirándola que porque fuera a colocar ya su ropa. Se la había cogido prestada a su sobrino y los dibujos de superhéroes, los Cuatro Fantásticos enzarzados en una lucha contra el Doctor Muerte en mitad del espacio, habían llamado la atención de Concha, que debía de preguntarse a qué clase de persona había dado alojamiento en su negocio.

—¿Conocía a la niña, a Miriam? —le preguntó más tarde, por la noche, cuando Concha recogía los platos de la cena en el restaurante.

—¿Cómo no la iba a conocer?

Dejó los platos sucios sobre la mesa, separó una silla y se sentó frente a Nora. Había sido la única comensal del comedor y, a lo largo de la cena, entre platos y viajes a la cocina, la mujer le había contado cómo se crio en Lyon. La historia de pobreza de sus padres, emigrantes en busca de jornal, y su llegada a aquella ciudad extranjera cuando solo tenía siete años. Una vida lejos de su tierra, trabajando y casándose, formando una familia, hasta que reunió el dinero suficiente para volver. Para ser esa mujer enlutada, de ademanes lentos y gafas de gruesos cristales que acomodaba una y otra vez sobre el puente de su diminuta nariz.

—Mi marido, fue poner el pie en el pueblo y morirse. Un infarto. El desgraciado. —Nora escuchó paciente los avatares de la vida de Concha. El hijo irresponsable y el esposo que, gracias a Dios, se murió y la dejó tranquila y, además, un dinero para comprar ese edificio y montar el restaurante donde ella cocinaba, como había cocinado toda la vida en Lyon. Los vecinos se reían de ella, la llamaban la Francesa, y aunque Concha intentó quitarse el acento, no era capaz de hacerlo. Nora dejó que desempolvara recuerdos hasta que encontró el momento para preguntarle: ¿conocía a la niña, a Miriam?—. ¿Cómo no la iba a conocer? —contestó, pronunciando la «ce» como una «ese», y añadió—: Se veía que no estaba bien.

—¿Por qué?

No iba a encontrar nada «extraño» en el relato de Concha, nada que demostrara que Miriam no estaba bien. La gente de Portocarrero miraba atrás con otros ojos. Alteraban la realidad; de la misma manera que la Francesa había idealizado el pueblo de su niñez y este no resultó el paraíso recordado, sino un erial en el que lo único que abundaba era la escasez, esa misma mirada transformadora caía ahora sobre la memoria de Miriam. La niña callada era recordada como un monstruo. En cada gesto o en cada comentario, las huellas de la asesina.

Miriam sin levantar la mirada del plato mientras

sus padres le preguntaban una y otra vez si quería algo de postre, y Jacobo, el pobre Jacobo, le pedía un poco de educación a la niña: «Al menos mira a los ojos a Concha, que te está hablando». Miriam tirando piedras a una lagartija que huía por un muro —¿estaba ella sola?—. Los demás, si los hubo, habían sido borrados de la escena. Solo quedaban ella y sus piedras y la lagartija muerta al pie de la tapia. Miriam al margen de todo, en las fiestas del pueblo, a finales de agosto, sentada en un portal y con la cabeza hundida en el móvil. Los dedos tecleando palabras y esas conversaciones, esas horribles conversaciones: ¿quiénes respondían a sus mensajes? Eso no importaba ahora.

Porque esa era su sentencia. Las conversaciones.

El domingo anterior, antes de decidirse a viajar a Portocarrero, Nora estuvo paseando por el puerto de Almería. Dio vueltas en círculos por los bares donde sabía que el sargento Almela iba con su familia. El periódico bajo el brazo, la tinta de la portada corrida por el sudor. Dentro, las conversaciones; extractos de los chats de Miriam que cada día aparecían en los periódicos.

—Por favor, Nora. Es domingo. ¿No lo puedes dejar para mañana? —protestó el sargento.

Había encontrado a Almela en uno de esos bares, comiendo caracoles con su esposa y sus dos hijos, ya veinteañeros. Los chicos dejaron de lado sus móviles cuando Nora le dijo a su padre:

—Eres un estúpido.

—No tengo por qué aguantarte. —Y Almela le volvió la cara, como si diera un portazo.

—Claro que tienes que aguantarme, es tu trabajo.

—Nora no se movió un centímetro. Sonrió a los chicos y a la esposa del sargento—. ¿Es igual de tonto en casa? —les preguntó.

Almela se levantó y la cogió del brazo. «Vamos a la calle», le dijo mientras tiraba de ella fuera del bar, pisando cabezas de gambas que reventaron con un chasquido. Atrás quedó la risa de uno de los hijos. El pescozón y la reprimenda de la esposa.

—No voy a aguantar este acoso —dijo Almela una vez en la calle.

—Ni Miriam el tuyo. Es una menor; no tienes derecho a tratarla así.

—¿Cómo la he tratado? Tiene todas las ayudas legales, pero nadie puede hacerse cargo de ella, por eso está en un centro de menores.

—¿Y quién ha filtrado las conversaciones a la prensa?

—Yo no he filtrado nada. Habrán sido las otras familias.

—O alguien de la Comandancia. —Nora había estado en la redacción del periódico, había hablado con el periodista que empezó a publicar los chats; Eliseo Torres, un hombre que ya rondaba los sesenta años y se encargaba del seguimiento del Almería Fútbol Club. Estaba casado con la hermana de un guardia civil. Si Almela hubiera puesto algo de empeño, podría haber apartado al agente del caso. Podría haber evitado que los chats siguieran apareciendo con ese gota a gota. Colmando la paciencia de muchos. Predisponiendo al juez.

—Es difícil ponerle puertas al campo —fue toda la explicación que dio el sargento.

Almela se subió los vaqueros por encima de la cintura y Nora fue consciente de que era la primera vez que se encontraba con él fuera de los juzgados o de las instalaciones del EMUME. Se remetió el polo rosa Ralph Lauren por dentro de los pantalones. Los llevaba tan altos que dejaban a la vista los calcetines blancos, las zapatillas Nike. Cada domingo, el sargento salía a andar con su mujer y, a la hora del aperitivo, cuando ya habían recorrido unos cinco kilómetros por el paseo marítimo, se reunían con sus hijos para tomarse una cerveza, comer a base de raciones y, al volver a casa, echarse una larga siesta en chándal sobre el sofá. Toda una semana esperando para repetir esa rutina.

—A lo mejor sabes algo que no me has contado —le acusó Nora.

—Lo tienes todo en las transcripciones.

—Que es lo mismo que decir que no hay nada. Ni una sola prueba directa que una a Miriam con la muerte de Irene.

—De su madre —puntualizó Almela. Los periódicos también insistían en subrayar el hecho una y otra vez. Era su madre, no Irene.

—Esa noche, Miriam estaba en la casa de Ginés Salvador. No estuvo con sus padres. Y en las conversaciones jamás ordenó el asesinato. Deja a la niña en paz de una vez y busca a los serbios. Ellos son los que saben qué pasó.

—No hemos dejado de buscarlos, pero ese tema está ahora en manos de Interpol. Yo me tengo que encargar de Miriam.

—Y vas a hacer lo que sea por que no salga del centro.

Almela no contestó. Dejó escapar una mirada al interior del bar. Aunque Nora estaba de espaldas a la puerta, supuso que la familia del sargento seguía su conversación. ¿Qué pensaría la esposa? ¿De qué hablarían con sus hijos a la hora de la cena? Sermones sobre los peligros de internet y la falta de respeto de los hijos a los padres, ¿no los habéis visto en esos programas de televisión? Se han convertido en dictadores, maltratadores que los tienen amedrentados, esclavizados. ¿No veis cómo les gritan?

—Solo tiene catorce años. —Y, sin darse cuenta, Nora se descubrió rogándole compasión al sargento—. ¿Has ido a verla? ¿Has visto cómo está?

—El asistente social me ha enviado un informe.

—Lo he leído. ¿Todavía te parece que ella pudo hacerlo?

—Creo que se está construyendo una fantasía para justificar lo que hizo. Pero no es mi trabajo decidirlo. Para eso está el juez.

—Y tú pedirás que la fiscalía solicite los cinco años y tres de vigilancia.

—Hay que tomar medidas ejemplarizantes.

La puta alarma social. Los editoriales y las tertulias de televisión. Las solicitudes de asociaciones populares que exigían penas más severas contra los menores que cometen delitos de sangre. Que sean tratados como adultos si matan como tales. Como si la enfermedad de esta sociedad fueran esos niños desatados, amorales, capaces de todo por conseguir lo que desean. ¿En qué se está transformando este mundo? Eso mismo le dijo Eliseo Torres, el periodista deportivo que publicó las conversaciones de WhatsApp. «Esto no pasaba antes», sentenció como si hubiera descubierto el secreto de la alquimia. «¿Te suena Edipo?», le contestó Nora. «Mató a su padre con catorce años. Y eso ocurrió "antes". Mucho "antes".»

El Equipo Mujer-Menor de la Guardia Civil llevaba el caso. Acostumbrados a lidiar con problemas de violencia de género, con pequeños delitos en los que había menores implicados, el EMUME estaba sobrepasado por las dimensiones del caso. ¿Y quién no lo estaba? Habían creado a un monstruo capaz de aterrorizar a cualquiera: una niña de catorce años recién cumplidos.

—¿Y el tercer hombre? ¿Has hecho algo por encontrarlo? —Ante la pregunta de Nora, Almela reemplazó el enfado por lástima.

—¿Te crees esa historia?

—Miriam dice que los serbios hablaban de él.

—El Jifero —murmuró con desprecio Almela—. De verdad, Nora; así no la estás ayudando. Creyéndote al pie de la letra cada uno de sus cuentos... ¿Es que todavía no te has dado cuenta de quién es Miriam?

—Una niña asustada.

—Es normal que tenga miedo. El juego se le ha ido de las manos. Y ahora va a tener que pagar por lo que ha hecho.

—Porque la Guardia Civil ya ha decidido que es culpable, aunque no tenga una sola prueba.

—La encontraremos, no te preocupes.

De repente, Nora se sintió agotada. Cada vez que se enfrentaba a Almela, la invadía ese hartazgo. Había decidido buscarlo en domingo, fuera de los despachos y la Comandancia, fuera de su chaleco de la Guardia Civil, con la esperanza de encontrar a una persona diferente; pero el hombre embutido en esos vaqueros que le hacían el culo plano, ansioso por volver a su caña y sus caracoles, era el mismo con el que ya había discutido tantas veces. Quizá él se consideraba una buena persona. Un tipo decente, padre de familia ejemplar, seguro de estar del lado correcto. Y un idiota. Sus encuentros siempre desembocaban en el mismo punto: las ganas de insultarlo, acabados los argumentos. Clavarle el tacón de su zapato en el pie y soltarle un bofetón.

—Si quisieras saber lo que pasó esa noche, buscarías al Jifero —acabó por decirle Nora.

—No puedo encontrar a un fantasma.

—¿Y el coche? Miriam vio hablar a los serbios con alguien que iba en un coche blanco. Tenía que ser él... Por lo menos busca el coche.

—¿Cómo voy a encontrar nada con esos datos? Un coche blanco: antiguo, alargado... ¿Cuántos puede haber solo en Almería? —Nora suspiró, cerró los ojos, quiso contenerse—. Si es que no es otra mentira de la niña —murmuró Almela.

—Cuando el padre hable, te darás cuenta de que Miriam no miente. —Su última baza: Jacobo y lo que él pudiera recordar de la noche del asesinato.

—No confiaría en la memoria de ese pobre hombre.

Con sus mejores ropas, algunos matrimonios paseaban junto a ellos. El sargento saludó con un leve movimiento de cabeza a un anciano que andaba apoyado en un bastón y en su cuidadora, tal vez ecuatoriana, adolescente. En el bar, la esposa de Almela estaría inquieta por la tardanza de su marido, los hijos habrían terminado el plato de caracoles. «Tenían hambre; ¿quieres que pidamos otro?», se excusaría ella cuando Almela regresara. «Vámonos a casa», le respondería el sargento, afectado por la conversación con Nora. Ojalá ocurriera así. Aunque Nora sabía que nada rompería la rutina de domingo de la familia. Ni siquiera la niña que estaba encerrada en un centro de menores. El sargento se pediría otra cerveza y, sí, por qué no, más caracoles. La gente seguiría paseando, saludándose y comprando periódicos esa mañana de domingo. Hablando del tiempo, del calor tempranero de la primavera. Y de Miriam: ¿qué clase de persona puede hacer algo así?

—¿El Jifero? —preguntó Concha y, después de unos segundos, negó con un vaivén de cabeza—. No hay nadie que se llame así. ¿Seguro que es «el Jifero»? —Su acento francés le hacía casi imposible pronunciarlo—. En Portocarrero, desde luego, no.

La silueta del hijo de Concha cruzó la recepción de la Venta, junto al salón del restaurante y, sin detenerse, dejó escapar un «me voy». Ella no contestó, se quitó las gafas y limpió los cristales con el delantal. Se puso en pie para cargar los platos sucios y llevárselos a la cocina.

—¿Para qué buscas a ese hombre? —En los ojos de Concha asomó la desconfianza. Demasiadas preguntas sobre Miriam, sobre hombres cuyo nombre no había escuchado jamás, como si Nora intentara encontrar en el pueblo algo que no existía.

—Creo que el Jifero fue quien mató a Irene —le contestó.

—¿Eso ha dicho Jacobo?

Esta vez fue Nora quien negó en silencio. Pensó responder: «Lo ha dicho Miriam», pero ¿de qué valía lo que contara la niña? «Habló con esos serbios y le dijeron que el Jifero se podía encargar.» La primera parte de la frase contenía un ruido que tapaba su continuación: «Habló con los serbios», y Concha, como cualquiera, se persignaría al imaginar a esa niña diciéndoles a unos desconocidos: «Quiero matar a mis padres». ¿Qué importaban las razones que llevaron a Miriam a tomar la decisión? Como todos, la Francesa volvería la mirada a su propio hijo y sentiría el alivio de que él no fuera un monstruo. Quizá irresponsable y caprichoso, pero no un monstruo.

Por eso Nora prefirió callar. Al día siguiente, todo el pueblo sabría quién era. Ginés Salvador y Concha contarían que la abogada de Miriam estaba en Portocarrero y andaba haciendo preguntas. Que nombraba una y otra vez a un tal Jifero. Y nadie le volvería a contestar sin medir sus palabras, por si una indiscreción abría la puerta de ese centro de menores donde Miriam estaba encerrada. Donde esperaban que siguiera mucho tiempo.

«¿Es que esa mujer no ha leído las conversaciones?», se preguntarían indignados.

«¿Es que Miriam hablaba sola en los chats?», querría gritarles Nora.

Chat

–tengo unos amigos–

Miriam: 😔

[redacted]: ¿Voy a verte?

Miriam: No aguanto más. Soy el puto hámster en la rueda. Un año y todo sigue igual. Va a ser siempre igual. Ahora, mi madre también va llorando por los rincones.

[redacted]: Tiene que cambiar.

Miriam: ¿En serio? Viste a mi padre en la comunión de mi primo. ¿Te parece que puede cambiar?

[redacted]: ¿Te hizo algo después?

Miriam: Como si te importara.

[redacted]: Sabes que eso no es verdad.

Miriam: Os doy mucha pena, sí. Y una mierda. Por la noche, la que vuelve a esta casa soy yo. La que tiene que soportarlos soy yo. Y vosotros dormís de lujo en vuestras camas.

[redacted]: Te hemos dicho cien veces que vayas a la policía.

Miriam: Y yo que la policía no es la solución.

[redacted]: Ya está bien de esa broma.

MIRIAM: Ese es el problema. Os lo tomáis como una broma. Me da igual. Ya me buscaré la manera de hacerlo. No os necesito.

[redacted]: ¿Te das cuenta de lo que estás diciendo?

MIRIAM: Perfectamente. Los años que les quedan van a ser un infierno, o peor todavía. Se acabarán matando entre ellos, matándome a mí. Cuanto antes pase, mejor. Yo no debería estar aquí. Tengo derecho a una vida, como vosotros. No a tener que cargar con estos dos hijos de puta, porque eso es lo que son: ya no son unos padres. Son unos hijos de puta.

[redacted]: ¿De verdad tendrías valor para hacerlo?

MIRIAM: Cuando no te quedan más alternativas, no es cuestión de valor. Es supervivencia. Es esto o tirarme a las vías del tren.

[redacted]: A mí me parece una locura.

MIRIAM: Sal del grupo.

[redacted]: No quiero dejarte sola.

MIRIAM: Eso decís todo el rato. Pero estoy sola. Nadie me está ayudando.

[redacted]: ¿Y qué quieres que hagamos?

MIRIAM: Ya lo sabéis. Tiene que haber alguien que esté dispuesto a hacerlo.

[redacted]: ¿Y el dinero? ¿O te crees que será gratis?

MIRIAM: Cuando me den el seguro, tendré pasta. [redacted] me la puede dejar. Se la devolveré...

[redacted]: Cuando cumplas los dieciocho. Antes, esa pasta del seguro la tendrá tu tío y lo más seguro es que se la gaste...

MIRIAM: No le dejaré.

...

MIRIAM: [redacted]. Sé que estás conectado. Di algo.

...

MIRIAM: ¿A qué esperas, [redacted]? ¿Te vas a quedar callado?

…

…

[redacted]: Tengo unos amigos.

Palas

–vienen a verte–

Jacobo bajó de la ambulancia y, al ver la tierra calcinada alrededor del cortijo, le invadió una oleada de vergüenza, un calor en las orejas y en las mejillas, que supuso ruborizadas y cuyo origen no fue capaz de definir. Como si hubiera dado paso a unos extraños al dormitorio y, en el suelo, quedara ropa interior sucia.

La quema de las chumberas que crecían salvajes en torno a la casa había dejado una huella negra en la tierra. Lagarto le había acompañado en el viaje y le preguntó por esa sombra que rodeaba la casa. «Quemé las palas, tenían una plaga.» Jacobo, apoyado en el bastón, balbuceó algo sobre la cochinilla, pero debió de resultar incomprensible al fisio. Estaba mareado. Lagarto lo sujetó de un brazo. ¿Agorafobia? En la hora que habían tardado del hospital a la casa, Jacobo también había pasado de un entorno cerrado, la habitación, las paredes del hospital, a esta era sin límites. Montes amarillentos quc, en el horizonte, se confundían con un cielo pálido y plano. Levantó la mirada: ese cielo estaba más cerca del suelo que en ningún otro lugar donde hubiera estado. En cualquier momento podía caer sobre ellos.

Recordó a Miriam.

Su hija, cuando apenas llevaban unos meses en Portocarrero, en esa casa. Ella paseaba por los alrededores del cortijo, desganada, hasta las chumberas fosilizadas por la plaga. Blancas y deshidratadas, las palas eran una piel arrugada. Miriam apretó con sus dedos esos insectos minúsculos que se comían las chumberas y surgió un tinte rojo. Había reventado uno de los bichos y la planta parecía sangrar.

Poco después vino Ginés. Entre el marido de la Fuertes y él, rociaron las chumberas con gasolina y les prendieron fuego. El cortijo quedó cercado por un anillo de llamas que, con el atardecer, se fue extinguiendo. Un camión vino a llevarse los restos y, en la tierra, no quedaron más que los rescoldos de donde estuvieron las chumberas, y también las cochinillas.

Plagas y vergüenza, como si de alguna forma él hubiera convocado ambos fantasmas a su alrededor.

—¿Vamos para adentro? —le preguntó Lagarto; Jacobo no contestó, pero después inició el camino—. ¿No tienes otro sitio donde quedarte?

—De momento, no. —Jacobo intentó aparentar seguridad—. Ya veré qué hago. Me las apañaré. Con que me ayudes a bajar una cama al salón...

Había avanzado mucho. Los meses de rehabilitación le permitían ser independiente, pero Lagarto le había pedido que no pusiera sus fuerzas al límite. Los dormitorios estaban arriba. Sería más cómodo si instalaba una cama en el salón. Él aceptó. No quería dormir ante el armario de su cuarto. Frente a las puertas de pino que tapaban los cajones y las perchas con la ropa de Irene: ¿algún día tendría valor para abrir esas puertas, para guardar en cajas la ropa que una vez vistió su mujer? ¿Conservarían su olor?

Lagarto y el conductor de la ambulancia bajaron la cama mientras Jacobo esperaba, sentado en el poyo, a la sombra que la fachada dejaba caer sobre el porche.

Al principio, en el hospital, se sintió indignado y, después, impotente. La policía le dejó durante unas horas las fotocopias con fragmentos de las conversaciones de WhatsApp de su hija. Entre los nombres tachados de los menores, dardos de Miriam: «Podría coger un cuchillo ahora, meterme en su habitación, y rajarles el cuello». Él no quería leer la rabia de su hija. Más que odio, desprecio, repulsa. Hablaba de sus padres como si fueran una comida podrida que se tenía que tragar. Irene y él. Aun así, ¿cómo podían pensar que su hija era responsable de lo que había pasado? Odió a la Guardia Civil. Jacobo estaba atrapado en el hospital, en sus limitaciones físicas. «Quiero hablar con ella», exigió. Pero el sargento, ¿cómo se llamaba? ¿Almela? —debería llevar un bigote fino con ese apellido—. El sargento le dijo que no. Miriam estaba recluida en un centro de menores. «Soy su padre, ¿cómo no voy a poder hablar con ella?» Y se descubrió gritando y a Verónica, la psicóloga, intentando controlar sus nervios y pidiendo a un celador que fuera a buscar un tranquilizante.

Quizá no insistió lo suficiente. Quizá Jacobo tenía miedo a descolgar el teléfono y escuchar al otro lado la voz de su hija. «Se ha ido... Se ha asomado a la puerta y me he hccho la dormida.»

¿Por qué decía esas cosas de él? ¿Quién era el Jacobo que Miriam veía deambular por el cortijo?

Los guardias no le preguntaron por las insinuaciones que hacía Miriam en las conversaciones. Esas «visitas» de Jacobo. Tampoco habría sido capaz de contestarles con claridad. ¿Cómo iba a hacerle daño a su hija? ¿Por qué habría de amedrentarla? «¿Lo está negando?», podría responderle el sargento. Y Jacobo habría dicho que claro que lo negaba; él amaba a su hija. «Discutíamos, eso es todo. Estaba en una edad difícil», añadiría. Pero, aunque no mintiera, ¿decía la verdad? No podía saberlo. Su vida, todo lo que había pasado en Portocarrero, todavía tenía la forma de un sueño discontinuo, plagado de agujeros que era incapaz de rellenar.

A veces se prendían luces en mitad de ese circuito averiado.

Una noche, no podía definir exactamente cuándo, después de discutir con Miriam porque había estado faltando al instituto, subió a su habitación: quería dejarle claro que debía obedecerlos. Sin embargo, al abrir la puerta, encontró a su hija dándose golpes en el hombro contra la cerradura del armario. ¿Qué estaba haciendo? ¿Por qué le miraba con tanto rencor?

¿Podía fiarse de esos recuerdos? ¿Hasta qué punto eran reales?

Miriam había organizado el asesinato: eran los cimientos sobre los que la Guardia Civil levantaba su investigación. Porque eso era lo que había sido: no un robo, tampoco unos psicópatas que se lanzan a la noche, como lobos en busca de su presa. Había sido un asesinato. Cocido a fuego lento en la cabeza de su hija.

«La puerta de la cocina no cierra. Una noche, un tío entra a robar y les pega un tiro...»

Jacobo memorizó las conversaciones. Releídas cien veces en la cama del hospital, mientras intentaba encontrar una falla, algo que demostrara que lo que había escrito Miriam no era más que una broma de mal gusto. Y la indignación inicial se fue transformando en impotencia. Quería descubrir la ironía, la mentira. El juego macabro, pero juego al fin. No lo consiguió.

«Ya está bien de esa broma», decía uno de los nombres tachados en el chat.

«Ese es el problema. Os lo tomáis como una broma», contestaba su hija. «Es esto o tirarme a las vías del tren.»

Jacobo pensó en las estadísticas que manejaba en su viejo empleo, en la Agencia del Tren. Suicidios. ¿De alguna forma era responsable de lo que había dicho su hija? ¿De la manera en que funcionaba su cabeza?

El hermano de Irene, Alberto: sus ojeras y una camisa de listas azules conteniendo su prominente barriga, en el pasillo del hospital, apropiándose de la desgracia, como un pordiosero que roba en la basura ajena. A Jacobo le habría gustado evitarlo, ahora entendía por qué Alberto había gravitado con incomodidad a su alrededor desde que despertara en el hospital. Por qué su mujer, Rosa, nunca había ido a visitarlo. El hermano de Irene siempre a una distancia prudencial. Evitando ciertas zonas, ciertas conversaciones. Su hija en un centro de menores.

—Fue decisión de la Guardia Civil —se defendió Alberto—. Se la llevaron para interrogarla.

—¿Cuánto tiempo lleva encerrada? —le espetó Jacobo. Sabía que eran casi cinco meses. Desde enero—. Hijo de puta. ¡Es tu sobrina!

—Nos engañó, a todos. Nos hicimos cargo de ella...

—¿Quieres que te dé las gracias? ¡Claro que te hiciste cargo de ella! ¿Qué ibas a hacer?

—Vamos a dejarlo. Es normal. A mí también me costó encajarlo...

Jacobo no tenía fuerzas para pegarle. Había perdido la mitad del pulmón derecho y, cuando se excitaba, le faltaba el aire. Se mareaba. Buscó asiento en la zona de espera, un banco corrido de asientos de plástico. Alberto dudaba entre marcharse y darle auxilio. Miraba a su alrededor, como si quisiera asegurarse de que no había testigos de su decisión.

—Su madre está muerta. Yo, en el hospital... No tenía a nadie más que a vosotros y le disteis la espalda...

Alberto calló de esa forma en que se evita la conversación con los tontos.

—¿Tanto te costaba poner un plato más a la mesa?

—Mi mujer y yo le dimos todo —se defendió Alberto—. Le regalamos una *tablet*... No me toques los cojones. El día de Reyes había una *tablet* para ella al lado del árbol. «La nena se lo merece», dijo Rosa. «Con todo lo que está pasando. Da igual que no tengamos un duro. Que nuestros hijos tengan que conformarse con menos. Miriam se lo merece.»

—Habría bastado con que no dejarais que se la llevaran...

—Es mi hermana quien está muerta. ¿Se te ha olvidado eso? Tu hija encargó que mataran a mi hermana.

—Mi hija no encargó nada.

—Has leído las conversaciones. Si no quieres creértelo, es problema tuyo, pero está bien claro.

—Es una niña. ¿Es que nadie se da cuenta de eso?

—Es una niña con la cabeza hecha una porquería.

Y tiene que estar en la cárcel... Sabía perfectamente qué hacía.

Jacobo quiso levantarse y empujar a Alberto. Hacerle callar. Tal vez porque temía que lo que dijera fuera cierto o porque no encontraba otra manera de defenderse. Al incorporarse, trastabilló y fueron los brazos del hermano de Irene los que impidieron que terminara en el suelo. «¡¡Suéltame!!», le gritó, pero Alberto no lo hizo. Esperó a que Jacobo pudiera sostenerse por sí mismo.

Jacobo se deshizo de él. Caminó pegado a la pared del pasillo; necesitaba refugiarse en su habitación.

—Voy a personarme como acusación particular en el juicio —dijo Alberto—. No puedo permitir que esto quede en nada.

Alberto transformado en garante de la memoria de Irene. El mismo idiota que ella no soportaba. Podía imaginarlo en la barra del Diamond o en el supermercado, mientras compraba pan y leche, unas cervezas, vanagloriándose de su cruzada. El Espartero, cómo odiaba Alberto que le llamaran así. Una vida avergonzado por el oficio de sus padres, por quién había sido en la infancia, el bobo del que todos se reían, desesperado por que le aceptaran en el pueblo. Ahora tenía la oportunidad de convertirse en lo que siempre había deseado. El faro moral de Portocarrero. «Es lo que tenía que hacer», diría orgulloso a quien quisiera escucharle.

¿En manos de quién había quedado Miriam?

Lagarto y el conductor de la ambulancia bajaron la cama al salón; la mecedora y la estufa catalítica quedaron arrinconadas en una esquina para hacerle espacio.

El salón era un pequeño laberinto. Jacobo no se decidía a cruzar el umbral de la puerta. Apoyado en la jamba, los vio trabajar mientras trataba de acostumbrarse al olor de la casa: abandono y romero blanco, el aroma de la familia que fueron, el cadáver de Irene.

—Si necesitas cualquier cosa... —dijo Lagarto, y le tendió una tarjeta con su teléfono. Era su extensión en el hospital. Es posible que por la cabeza del fisio pasara la idea de darle su móvil personal, de abrir la puerta de la amistad al padre traicionado, viudo, pero decidió conservar esa parcela de privacidad. Probablemente, no se volverían a ver.

Jacobo los despidió con tanta entereza como fue capaz. Una vez solo, avanzó entre los muebles hasta sentarse en la cama, de espaldas al pasillo que conducía a la cocina. No quería mirarlo y descubrir que aún estaba allí la mancha de sangre.

Atardecía cuando escuchó el motor de la ambulancia salir de la era. Callado, en el salón desordenado, dejó que cayera la noche. Pensó en el olor de su familia, todavía pegado a las paredes del cortijo; en los olores peculiares de cada familia. Después se dio cuenta de que, aunque recuperara a Miriam, su casa jamás volvería a oler como antes. Irene ya no estaría con ellos y el perfume de su ropa, encerrado en el armario del dormitorio, se iría diluyendo con el tiempo.

Qué lejos quedaba aquella playa donde hicieron el amor por primera vez. Irene, Jacobo y el mar.

Era como si formara parte de otra vida.

Llamaron a la puerta, unos golpes metálicos. Jacobo se levantó y, al accionar el interruptor, descubrió que no había luz en la casa. Nadie había pagado los recibos. Su cuenta, en negativo, no pudo hacer frente ni al primero de ellos. Mientras él despertaba en el hospital, la compañía había seguido emitiendo facturas, avisos de impago. Tal vez, el día en que el sargento Almela le contaba que su hija había encargado su asesinato, mientras leía las conversaciones de WhatsApp con los nombres tachados, un operario de la compañía eléctrica rondaba su casa en busca de la toma de luz y cortaba los cables.

Volvieron a llamar a la puerta. Apoyado en el bastón, mientras sorteaba los muebles, preguntó quién era. Le respondió una voz femenina, pero no entendió bien qué le decía. Cuando por fin alcanzó la puerta y abrió, encontró al otro lado a una mujer algo más joven que él. «Sé que es tarde», fue lo primero que le dijo ella con una sonrisa, «pero necesitaba hablar contigo». Se presentó: Nora Cuevas, «la abogada de Miriam». Jacobo se disculpó por la oscuridad y le explicó que la compañía le había dado de baja mientras estaba en el hospital. A ella no pareció importarle; se adentró en el salón como si ya lo conociera.

—Hace tiempo tuve un lío con un chico que trabajaba en Gas Natural o algo así. Tampoco le prestaba mucha atención a lo que decía. Pero me enseñó a puentear el contador de la luz. Si quieres que te lo haga... —De un pequeño brinco, Nora se subió a la cama, los pies volaban sobre el suelo—. ¿Te vas a quedar en esta casa?

—No tengo otro sitio al que ir.

—¿Tienes velas? ¿O hablamos mejor en el porche...?

Nora no esperó a la respuesta. Bajó de la cama y, cogiéndole del brazo mientras decía: «Mejor en el porche», fue deshaciendo el camino. De su hombro colgaba una cartera a la que se aferraba como Jacobo al bastón. Le murmuró algo de que era verano, de que no tendría problemas con el frío. Pero ¿y el frigorífico? ¿Cómo iba a guardar la comida? Jacobo estuvo a punto de contestarle que la nevera hacía tiempo que no funcionaba, pero se dejó llevar afuera en silencio.

Se sentaron al pie de la era. Nora parecía más una vendedora puerta a puerta de Avon que una abogada. No le habría sorprendido que, al abrir esa cartera, sacara un muestrario de cremas faciales en lugar de documentos. El vestido de flores, los hoyuelos de unos mofletes acostumbrados a sonreír, su cuerpo orondo, sentada en el poyo del porche, recortada contra la noche del desierto que se extendía al sur.

La abogada le contó que el defensor judicial de Miriam había dado el visto bueno para que Nora se encargara de su caso. Su hija había quedado en una situación de desamparo, y ella misma contrató a Nora. Con eso no debía asustarse: ella llevaría el caso de manera gratuita. «Por el interés social», le especificó, aunque Jacobo no podía atender a las explicaciones legales de la abogada.

—¿Cómo está Miriam? ¿La has visto? —la interrumpió Jacobo.

—Guapísima —dijo ella—. Hecha una mujer.

Un desvío hacia la normalidad. Dejando atrás el país extraño donde había despertado Jacobo en el hospital. Agradeció la respuesta de Nora. Le hizo tomar conciencia de que hacía siete meses que no veía a su hija. A su edad, estaba seguro de que habría cambiado tanto como decía la abogada. Aunque el tiempo se había estancado para Jacobo, no había ocurrido lo mismo con Miriam: los días habían existido, y también habían quedado atrás. ¿Cómo habrían sido estos siete meses para su hija?

—No me dejaron hablar con ella. —Y, más que lamentarse, Jacobo se excusaba.

—Lo sé. La asistenta social tiene que dar la aprobación.

—Como si no fuera suficiente con que mataran a Irene, la han encerrado...

—Aclarar todo lo que pasó no va a ser fácil —le advirtió Nora y, por primera vez, una sombra se cruzó en su optimismo.

Las conversaciones del chat regresaron a la memoria de Jacobo. Palabra por palabra. Los nombres tachados. Una ventana abierta a cómo se había diseñado el crimen. A una Miriam que le parecía irreal.

—Supongo que Almela habrá hablado contigo. —Jacobo se lo confirmó con un leve cabeceo mientras buscaba un lugar donde sentarse. Nora le hizo sitio en el poyo y, con unas palmadas sobre el cemento, le invitó a acompañarla. Cansado, Jacobo se acomodó a su lado—. ¿Te han contado todo?

—Me dieron unas fotocopias... El grupo de WhatsApp...

—Se puede pintar muy feo. Si uno quiere, claro...

—¿Qué ha dicho ella?

—Que no lo hizo.

La noche de junio caía pesada sobre ellos. Ni viento ni ruidos. Un vacío a su alrededor. Como desde el primer día en Portocarrero, Jacobo quería encontrar una escapatoria. Una manera de huir del desierto y, sin embargo, no lo conseguía. La misma sensación de asfixia que sentía en todo lo relacionado con su hija. *No puede ser verdad*, se había dicho al principio. *¿Cómo puede no* *ser verdad?* Confuso, era incapaz de hallar una explicación alternativa a la de la Guardia Civil, a la del hermano de Irene. Lo que ellos decían sonaba tan lógico que daba pavor.

—Es una tontería negar que Miriam estaba pasando una época en la que no os soportaba. Ni a ti ni a su madre. En eso tampoco hay nada raro. Me gustaría que me presentaran a algún adolescente que no odie a sus padres. Yo soñaba que los míos se estrellaban con el coche cuando iban a ver a mi abuela, vivía en Níjar...

Nora invitaba a Jacobo a que reconociera que él había pensado lo mismo cuando tenía quince, dieciséis años. Sin embargo, hay un trecho entre el hartazgo y el odio. Miriam lo había cruzado. ¿Se había ganado Jacobo a pulso ese odio? ¿Era digno merecedor? *Recuerda lo que Miriam decía de ti*, pensó Jacobo, *en esas conversaciones*. Nora seguía hablando:

—Lo único que ha cambiado entre los chavales es que, cuando éramos pequeños, lo que pensábamos o las tonterías que decíamos con nuestros amigos se quedaban ahí... ¿Sabes de qué hablo? Te tomabas una cerveza y le decías a tu amiga: me pongo mala cada vez que tengo que hablar con el pesado de mi padre... La diferencia es que ahora lo ponen por escrito. Y nosotros, que somos unos antiguos, nos creemos que al hacerlo van más en serio... Pero siguen siendo las mismas gilipolleces que tú o yo soltábamos a su edad.

—No es una gilipollez cuando dices cómo vas a matar a tus padres y eso se cumple, palabra por palabra...

Sin darse cuenta, Jacobo se descubrió acusando a su hija. La indignación y la vergüenza se extinguían y solo quedaban los hechos. Nada que los distorsionara. Tan incontestables que se sintió enfermo. Su niña, en casa de una amiga, viendo la televisión, consciente de que, mientras tanto, alguien reventaba el estómago de Irene, su madre; alguien le disparaba a él en el pecho. Se encogió por un dolor que no era físico. Apretó los dientes para contenerlo. Nora le puso la mano en la espalda, le acarició.

—Solo hablaba por hablar —se disculpó la abogada—. Me pasa a menudo... Pero no me hagas caso. ¿Estás bien?

Los ojos se le habían humedecido por el esfuerzo, un sudor frío le empapó las sienes. Poco a poco, la ansiedad desapareció. Con un gesto de la mano, quiso decirle a Nora que estaba bien.

—Es evidente que Miriam llevó sus fantasías un poco lejos... Pero, créeme, no tan lejos como todo el mundo cree, Jacobo, tu hija necesita que confíes en ella.

—Quiero hacerlo —murmuró él, pero cada vez le costaba más.

—De alguna forma, alguien se aprovechó de Miriam. De las burradas que ponía en el WhatsApp...

—¿Eso es lo que ha dicho? —No podía evitar que la excusa de Miriam le resultara absurda, tan pueril como otras, en el pasado, cuando solo era una niña que volvía del colegio con una nota del profesor.

—No has leído todas las conversaciones. Hay cosas horribles, no voy a endulzarte nada... Habla de ti, de Irene... Y no va a ser fácil cuando las leas. Te tenía miedo. Y también habla de esos dos hombres que busca la Guardia Civil, los serbios.

¿Dónde está la salida?, se preguntaba Jacobo. *¿Dónde se termina este laberinto?* Sinisa y Zoran. Los dos hombres tras los que andaba Interpol, los brazos ejecutores de su hija.

—Miriam fantaseó hasta el punto de hablar con ellos —le confirmó Nora—. No sé si los serbios se la creyeron. A lo mejor no vieron qué pasaba en realidad: una niña que se hacía la dura, escandalizando a sus amigos con esa idea loca de matar a sus padres. Miriam dice que los conoció en uno de los decorados del oeste, uno abandonado en el desierto. Los chavales iban allí a beber..., de fiesta... Hasta ese momento, todo lo de los chats había sido una ilusión. Pero, de repente, esos dos hombres estaban delante de ella. Eran de carne y hueso. Los serbios le dijeron que para hacer lo que ella quería, tenía que hablar con otro... Con un hombre al que llamaron «el Jifero»... Él sería quien pondría el precio al trabajo.

Le hacía daño imaginar a Miriam en esa situación. En el Cóndor, Jacobo sabía que los adolescentes iban a ese decorado para divertirse. Música, alcohol y su hija. Hablando con dos extraños de sus padres. Pidiéndoles que los mataran.

—Piensa en tu hija —le pidió Nora—. No en lo que te haya dicho la Guardia Civil. ¿Quién la va a conocer mejor que tú? Piensa en Miriam. Una niña de trece años, con esos dos hombres. Sola en mitad del desierto. De noche. ¿No crees que se asustaría? ¿Que diría cualquier cosa con tal de salir de allí? La pobre tenía pánico. Por eso les prometió a los serbios que conseguiría el dinero que hiciera falta. Que le presentaran al Jifero. Pero no lo hizo, Jacobo. No hay una sola conversación entre Miriam y ese tal Jifero. Borró los contactos de los serbios. Para ella, todo esto no era más que una pataleta. Una manera de demostrar lo enfadada que estaba. Y, cuando vio que se le iba de las manos, la cortó en seco. El sargento Almela te puede haber dicho lo que quiera, pero lo que yo te estoy contando es la verdad: Miriam no le encargó a nadie que entrara en vuestra casa.

Jacobo intentó organizar todo lo que Nora le estaba contando. Rápido, sin hacerse demasiadas preguntas por miedo a que la historia de Miriam se derrumbara. Quería creerla, cruzar a la carrera la placa de hielo antes de que se resquebrajara.

—No creo que consigan encontrar a los serbios. Dios sabe dónde se habrán metido. Pero podemos intentar localizar al tercero... Al Jifero...

—La Guardia Civil dice que solo eran dos personas... —dijo Jacobo.

La noche del asesinato. Los recuerdos, como pinceladas deslavazadas, habían estado golpeando a Jacobo desde que despertó en el hospital. Dibujaban un cuadro sin aparente sentido, pero en el que se repetía una imagen: un hombre apoyado en el quicio de la puerta de la cocina, dando la espalda al interior de la casa donde los serbios disparaban primero contra Irene, después contra él. El tercer hombre.

—¿Tienes alguna idea de quién puede ser ese Jifero? —preguntó Nora.

Jacobo negó con un vaivén de cabeza. Otro pensamiento había empezado a recorrer su cerebro como una corriente liberada.

—¿Y un coche blanco? —insistió la abogada—. Miriam me dijo que vio a Sinisa y Zoran hablando con alguien. No pudo verlo bien, pero era más alto que los serbios, y Sinisa, el más joven, medía casi uno ochenta. Estaban al lado de ese coche blanco. Con el morro y el maletero muy largos; un modelo antiguo de Mercedes o Volvo. Yo creo que ese tercer hombre era el Jifero...

Él volvió a negar como un autómata. Apenas escuchaba lo que decía la abogada.

—Un tío de casi uno noventa no puede desaparecer así, sin más. Alguien tiene que haberlo visto. —En la voz de Nora se instaló un temblor—. Seguro que fue él quien entró en vuestra casa. ¿No lo recuerdas? ¿No había alguien así esa noche?

¿Por qué iría ese Jifero a matarlos? ¿Para qué usar el plan que había diseñado Miriam? ¿Qué ganaría acabando con Irene, con él, si no eran nadie, si no tenían nada? Pero, aunque esas preguntas llegaron a Jacobo, también se retiraron como olas. Empezaba a entender qué había pasado. Por qué Miriam construyó ese juego perverso.

—¿Quién puso a mi hija en contacto con los serbios?

—No puedo contarte nada que implique a menores —se disculpó Nora.

En realidad, no necesitaba su respuesta. Jacobo sabía qué nombres se escondían bajo los tachones de las fotocopias que le entregó la Guardia Civil. No le hacía falta que Nora los pronunciara. Los amigos de Miriam en Portocarrero.

Había encontrado una salida al laberinto. Una puerta abierta y una respuesta a lo que había escrito Miriam.

El demonio no llevaba su sangre. El demonio eran los demás.

«Tengo unos amigos...», había escrito uno de los miembros del chat. Jacobo sabía que el nombre que se ocultaba bajo el tachón era el de Néstor. El sobrino del Rubio había abierto la puerta; le había dicho: «Pasa, a ver si te atreves, demuéstranos que esto no es una broma». Y su hija había cruzado la carretera como si fuera una apuesta, solo para dejarles claro que la niña de trece años, de catorce recién cumplidos cuando todo ocurrió, también era mayor. Que tenía el valor de ese chico de diecisiete años del que estaba enamorada. ¿Por qué todas las miradas se habían vuelto hacia Miriam? ¿Es que Néstor o Carol, la hija de Ginés y la Fuertes, no habían participado en la conversación? ¿Por qué era Miriam la única responsable?

Con esa certeza, también lo invadió la culpa.

Abandonó a su hija y ella encontró refugio en una manada de lobos.

Diamond

–canta conmigo los primeros días–

—Carol es simpática —le dijo Irene a Miriam—. Un rabo de lagartija, como su madre, la Fuertes, pero seguro que te diviertes con ella.

Jacobo abría maletas en el salón. Irene intentaba venderle nuevas amigas a su hija, pero ella ni siquiera la escuchaba. Pegada a la ventana, Miriam se contorsionaba en busca de alguna red que diera cobertura a su móvil. Le resultaba ridícula, su propia hija. ¿Todavía no se había dado cuenta de todo lo que habían dejado atrás?

El amanecer del primer día en Portocarrero.

El hermano de Irene llegó con una vieja furgoneta. Alberto balbuceó algo de la fiesta que se habían dado en la boda del Gordo, la resaca le impedía vocalizar con claridad.

—Me habría quedado en la cama, te lo juro. Pero la parienta se ha empeñado, que todo esto os iba a hacer falta… —E Irene tuvo que pedirle a Alberto que le diera las gracias a su mujer de su parte—. Dáselas tú luego; Rosa va a venir con los críos.

Descargaron la furgoneta: una televisión de tubo, cajas con utensilios de cocina que ya no usaban, y ese viejo frigorífico que tenían abandonado en el garaje. Entre los tres lo arrastraron hasta la cocina; a los dos días, el congelador se convirtió en una masa de hielo que impedía cerrar la puerta. Pero ¿qué iban a guardar en él? ¿Qué tenían que conservar para el día de mañana?

Por la tarde, Alberto fue a buscar a su familia para cenar con ellos. Para celebrar que habían llegado a Portocarrero. Como si eso mereciera una celebración.

Sacaron una mesa al porche. Jacobo había seguido el crecimiento de su sobrino por fotografías a las que nunca prestó demasiada atención. Ahora, a sus ocho años, flaco y despeinado, Juanjo se entretenía tirando piedras a las chumberas que había alrededor del cortijo. Rosa movía cadenciosamente el carrito donde el bebé lloraba desesperado, hambriento o buscando el sueño, mientras ponía a Irene al día de las vidas de sus amigos. Miriam se había quedado en la casa, en su habitación, como el fantasma en el torreón.

—No seas rácano y ve por un quinto y un poco de esa salchicha que te he *traío* —dijo Alberto, acariciándose la barriga, cobrándose su ayuda.

—El Rubio se hizo cargo de su hermana y del niño, Néstor. Marga no está en condiciones de vivir sola y menos de cuidar de un hijo —dijo Rosa y, después, habló de litio y de las crisis que Marga sufría. No salía del chalet, podían pasar meses sin verla.

—Ha cuidado del crío como si fuera suyo —añadió

después Alberto con ese halo de admiración que envolvía cada palabra dedicada al Rubio.

Irene se entristeció al recordar a Marga. Tenían la misma edad, fueron compañeras en el instituto, hasta que la hermana del Rubio empezó a repetir cursos. «Era un torbellino, pero, de golpe, se apagó», dijo Irene y adornó sus recuerdos con anécdotas en las ferias de los pueblos, las locuras de Marga que, al principio, resultaban divertidas. Bailes y besos con desconocidos. Risas que se extendían más allá de lo normal y amigas que la miraban extrañadas, deseando que detuviera de una vez por todas esa carcajada.

—Me voy a morir de sed —protestó Alberto.

Jacobo fue en busca de la cerveza y, antes de entrar en el cortijo, le pareció ver al gato atigrado que huyó el día anterior. Camuflado entre las chumberas, con las orejas mordidas. Escondiéndose de Juanjo. «El pobre Néstor ha crecido sin madre», dijo Rosa en el porche. Jacobo tuvo ganas de gritarle a su sobrino que dejara de tirar piedras, pero prefirió callar. Supuso que el gato sabría evitarle. Atrás, la conversación, o más bien el monólogo de Rosa sobre el Rubio y Néstor: Marga estaba loca. Hipermedicada, era una muñeca de trapo que se dejaba hacer cualquier cosa; así se había quedado embarazada, así había venido al mundo Néstor, el pobre Néstor. «Está consentido», sentenció luego. Mientras, su hijo seguía tirando piedras a las chumberas.

Jacobo se demoró tanto como pudo en la casa; sabía que Irene también quería que su hermano y su familia desaparecieran de allí, pero tenían que soportarlos. Esa noche y muchas más, después.

Las primeras semanas en Portocarrero desaparecían en silencio.

Intentaban olvidar por qué habían llegado al desierto. Irene se levantaba temprano. Limpiaba hasta la hora de comer. Jacobo se hizo con una caja de herramientas, Ginés se la prestó al poco de instalarse en el cortijo. «¿Cuándo te vas a meter con el tejado?», le recordó el marido de la Fuertes. Y, después, se montó en su coche y se perdió por el camino de tierra. *¿Algún día lloverá?*, se preguntó Jacobo en el salón con la vista clavada en la grieta que cruzaba el techo.

Hizo el amor con Irene la segunda semana. Una noche de septiembre tan pegajoso como agosto. Apenas se hablaron, rendidos por el calor y el trabajo de devolverle la vida a una casa muerta. Irene, desnuda, se encendió un cigarro y, descalza, se apoyó junto a la ventana.

—Es inútil que mires fuera; no se ve nada —dijo Jacobo desde la cama.

—¿Qué dinero nos queda? —preguntó ella, pero no necesitaba respuesta.

El tiempo que se mantuvieran ocupados con la casa no era más que una tregua. ¿Cómo iban a enfrentarse al día a día?

Jacobo se puso una camiseta y salió del dormitorio. Abrió la caja de herramientas en la cocina y cogió un destornillador. Intentó cambiar la bisagra rota de la puerta de la cocina; el tornillo, oxidado, había perdido el dibujo de la cabeza y la punta de la herramienta patinaba. Hizo fuerza, intentando afianzar el destornillador, pero resbaló y se lo clavó en la mano izquierda. Le abrió una pequeña herida entre el pulgar y el índice. Un diminuto cráter. Jacobo dejó escapar un «mierda» y, después, escuchó a Irene preguntar desde el piso de arriba si había pasado algo. «Nada», le contestó y tiró el destornillador al suelo. Abrió la nevera, cogió una lata de cerveza y le dio un trago.

No quería volver al dormitorio, al lado de ella. La preocupación de su esposa se estaba transformando en reproche. ¿No había hecho él todo lo que había podido? Irene le habría dado la razón, le habría pedido que no se atormentara: «¿De qué te va a servir?». Simplemente necesitaban dinero. Un trabajo. Algo con lo que llenar ese frigorífico de mierda.

Jacobo se chupó la mano y sorbió la sangre de la herida.

Al día siguiente, volvieron a la tarea de hacer habitable el cortijo: baldosas rotas, y el tejado, ¿para cuándo?

Desde la ventana de su habitación, Miriam veía cómo pasaban las horas, los días, y nada cambiaba a su alrededor. El mismo desierto perdiéndose hacia el horizonte. Casi no había pisado el pueblo, solo un par de tardes en las que acompañó a su madre a hacer recados. Tampoco le interesaba. Soñaba que, cualquier mañana, sus padres cerrarían las maletas y saldrían de aquel agujero.

Mientras tanto, escuchaba música, veía la televisión. Un viejo aparato al que tuvieron que ponerle un adaptador digital para sintonizar un par de canales. Cuando lo encendía, la imagen surgía fantasmal, sombras verdosas que, poco a poco, iban cobrando presencia. La gente de la televisión tapaba el silencio de la casa.

¿Se habían dado cuenta sus padres de ese silencio? Los dos se movían con urgencia, de un rincón a otro del cortijo, encadenando una tarea con la siguiente, como si temieran detenerse y descubrirse mirándose a los ojos. Miriam se ponía los cascos: *Pure Heroine*, de Lorde, sonaba a todo volumen dentro de su cabeza.

Entre las chumberas, le pareció ver al gato atigrado. Dormitaba.

La matricularon en el instituto de Gérgal, el pueblo más cercano a Portocarrero. Libros prestados y una mochila que no sabía de dónde había salido en la cama de su habitación. Irene la llevaba y la recogía en el coche. Solo durante los primeros días.

—Te queda muy bien el suéter —le dijo su madre a la salida del instituto, detenidas ante un semáforo rojo—. Mejor que a mí.

La ropa se le había quedado pequeña y Miriam empezó a usar prendas de su madre. Todavía no podía ponerse los vaqueros, pero sí los jerséis, las camisetas. En el espejo, cada mañana, veía reflejada una especie de caricatura de su madre. Siempre le habían dicho que se parecía mucho a Irene: pelo castaño oscuro, una melena rizada que caía sobre sus hombros y ojos grandes, anfibios, ojos verdes de rana, se decía a sí misma cuando estaba deprimida.

Sus formas, que empezaron a marcarse hacía tiempo, se perdían dentro de los jerséis de Irene. Estaba ridícula. La pordiosera vestida con ropas prestadas. Porque esa era la verdad que había tras el piropo de su madre: no tenían dinero para comprarle ropa nueva.

—¿Qué tal en el instituto? ¿Has estado con Carol en el recreo?

—Está con sus amigos —negó Miriam. Quería seguir escondida en su mutismo, pero Irene insistía en prolongar la conversación:

—¿Y eso qué más da?

—Que yo no pinto nada ahí.

—¿Y qué haces?

—Cazo ratas y les corto la cabeza —murmuró Miriam y dejó caer una mirada indolente a su madre—. Está verde. El semáforo.

—Muy graciosa —contestó Irene y retomó la marcha—. Si no pones de tu parte, va a ser peor.

—¿Y por qué tengo que ser yo siempre la que ponga de su parte?

—Yo no puedo hacer amigos por ti.

—Pero sí podrías comprarme un puto jersey de mi talla para que no parezca subnormal.

Irene puso el intermitente, detuvo el coche en el arcén. Ya habían entrado en la carretera a Portocarrero. Giró la llave, apagó el motor y se volvió en el asiento para mirar de frente a su hija. Miriam sabía qué vendría a continuación: el sermón de que ya estaba bien de poner palos en las ruedas, que sus quejas eran poco más que estupideces, era una niña y estos malos tiempos pasarían, le quedaba mucho por vivir. Si se le ocurría contestar, tal vez le cayera un bofetón. Sin embargo, Irene no consiguió decir nada. Las lágrimas se lo impidieron. Miriam vio cómo su madre hacía un esfuerzo para contener el sollozo que le anudaba la garganta. Irene arrancó de nuevo el coche y se reincorporó a la carretera.

Buscó la mano de su madre cuando esta cogió la palanca de cambios para subir de marcha. Al rozar sus dedos, Irene la evitó como si hubiera notado una descarga eléctrica.

No volvió a llevar a Miriam al instituto.

Un microbús salía todas las mañanas con los alumnos del pueblo y, al terminar las clases, los recogía. Le dijo que podría relacionarse con las chicas de Portocarrero.

—Así hablas con Carol. Solo te lleva un año.

En realidad, le llevaba dos años. Miriam tenía trece años; Carolina, quince. Su madre insistía tanto en esa relación porque Carol era hija de Ginés y la Fuertes. Sus nuevos amigos. Los únicos que, además de sus tíos, habían ido a visitarlos al cortijo. Tal vez imaginaba un futuro ideal en el que las tres familias compartían comidas, secretos y risas.

Cada mañana, Miriam se sentaba en uno de los primeros asientos del microbús, cerca del conductor, y se hundía en él. No quería que la vieran. Carol o Néstor se quedaban en las últimas filas y, aunque estaba convencida de que no habían reparado en su existencia, prefería ocultarse. Que no vieran esas ropas grandes, la mochila, el móvil que apenas aguantaba unas horas con batería. Al llegar al instituto, esperaba a que todos bajaran; miraba cómo se alejaban: Carol bromeando, vociferando sin miedo a que la escucharan los compañeros, al lado de Néstor, silencioso y espigado, como uno de esos árboles secos que había en el pueblo.

Había perdido la ciudad, las amigas y las clases de canto. También a sus padres, enredados en sus propios problemas, y decidió que quería formar parte de algo, de Néstor y Carol, por ejemplo, de lo que fuera. Estaba harta de ser una sombra. Iba a llamar la atención.

—¿Qué estás haciendo, Miriam? —le dijo una noche Jacobo, blandiendo el parte de la profesora—. ¿A qué viene esto?

Notaba cómo su padre intentaba contener el enfado. Qué poco tenía que reprocharle.

Miriam hundió la mirada en la mesa como una buena hija.

—No has presentado ni un solo trabajo desde que empezó el curso. Le dices a la profesora que tampoco piensas hacerlos, que te suspenda, que te da igual...

—Si lo prefieres, puedo mentirle —contestó Miriam.

Jacobo buscó apoyo en Irene, pero su madre quiso sonar conciliadora:

—Sé que no te gusta que nos hayamos mudado, pero suspender todo no es la mejor forma de salir de aquí. Y si te buscas problemas en el colegio...

Unos faros iluminaron la entrada de la casa. Miró a sus padres y pensó en dos conejos, paralizados en mitad del campo por las luces de los cazadores. ¡Pum, pum!

Era Ginés. Miriam subió a su cuarto mientras ellos hablaban con el padre de Carol.

—¿Qué tenéis que hacer? —les preguntó, incrédulo.

—El tejado, me tengo que poner con él... —farfulló Jacobo; una excusa que ni él mismo creía.

Cerró la puerta de su habitación. Esa noche, su padre volvería a hablar con ella. La discusión no había terminado.

Se puso los cascos, la música. Se tumbó en la cama y pensó en Néstor. Durante una clase, aburrida, lo vio por la ventana del aula. Estaba en la calle. Debía de haberse saltado las clases. Las manos en los bolsillos de una sudadera Nike, vaqueros Levi's y zapatillas New Balance. Se detuvo en un paso de cebra y se lio un cigarro. El pelo enmarañado y, luego, una bocanada de humo. Un coche blanco se detuvo junto a él. Era un modelo antiguo, alargado. Los ocupantes, si eran más de uno, no se bajaron. Alguien abrió la puerta de atrás y Néstor subió al coche. No pudo reconocer la marca.

—Ginés, es que... no nos lo podemos permitir —escuchó que su madre decía en el salón.

—Si no os va a costar nada —la tranquilizó Ginés—. El Rubio paga todo. Es su cumpleaños.

El restaurante de la Venta del Cura estaba en un cruce de calles cercano a la plaza de la iglesia. Jacobo se dejó guiar por Irene al interior. El techo del comedor, cruzado por vigas de madera, y en un rincón, una chimenea. Solo había espacio para unas cuatro o cinco mesas, pero, esa noche, ellos eran los únicos comensales. Manteles de tela blanca y sillas de enea desgastadas. El Rubio cumplía cuarenta y cuatro años y, presidiendo la mesa, no parecía afectarle el hecho de ser el único sin pareja en aquella celebración. Rosa recordó a su última novia: Daniela o Gabriela, dijo que se llamaba. Contó algo relacionado con su forma de vestir, ¿llegó a llamarla puta o solo lo dio a entender?, para después reírse de los planes de futuro que tenía con el Rubio; pobre chica ingenua. Alberto rellenó los vasos de vino.

—¿Sigue bailando el cancán? —preguntó a Ginés.

Jacobo, en el otro extremo de la mesa, creyó intuir el deseo de Alberto hacia esa Gabriela o Daniela, de apenas veinte años. Bailarina de un espectáculo en uno de los parques temáticos decrépitos dedicados al Oeste en el desierto.

—Aguantó unos meses y, después, desapareció —contestó Ginés.

Imaginó a Alberto en la mesa de ese *saloon*. Mirando cómo Gabriela o Daniela se levantaba la falda sobre el escenario al ritmo del cancán y soñando que era él y no el Rubio quien se acostaba con la bailarina, repitiendo las posturas que su amigo, en una noche de copas, le había descrito. A su lado, Rosa peleándose con sus dos hijos; para que dejara de llorar el bebé, para que el mayor se estuviera quieto.

—¿No te da vergüenza liarte con chicas tan jóvenes? —preguntó Irene, y Jacobo dejó a un lado sus elucubraciones. La mirada de su esposa cruzaba la mesa y se clavaba en la media sonrisa del Rubio.

—No era tan joven —le mintió él.

—Los cojones —se rio Alberto.

La Fuertes encendió un cigarro y, sentada al lado de Irene, le dio un codazo cómplice.

—Si es que, aquí, las cosas no cambian —se burló con su voz rota mientras una nube de humo le envolvía la cara.

Durante unos minutos, Jacobo dejó de escuchar al resto de la mesa. Sin darse cuenta, vació dos copas de vino. No era tanto la pregunta que había hecho Irene como su mirada lo que le incomodó. De pronto, se sentía un invitado no deseado al que los demás le escamotean el verdadero sentido de sus conversaciones. Ginés hablaba del Pueblo del Oeste donde trabajaba. De que no es que hubiera menos visitantes, es que nunca los había habido. Solo con volver a pintar ese decorado antes de cada verano se perdía dinero.

—¿Por qué tratáis así al Indio? —Y el silencio que siguió a su pregunta le hizo darse cuenta de lo cortante que había sonado.

—¿Qué te ha dicho mi hermana de ese loco? —Alberto no disimuló que le había molestado.

—Yo, nada —se excusó Irene, levantando las manos para remarcar su inocencia—. Es Jacobo, que no sé qué idea se habrá hecho de él...

¿Por qué Irene se está divirtiendo tanto en esta cena?, se preguntó Jacobo.

—Hará cosa de unos tres años, nos enteramos de quién era de verdad el Indio —le confesó Ginés, inclinándose hacia él sobre la mesa—. Un amigo en la Guardia Civil de Gérgal me lo contó. Antes de aparecer por aquí, estuvo en la cárcel, no sé cuántos años. En Barcelona. Violó a dos guiris, dos americanas...

—Y nosotros dejando a los críos solos en el *camping* —dijo Rosa y solo le faltó persignarse.

—Les gustaba ir a jugar allí —los disculpó el Rubio— y que les contara historias de los indios y de las películas que se hicieron en el desierto. Hasta que supimos de qué pie cojeaba, y entonces...

Nadie terminó la frase del Rubio.

El camarero llegó a la mesa y repartió unos entrantes al centro. Migas y berenjenas rebozadas. Un plato de jamón. «Llévate las chuletillas de cordero, nene, y dile a la Concha que a nosotros no nos las cuela», dijo Alberto devolviéndole un plato. Rosa, Ginés y la Fuertes se abalanzaron sobre el resto de la comida, ávidos. Irene también comía con ansiedad: habían tardado mucho en servirles. ¿Quién hacía tanto ruido al masticar? ¿O era la suma de todos? El Rubio animó a Jacobo con un gesto a que empezara. Estaba arrancando la carne de una chuleta de cordero que había rescatado antes de que el camarero se llevara la ración por orden de Alberto.

—Está duro, pero es que tengo un hambre de perro —se explicó mientras se limpiaba la comisura de los labios, sucia de grasa.

La Fuertes se sacó de la boca el jamón que intentaba

tragar; mojado de saliva, lo dejó sobre el plato y apagó el asco con un sorbo de vino para, luego, llamar al camarero.

—¿Es que no tenéis una pata de las mías? Esto no es ni jamón serrano... Nos vais a dar la noche, díselo a Concha.

—Estoy cortándolo, Fuertes. Un poco de paciencia, coño, que parece que lleváis una semana sin comer.

No se había dado cuenta hasta ese momento, cuando el camarero sirvió más carne asada. No supo identificar qué había de raro en su mano izquierda, pero Rosa debió de notar cómo se quedaba mirándola, porque cogió del brazo al chico y dijo:

—Tiene seis dedos. Enséñaselos, nene.

El camarero, un chico de unos veintitantos años, quizá el hijo de esa tal Concha que nunca salió de la cocina, abrió su mano izquierda sin asomo de vergüenza. Junto a su dedo meñique había una réplica de este. Un meñique duplicado. Seis dedos.

—Así pillo más cuando estoy con la novia —le dijo a Jacobo, cerrando en un puño la mano, como el que da fin a un truco.

Rieron la broma del camarero. Una broma que, estaba seguro, repetía cada noche, ante cada forastero.

—Una noche lo puse en su sitio, y el Indio no me lo perdona —dijo Ginés retomando la conversación. Luego miró al Rubio, como si hubiera descubierto algo que debía permanecer oculto, pero insistió en el tema, ahora con un tono de alivio—: Dios sabe qué le habría hecho a mi Carol...

—Es un viejo guarro. Cuanto menos pise el pueblo, mejor —concluyó Alberto.

Siguieron comiendo mientras la charla, de forma

inevitable, descendía como un río hacia la situación que estaban atravesando. La crisis y los ERE. Lugares comunes: corrupción y los cabrones de los políticos. Los bancos ladrones. Hasta que la palabrería se estancó en él. En Jacobo. En la pregunta que todos se habían estado guardando. Fue Rosa quien se decidió a hacerla:

—¿Y qué vas a hacer?

—Buscarme lo que sea —contestó Jacobo—. Digo yo que, mientras encuentro algo en lo mío, se podrá trabajar en cualquier cosa, en el campo si hace falta...

—En lo tuyo va a estar complicado: aquí no hay un puto tren —contestó Ginés.

—Estaciones abandonadas, las que quieras —ratificó Alberto—. A eso no nos gana ni Dios.

—No tiene por qué ser con trenes —les contestó Jacobo, y no pudo disimular una mirada de superioridad. El vino había empezado a desinhibirlo. Ginés y Alberto, Rosa y la Fuertes, pidiendo una ronda de gin-tonics con la que terminar la cena, le parecían poco más que indígenas que habían dejado el taparrabos por una noche—. Tengo Económicas y un montón de años trabajando en estadística. Eso es lo que hacía en la Agencia. Me da igual que sea o no con trenes.

—Como no te saques un puesto en la Junta, no sé quién cojones va a contratar a un economista en este pueblo. —La Fuertes había vuelto a encenderse un cigarro: ¿no había llegado la prohibición de fumar a Portocarrero? Jacobo no preguntó y buscó su paquete de tabaco en el bolsillo—. Y de lo otro, de la estadística, ya ni te cuento. ¿O no, Rubio?

Irene extendió su mano junto a la de Jacobo para que le diera a ella también un cigarro. El Rubio contó unos billetes antes de abandonarlos en el plato que el camarero con seis dedos le había dejado delante.

—A lo mejor te puedo meter en lo de las abejas —dijo—. Para ir tirando hasta que te salga otra cosa.

Pero, luego, el Rubio se levantó para llevar la cuenta a la barra. ¿Qué esperaba? ¿Que le siguiera rogándole ese trabajo? Sabía por Alberto cuál era su situación, su desesperación. ¿Por qué había esperado a ese momento para hacerle la oferta? ¿Por qué no había ido a verlos al cortijo; un día, dos, una semana después de que llegaran? Le habría gustado mandarlo entonces a tomar por culo. Decirle: métete tu dinero donde te quepa, imbécil. Y, sin embargo, se sabía ansioso. Necesitaba retomar la conversación con el Rubio y que este le dijera dónde, cuándo y qué tenía que hacer para empezar a trabajar. Cortesano, como todos los demás, yendo a presentar sus respetos al rey del desierto.

Irene se levantó para ir al baño. Salió del comedor: ¿se detendría en la barra para decirle al Rubio que sí que necesitaban ese trabajo, con las abejas o con lo que fuera?

Antes de emprender el viaje, ella ya se lo había contado. La familia del Rubio era dueña de medio pueblo, de la mayoría de esas tierras áridas que lo cercaban. Olivos y cabras. Casas. La poca actividad económica de ese lugar salía, como agua de una fuente, del Rubio, a cargo de todos los negocios desde que sus padres murieron. Jacobo, antes de llegar a Portocarrero, se escudaba en un orgullo pueril. ¿Por qué tendría que ponerse a trabajar en el campo? Pero esta noche, mientras se creía superior a todos los demás, lo había dejado caer como quien abre una puerta invitando al viento a recorrer la casa. «En el campo, si hace falta.» El tono intrascendente con el que había intentado impregnar su frase no había sido tal: sino lástima, servilismo. Un «dame de comer, por favor», con la cabeza gacha y la mirada clavada en los zapatos lustrosos del Rubio.

—No sé yo si te podrás colocar con las abejas —dijo Alberto cuando salían de la venta—. No hace falta personal para las colmenas.

El hermano de Irene defendía su territorio. Él era el encargado de la explotación de las colmenas. Llevaba todo ese negocio y, seguramente, se sentía amenazado por Jacobo: habían ocupado la casa de sus padres, ¿y ahora querían meterse también en su trabajo? Le había costado mucho alcanzar el lugar que tenía en Portocarrero, Irene se lo había contado. No iba a apartarse sin más.

Eran las doce, pero no hacía frío. Nadie puso en duda que seguirían la noche en el Diamond, ¿quién iba a decir que no a unos cuantos gin-tonics más?

Miriam recogió la mesa, barrió la cocina. Carol, desde el sofá, le insistió en que no tocara nada. Ya limpiaría su madre mañana, porque esta noche estaba segura de que volvería borracha, directa a la cama. Miriam terminó por hacerle caso. Dejó la escoba y se sentó en una mecedora al lado de la hija de la Fuertes. Intentó centrarse en el programa que estaba viendo Carol.

Una pantalla LCD de 42 pulgadas. El frigorífico tenía una pantalla digital. Había visto el cargador de un iPhone colgando de un enchufe de la cocina. Una *tablet* abandonada en la consola del recibidor. Carol, en pijama, revisaba sus wasaps en un Samsung S-7 y se rascaba cada poco tiempo esa nariz respingona en un tic que ya le había visto antes. En una pausa de publicidad, se fue a su cuarto, descalza. Volvió con un porro entre los dedos. El olor dulzón de la marihuana que había aprendido a reconocer en su antiguo instituto, flotando siempre en el corro de los chicos de bachiller.

—De esto, ni una palabra —le advirtió con una sonrisa y una calada.

Miriam le prometió que no diría nada. Sus padres habían salido de cena y, para que no pasara la noche sola en el cortijo, la habían dejado en casa de Carol. Bien cuidada. La Fuertes y Ginés se habían marchado en un Chrysler; sus padres, en un Renault de segunda mano por el que su padre había cambiado el coche que tenían antes, el Mercedes en el que viajaban cuando eran felices.

El móvil, silenciado, le ardía en el bolsillo de su pantalón con el calor de la mayor de las vergüenzas. Un Alcatel, no sabía qué modelo, en realidad tenía el nombre de la operadora. Un ladrillo ridículo que no se atrevía a sacar en público.

—Néstor igual se pasa un rato —dijo Carol tras leer uno de sus mensajes.

Miriam dijo que a ella no le importaba. Que Carol hiciera lo que quisiera, ella no iba a moverse de esa mecedora. La hija de la Fuertes la miró con los ojos enrojecidos por la marihuana. ¿Qué le diría de ella a Néstor? La cercanía con la que se trataban le había hecho sospechar que podían ser novios, aunque nunca los había visto besarse.

—¿Cómo puedes estar con ese jersey? Parece agosto del calor que hace... —dijo Carol.

Miriam se quitó el jersey. Lo dejó apoyado en el brazo de la mecedora y se recogió el pelo. Aguantó la mirada en la televisión donde unos concursantes reían o lloraban. Quizá el humo de la marihuana de Carol había empezado a afectarle y ya no era capaz de diferenciar qué hacían.

—¿Cómo te has hecho eso?

Ella fingió no saber a qué se refería, hasta que Carol le señaló el antebrazo. El moratón se había ido extendiendo, como una mancha de aceite, y su borde casi negro rozaba el hombro.

—Me caí.

Habían bebido demasiado.

Ginés le cogió en algún momento del cuello, junto a la barra del Diamond, con un gesto de camaradería y le confesó que «si estuviera en su mano...». ¿Qué habría hecho por él?, se preguntó Jacobo.

Irene se lo pasaba bien. Reía mientras hablaba con la Fuertes, que encendía cada cigarro con la colilla del anterior.

Alberto dijo «¡No seas mamón!» al camarero. Y, también, «Bébete el gin-tonic» a Rosa. Y su mujer lo hizo.

Abejas.

El hermano de Irene le habló a Jacobo de las abejas. Del zumbido que hacen cuando te acercas a las colmenas. Casi dos mil colmenas en la sierra que había a la espalda de Portocarrero.

El Rubio era el único que se mantenía entero en esa noche borrosa en la que todos daban la impresión de que habían empezado a salirse de sus propias siluetas. Él, sin embargo, conservaba la camisa blanca bien metida en sus pantalones.

Tampoco sudaba. Como si el calor y el alcohol no pudieran hacerle efecto.

Irene se sentó en una mesa, agotada. De reír y de beber. Ginés le dijo al dueño del Diamond que subiera el volumen. ¿Qué mierda de equipo de música tenía? «Rubio, hostias, regálale uno que se escuche.»

¿Dónde había ido a parar el Rubio?

El bar se llenó con la estridencia de una de las canciones más famosas de Neil Diamond. ¿Ese era el motivo del nombre del bar? Ginés, completamente borracho, el cubata en una mano, la camisa abierta y el pecho al aire, empezó a cantarla a voz en grito. Alberto, Rosa y la Fuertes, se unieron en los coros.

¿Dónde estaba Irene?

Jacobo buscó el baño. Donde terminaba la barra, un pasillo estrechado por los barriles de cerveza que se acumulaban en un lateral y, al fondo, una puerta. Al abrirla, encontró al Rubio. Se lavaba las manos y, a través del espejo que había frente a él, le sonrió. Jacobo, aturdido, miró a las dos puertas que había preguntándose cuál sería el baño de señoras. «Está ahí», el Rubio señaló a su izquierda y Jacobo pasó al servicio. La puerta se cerró a su espalda y, sentada en la taza del váter, vio a Irene. Se reía. A carcajadas.

Las puertas del baño amortiguaron la música, pero, aun así, pudo escuchar a Ginés y a los demás cantando: *«Sweet Caroline, good times never seemed so good!!!»*.

Irene quería controlar una risa que parecía más un espasmo nervioso. Un ataque de pánico.

Néstor llegó al cabo de una hora. La silueta espigada del sobrino del Rubio cruzó el salón, de la mano de Carol.

Solo le dijo «hola» y, después, ambos desaparecieron escaleras arriba. Miriam recogió los pies en la mecedora, se abrazó las piernas. Buscó el mando y quitó el volumen de la televisión. Carol estaría besando a Néstor. Mientras se desnudaban, le hablaría de esa mancha morada que se extendía en su antebrazo. Esta noche todavía no. Pero, días después, sí surgirían las preguntas: «¿Cómo te has hecho eso?», y ella seguiría mintiendo, contando que se cayó. Hasta que llegara el momento de decir la verdad.

Podía escuchar los gemidos de Néstor y Carol mientras hacían el amor.

El concurso había terminado cuando bajaron de nuevo al salón. Los ojos como discos ardiendo. «¿Quieres venir con nosotros?», le preguntó Carol mientras se calzaba unas zapatillas y Néstor salía de la casa y las esperaba junto a su coche. Miriam se puso el jersey y, sin preguntar dónde iban ni qué pasaría si sus padres volvían y encontraban la casa vacía, los siguió. Acomodada en el asiento trasero del BMW, veía las siluetas de Carol y Néstor recortadas contra la luz de los faros que iluminaban la carretera. Se alejaban del pueblo rápido, muy rápido. Ella miraba a Néstor; sus manos acariciaban el volante, y solo una leve sonrisa cuando Carol le decía algo. No podía escucharlos. La música estaba demasiado alta. ¿Tenía edad para conducir?

Pisaron la carretera del desierto. Carol se giró en su asiento.

—Es que teníamos unas cosas pendientes —gritó mientras se reía.

A los lados de la carretera, en la oscuridad del desierto, Miriam vio unas luces. Desperdigadas, débiles; Néstor condujo hacia ellas sin aminorar la marcha. A unos metros, detuvo el coche. Salió y dejó su puerta abierta. Carol loe siguió. El motor estaba encendido, seguía sonando la música y la luz de los faros se esparcía sobre los matorrales del suelo como leche amarillenta. Miriam se bajó del coche. Carol y Néstor cogían algo del maletero.

«Quédate aquí, si quieres», le dijo él. Pero Miriam no quiso esperar. Los siguió hacia esas luces que descubrió que pertenecían a unas caravanas. Se repartían por una explanada del desierto, alrededor de una pequeña casa de madera. Carol arrancó rastrojos y Néstor cargó con unos neumáticos abandonados. Encogidos, rodearon las caravanas hasta llegar a algo que parecía una chatarrería; una *roulotte* volcada, aperos de labranza oxidados y un contenedor cargado de basura. Néstor llevaba un bidón en la mano y, después de echar dentro del contenedor todo lo que habían encontrado por el camino, los rastrojos, los neumáticos, empapó la basura con gasolina. Miriam dio unos pasos atrás al identificar el olor. Carol se encendió un cigarro e hizo un esfuerzo por contener su risa; temían que pudieran verlos. Néstor le hizo un gesto para que se alejara de allí; la chispa de su cigarro podía prender. Sin darse prisa, terminó de vaciar el bidón. Hizo un manojo de hierbas secas, se apartó unos metros y les prendió fuego con un mechero. Miriam sintió que el corazón le latía como no recordaba. Era miedo y era excitación. Era volver a sentirse viva.

El manojo voló en un arco, dejando en la noche la estela del fuego, y cayó en el contenedor. La llamarada se levantó con un ruido sordo, la combustión de la gasolina, y el fuego iluminó con rabia la chatarra y la basura que había en ese rincón. También sus caras, extasiadas durante un instante, y a Néstor, que, de espaldas al fuego, ya regresaba al coche, como si hubiera olvidado lo que acababan de hacer. Ni siquiera se había detenido un segundo a contemplar las llamas.

Carol la cogió de la mano y tiró de ella.

—Vámonos. Si nos ve el Indio, nos mata.

Chat

–esto es lo que va a pasar–

Miriam: ¿Estás despierto? Hola...

...

Miriam: 🙄

...

Miriam: No puedo dormir.

...

Miriam: Dime algo cuando te despiertes.

...

[redacted]: Estaba frito. ¿Qué pasa?

Miriam: No puedo dormir. Ya me he terminado lo que me quedaba de maría...

[redacted]: ¿Has tenido bronca con tu padre?

Miriam: No. No es eso. Cuando he llegado, estaba en el salón, dormido. No puedo dejar de llorar. No sé qué me pasa 😢😢

[redacted]: ¿Quieres que vaya?

Miriam: Paso de que me veas así de hecha mierda... Soy gilipollas.

[redacted]: ¿A qué viene eso?

Miriam: ¿Te puedo contar una cosa? No te rías, por favor. Lo lees y lo borras. ¿Vale?

[redacted]: 👍

...

[redacted]: ¿Sigues ahí? ¿Estás escribiendo o no?

Miriam: Me quiero morir. No aguanto más, de verdad. Me gustaba cuando era pequeña. Iba a un parque, jugaba con unas muñecas, tenía un montón de muñecas. Mi padre me secaba el pelo y me lo desenredaba, y mi madre se acostaba a mi lado hasta que me dormía. ¿Por qué no pude quedarme ahí? Cuando era pequeña. No soporto esto. Irme a dormir sabiendo que mañana será la misma mierda o peor. No sé si eran diferentes antes, pero por lo menos me daba igual. ¿Sabes lo que te digo? No me fijaba. Tenía mis muñecas y ellos me daban besos y, si pasaba algo, ni me daba cuenta. No sabía lo que venía después. No sabía todo lo que voy a perder. No me daba asco que me tocaran.

[redacted]: Estás de bajón, Miriam. No te comas la cabeza.

Miriam: Lo que pasa es que me he hecho mayor. Y sé lo que va a pasar cuando tenga los años de mi madre. Yo voy a ser una amargada, tú te vas a volver loco.

...

Miriam: Lo siento, no quería decir eso. 😳 Bórralo. ¿Estás ahí?

[redacted]: Deja de quejarte y haz algo de una vez.

Miriam: Me da miedo.

[redacted]: Pues entonces, cállate. Cuando tengas un curro, te vas de esa casa y haces lo que quieras.

Miriam: Trabajar de cajera en un puto Carrefour. ¡Va a ser la leche! Podía haber hecho un millón de cosas... pero ellos me han metido en este pueblo asqueroso.

...

Eres lo único bueno que me ha pasado. No te mosquees con esta idiota, ¿vale? 💖

[redacted]: Sabes que solo quiero ayudarte. Depende de ti.

Niños

–y luces de cumpleaños–

No podía dormir. Cuando Nora se fue, Jacobo volvió a la casa y se tendió en la cama. Al cerrar los ojos, las palabras de los chats de Miriam lo acosaban.

[redacted]: Ya está bien de esa broma.

Los tachones le resultaban absurdos. Sabía quién se escondía debajo de ellos. Quiénes eran sus amigos. Carol era quien se resistía a entrar en el juego. Pero el otro había estado empujándola suavemente.

[redacted]: Tengo unos amigos.

Y, más tarde, en una conversación fechada solo unos días antes de que todo ocurriera:

[redacted]: Sabes que solo quiero ayudarte. Depende de ti.

Podía recordar los chats. Y también podía ver los nombres ocultos.

NÉSTOR: Sabes que solo quiero ayudarte. Depende de ti.

Jacobo tuvo que hacer varios intentos hasta que el coche arrancó. Le sorprendió que funcionara la batería después de siete meses acumulando arena roja a la espalda del cortijo. La luz de la reserva se encendió tan pronto logró ponerlo en marcha. Suficiente gasolina para llegar al pueblo.

Condujo por el camino de tierra hasta la carretera que cruzaba Tabernas. Después tomó dirección a Portocarrero. El parachoques, descolgado, traqueteaba contra el guardabarros, la bombilla del faro izquierdo estaba fundida; el coche tuerto avanzó despacio, por debajo de los treinta kilómetros por hora. La luz que funcionaba, estrábica, iluminaba el margen de asfalto comido por el desierto y los matorrales. A los lados, la oscuridad de la noche, las sombras del esparto y nada más. Las escasas luces del pueblo, hacia el norte.

Recordó la silueta del hombre que daba la espalda en la cocina, ajeno al matadero en que se convirtió aquella noche su casa. El cuerpo sin vida de Irene, su talón endurecido y manchado de sangre.

Bordeó Portocarrero. La casa del Rubio quedaba por encima del pueblo, también de la Iglesia del Santo Sepulcro. Estaba encaramada a la sierra de los Filabres. Aparcó a la entrada del chalet y subió el tramo de escaleras de piedra falto de aire y de fuerzas, apoyándose en el bastón. La terraza y la piscina se extendían ante la casa y terminaban en un cortado. Se había bañado allí, había mirado ese horizonte sin límite desde el agua. Te daba la sensación de estar suspendido en el aire. Bajo unas enredaderas de las que colgaba una ristra de pequeñas luces, como si alguien las hubiera decorado para un cumpleaños, estaba la hermana del Rubio. Acurrucada en una tumbona, insomne.

—¿Marga? —murmuró Jacobo, avisando de su presencia—. Siento las horas...

Sus párpados carnosos se alzaron y descubrieron una mirada cenagosa, la abulia de la medicación que cercenaba cualquier sensación; ni siquiera la sorpresa por encontrarse a Jacobo en el jardín de su casa cuando ya casi daba la una de la madrugada.

—Necesito hablar con tu hijo. ¿Está en casa?

—No sé si está despierto —le contestó ella, arrastrando las palabras. Cuarenta y tres años y parecía una anciana. Su cuerpo inflado de líquidos recostado en la tumbona como una ballena varada.

—Iré a ver...

La puerta de la casa estaba abierta. A la derecha se veía el salón. La televisión estaba encendida, aunque sin sonido. Había imágenes de una guerra, un soldado disparaba entre las ruinas de una ciudad. Un videojuego. Él estaba en el sofá, en calzoncillos; los cascos le impidieron escuchar cómo Jacobo se acercaba. Encontró el mando a distancia en una mesa y apagó la televisión. Solo entonces, Néstor miró a su alrededor para adivinar qué había pasado. Jacobo le hizo un gesto dándole a entender que se quitara los cascos. «Tengo unos amigos.» ¿Por qué seguía en su casa el culpable?

—Jacobo... —El chico se levantó y se miró las piernas flacas y desnudas, los calzoncillos—. ¿Qué...? ¿Cómo estás?

¿Qué necesitaba decirle? Jacobo se dio cuenta de que no tenía ni idea de cómo enfrentarse a ese chico. ¿Qué había ido a buscar a su casa? Dio unos pasos por el salón hasta situarse a su lado. Néstor no era Miriam. No era una niña de trece, catorce años, desarraigada. No tenía un frigorífico vacío, sino una piscina de diseño en la que podía sumergirse cada mañana. Una consola de última generación y una televisión de Dios sabe cuántas pulgadas. ¿Había cumplido ya los dieciocho? Le daba igual. Néstor no era inocente. Néstor sabía que hay actos que cambian una vida. Tenía que haberlo aprendido.

—¿Quieres que avise a mi tío? —le preguntó el chico.

Jacobo levantó el bastón y le golpeó en la cara tan fuerte como pudo. La empuñadura de madera le rompió la nariz y Néstor empezó a sangrar a borbotones sobre el sofá de cuero blanco. Mareado, perdió el equilibrio, cayó de rodillas en el suelo de parqué. Se agarró al sofá para no derrumbarse por completo. Jacobo volvió a enarbolar el bastón y le sacudió en la espalda. Néstor gritó de dolor.

—¡Para, por favor! —suplicó mientras, al intentar incorporarse, perdía de nuevo el equilibrio y caía de rodillas.

—¿Por qué no paraste tú? —contestó Jacobo. Sintió que a él también le fallaban las fuerzas y tuvo que apoyarse en el bastón. La sangre de Néstor le manchó la mano—. Tú eres quien debería ir a la cárcel...

—Yo... no hice nada malo. ¡Ya se lo dije a la policía! —dijo en un balbuceo apenas inteligible.

—¡¡Llevaste a mi hija hasta esos asesinos!! ¡¡Tú la empujaste a hacerlo!!

—¡¡Eso no es verdad!!

Jacobo volvió a golpearle con el bastón a la altura de los riñones. Néstor tembló como si hubiera sufrido una descarga eléctrica.

—¡¡Es una niña!! Deberías haberla parado...

Néstor, derrumbado contra el sofá, se giró hacia Jacobo y, con una mirada estancada que le recordó a los ojos de su madre, los dientes sucios de la sangre que todavía vertía su nariz rota, le dijo:

—Miriam no es ninguna niña. —Jacobo sintió un escalofrío al escucharle hablar con esa extraña tranquilidad. Con la paz de un mar antes de la tormenta.

—¿Vas a echarle toda la culpa?

—Fue idea suya.

—¿Y de dónde salieron los serbios?

—Se los presenté, nada más... Pensaba que se echaría atrás en cuanto la cosa saliera de los chats... Que le daría miedo...

Levantó de nuevo el bastón; Néstor se cubrió la cabeza para protegerse del golpe, pero esta vez Jacobo descargó su ira contra el cristal de una mesa. Le faltaba el aire: el esfuerzo, la rabia, le obligaban a boquear como un pez en la orilla.

—Esos tíos me pasaban pastillas... Eran dos camellos de mierda. ¿Cómo iba a pensar que se la tomarían en serio...?

Escuchó unos pasos que bajaban a la carrera las escaleras de mármol. Insistía en convencerse de que Néstor era culpable. Ese niño consentido podía ser idiota, pero no ingenuo. El Rubio irrumpió en el salón y, sin mediar palabra, lo apartó de un empujón. Débil, Jacobo perdió el equilibrio hasta caer al suelo.

—Néstor, ¿estás bien? —El Rubio se arrodilló junto

a su sobrino. Lo cogió con cuidado de la cara para mirarle la nariz; se le había empezado a hinchar y los ojos se hundían, oscuros. Jacobo todavía se dolía en el suelo—. ¿Has perdido la cabeza? —le acusó.

Intentaba levantarse; la mano derecha en la esquina de una mesa, un punto de apoyo para sostener su cuerpo. El Rubio abrazó a Néstor. Jacobo quiso tener fuerzas para coger el bastón y golpearle a él también. La piel pálida y esas profundas ojeras moradas, los labios habían perdido el color. Una camiseta negra. El Rubio interpretaba el papel del viudo y Jacobo se odió por estar tan débil. Por no ser capaz de abalanzarse sobre él y gritarle que dejara de arrebatarle todo, incluso el dolor.

—¡¡Vete de aquí!! Debería llamar a la policía... —El Rubio sacó un pañuelo y se lo puso a Néstor en la nariz para contener la hemorragia.

—Estoy bien, déjalo... —dijo Néstor mientras, ayudándose en su tío, se sentaba en el sofá.

Jacobo consiguió ponerse en pie.

—¡¡Que te vayas!! —volvió a gritarle el Rubio.

Aunque quería, no podía ir más rápido. Jacobo vio el cristal roto de la mesita, la sangre en el sofá de cuero blanco y, también, en su bastón. La televisión más grande que había visto en su vida, el parqué y las escaleras de mármol. Arrastró los pies y la ira al escuchar las palabras de consuelo que el Rubio regalaba a Néstor. Se alejaba de ellos con una parsimonia exasperante. El Rubio acabó por cogerlo de un brazo. Forzó sus pasos rumbo a la puerta y Jacobo estuvo a punto de caer otra vez.

—Si vuelves por aquí, te juro que no respondo... —amenazó el Rubio cuando por fin lo sacó de la casa. Luego llamó con un grito a su hermana—: ¡¡Marga!!

El coche estaba a unos treinta metros. Cada paso era

una lucha, como la que mantenía en el gimnasio del hospital al enfrentarse a los primeros ejercicios de rehabilitación. Lagarto le pedía que concentrara todas sus fuerzas en lo que hacía, en sentir cada uno de los músculos implicados en la acción para recuperar el dominio de su cuerpo.

Vio a Marga cogida de la cintura del Rubio, la cabeza apoyada en su pecho, mientras se dejaba guiar al interior del chalet. Las pequeñas bombillas rojas y verdes, amarillas, reflejadas en su piel y también en el agua de la piscina.

¿De qué había servido pegar a ese pobre chico? ¿Qué había ganado dejando a Néstor sangrando en el sofá de su casa? No le proporcionó consuelo ni alivio. Tampoco la seguridad de que Miriam había sido manipulada.

¿Por qué dudaba de su propia hija? Se maldijo por no haber preguntado a Néstor por el Jifero. Por ese hombre al que Miriam acusaba de todo. Alguien de más de uno ochenta, conocido de los serbios, que tal vez se movía en un coche blanco. Se detuvo ante las escaleras de piedra. ¿Hablaba Miriam de Néstor cuando nombraba al Jifero?

Jacobo se dio unos segundos de descanso en el coche antes de arrancarlo. Luego giró la llave, pero esta vez el motor no se puso en marcha. Volvió a intentarlo. De nuevo, el coche guardó silencio. Golpeó con rabia el volante, estúpido, atrapado al lado de la casa del Rubio. No iba a volver para pedirle que le acercara hasta el cortijo.

Dentro, en el sofá manchado de sangre, el Rubio quizá estuviera aconsejando a Néstor cómo comportarse. Qué decir a la Guardia Civil y qué callar. «Si alguien te habla del Jifero, di que tú no has oído ese nombre en la vida.» Eso le mantendrá lejos de las puertas del centro de menores. De los juzgados. La culpa pertenece a Miriam. Ella es quien debe ser condenada.

Con la cabeza apoyada en el volante, Jacobo recordó las conversaciones de WhatsApp de su hija. Sus planes de asesinato, su rabia. Sabía que algunas de esas líneas se habían filtrado a la prensa.

«La puerta de la cocina no cierra. Una noche, un tío entra a robar y les pega un tiro...»

Jajás y emoticonos alrededor de sus palabras que lo hacían aún más perverso. Una niña jugando con la vida y la muerte, como si se tratara de un divertimento, como el chaval que por desidia prende fuego al hormiguero.

Gasolina para la prensa.

Pero ¿y los demás? ¿Por qué Néstor y Carol habían quedado eximidos de toda responsabilidad? Como poco, eran los palmeros. Los demonios que habían acompañado a Miriam; sola jamás habría contactado con los serbios. Néstor vivía protegido en ese castillo, mientras su hija se había quedado abandonada ante unas autoridades que querían encerrarla, ante un pueblo que, estaba seguro, ya la repudiaba. No necesitaba verlo para imaginar lo que Alberto habría dicho a las televisiones: «Esperamos un castigo ejemplar».

Como si esa tierra, ese pueblo, no estuviera enfermo antes de que ellos dejaran caer sus maletas.

Miriam era otra víctima. Como lo había sido Irene, como lo era él.

Y, entonces, Jacobo pensó en ese hombre que daba la espalda a la cocina. En la silueta en el umbral, contra la noche del desierto. ¿Quién era? E intentó encajar la fisonomía alta y desgarbada de Néstor en ella. Eran dos piezas que no se correspondían: su memoria insistía en dibujarle al hombre de la cocina más bajo, también más gordo. Pero ¿por qué iba a confiar ciegamente en sus recuerdos? De la misma manera que había olvidado parte de los meses que había pasado en el pueblo, podía recordar de forma equivocada los detalles de aquella noche.

Cuando recobró las fuerzas, salió del coche y bajó caminando al pueblo. Se sentó en la plaza de la iglesia y esperó a que llegara el amanecer. A que algún vecino madrugador saliera a la calle para pedirle que lo llevara de regreso al cortijo.

Sabía lo que haría nada más llegar. Cogería papel y boli. Escribiría los chats que le habían dejado leer y, después, llamaría a un periódico. Estaba seguro de que publicarían lo que les dijera. Era el padre de la acusada quien les daba la información. Pero esta vez no habría ningún nombre tachado: era justo que todo el mundo supiera que Miriam no hablaba sola y que la repulsa a lo que dijeron se extendiera a Carol y Néstor.

El olor a canela del humo con el que rociaban las colmenas antes de acercarse a ellas reapareció en su memoria a la vez que le vencía el sueño. Una pieza encajada en el puzle de su vida.

Se durmió en un banco de piedra. En el silencio de un pueblo que le recordaba al silencio de las colmenas atestadas de abejas muertas.

Miel

–escucha a la colmena–

—¿Le has dado las gracias al Rubio? —preguntó Irene cuando Jacobo le contó que le había dado trabajo con las abejas, al lado de Alberto.

—No lo he visto. Se las he dado a tu hermano.

—Él no pinta nada. Ha sido cosa del Rubio. —Y tuvo la impresión de que sería ella quien iría a agradecerle la oportunidad.

Jacobo ya no tenía el control. Hasta entonces, había transitado por la rutina: los estudios y una boda, una hija. Un camino convencional hecho con la seguridad de dominar los acontecimientos, de poder prever lo que sucedería a la mañana siguiente. Hasta que se convirtió en un espectador de su propia vida, más un invitado que su dueño.

Alberto y él, dentro de esos trajes como astronautas, sacaban los panales de las colmenas para comprobar la producción. Les daban la vuelta. La canela adormilaba a las abejas. Las primeras veces no sufrió ninguna picadura. Lo habían contratado para limpiar y revisar las colmenas. Alberto dejaba esa tarea para centrarse en la comercialización de la miel. El hermano de Irene quería interpretar el cambio como un ascenso. Jacobo sabía que le habían dado un trabajo de mierda, pero ¿cómo iba a quejarse? No volvió a hablar con el Rubio hasta que unas semanas después se encontraron en el Diamond. Se odió por quedarse mudo cuando le dijo cuánto iba a pagarle. Doscientos cincuenta euros.

—Es un curro de la leche. Solo tienes que subir a la sierra de vez en cuando y echar un ojo a las colmenas. Las abejas hacen todo el trabajo. —El Rubio se terminó su caña de un trago—. Ponle una de mi parte a Jacobo —dijo al camarero antes de marcharse.

Doscientos cincuenta euros, esa era la salvación que el Rubio les regalaba. ¿Y todavía debían darle las gracias? «Buscaremos algo más», le dijo Irene cuando se lo contó. ¿Por qué no decía lo que él pensaba? Ese hijo de puta se había reído de ellos. Les había prometido un futuro y lo único que había hecho era prolongar la agonía. El Rubio se gastaba más dinero cualquier noche pagando una cena, unas copas, dándole unos billetes a su sobrino para que se fuera de compras a Almería.

En invierno, las abejas empezaron a morir. Rociaba las colmenas de humo, sacaba los panales. Sabía que ese silencio excesivo no era normal. ¿Dónde estaba el zumbido? Sus cuerpos, cáscaras vacías, se amontonaban en el fondo de la colmena. Metió la mano y sacó un puñado de abejas muertas. Cada vez eran más. Cientos. Llamó a Alberto. «¿Qué está pasando?» Había oído hablar de la intoxicación por los plaguicidas, pero, en invierno, nadie rociaba los campos. Alberto cogió una abeja, una pupa que todavía no se había formado del todo. Falta de músculos y de su caparazón. Le señaló un punto rojo, una especie de burbuja de sangre.

—Es la varroa —sentenció el hermano de Irene.

Otra plaga. El ácaro se había reproducido en las colmenas y, como pudieron comprobar, las había infectado hasta el punto de que no había más solución que la quema. Las abejas nacían enfermas, contagiadas por la varroa que chupaba su sangre.

Nada podía crecer sano en esta tierra.

Chándal

–pastillas de rescate–

—El padre..., no sé qué decirte del padre —murmuró Nora desde la cama de la pensión. Hacía calor. Demasiado calor para dormir. La ventana abierta y el helado, deshecho, en su regazo. Pepitas de chocolate que rescataba con la cuchara de un mar de nata—. Jacobo parece un superviviente de la guerra mundial. Está mal. Está hecho una mierda. Como si los japoneses lo hubieran tenido encerrado en un zulo los últimos veinte años, torturándolo... Metiéndole hormigas carnívoras por debajo de las uñas.

—Joder, Nora. ¿Cómo esperabas encontrarlo? —contestó su hermana al teléfono.

—Un poco más centrado. No me vendría mal.

Oía el ruido de la cafetera al otro lado. Su hermana ya había dormido al niño. Un cuento, una nana, hasta que por fin cerró los ojos y, después, en la cocina, se había preparado un descafeinado. Un cigarro, el silencio.

—¿Cuándo vas a volver? —le preguntó Carmela.

—¿Me echas de menos? —bromeó Nora. Aunque, tal vez, su hermana estaba midiendo el tiempo de vacaciones que le dejaba su ausencia.

—¿De qué vale que andes por el pueblo?

—Ahora mismo, creo que soy la única que se preocupa de verdad por Miriam.

Se había trasladado a Portocarrero con la esperanza de que alguien le confirmara que el Jifero no era una invención de Miriam. Sin embargo, cada vez que había preguntado por él, la respuesta había sido el mismo arqueo de cejas, el silencio, y, conforme se extendía que era la abogada de la niña, también la negativa a hablar con ella.

Los vecinos estaban avergonzados. Les molestaba que el resto del país hubiera sabido de su existencia a través del caso de Miriam. «Esa cría no era de aquí», le dijo en el supermercado la dueña, y siguió pasándole la compra, el helado de *stracciatella*, sin volver a dirigirle la palabra. Harta de lidiar con las infamias.

Repasó los hechos una vez más. El diecinueve de diciembre, Jacobo no se movió del cortijo. Irene pasó la mayor parte del día fuera. Regresó a casa sobre las nueve de la noche. A esa hora, Miriam ya se había marchado a la casa de su amiga. Le dijo a su padre que dormiría con Carol y, al día siguiente, iría directamente al instituto. Néstor fue a recogerla en coche. No entró al cortijo ni habló con Jacobo. La dejó en la casa de Ginés y la Fuertes sobre las diez. Los padres de Carol declararon que, poco después de que llegara la niña, cenaron juntos. Estuvieron viendo la televisión. En el cortijo, Jacobo e Irene apenas hablaron. Ella dijo que no tenía hambre y subió al dormitorio. Jacobo se quedó en el salón. Encendió la estufa. Hacía frío esa noche, las temperaturas habían descendido hasta los cuatro grados. Eran casi las doce cuando esos hombres entraron por la puerta de la cocina. Irene había bajado y los vio irrumpir. Bajo la bata de algodón, estaba desnuda. Dos disparos y ella murió en el acto. Jacobo solo recibió uno, el que le atravesó el pulmón. Quedó inconsciente y lo dieron también por muerto. El cortijo estaba aislado; nadie vio nada.

A la mañana siguiente, a las siete y cuatro minutos, Ginés llegó con Miriam a la casa. La chica había olvidado unos libros y, antes de ir al instituto, le pidió al padre de Carol que la acercara al cortijo para recogerlos. Ginés fue el primero en entrar en la casa: se encontró con Irene, muerta en la cocina; luego vio a Jacobo tendido en el pasillo, sobre un charco de sangre. Llevó a Miriam afuera y llamó a urgencias desde su móvil.

Después de que trasladaran a Jacobo a un hospital, la Guardia Civil se encargó de la escena. Tomaron huellas. No encontraron casquillos de los disparos realizados. La casa estaba desordenada: cajones abiertos, armarios, ropa por el suelo. Pensaron que se trataba de un robo. Pasados unos días, Miriam y su tío Alberto revisaron la casa. No echaron nada en falta. Eso fue cuando todavía la Guardia Civil creía que los asesinos eran ladrones.

El laboratorio de criminalística dijo desde un principio que eran dos las personas que habían entrado en el cortijo. A finales de diciembre, el sistema descubrió una coincidencia en las huellas que habían tomado. Pertenecían a dos hombres de nacionalidad serbia. Sinisa Petric y Zoran Bukovij. Fichados por tráfico de drogas, marihuana y hachís, también pastillas, un año atrás. Se ordenó su busca y captura. Fueron a su último domicilio registrado, unas caravanas en el *camping* Tawa, en mitad del desierto de Tabernas. El dueño, un hombre conocido en el pueblo como «el Indio», les mostró su registro de altas y bajas. Dejaron la caravana el veinte de diciembre. Un día después del asesinato. Luego se supo que, ese mismo día, tomaron un avión en Madrid. Regresaron a Serbia. La búsqueda de los dos sospechosos se transfirió a Interpol.

Mientras Jacobo luchaba por su vida en el hospital, Alberto se hizo cargo de Miriam. El Equipo Mujer-Menor de la Guardia Civil desarrolló la investigación. El sargento Almela se presentó en la casa de Alberto el día diecisiete de enero. Detuvo a Miriam y, después de cuatro horas de interrogatorio, la trasladó a un centro de internamiento. Su padre, aunque había despertado, no podía hacerse cargo de ella y el único familiar cercano, Alberto, se negó a dar alojamiento a Miriam. Rechazó su tutela. Había sido su propio hijo, Juanjo, de diez años, quien había destapado todo. El niño cogió el móvil de Miriam y entró en su WhatsApp. El nombre de un grupo le llamó la atención: «Cómo matar a tus padres». Asustado por lo que leyó, se lo mostró a su padre y Alberto decidió presentarlo a la Guardia Civil.

Después, Néstor y Carolina también fueron interrogados; sus móviles, requisados.

Nora visitó por primera vez a Miriam en el centro de menores a finales de febrero. Entonces, se hizo cargo de su defensa. Ante la abogada, repitió la misma historia que había contado a la Guardia Civil: era cierto que ella fantaseó con la idea de matar a sus padres, también que diseñó la manera de hacerlo e, incluso, que llegó a hablar con Sinisa y Zoran. Sin embargo, jamás pasó de ahí. Nunca les ordenó que lo hicieran. ¿Cómo iba a hacerlo si era una niña? ¿Por qué iban a seguir sus órdenes?

Cuando las fotos de Sinisa y Zoran se hicieron públicas, Ginés Salvador los identificó como los dos hombres que habían atracado su casa a mediados de marzo del año anterior. En esa ocasión, robaron varios dispositivos electrónicos, joyas y, también, un coche familiar marca Citroën. Se emplearon con violencia al empujar a Ginés escaleras abajo. La caída le provocó una doble fractura de peroné en la pierna izquierda.

Nora revisó los detalles del caso. Los serbios habían trabajado de forma fugaz en el parque temático del Oeste donde también trabajaba Ginés. La Guardia Civil suponía que, a través de este contacto, habían sabido que la familia de Ginés tenía mucho dinero. La empresa que dirigía Berta, más conocida en el pueblo como «la Fuertes», generaba importantes beneficios. Aunque Nora intentó encontrar en ese expediente la sombra del Jifero, no lo consiguió. La declaración de Ginés, las pruebas científicas, limitaban a dos los autores del atraco: Sinisa y Zoran.

Algunos extractos del grupo de WhatsApp aparecieron publicados en los periódicos a mediados de marzo. Desde ese momento, no hicieron falta pruebas que condenaran a Miriam, la sociedad tenía suficiente con esas conversaciones. Las líneas donde describía el asesinato de sus padres, tal y como después se produjo, eran definitivas. Periodistas y asociaciones de víctimas iniciaron la caza de brujas: exigieron la mayor condena. Nadie se planteó qué significaba para una niña de catorce años lo que pedían: cinco años de prisión, más tres de libertad vigilada.

Pero ¿qué importaba la verdad? Había que ser duro

con Miriam, era el ejemplo que debían dar al resto de los niños.

Ahora, el sargento Almela pretendía hacer una recreación de los hechos. Sin embargo, Nora desconfiaba de que Jacobo pudiera aportar algún dato relevante: sus recuerdos eran una maraña indescifrable. Una mezcla de realidad y pesadilla de la que tampoco le podía culpar. Hablando con él, en el porche del cortijo, Nora tuvo la sensación de que necesitaba más expiar sus culpas, encontrar un relato que le permitiera seguir viviendo, que hurgar en esa noche en busca de la verdad.

Tal vez temía que esa verdad pudiera señalarle, clavar un dedo acusador en él: padre de «la asesina del WhatsApp». Vaya sobrenombre de mierda que le habían puesto algunos periódicos.

—«La serpiente del desierto» —dijo Nora. Su hermana guardó silencio. Escuchó cómo daba una calada al cigarro, para luego concluir: «Demasiado impersonal»—. ¿«La serpiente de Tabernas»? —probó Nora.

—«La Matapadres» —propuso Carmela.

—Parece el nombre de un narcotraficante mexicano. «Miriam la Niña.» ¿Qué te parece ese? Como Billy el Niño.

—Encaja con el decorado. Pero te la imaginas con unas pistolas, en plan Oeste. Y no es el caso.

—Al final todo el mundo hablará del «crimen de Portocarrero» —murmuró decepcionada Nora.

—Tu loquita pierde protagonismo.

—No es justo.

—¿Va a cambiarse el nombre? Es lo que hacen todas las psicópatas, ¿no? Pasan un tiempo fuera de todo y, cuando vuelven a la vida normal, se ponen otro nombre.

—Aunque consiguiera exculparla, yo me cambiaría el nombre. Siempre habrá algún tarado que rastree internet buscando a la niña que acusaron del asesinato de sus padres. Y luego lo colgará en plan: mira lo que he descubierto. La loca de Portocarrero ahora es maestra. Cuidado con vuestros hijos.

Escuchó la risa de Carmela al otro lado del teléfono. Su hermana hacía lo posible por conducir las conversaciones a estos territorios. Desdibujaba la identidad de Miriam. La convertía en algo ajeno a ellas. Un estereotipo sobre el que se podía bromear. Intentaba que Nora mantuviera esa distancia. Que no se durmiera pensando en la niña de catorce años encerrada en un centro de menores. La niña que, nada más verla, preguntaba desesperada por su padre: «¿Ha vuelto a andar? ¿Sigue en el hospital? ¿Qué dice de mí?».

Un pantalón azul con una lista celeste en el costado. Un polo también celeste. Y la melena rizada suelta, no le dejaban usar pinza ni gomas. Le quedaba bien el color de la ropa, como el cielo sobre el desierto de su piel pálida. Dos planetas extraños, sus ojos verdes. A pesar de que Nora estaba convencida de que no le sentaría bien, se lo dijo:

—Te queda muy bien el uniforme de presa.

—Gracias. —Y, por primera vez, vio la sombra de una sonrisa en el rostro de Miriam—. Estoy harta de que me llamen «interna». O peor, «alumna». Viene bien escuchar la verdad de vez en cuando. Aquí te vuelven loca con todo eso... Soy una presa. ¿Tanto cuesta decirlo?

—En realidad, lo que yo te he dicho es que estás muy guapa.

—No debería estar guapa. —Se inclinó sobre la mesa para confesar—. ¿Sabes cómo me miran los chicos?

Nora puso su mano sobre la de Miriam y le pidió que no tuviera miedo. Estaba vigilada: los de seguridad no la dejaban un segundo a solas. Nadie iba a hacerle daño. Pero ¿quién la protegía de los ojos de los demás? Los muros del centro de internamiento podían ser el escudo que necesitaba. En la calle no había cuidadores ni equipos de seguridad, no había puertas cerradas, módulos y traslados en los que evitaban que se cruzara con nadie. No había pastillas de rescate.

—Estaba nerviosa —se justificó Miriam cuando Nora le preguntó por qué había pedido esa pastilla. La niña que era se asomaba en la inseguridad que, desde que la conoció, teñía cada uno de sus actos.

—Y no te digo que te equivocaras al pedirla. Si la necesitabas, ya está. El haloperidol te deja zombi. Con la pastilla descansas de todo un día. No le das vueltas a la cabeza. Pero tampoco te acostumbres: el psiquiatra hará un informe, pasará al juez...

—Y dirán que estoy mejor encerrada.

—Va a ser más complicado que levanten la cautelar.

Una mañana en los juzgados, antes, Nora tuvo oportunidad de conocer a Miriam. En ese encuentro, la niña mantuvo las distancias. Desde su silla al otro lado de la mesa la observó, más que escucharla, de la misma manera que observaba todo a su alrededor, como una amenaza: las paredes con humedades y los archivadores que había en la esquina del cuarto, el policía que debía acompañarla ante el juez y la mesa metálica, sucia y con inscripciones grabadas de otros presos, otras historias, la cámara que colgaba en una esquina y las vigilaba. Nora se ofreció a llevar su caso; le habló de su experiencia con menores, de que no le costaría un céntimo. De que estaba sola y alguien tenía que velar por sus intereses.

—Te prometo que un abogado del turno de oficio será como declararte culpable.

Cuando volvió a casa le dijo a su hermana que no sabía si Miriam volvería a llamarla. La chica estaba bloqueada. «Ajás» y «yas» eran todo lo que había podido arrancarle. Ningún compromiso. Como suponía, el juez ratificó la cautelar en la vista. El sargento Almela apenas necesitó unos minutos para que el magistrado la enviara de vuelta al centro de internamiento. Entonces, también vestía el chándal azul. También estaba guapa.

—¿Qué quiere decir *«pro bono»*? —quiso saber Miriam. A Nora le sorprendió su llamada, unas semanas más tarde. Por teléfono solo le dijo que le gustaría volver a hablar con ella. ¿Podía visitarla en el centro?

—*Pro bono* es el trabajo que hacemos las abogadas gratis. Porque son casos que afectan al bien social y nadie se hace responsable de ellos, ¿me entiendes? Algo así como una labor de ONG.

—¿Defenderme es un bien social? —Nora le dijo que sí y, tras unos segundos, Miriam preguntó—: ¿Puedo elegir a mi abogado? Soy una menor.

—Estás en situación de desamparo. El juez habrá nombrado a un defensor judicial y necesitaremos su visto bueno, pero no creo que haya problema.

—¿Quieres hacerte famosa a mi costa?

—No estaría mal —bromeó Nora—. Pero, cuando hagan la película, me niego a que Melissa McCarthy haga mi personaje. En el contrato, lo pondré por escrito. Una cláusula que prohíba que una actriz gorda y simpática haga de mí. ¿Tú quieres poner alguna condición?

—¿Quién es Melissa McCarthy? —Aunque se divertía, Miriam todavía no podía reír. Tantos eran sus miedos, sus precauciones.

Hablaron de *Cazafantasmas*, la película donde Nora había visto a Melissa. Hablaron de cine y de dietas. De helados de *stracciatella*. Hablaron hasta que Miriam, si no relajada, al menos sí se sintió cómoda al lado de Nora. Cuando se despidieron, le preguntó qué tenía que hacer para que Nora la defendiera. La abogada le prometió que se encargaría del papeleo.

El tiempo tiene una forma distinta para una adolescente. Los días pueden ser infinitos, inabarcables. El futuro se desplaza hacia un horizonte siempre lejano, una estrella que emite un tenue resplandor y, a veces, se apaga. Venga, avanza. Un día la alcanzarás. Pero ¿y si esa estrella no existió nunca? ¿Y si los cálculos matemáticos estaban equivocados y el resplandor era una ficción?

Semanas, meses. La lenta burocracia de la justicia y de la investigación. Mientras tanto, Miriam estaba sola en el centro. En silencio. No tenía nada en común con el resto de los internos: pandilleros y pequeños traficantes, unos pocos involucrados en crímenes violentos. Ausente en las clases, sola en la zona común ante la hora de televisión que le permitían, dibujos animados que hacía tiempo que había dejado de ver. Escoltada hasta su habitación por una cuidadora y los hombres de seguridad que tampoco le daban conversación. En el silencio, solo podía escuchar sus pensamientos. Y estos crecían como animales salvajes, haciéndole preguntas para las que no tenía respuesta.

¿Qué dicen de ti? ¿Qué piensan en el pueblo? ¿Qué ha dicho tu padre?

No podía culparla porque un día necesitara una pastilla de rescate para acallar esas voces. Nora era consciente de que sus visitas no eran suficientes.

—No puedes estar pendiente de lo que digan los demás —trataba de convencerla—. Incluso tu padre. Nosotras sabemos que no hiciste nada y lo vamos a demostrar.

Miriam fingía darle la razón, pero al mismo tiempo imaginaba el odio de su padre. Los insultos que Jacobo le habría dedicado cuando la Guardia Civil le contó que ella era la responsable de la muerte de Irene.

—Tranquila, Jacobo no ha dicho nada. Todavía está recuperándose. Los médicos me han dicho que está muy confuso, casi no recuerda qué pasó... Te prometo que, en cuanto esté bien, iré a verle. Le contaré todo.

Otra vez, ese futuro que nunca llegaba. El sacrificio que se le exigía a Miriam: espera a que todo se aclare, verás como la pesadilla termina. Nora se despediría de ella. En la salida, le devolverían el móvil, sus pertenencias. Cogería el coche y regresaría a su casa. Quizá diera un paseo o se tumbara en el sofá para ver la televisión con su sobrino. De la misma forma, el personal del centro terminaría la jornada para regresar a sus vidas. Miriam no podía escapar del sueño. Todos los que había a su alrededor despertaban a diario. Ella, no.

—¿Podrías traerme algo de ropa? No aguanto llevar todos los días el mismo chándal.

—Claro —le prometió Nora—. ¿Te fías de mi gusto a la hora de elegir?

—No me queda otra. —Miriam se levantó. Debía

volver a su módulo—. Algunos tienen música. Los he visto con cascos.

—En cuanto pases a Desarrollo, te traigo un MP3. Te queda poco para terminar los tres meses de Observación. Pórtate bien: haz los deberes, no discutas...

—No pidas pastillas de rescate.

—Poco a poco, te dejarán tener más cosas. Y, antes de que te des cuenta, estarás fuera.

El máximo de la medida cautelar era ocho meses. Nora suponía que el juicio se retrasaría. Tenían el verano de por medio. Esperaba que Miriam saliera al cumplirse el plazo, pero, cuando lo hiciera, ¿adónde iría? Nadie querría darle cobijo.

—¿Por qué crees en mí? —le preguntó Miriam antes de salir con la cuidadora.

—Porque eres inocente.

Esa tarde, Nora fue a un centro comercial. Recorrió los pasillos de una tienda a la que nunca entraba. No fabricaba tallas para ella. Camisetas, vaqueros, unas zapatillas. En la cola de la caja pensó que a Miriam le gustaría lo que había elegido. Una madre hablaba con su hija delante de ella. Alguien, en el mostrador, discutía con la dependienta que no quería aceptarle una devolución. «Eres inocente», le había dicho a Miriam. Pero ¿qué es la inocencia? La nombraban como si fuera una verdad absoluta, un elemento químico o el color en la escala Pantone. 292-U: Inocencia. Ahí está: definitiva, indiscutible. La clave que te da y te quita la libertad. Era absurdo. Entendía la inocencia más como un sentimiento. E imaginó lo ridículo que sería escuchar al juez que condena a un reo por estar enamorado. Llegó su turno en la cola. Puso la ropa sobre el mostrador mientras apartaba de la cabeza esas ideas. Era inútil perderse en ellas. Solo importaban los hechos. Estaba segura de que alguien se había aprovechado de sus palabras, pero Miriam jamás escribió: «Adelante. Entrad en la casa. Ahora están solos. Matadlos». Tal vez ese tal Jifero al que Miriam señalaba.

Los hechos eran lo único que podría devolverle la vida a Miriam.

Y eso era lo que se había propuesto Nora. Algún día le contaría a Miriam por qué.

Cortijo

–diorama de un crimen–

El sargento Almela le pidió a Jacobo que se situara en el lugar donde estaba cuando oyó a su mujer pedir ayuda.

—Al principio, no sabía que estaba pidiendo ayuda —se defendió Jacobo. Como si, aquella noche, tuviera que haber hecho algo que ni siquiera intentó.

—Dice que lo primero que recuerda es que gritó su nombre. ¿Dónde estaba?

Jacobo señaló la mecedora.

—Sentado ahí —le contestó.

Almela le invitó a que ocupara la mecedora, que la colocara tal y como recordaba que estaba aquella noche. Jacobo pidió que pusieran la estufa delante de él, ahora estaba arrinconada contra una pared del salón, y un agente siguió sus órdenes. Luego se sentó en la mecedora. Miró la estufa.

—Estaba encendida —recordó.

—No hará falta —dijo Almela, quitando importancia al detalle, aunque en la memoria de Jacobo empezó a parpadear la llama azul—. Solo vamos a intentar reconstruir los movimientos que hicieron. El tiempo que pasó.

—No voy a ser capaz. Ni siquiera sé si todo lo que recuerdo sucedió de verdad...

—Repetir lo que hizo aquella noche quizá le sea de utilidad para aclararse.

Los guardias habían retirado la cama del salón para reproducir las condiciones en las que se produjo el asalto. Uno de ellos hacía fotografías de la casa, de Jacobo. Otro, cronómetro en mano, medía los tiempos de sus acciones para encajarlas con el informe forense.

Nora se había puesto un vestido turquesa cogido a la cintura. Estaba convencida de que había sido una mala elección. La tela se pegaba a su piel, apenas si tenía vuelo, y exageraba sus redondeces. Recordó el helado que se había comido la noche anterior en la Venta. Y, también, la distancia que le había exigido Almela: podía estar presente en la reconstrucción, pero no intervenir.

—¿Empezamos? —preguntó el sargento.

Jacobo describió cómo escuchó a Irene bajar las escaleras. Las luces de la casa estaban apagadas. También la televisión. Ese silencio al que no había podido acostumbrarse desde que llegó al desierto.

—¿Cuánto tiempo pasó desde eso hasta que la oyó gritar su nombre? —preguntó el sargento.

—Lo primero fue un ruido. En la cocina. Supuse que era la puerta: las bisagras están descolgadas y la puerta arrastra por el suelo.

Almela pidió a un agente que hiciera ese ruido y que, después, Jacobo calculara cuánto tiempo había pasado hasta que escuchó la voz de su mujer. Como si fuera un juego perverso, el guardia abrió la puerta que daba al patio trasero y chirrió al rozar contra el suelo cerámico. Jacobo miró al vano de la puerta del salón: eran las siete de la tarde. La luz de la tarde de junio se filtraba por las ventanas del salón, pero la ejecución de ese leve estímulo, el ruido de la puerta, lo trasladó a la noche del asesinato. Un año y medio en Portocarrero. Poco antes de las doce. Se quedó inmóvil mientras el cronómetro del guardia seguía contando. Congelado. Miraba el vano de la puerta. El vacío. Y el relámpago de un instante olvidado se encendió ante él: Irene estaba allí, en la puerta. Con su bata de algodón y, debajo, la piel desnuda. Casi podía ver cómo se movían sus labios y le hablaba.

—¿Jacobo? —preguntó Almela.

—Lo siento —se disculpó.

—¿Ha recordado algo?

Jacobo negó con un gesto. Prefirió mentir, todavía con la imagen de Irene en su memoria. Con lo que le dijo antes de ir hacia la cocina y gritar su nombre, aterrorizada.

—¿Le importa que repitamos la medición? —preguntó Almela, y Jacobo aceptó como el niño que asume que no ha pasado la prueba.

Desde que se oyó la puerta hasta que Irene gritó solo pasaron cinco segundos. Los invasores acababan de irrumpir en la casa cuando ella entró en la cocina. Más tiempo tardó Jacobo en reaccionar. Dijo que, sin moverse de la mecedora, le preguntó qué ocurría. La ausencia de respuesta, otros ruidos y una voz: «Tú grita, puta», le hicieron incorporarse.

—¿Por qué tardó tanto?

—No lo sé. Podía haberse colado una rata... Irene se había asustado.

—¿Una rata capaz de abrir la puerta de la cocina? —le preguntó Almela.

—A lo mejor tuve miedo —aceptó Jacobo.

Se puso en pie. Apoyado en el bastón, caminó hasta la puerta del salón y, al llegar, sintió que atravesaba la presencia de Irene, como si su espectro todavía estuviera allí. La recordó otra vez, antes de ir hacia la cocina y que todo acabara. Le miró, cuando él estaba sentado en la mecedora. Y le dijo: «Tienes que salir de este pueblo».

El pasillo conducía, a la derecha, hasta la entrada de la casa y las escaleras al segundo piso; a la izquierda, llevaba a la cocina.

—Tienes que salir... —dejó escapar Jacobo en un murmullo.

—¿Qué ha dicho? —preguntó Almela.

—Nada. —Desde el salón, Nora le observaba y, después, apuntó algo en su libreta—. Bajó las escaleras y fue directa a la cocina —continuó Jacobo.

¿Por qué le había dicho Irene que tenía que irse del pueblo? ¿Lo estaba abandonando o le pedía que se salvara? No podía saberlo y tampoco iba a exponer sus dudas ante la Guardia Civil. Le dolía la cabeza. Sentía que empezaba a despertar de un letargo y, al hacerlo, todo lo que había pasado en Portocarrero reaparecía, nítido y, también, vergonzoso. La clase de hombre en que se había transformado.

—¿Qué hizo después? —preguntó Almela.

—Me volví hacia la cocina porque seguía oyendo voces; le decían: «Puta..., tú grita, que nadie te va a venir a buscar...».

—¿Notó algún acento extraño? ¿Particular?

—No. Pero debería, ¿verdad? —se dio cuenta Jacobo.

—Los dos hombres que buscamos hablaban español sin problemas. Y a veces la gente del Este no tiene dificultad para igualar nuestro acento... Más aún si estaban gritando.

Jacobo le dio la razón: gritaban. Nora prefirió callar cómo el sargento forzaba la declaración de Jacobo para encerrarla en la caja con la que había diseñado el asesinato.

—Fue un fogonazo blanco. No tuve tiempo de ver mucho más. Una silueta. Llevaba la pata del pantalón manchada de sangre. Ese hombre...

El guardia que antes había abierto la puerta se situó donde Jacobo dijo que estaba el asaltante que llevaba la escopeta colgando del brazo derecho.

—Pero no sé si pude ver a Irene. —La duda hizo que Jacobo detuviera su relato. Miraba el suelo dándose cuenta ahora de que, probablemente, era imposible. Desde su posición, en el pasillo, apenas si podía ver un pequeño rectángulo de la cocina. La puerta del patio, al fondo. Pero la mayor parte quedaba a la derecha, oculta tras la pared—. Supongo que no.

—Eso no importa ahora. ¿Desde dónde le disparó?

El agente dio unos pasos. Despacio. Jacobo lo detuvo con un gesto. Recordó el calor atravesándole el pecho.

—¿No le dijo nada?

—Solo disparó.

A continuación, Almela ayudó a Jacobo a tumbarse en el suelo. Dio unos pasos hacia atrás, por el impacto, pero cayó hacia delante. Primero, de rodillas; luego, a cuatro patas. Vio cómo goteaba su sangre en el suelo.

Cómo se formaba un charco bajo él. Y entonces, sí; entonces, sí vio a Irene, les dijo Jacobo.

—Solo su pie. —Levantó la mirada hacia la cocina—. Estaba manchado de sangre.

Almela le explicó a Jacobo que, por el informe forense, podían dictaminar cuál era la posición exacta del cadáver de Irene. No lo movieron después de dispararle. Y, por el lugar donde cayó Jacobo, era imposible que hubiera visto nada. Ni siquiera un pie.

—Sé que lo vi —insistió Jacobo—. Tenía el talón manchado de sangre...

—No importa —prefirió zanjar el sargento—. ¿Recuerda qué ocurrió antes de perder el conocimiento?

—Uno de ellos pasó por mi lado. Llevaba una chaqueta marrón, con cuello de borrego... Lo oí trastear detrás; creo que subió las escaleras. A lo mejor buscaba si había alguien más en la casa...

Se hizo un silencio. Jacobo había sentido alivio aquella noche al saber que no encontrarían a Miriam en su habitación. Se había quedado a dormir con Carol. ¿O era ella quien los había enviado?

—Estamos terminando —lo tranquilizó Almela.

—Abrieron cajones y creo que alguno de ellos dijo: «Tengo hambre». El que me había disparado. Fue a la cocina. El otro seguía en el salón... El de la chaqueta marrón.

Entonces, Jacobo se dejó caer lentamente sobre las baldosas. Hasta la posición en la que, por fin, quedó inconsciente. El suelo se veía inclinado desde esa perspectiva, distorsionado. El olor a sangre de la noche volvió, el pie sin vida de Irene; sabía que lo había visto mientras los lobos registraban la casa. Y también sabía que había alguien más.

—En la puerta —dijo Jacobo—. Estaba de espaldas. Pero lo vi. Estaba ahí.

—¿Está seguro? —le preguntó Almela.

—Sé que lo vi.

—También ha asegurado que vio a su esposa muerta, en la cocina. Cuando es imposible.

—¿Por qué te empeñas en negarlo? —terminó por intervenir Nora.

—Por favor —pidió Almela a la abogada, recordándole que no podía participar.

—Joder, ¿no lo habéis oído? Había un hombre en el salón. El otro, en la cocina. Y un tercero en la puerta de la cocina. A ese es al que hay que buscar. Miriam os lo ha dicho cien veces...

—Basta, Nora —la interrumpió el sargento—. Dice que uno de ellos pasó a la cocina. Pudo desaparecer de su campo de visión y, luego, ir a la puerta del patio. O a lo mejor era el que supone que estaba en el salón: no robaron nada. ¿Y si había vuelto sin que Jacobo se diera cuenta?

Un agente ayudó a Jacobo a incorporarse. Fatigado, pálido, solo apartó la mirada de la puerta de la cocina para buscar a Nora.

—¿Podía ser el Jifero? —le preguntó.

—Siento decirle que no hay más huellas que las de los dos serbios. Nadie más entró esa noche en la casa —lo cortó Almela.

«Tienes que salir de este pueblo», le dijo Irene. ¿Por qué? Se alejó por el pasillo hasta la puerta de la casa. Necesitaba un poco de aire.

—¿Cuánto tiempo vas a seguir negando que ese hombre es real? —acusó Nora al sargento.

—Es un fantasma. Lo sabes tan bien como yo. La niña se lo inventó para quitarse responsabilidad.

—Pues ese fantasma estaba en la puerta de la cocina —insistió la abogada.

Pero, conforme lo decía, Nora descubrió las razones que habían llevado a Almela a organizar esta reconstrucción: invalidar el testimonio de Jacobo. Sus recuerdos equivocados, la creencia de que había visto muerta a su esposa, invalidaban la declaración de que eran tres, y no dos, los hombres que cometieron el asesinato. Si se confundía al hablar del cuerpo sin vida de Irene, ¿por qué no iba a hacerlo al situar a los asaltantes?

En la puerta del cortijo, Jacobo se descubrió llorando. Eran las lágrimas, no el calor, lo que ondulaba el horizonte plano del desierto. Era la conciencia de todos los errores que había cometido desde que llegó al pueblo. Cómo había dado la espalda a Irene y a Miriam. ¿Por qué no se marchó antes? ¿Se habría ido Irene con él?

—Hay algo más que deben saber —les anunció el sargento en el porche.

—¿Todavía no ha terminado el espectáculo? —se quejó Nora.

Almela se sentó junto a Jacobo en el poyo. Con un gesto, pidió a un agente que le entregara una carpeta mientras se explicaba.

—El departamento informático ha estado trabajando en los móviles de los miembros del grupo de chat. —A Jacobo le molestó que se siguieran evitando los nombres de Néstor y Carol—. Muchos mensajes habían sido borrados, pero hemos conseguido recuperarlos.

—¿Tenías que darnos esa información aquí y ahora? —La carpeta viajó de las manos de Almela a las de la abogada. Nora sabía que no encerraba buenas noticias.

—¿Todavía queda algo peor? —preguntó Jacobo.

—Se trata de un pantallazo de una conversación. Miriam se lo envió a... —El sargento se dio cuenta de que no podía revelar la identidad del otro menor implicado y calló.

—¿Carol, Néstor? Por Dios, ya está bien de tapar sus nombres... —protestó Jacobo—, ¿o es que ellos no hicieron nada?

—Eres un hijo de puta —murmuró Nora después de leer la información que le habían dado.

—Ese pantallazo demuestra que Miriam no nos ha contado todo. —Y, aunque quiso imprimir pena a sus palabras, Almela no pudo ocultar la satisfacción que eso le producía.

Nora le entregó la hoja con la imagen de ese pantallazo a Jacobo. Era una conversación entre su hija y Zoran. «Dos mil quinientos euros por cada uno», le decía el serbio. «No tengo ese dinero», le contestaba Miriam. «Entonces, no hay trato.» «Dame tiempo.» Miriam le había enviado esa parte de la conversación a Néstor. Junto a la imagen, había añadido la siguiente línea: «¿Puedes dejarme ese dinero?», y después había un emoticono sonrojado. «No lo hagas. No quiero que vuelvas a hablarme de esta mierda», le contestaba Néstor.

Jacobo no pudo contener la arcada. Se giró y vomitó a los pies de Almela. Sudor frío y un miedo que le atenazaba el estómago.

—Lo único que demuestra esto es que Miriam no tenía dinero para pagar a esos asesinos. —Nora quiso sonar firme.

—O que no sabemos de dónde lo sacó —repuso Almela.

«Tienes que salir de este pueblo», dijo Irene antes de morir. Y a Jacobo le habría gustado contestarle: «Ahora podemos hacerlo. Ahora tenemos el dinero para empezar de cero en otro sitio».

El dinero. El puto dinero que los había enterrado en el desierto.

Aljibe

–vencejos y chicharras–

Abrió una lata de atún. Lo desmigó con el tenedor e intentó comer algo. Atardecía; el sol cruzaba el salón, manchaba la estufa y la mecedora. Moría a los pies de la cama. Los guardias habían vuelto a instalarla allí antes de marcharse. Jacobo abandonó la lata en el fregadero sin probar bocado. Todo le provocaba náuseas.

La puerta de la cocina abierta y, al otro lado, el patio trasero, ya en sombra. Matorrales y el cubo de la basura. No se atrevió a salir, como tampoco se atrevía a subir al piso de arriba: la habitación de Miriam. ¿Se había llevado sus cosas o estarían allí todavía los altavoces, el póster de Lorde, el desorden de siempre? Su propio dormitorio exhibiendo el vacío que había dejado la cama, el rectángulo de polvo. Los armarios. ¿Aún guardaban la ropa de Irene?

Cogió el bastón. En el porche, a su derecha, los montes tras los que el sol se apagaba, tan rojo como el desierto. ¿Cuál era su lugar en el mundo? «Tienes que salir de este pueblo», le había dicho Irene. Sus últimas palabras antes de ese grito desesperado: «¡Jacobo!». ¿Adónde podría ir?

Rabia, negación y, ahora, vergüenza.

Le ardían las orejas como a un colegial. Imaginó al sargento Almela, de regreso a la ciudad en el coche. Alguno de sus hombres comentaba, al principio con timidez, cómo Jacobo había sobreactuado en la reconstrucción del asesinato. «¿No os ha parecido algo exagerado, cuando hacía como que le habían disparado y se tiró en el suelo a cuatro patas?» Los ocupantes del coche primero habrían reprendido al agente por tratar con esa frivolidad la actitud de una víctima, pero después, confiados en que nadie escuchaba lo que se decía, terminarían por darle la razón. Incluso el sargento Almela. ¿Quién iba a saber de sus burlas?

Como también podría hacer Nora. Al llegar a casa, cuando su pareja o su familia, no sabía cuál era su situación sentimental, le preguntaran por cómo había ido la reconstrucción. Nora podría bizquear y simular con un dedo que a Jacobo le falta un tornillo. «Su cabeza es una batidora», diría. Y también: «Para lo único que ha valido todo esto es para que su testimonio no sirva de nada en el juicio».

«Ha perdido la cabeza. Pero ¿quién no la perdería?» Y alguna vieja del pueblo le daría la razón a su interlocutor y se santiguaría. «Su propia hija...» *Los gestos de conmiseración se habrán propagado por el pueblo*, pensó. Las conversaciones, donde él siempre ocuparía el centro, «pobre Jacobo», hasta que en ellas también apareciera la condena: «Debía saber lo que tenía en casa», «Esto no pasa de un día para otro», «Bebía demasiado».

Y repetirían las mismas frases cuando aparecieran publicados nuevos extractos de los chats en el periódico. Y la condena sería más firme al descubrirse que había sido él quien había desvelado a los periodistas los nombres de los otros menores implicados: Carol y Néstor.

«¿Por qué lo ha hecho? Él es quien ha criado a un monstruo. Pobres críos.»

Y más tarde alguien vería a Néstor deambular por el pueblo, la nariz rota y los ojos amoratados. «Si no es por el Rubio, lo mata», dirían a su paso.

Jacobo dio un grito que se perdió en la era. Necesitaba extirpar de su cabeza todas esas suposiciones, olvidarlas. ¿De qué servían? Tenía que enfrentarse a la realidad. El sargento Almela no se había equivocado al decirle que la reconstrucción podría ayudarle a recordar. Todo el trastero caótico que era su vida desde que despertó en el hospital empezaba a ordenarse. Quizá fuera eso lo que le hacía sentirse tan mal. La sensación de merodear una verdad que le provocaba escalofríos.

Se confundió al recordar el pie de Irene, tendido en la cocina, sin vida. Tal vez no pudo verlo, como le dijo la Guardia Civil. Pero sí estaba seguro de que los hombres que irrumpieron en mitad de la noche registraron la casa: ¿qué buscaban? Todos en el pueblo sabían que no tenían nada. Vivían de la beneficencia de Alberto y otros vecinos: restos de comida, *tuppers* que a veces les hacían llegar, sobras del guiso. Ginés regalándoles unas empanadas que decía que no gustaban en su casa; excusas para disimular la limosna y que ellos no se sintieran ofendidos. Para que se creyeran iguales.

¿Qué buscaban los serbios? Atracaron la casa de Ginés, unos meses antes; se habían informado de que él y la Fuertes tenían dinero. ¿Hicieron lo mismo con ellos? Jacobo no quiso plantear esas dudas a la Guardia Civil, no podía hacerlo. Porque, tal vez, esos dos hombres sí que sabían algo sobre Jacobo.

Esperó a que terminara la tarde, cuando el sol ya no era visible, solo su resplandor a la espalda de la sierra de los Filabres. Los vencejos, en círculos, volaban incansables contra el ocaso. No había más de cuatro kilómetros de distancia, pero, en su estado, le costaría un tiempo recorrerlo y prefirió que se hicieran densas las primeras sombras para salir del cortijo. Apoyado en el bastón, cruzó la era y, después, tomó el camino al aljibe, alejándose del sendero que daba acceso al cortijo. Dentro del desierto.

Sus pasos inestables sobre un pedregal y, a continuación, la rambla de Lanújar, todavía caliente. El suelo se mantenía incandescente a pesar de la llegada de la noche. Por el centro de la rambla, un fino hilo embarrado; más que agua, el sudor de la tierra. Los escasos días de lluvia habían dibujado caminos en el descenso. Unas piedras sobresalían, erosionadas, pulidas. Avanzó entre ellas mientras los insectos lo rodeaban. Su zumbido y el ruido de las chicharras, cada vez más intenso, como un carrete que recoge el hilo a toda velocidad y amenaza con partirse en cualquier momento.

Como su propio cerebro que, al tiempo que sus pasos lo acercaban al aljibe, también parecía llegar a su límite.

El dinero. Habían sido unos pordioseros, pero estaban a punto de dejar de serlo. Él lo había conseguido.

Cuando más cerca estaba de terminar su infierno, todo saltó por los aires. ¿O era ese dinero el que había provocado el asesinato de Irene?

Tuvo que hacer una parada. Tomar aire. El más mínimo esfuerzo físico le resultaba agotador, falto de capacidad pulmonar. Se sentó y miró la fila de piedras que surgía en el lecho de la rambla, una pequeña cordillera que se perdía en la distancia. Le recordaba a la cresta de algunos dinosaurios que había visto en la televisión. Podía imaginar a esos animales enterrados bajo el desierto, dejando a la intemperie solo las placas de su espalda. A unos metros, un estrecho camino salía de la rambla, internándose entre dos montes. Todavía debía cruzar la carretera y, después, ya estaría cerca del aljibe.

En el suelo debía de haber serpientes y alacranes. Lagartijas. Aunque no podía verlas. Solo escuchaba el chillido de las chicharras y el zumbido de los insectos. Los gritos de los vencejos en el cielo. Seguían sus pasos, esperaban el momento oportuno para caer en manada sobre él.

Se levantó de nuevo. Apoyado en el bastón, cruzó la carretera hasta el camino del aljibe.

Alguien le había contado una leyenda del pueblo: un cuento de tesoros escondidos en el fondo de los pozos. El oro musulmán que tuvieron que abandonar precipitadamente en la Reconquista. Seguramente fuera Ginés, o tal vez se la oyera relatar a su cuñada, Rosa. ¿Lo escuchó durante la comunión de su sobrino Juanjo? Aquel día, como tantos otros, bebió demasiado. Le costaba recordarlo con claridad. No así el momento, más tarde, cuando ya con el dinero en la mano, tuvo la idea de esconderlo en un aljibe. Estaba en el porche del cortijo. Había caído la noche e Irene veía la televisión. La luz de la habitación de Miriam estaba apagada y pensó que tendría que echarle un nuevo sermón cuando regresara: era una niña y no podía volver a casa tan tarde. Le daba igual que a sus nuevos amigos les dejaran hacerlo. Eso pensaba cuando creyó que esconder el dinero en el aljibe, alejarlo de su casa y su familia durante un tiempo, sería una buena idea.

El aljibe era poco más que un montón de piedras derruidas, la bóveda abierta, inútil. La autovía había cortado las canalizaciones y la escorrentía de las laderas se perdía o, quizá, ahora se desviaba a otros pozos. Este ya solo era un agujero seco en el desierto. La cuerda seguía donde la dejó: anudada a un sillar que antes formó parte del rebosadero. Tardó unos segundos en decidirse a cogerla. Temía el resultado y la cascada de preguntas que podría invadirle a continuación.

Al tirar de la cuerda notó la ausencia de peso. La maroma se hundía en el aljibe, ¿a cuántos metros de profundidad?, y, al izarla, le hizo pensar en una culebra que serpenteaba al erguirse. En su extremo, la bolsa de deporte seguía atada; se había esforzado en asegurar los nudos para que no se soltara y quedara perdida en el fondo del pozo.

La dejó en el suelo, abrió la cremallera y comprobó lo que ya sabía: estaba vacía. El dinero había desaparecido. Diez mil euros que escondió a primeros de diciembre. Cerró los ojos e hizo el cálculo: doce días antes de que mataran a Irene.

«No tengo ese dinero», le había dicho Miriam a Zoran.

«No quiero que vuelvas a hablarme de esta mierda», le había contestado Néstor a su hija cuando ella le pidió que se lo prestara.

Dio la vuelta a la bolsa, como si los billetes enrollados en gomas pudieran reaparecer por arte de magia.

Alguien me vio, se dijo Jacobo. Y se culpó por ser tan descuidado. Por haber cruzado esa noche con la ingenuidad del que se creía solo. Pero no lo estaba. Alguien había seguido su paseo del cortijo a la rambla y, desde allí, al aljibe. Alguien vio cómo ataba la bolsa a una cuerda y, después, lentamente, la dejaba caer al fondo del pozo.

¿Quién podía estar entre las sombras, observándole? Intentó hacer memoria de los detalles; un ruido o una luz. Algo que delatara otra presencia. Nadie podía estar al tanto de que él tenía ese dinero, de eso estaba seguro. Tampoco en su casa. Lo había llevado en el maletero del coche hasta que lo guardó en la bolsa. Se puso en pie y miró a su alrededor. La tierra vacía y los animales que él sabía que estaban ahí, pero que no podía ver.

Un primer nombre le vino a la cabeza: el Jifero.

Pero después se sintió ridículo creyendo en esa historia del fantasma creado por Miriam. Los serbios habían pedido dos mil quinientos euros por cada uno de ellos. Cinco mil en total. Y si habían cumplido su parte del trato solo podía significar una cosa: alguien les había pagado.

Tal vez rebuscaron en la casa por si podían encontrar más dinero o quizá solo lo hicieron como parte del teatro. Vaciaron cajones y abrieron armarios para los fotógrafos de la Guardia Civil. Ellos ya habían recibido lo suyo. Tenían los billetes de avión para desaparecer del país mucho antes.

«Miriam, cariño...», y las palabras salieron ardiendo de su boca, quemándole la garganta. Las espinas de la verdad. La imaginó esa noche, luego de que él se marchara, bajando la ladera del monte hasta el aljibe. Su cuerpo que siempre había sentido frágil, sus manos, tirando de la cuerda, y ese anillo que él le regaló cuando cumplió los diez años, una sortija de oro blanco; «Te quiero, papá», le había dicho entonces lanzándose a sus brazos. Su hija descubriendo los fajos de billetes en la bolsa. Contándolos por encima. Satisfecha al comprobar que la cantidad superaba los cinco mil que necesitaba.

¿Ni siquiera había llorado al comprobar que podía matar a sus padres? ¿Tanto había llegado a odiarlos?

Se hizo de noche y las chicharras dejaron de cantar. La silueta de los vencejos, invisible.

MIRIAM: Ellos me dieron la vida, pero eso no significa que se estén comportando como unos verdaderos padres.

NÉSTOR: ¿Por qué no lo olvidas?

MIRIAM: Son ellos los que no me dejan.

NÉSTOR: Crees que después todo irá mejor, pero tampoco lo puedes saber. A lo mejor, después, todo es una mierda.

MIRIAM: Piensas que estoy loca, ¿verdad?

NÉSTOR: No es eso.

MIRIAM: Ni siquiera soy una adolescente. Soy una niña. ¿Por qué tengo que ser responsable de nada?

NÉSTOR: Yo no digo que lo seas. Solo digo que te lo pienses. Las cosas tienen consecuencias.

MIRIAM: Suenas como un viejo.

NÉSTOR: Jaja! Es que soy un viejo!!

MIRIAM: Ya sé que las cosas tienen consecuencias. No soy idiota. Por eso lo hago.

Cóndor

–Queen Bee–

Miriam se pintaba los ojos de negro, los labios también. Un top ceñido y los vaqueros rotos. Subía la música y se miraba al espejo mientras bailaba. Imitaba el estilo de Lorde. Los gestos espasmódicos, la actitud amenazante de la cantante neozelandesa, su melena rizada tapándole la mitad de la cara. «Parezco Golum cuando bailo», había dicho Lorde en una entrevista. Imaginaba que no existía el espejo ni la pared. Ante ella, una multitud que seguía sus movimientos, hipnotizada, y coreaba sus canciones: «*You can call me Queen Bee. And baby, I'll rule, I'll rule, I'll rule, I'll rule. Let me live that fantasy*».*

Otra vida.

Cualquiera era mejor que la que tenía.

Había echado a gritos a su madre de la habitación. Las bolsas del Mercadona con ropa vieja de Carol se-

* «Puedes llamarme Abeja Reina. Y, nena, yo mandaré, yo mandaré, yo mandaré. Déjame vivir esa fantasía.»

guían sobre su cama. «Hay cosas preciosas», le había dicho Irene. Ella se negó a ponerse esa mierda. Camisetas descoloridas después de Dios sabe cuántos lavados. Los pantalones de Carol. Se imaginaba vestida con la ropa de su amiga, yendo al instituto, a las fiestas. Habría llamado menos la atención un letrero en el que pusiera: SOY UNA PUTA ARRASTRADA. Pero sabía que acabaría por abrir esas bolsas y rebuscar hasta encontrar algo que le gustara. ¿Qué iba a hacer, si no? ¿Ir desnuda al instituto y plantar las tetas sobre el pupitre?

Su madre había renunciado a discutir con ella. Tal vez Irene se había cansado de todo. Miriam la veía vagar por la casa en silencio, hastiada. No sabía bien de qué. No encontraba trabajo. Cada día, cogía un autobús a Almería para buscar algo, lo que fuera. Y siempre volvía con las manos vacías. Mientras, su padre dormitaba y eructaba cerveza cuando no estaba en el monte con las abejas. Primero fueron latas, luego botellas de litro las que rebosaban la basura, en el patio de la cocina. Y el frigorífico seguía vacío.

Pasó el otoño y se dejó caer en las Navidades más tristes de su vida. Desenvolvió los regalos de Reyes tan emocionada como estúpida. ¿Y si los envoltorios escondían la llave para volver a su vida anterior? No había ni un móvil ni un ordenador. Solo ropa. Pudo imaginar a su madre recorriendo las tiendas de algún centro comercial en la ciudad, rastreando la camiseta más barata, esos collares de bisutería que le daban asco. Pero, ante los regalos, no dijo más que «gracias» y, después, acurrucada en la cama, se permitió llorar.

En un rincón del armario guardaba un chivato con un poco de maría. Se lo había pasado Néstor. También él le había enseñado a liarse un porro. Puso la silla contra la puerta, abrió la ventana y se lo fumó a grandes caladas. Necesitaba despegar, alejarse del desierto. Soñar con lo que le gustaría que fuera su vida. Pero parecía imposible liberarse del todo; unas cadenas, sus padres, la ataban a la realidad.

El único refugio que tenía eran sus nuevos amigos.

Todo había cambiado desde la noche que se quedó en casa de Carol. Había callado cuanto pasó: la visita de Néstor, el posterior viaje enloquecido al *camping* del Indio. El fuego. Ellos le habían respondido con la misma moneda: sus hematomas seguían siendo un secreto.

—¿Seguro que te lo hiciste cayéndote? —le preguntó Néstor tiempo después, en esas horas que holgazaneaban por el pueblo—. Es un sitio un poco raro para darse un golpe.

Miriam dejó que la historia creciera como diente de león. Guardaba silencio, escondía la mirada siempre que Carol o Néstor descubrían un nuevo golpe. Más heridas. Se convirtió en el animal que debían proteger. Pobre niña.

—¿Es que no te fías de nosotros? —le preguntó otro día Carol—. ¿Quién te está haciendo eso?

Evitaba pasar tiempo en casa. Jacobo no le prestaba atención, tampoco Irene. Su madre alargaba cada vez más los días en Almería. No volvía hasta el anochecer. Miriam se quedaba con Carol y Néstor a la salida del instituto. Iba a comer a sus casas. Le encantaba bañarse en la piscina de Néstor, suspendida sobre el pueblo. Se acercaba al borde y murmuraba en su cabeza la canción de Lorde: *«Baby, I'll rule, I'll rule»*. Sus padres habían dejado de preguntarle qué hacía o dónde se metía. Tan perdidos estaban en sí mismos. Algunas noches, Jacobo recordaba el papel de padre que debía ejercer y, entonces, llegaban los gritos y las amenazas.

—Mi padre... —confesó una noche a Néstor cuando este le preguntó de nuevo por los golpes. No dijo más. Era suficiente.

Estaban en el Cóndor, el decorado de un fuerte semiderruido en mitad del desierto. Abandonado. Allí organizaban fiestas con chavales de otros pueblos.

—Quiero bailar —dijo Miriam después. Se levantó y volvió al edificio donde estaban los demás.

Dejó pasar el tiempo hasta que una noche, aburrida en la cama, escribió en el grupo de WhatsApp:

MIRIAM: No podéis entenderlo.

CAROL: Explícamelo, que tampoco soy tan idiota. Porque, ¿quién no está harta de sus padres?

MIRIAM: No te compares. No tiene nada que ver. ¿O es que tu padre te hace visitas?

—No hace falta que se entere —le dijo Alberto a Jacobo mientras las colmenas ardían—. El Rubio está a mil cosas. Ya sacaremos esto adelante.

Enero. La primera Navidad en Portocarrero había pasado. Jacobo imaginaba a esos pequeños ácaros que habían matado a las abejas retorciéndose en el fuego. La varroa. El hermano de Irene intentaba aparentar seguridad, pero estaba asustado. Ya había encargado la compra de otras colmenas. Casi dos mil. No era una gran explotación, pero generaba lo suficiente para que su familia viviera de la miel. ¿Qué pasaría con Alberto si el Rubio decidía olvidarse de las abejas?

—Solo tenemos que aguantar unos meses. Si la cosa

va bien, no hay problema. Si no, echaremos la culpa a los plaguicidas —intentó convencerse Alberto.

¿De dónde había sacado el dinero para reponer todas las colmenas?

—Es mejor que contemos lo que ha pasado —le advirtió Jacobo.

—¡¿Y tú qué cojones sabes qué es mejor?! —Alberto escupió a un lado y se alejó del fuego.

Jacobo miró las colmenas en llamas. Las pocas abejas que no habían sucumbido a la varroa intentaban huir y eran apresadas en el aire por el fuego. Creyó ver cómo se les quemaban las alas.

A su espalda, Alberto era incapaz de estarse quieto. Daba pequeños paseos nerviosos de un lado a otro. Suponía que su cabeza estaba a punto de estallar en mil pedazos: el Espartero. Así era como llamaban a Alberto cuando era un adolescente. Él no soportaba el apodo. Le recordaba cuando era el payaso del pueblo. El chaval gordo del que todos se burlaban, porque estaba dispuesto a hacer lo que le dijeran y también por su familia. El padre de Irene se había dedicado a recoger esparto toda su vida, como su madre. Vivían apartados del pueblo, en una de las cuevas que trepanan las montañas del desierto. Solo se trasladaron al cortijo cuando nació Alberto y, cuatro años después, Irene. Estaban al margen de la vida de Portocarrero, huraños, cómodos en su soledad, quería pensar Jacobo.

Alberto era idiota. Bastaba observarlo unos segundos: una mano en su prominente barriga, satisfecho de ella. Paseando a su mujer y sus hijos como un trofeo. Rosa era la tercera hija de un maestro de escuela que había escrito varios libros sobre la historia de Portocarrero. Para el hermano de Irene, casarse con ella y tener un par de hijos era alcanzar la cima. Se había convertido en alguien en el pueblo, todo el mundo lo conocía. Le hablaban como si su opinión importara. Y él había adoptado las maneras de un terrateniente: invitaba a unas cañas, una tapa de ensaladilla. Miraba con el desprecio del que ha sido un forastero a todo aquel desconocido que pisaba las calles del pueblo.

Odiaba cuando se reunían alguna noche para cenar y Ginés o el Rubio recordaban sus aventuras adolescentes. Cómo dejaron al Espartero en pelotas en mitad de la plaza del pueblo. Cómo lo convencieron para entrar a robar en la tienda de la Fina y, después, le cayeron todos los palos. Alberto fingía una sonrisa y, como si no le afectara, murmuraba: «Seréis cabrones...», y solo se enfadaba y decía: «Ya está bien, cojones», si era Ginés quien continuaba el relato. Si era el Rubio, Alberto aguantaba esa sonrisa ridícula hasta el final. Creía estar en deuda con él por que hubieran empezado a tratarlo como a uno más, pero, en realidad, había sido mérito de Irene. Cuando su hermana estuvo saliendo con el Rubio, en el instituto, le pidió que dejaran de machacar a Alberto. Y, también, que no le llamaran más «el Espartero».

De ese idiota tenía que recibir órdenes ahora Jacobo.

—Esto es absurdo —dijo volviéndose a Alberto—. ¿Cuánto dinero te vas a dejar en reponer las colmenas? Como no salga bien, te vas a ir a la ruina.

—¿Qué te preocupa? ¿Que ya no pueda pagaros la factura de la luz?

—Nadie te lo ha pedido. —Y Jacobo tuvo que contener las ganas de mandarlo a tomar por culo. Necesitaba su dinero.

—Os las pago porque quiero —continuó orgulloso su cuñado—. Y esto —dijo señalando al fuego— es mi negocio. Sé lo que me hago.

Se montaron en el coche de Alberto cuando las últimas brasas se extinguieron. La mancha de humo negro, en el cielo, parecía preocuparle: quizá temía que alguien la viera. No se decidió a arrancar hasta que el viento la deshizo.

—¿Paso a recogeros? —le preguntó a Jacobo después, en el pueblo, mientras recorrían sus callejuelas—. Hemos quedado a las diez en la Venta.

Detuvo el coche en la acera junto al Diamond. Las cenas rituales de Portocarrero: diferentes ropajes, mismos lugares. Jacobo e Irene irían en su coche, no hacía falta que fuera a buscarlos. En la puerta del bar estaba sentado el Gordo. Había un taburete para él. Su obesidad le impedía encajarse en las sillas de plástico, así que le habían comprado ese pequeño taburete que desaparecía bajo su grasa en cuanto se dejaba caer en él. El recién casado cuya boda celebraban el día que llegaron al pueblo.

—Tu mujer ha estado aquí hace un rato —le dijo a Jacobo.

Este no supo qué contestar. Abrió la puerta de su coche, lo había dejado aparcado allí antes de subir al monte con Alberto.

Esa noche, mientras se vestía para ir a la cena, vio entrar a Irene en su habitación. Ella acababa de ducharse y dejó la toalla mojada sobre la cama. Desnuda, abrió los cajones de la cómoda para coger la ropa interior. Jacobo le miró el culo. Se levantó. Se puso detrás de ella. «Hace demasiado tiempo que no lo hacemos», le dijo. Se le había puesto dura. «Vamos a llegar tarde», le contestó ella. Él prefirió no preguntarle qué hacía en Portocarrero cuando se suponía que había pasado el día en Almería, buscando ese trabajo que nunca encontraba. Se había acostumbrado a evitar ciertas preguntas porque temía sus respuestas.

Irene volvió al cuarto de baño y él se asomó a la ventana. En el porche había dejado un plato con restos de comida. El gato de orejas mordidas lo lamía sin dejar de vigilar a su alrededor.

Trigo. El camarero de seis dedos sirvió los platos mientras Rosa se hacía la sorprendida al oír que Jacobo nunca había probado ese guiso. «¿Es que no lo haces en casa, Irene?», preguntó su cuñada, y luego cotorreó sin pausa cómo se preparaba el plato. Cómo se aventaba el trigo, lo tedioso que era, los recuerdos de su madre preparándolo en la cocina la mañana de un sábado, y ella, cuando era pequeña, ayudándola, el cerdo y el hinojo... Los demás bebían. Alberto vaciaba la botella. Todos agradecían que Rosa ocupase el silencio.

El frío que jamás pensó que llegaría a Portocarrero había hecho acto de presencia. Le sentó bien el plato caliente. El Rubio le dijo al camarero que felicitara a Concha: estaba delicioso.

Nadie habló de abejas.

Más tarde, en la barra, Jacobo esperaba que el camarero le diera cambio para sacar tabaco. La Fuertes venía del baño y, de un saltito, instaló su pequeño y nervioso cuerpo sobre un taburete, a su lado. Se puso un cigarro en los labios y lo miró pidiéndole fuego.

—¿Hasta los cojones de Rosa? —Jacobo no pudo evitar sonreír—. La culpa es tuya. Dale carrete con la cocina, con las costumbres de hace cien años, y no hay quien la pare.

—Pobre. A la mujer le gusta...

—Es un coñazo. No te hagas el bueno.

La Fuertes llamó al camarero y pidió un gin-tonic.

—¿Otro para ti? —le preguntó y, después, al oído, le murmuró—: Paga el Rubio. —Jacobo aceptó—. ¿Echas de menos tu trabajo?

—Echo de menos no ponerme a temblar cada vez que llega un recibo —confesó Jacobo.

—Lo del Rubio no te da para nada... —entendió la Fuertes, y él prefirió callar. Estaba harto de lamentarse—. Si lo mío va bien, por mis muertos que te contrato.

Brindaron por esa promesa. La Fuertes no solo había heredado de su madre el apodo. También un buen dinero. Y con ese dinero compró cerdos. Los mejores cerdos.

—Si trabajas para los ricos, nunca te faltará nada —dijo ella, ya por el segundo gin-tonic—. Hay que hacer pulseras de diamantes, trajes de seda, coches la hostia de caros... O jamón de bellota, como yo. Si les das lo que nadie tiene, te forras. El problema es trabajar para los pobres. ¿Cómo coño va a vivir alguien de gente como tú? Bastante tienes con que no te corten la luz...

—Vete a tomar por culo, Fuertes —Jacobo rio. Era la primera vez que estaba cómodo desde que llegaron a Portocarrero. Le divertía hablar con ella y no quería que la conversación terminara. Volverían, como pájaros negros sobre su cabeza, Irene, el Rubio, Alberto y las abejas.

—¿Tengo o no tengo razón? —insistió la Fuertes—. Si quieres preocuparte por los pobres, hazte misionero. No montes un negocio.

Las pocas cabezas que la Fuertes tenía en su explotación le daban una fortuna. Cerdos ibéricos de jabugo manchados. Un lujo. Pastaban en una dehesa de la sierra de los Filabres.

—¿Has pensado que, a lo mejor, este pueblo no es el mejor sitio para salir adelante? —le preguntó cuando les servían la tercera copa.

—No es peor que cualquier otro lugar —murmuró Jacobo.

—En cualquier otro lugar no estará el Rubio —le dijo ella al oído. Su aliento a tabaco lo envolvió y no supo dónde mirar.

Se trasladaron a la casa del Rubio. El chalet sobre el pueblo. Siguieron bebiendo en el salón. Jacobo vio la silueta de la hermana del Rubio, Marga, evitándolos. Escabulléndose por un pasillo y subiendo las escaleras de mármol para no encontrarse con nadie. En el jardín estaban encendidas las bombillas de colores sobre la tumbona de mimbre donde solía pasar el día. Ginés se había hecho dueño de un portátil desde el que ponía música.

Perdió de vista a la Fuertes; el ruido y el alcohol empezaron a descentrarlo. Vio a Irene a través de la cristalera del salón, paseando junto a la piscina cubierta por una lona. Le dio la impresión de que se recolocaba el vestido. La recordó desnuda, en su habitación, antes de salir a la cena. Su culo contra él. No sabía por qué, pero de repente tuvo la certeza de que Irene y el Rubio acababan de follar. Se apartó de la cristalera, mareado. Entró en la cocina. Abrió el grifo del fregadero y se mojó las sienes. No podía borrar la imagen: los dos subiendo las escaleras entre risas y cuchicheos, alejándose de todos. Irrumpiendo en el dormitorio del Rubio con gemidos de deseo. Un polvo rápido, sin desnudarse. Las bragas de Irene anudadas a los tobillos.

—¿Estás bien? —Jacobo se volvió y descubrió al Rubio. Sonriente, se acercó a él y le puso una mano en el hombro. Jacobo buscó en su ropa rastros del sexo. Un olor—. ¿Quieres echarte un rato en mi cama?

Fue la rabia. O quizá, simplemente, tenía ganas de hacer que todo estallara.

—Las abejas están muertas —dijo—. Las hemos quemado.

El Rubio tardó unos segundos en entender a qué se refería.

—Puedo seguir subiendo al monte, pero allí no queda nada. Y sabes que necesitamos el dinero. Aunque sea la miseria que me das...

—¿Por qué no me ha dicho nada Alberto? —Por una vez, Jacobo tuvo la sensación de que el Rubio se sentía superado. También a él le mentían.

—Piensa que, si te lo dice, cerrarás el garito y se irá al paro. —Hizo un esfuerzo por erguirse—. Unos bichos se las estaban comiendo. No se podía hacer otra cosa más que quemarlas.

—Es imbécil...

El Rubio abrió un armario en busca de un vaso. El expendedor de hielo del frigorífico sonó atronador, el crujido. Se sirvió un whisky.

—Dame algo. Si no son las abejas, lo que sea. Irene no encuentra trabajo y estamos a cero... Me da igual lo que me encargues, pero, si no, tendremos que irnos a otro sitio a buscarnos la vida.

Se sintió miserable. Se dio asco a sí mismo. ¿Estaba

cobrando un precio a cambio de que el Rubio siguiera follándose a Irene? ¿A qué venía esa amenaza de salir huyendo?

—Ya hablaremos de eso... —dijo el Rubio—. Si estás dispuesto a hacer lo que sea, te puedes sacar mucha pasta...

Condujo en silencio. Eran más de las cuatro de la mañana. A su lado, Irene dormitaba contra la ventanilla. Jacobo se agarró con fuerza al volante. Las líneas de la carretera se abrían como una cremallera. Estaba borracho, pero no tanto para no poder conducir. Tenía la necesidad de hacerse daño. De castigarse por estar transformándose en una especie de monstruo. Por estar haciendo cosas que jamás se creyó capaz de hacer. Hundió el pedal del acelerador en el camino de tierra hacia el cortijo. La casa ruinosa silueteaba su sombra contra la noche. Las piedras de la fachada que dejaban a la vista los desconchones le parecieron dientes sucios, una carcajada. Feliz año nuevo. El cuentakilómetros alcanzó los setenta kilómetros por hora. El coche se sacudía sobre el camino y, sin embargo, Irene seguía dormida. El ruido del motor y el ruido de su vergüenza eran peores que el ruido de las chicharras. Las abejas ardiendo y el Rubio e Irene juntos. La impotencia al saberse incapaz de cuidar de su familia. ¿Es que nadie iba a reaccionar? ¿Hasta dónde se iban a hundir? Dio un volantazo y el coche se salió del camino. La rueda delantera se clavó en una acequia cubierta de matorrales y el coche se detuvo en seco. La parte trasera se levantó y, por un instante, amenazó con volcar. Sintió la presión del cinturón de seguridad en el pecho. Irene despertó con un grito a la vez que el coche volvía a caer en la tierra y reventaba las ruedas.

Y, después, entre el humo y el polvo que habían levantado, el silencio. Jacobo miró a su lado y vio que Irene se llevaba la mano a la frente; se había abierto una pequeña brecha. Fue como si él mismo le hubiera dado ese golpe.

—Lo siento —dijo.

Miriam bailaba *Team* en la Pensión Coyote. Había convencido al dueño del equipo de música de que la pusiera. A su alrededor, chicos y chicas también bailando y bebiendo. «*Livin' in ruins of the palace within my dreams*»,* cantaba. Los faros de un coche iluminaban el interior del decorado. Paredes ocres, columnas torcidas y una pequeña escalera desvencijada que no llevaba a ningún sitio. Arriba, el techo estaba abierto; vigas de madera partidas, puntiagudas, como si las hubiera atravesado un misil. Néstor la cogió de una mano y le dijo: «Ven conmigo».

Carol le sonrió mientras tonteaba con un chico.

Fuera, al margen del estruendo de la música, Néstor se encendió un porro y se lo pasó a Miriam. El Cóndor se había convertido en el lugar al que escapaban siempre que podían. Néstor, aunque no había cumplido la mayoría de edad, tenía coche y las llevaba. El Indio había dejado de molestar, de quejarse por lo que hicieran en las ruinas de viejas películas que ya no interesaban a nadie. De ese fuerte americano solo quedaba en pie una torre de vigilancia, abierta por la mitad, exhibiendo su

* «Viviendo en las ruinas del palacio de mis sueños.»

esqueleto de maderas. Algunas casas. Un diner. La Pensión Coyote donde antes bailaba.

—Están aquí —dijo Néstor.

Miriam siguió la mirada del chico. Al otro lado de los restos del arco de entrada al fuerte había dos sombras.

—¿Seguro que quieres hablar con ellos? —preguntó Néstor.

—¿Vienes conmigo? —dijo ella, de repente asustada.

—Es cosa tuya —se negó él.

Miriam quiso pedirle que se fueran. Todo era una broma que había llevado demasiado lejos. Pensar en Carol y Néstor al día siguiente, despreciándola como la niña pequeña que no quería ser, se le hizo aún peor que cruzar el fuerte hasta esos dos hombres. «No te vayas», le rogó Miriam antes de alejarse. Tenía miedo de que le hicieran daño; si se mantenía a la vista de Néstor, podría pedirle ayuda.

Los hombres se giraron hacia ella al oírla llegar. Uno de ellos sonrió; era mayor que su padre. También más fuerte; un cuerpo acostumbrado a realizar tareas pesadas. Se fijó en sus manos, sobresalían de la pelliza. Grandes. Tanto que con solo una podría cubrirle toda la cara. El corazón le latía tan fuerte que su ruido apagó el de la música. Fue el otro hombre quien se acercó primero; más alto y también más joven. Llevaba una chaqueta de piel con cuello de borrego. Ojos pequeños como los de un roedor.

—Hace frío —dijo—. No nos habrás hecho venir para nada.

—No —acertó a murmurar Miriam.

—¿Qué necesitas? —preguntó el hombre con cara

de rata. Miró atrás. En la puerta de la Pensión Coyote estaba Néstor. Carol hablaba ahora con él.

—Que matéis a mis padres —se atrevió a contestar.

El hombre de manos grandes se rio con estruendo y Miriam tuvo ganas de darle una patada. De hacerle callar. ¿Podían escucharle Néstor y Carol? No dejaba de reír. El Cara de Rata se contenía como podía. Cruzaron algunas palabras en un idioma que no entendió.

—Estoy hablando en serio —insistió Miriam.

Pero ellos no le hacían caso. Manos Grandes dejó de reír, recuperaba el resuello como podía. Cara de Rata se encendió un cigarro.

—Néstor se ha equivocado con nosotros —le dijo.

—No tenéis huevos a hacerlo.

Y Miriam se dio la vuelta. Se sentía aliviada. Tenía la historia que quería contar a Néstor. Una mano la cogió de un brazo y tiró de ella. Miriam gritó, pero no tuvo tiempo de ver si sus amigos la habían visto. Manos Grandes la arrastró al otro lado de la muralla y la empujó contra la pared. Tuvo miedo de que le pegara, pero los ojos del hombre bajaron a su escote; el sudor del baile se había congelado en la noche del desierto. Llevaba una falda corta de cuero. Una de las prendas que había heredado de Carol. Se acercó a ella. Estaba excitado.

—Algo tendrás que darnos —dijo pegándose a su cara. Olía agrio. Como la habitación de sus padres cuando la dejaban sin ventilar, las sábanas revueltas y el ambiente cargado del sexo.

—¿Te gusto? —contestó Miriam mirándole a los ojos—. ¿Quieres hacerme algo?

—Eres una guarra.

—Poned un precio. —Y Miriam no dejó de mirarlo. Se recogió el pelo en una cola y respiró profundamente, más por seguir tentándole que porque necesitara hacerlo.

—No lo haremos solos —intervino Cara de Rata.

Manos Grandes se separó de ella. Parecía frustrado porque su intento de asustarla no había surtido efecto.

—Me da igual quién lo haga. Lo que quiero es que pase. Cuanto antes, mejor.

—Hablaremos con el Jifero —dijo Cara de Rata—. Pero olvídate de pagarnos con tus tetas. Te va a hacer falta dinero. Mucho dinero.

Luego, los dos hombres le dieron la espalda. Se alejaron por el camino de tierra que llegaba hasta el Cóndor. Ella, paralizada, se dio un tiempo apoyada contra la muralla. Los faros de un coche se encendieron en mitad de la noche. Iluminaron la silueta de los dos hombres. Alguien salió de la plaza del conductor. Más alto que los dos con los que había estado. La falta de luz y la distancia le impidieron reconocerle. Cara de Rata y Manos Grandes hablaron algo con él y, después, subieron al coche. El tercer hombre parecía petrificado. Podía oír el rumor del motor en marcha. Un rugido lejano. ¿La estaba mirando? Era una mancha negra de la que Miriam no podía apartar los ojos, un agujero en mitad de la noche. Luego, él también subió al coche. Maniobró y, al hacerlo, le pareció ver las formas del mismo coche blanco que había recogido a Néstor en el instituto una vez.

El coche se alejó y, entonces, Miriam se dejó vencer. Las piernas apenas la soportaban. Cayó al suelo de rodillas y lloró, histérica. Le faltaba el aire y temía ahogarse en cualquier momento.

—No me preguntes más —le dijo a Néstor después.

Él tampoco insistió. Miriam evitó contarle nada de la conversación con los serbios. «Si querías saber algo, haber venido conmigo», le dijo. Se había limpiado la tierra de las rodillas y las lágrimas, aunque al subir al coche de Néstor y mirarse en el espejo se dio cuenta de que el maquillaje se le había corrido. Él no se lo hizo notar.

Carol había vuelto ya a casa. No sabía quién la había llevado. En el coche, Néstor le puso una mano en el nacimiento del cuello. Despacio, acercó sus labios. La besó. «¿Lo has hecho alguna vez?» Y ella le respondió: «Déjame. Ahora, no».

Amanecía cuando Néstor y Miriam llegaron al cortijo. Él conducía despacio. Al tomar el desvío de tierra a su casa, vieron el coche de sus padres encajado en la acequia. Tenía un faro roto, las puertas abiertas, las ruedas traseras reventadas. Néstor paró el coche y bajó corriendo. Algo atrapó a Miriam en su asiento: ¿estaban ellos dentro?, ¿habían muerto? Durante un segundo pensó que esos hombres ya habían llevado a cabo lo que les había pedido. Tuvo miedo, pero no se sintió arrepentida. De repente, pensar en el día siguiente le parecía algo excitante.

—¡No hay nadie! —le gritó Néstor.

Miriam se bajó y miró la silueta incendiada del cortijo. El amanecer teñía de rojo el tejado.

—Si no vuelvo, es que todo está bien, pero no quiero que me vean llegar contigo —le pidió Miriam.

Cruzó la era y entró en la casa. Su padre se levantó como un resorte de la mecedora nada más oír sus pasos.

Se abalanzó al pasillo y, sin mediar palabra, le soltó un bofetón. Miriam no lo esperaba. No le había dado tan fuerte como para tirarla, pero trastabilló y cayó al suelo.

—¡¿Dónde has estado?! —le gritó Jacobo.

Miriam se quedó tumbada, sin hacer ademán de levantarse, y pensó: *esto tiene que acabar.*

Lázaro

–levántate y habla–

El *camping* Tawa eran solo unas viejas caravanas oxidadas tras un cartel de madera en el que se podía leer ese extraño nombre, Tawa, sobre un símbolo descolorido que recordaba al sol o, tal vez, a un emoticono radiante y feliz. ¿Quién querría instalarse en mitad del desierto a pasar unas vacaciones?

—Viene gente que está de paso —se defendió el Indio mientras preparaba una infusión—. Por trabajo, en el campo o en las películas..., aunque no hay mucho... De vez en cuando, algún divorciado que se ha quedado sin nada.

El Indio vivía en una casa de madera prefabricada. Era la única construcción del *camping*. El resto, las caravanas y, a la espalda de la casa, un descampado que parecía un vertedero; una *roulotte* volcada y un contenedor ennegrecido.

Nora sabía que el hallazgo del mensaje de Miriam en el móvil de Néstor la dejaba en una mala situación. La

Guardia Civil estaba armando su caso y ya solo le faltaba ponerle el lazo: la prueba definitiva en la que la niña dijera: «Esta noche. Matad a mis padres». No la iban a encontrar. Nora quería confiar en Miriam. Pero ¿quién más tenía fe en ella? Quizá el juez no necesitara esa última evidencia para condenarla. Emitiría una sentencia con un discurso retrógrado para dar ejemplo a esa generación de niños que parecen haber perdido el respeto a sus mayores.

Sopló en la taza que le dio el Indio apartando el humo. Estaba hirviendo y solo imaginar que se la bebía ya le hacía sudar. Colgado de la pared había un estandarte con el mismo símbolo de la entrada al *camping*: el círculo rodeado con plumas y unos delgados rectángulos y un triángulo simulando los ojos y la nariz.

—Es el Dios Tawa —le explicó el Indio porque Nora no dejaba de mirarlo—. El Espíritu del Sol y Creador de la cultura hopi.

—¿Te das cuenta de lo absurdo que es que un catalán como tú ande vestido de indio y hable de estas cosas como si se las creyera? —dijo Nora sin atisbo de ironía.

El Indio se rio. Su cuerpo, largo y flaco, tembló bajo el chaleco y el bombín raído.

—Al principio, parecía una buena idea —le concedió.

Manel Casado. Ese era el verdadero nombre del Indio. Mientras bebían la infusión, rodeados de esa parafernalia india —cerámicas y pequeñas figuras que atestaban las estanterías, ni un centímetro vacío—, le contó cómo una noche, después de su turno en la fábrica de Seat en Martorell, se quedó dormido en el sofá de su casa y tuvo un sueño. Vio serpientes y unos hombres semidesnudos agitando plumas de águila, la cara y el pecho pintados con líneas blancas. Unas mujeres, peinadas como la Dama de Elche, los observaban a unos metros.

—Era la ceremonia de las serpientes —se explicó—. Un ritual de los indios hopi. Si hubiera tenido más dinero, me habría ido a vivir a Arizona. Pero solo me alcanzaba para llegar a Almería.

—Es mentira, Manel. —Nora dejó la taza a un lado; abrió el bolso en busca de su libreta—. Estabas preso en la Modelo. Cinco años por atraco con violencia. Nunca trabajaste en la Seat y tampoco me creo que tuvieras ese sueño.

—Así es como yo lo recuerdo —contestó sin alterarse.

—¿Por qué dicen en el pueblo que te habían condenado por violación?

Eso sí le incomodó. El Indio se puso en pie y recogió las tazas, ya vacías. Nora se dio cuenta de que una quemadura en la mano derecha le había dejado la piel blanca.

—No hay mejor manera de esconder las vergüenzas que poniéndoselas a otro.

—¿A quién le interesaba?

Pero el Indio no respondió. En un viejo equipo de música, puso a reproducir una extraña canción: cánticos repetitivos, rituales, que parecían grabados hace cientos de años. Le devolvieron la sonrisa al Indio y, más tranquilo, se sentó de nuevo frente a Nora.

—Seguro que no has venido a solucionar mi mala fama.

—En realidad, no sé si voy a conseguir solucionar nada.

—Intentarlo ya es conseguirlo.

—Más que indio, eso parece sacado de un libro de autoayuda.

—Es posible —concedió el Indio—, a veces digo cosas así. Tonterías. Pero como hablo despacio, el bombín, la coleta..., la gente dice: hostia, qué profundo. —Y cuando Nora volvió a mirarle la mano quemada, se explicó—: Me lo hicieron esos putos críos.

El Indio le mostró el dorso quemado; la huella de ese fuego se extendía hasta su antebrazo como una salpicadura de pintura blanca.

—Con ellos, ni los cánticos de ceremonia hopi me relajan.

Y, luego, el Indio le habló de las fiestas que algunos adolescentes organizaban en los decorados en ruinas del desierto. En particular, en el Cóndor, un fuerte que construyeron en 1970 para una película de Lee Van Cleef. Cómo se estaba viniendo abajo por su culpa.

—Les dieron manga ancha. Nadie se metía en lo que hacían. Yo creo que hasta les divertía. Y eran unos salvajes. ¿Ves? —dijo enseñándole de nuevo la mano—. Fueron ellos. Prendieron fuego a la basura del *camping*. Tuve suerte de apagarlo antes de que todo ardiera. ¿Alguien les dijo algo? Ni Dios. Me trataron como a un loco. Pero ahora parece que el perro les ha mordido a ellos.

Nora prefirió no llevarle la contraria. El hombre pacífico que el Indio pretendía ser, se esfumaba cuando hablaba de los niños. Recordó los detalles de su expediente: había disparado al dependiente de una gasolinera, lo había dejado paralítico. Tuvo suerte de que no muriera porque, si hubiera sido así, a estas alturas seguiría en la cárcel.

—Por eso empezaron a difundir esa historia de las violaciones... —entendió Nora.

—De la noche a la mañana, la gente me miraba mal en el pueblo. Parecía que les daba asco, ni me rozaban. Y todo por hacerle un favor a Ginés. Fue él quien soltó esos embustes.

Una noche, le contó el Indio, antes de que Miriam y su familia llegaran a Portocarrero, se encontró con Carol, la hija de Ginés, desorientada en mitad del desierto. Si él no se hubiera topado con ella, quién sabe qué habría pasado. La metió en la furgoneta. Iba a llevarla a la casa de sus padres, pero, cerca de las ruinas del Cóndor, se encontró con el coche de Ginés. Le dijo que había ido a buscar a su hija. Estaba muy alterado. El Indio no le dio más importancia, pero a partir de aquella noche empezaron las malas lenguas sobre su pasado.

—No estaba buscando a su hija —recordó el Indio—. No sé qué coño hacía en el desierto, pero no la estaba buscando...

—¿Alguna vez viste a los serbios con Carol?

El Indio negó con un cabeceo. Tampoco parecía conforme con las preguntas de Nora. Como si estuviera dirigiendo la conversación por el camino equivocado.

—La Guardia Civil estuvo aquí. Esos dos se quedaron un tiempo en las caravanas. Pero los críos no necesitaban a nadie. Sabían muy bien qué hacían. En noviembre... fui por el pueblo. Vi a la nena. A la de Ginés. Le dije que iba a llamar a la policía como volvieran a meterse en el Cóndor... ¿Y sabes qué me dijo ella? «Cuidado. O te vamos a matar a ti también.»

—¿Le contaste eso a los guardias?

—Sí. Así es como se divertían.

—Aunque estuvieran todos implicados, Zoran y Sinisa también formaron parte del plan.

El Indio se encogió de hombros, no le daba tanta importancia. Le habían contado que los serbios pasaban drogas. Él no se había dado cuenta; respetaba la intimidad de sus inquilinos. Solo se fijaba en que le pagaran a tiempo el alquiler.

—Si no hubieran conocido a los serbios, se habrían buscado a otros —murmuró.

—¿Los viste con alguien más? A los serbios, quiero decir —le aclaró Nora—. No sé: ¿alguien que viniera a visitarlos a sus caravanas? Amigos... —El Indio encendió un cigarro y dio una calada mientras hacía un esfuerzo por recordar—. ¿Te suena alguien llamado el Jifero?

—No sé cómo se llamaba, pero de vez en cuando había un coche de un taller mecánico en su caravana. Talleres Lázaro. Lo conducía un hombre mayor, de unos sesenta, por lo menos, un poco gordo. Pero no era de Portocarrero, lo habría reconocido. Si los serbios pasaban droga, lo mismo era un cliente...

Nora apuntó en su libreta el nombre del taller. Lázaro. Mayor y algo gordo. ¿Era el hombre que estaba buscando, ese que hizo realidad las fantasías de Miriam? No lo creía, pero quizá le sirviera para encontrar el hilo hasta el Jifero.

El Indio la acompañó afuera. El desierto, abrupto, cortado por barrancos y cauces de rambla, se abría alrededor de la explanada en que estaba el *camping*. Ella solo encontraba desolación donde el Indio veía un prodigio de la naturaleza. Tal vez por eso se había erigido en custodio de una tierra olvidada. El defensor de esas piedras frente a los adolescentes que lo destrozaban, frente a la permisividad de sus familias.

—Si arrancamos a la tierra sus cosas preciosas, invitamos al desastre —se explicó el Indio cuando Nora le preguntó por qué invertía su vida en proteger ese paraje—. Esto no es de ningún libro de Paulo Coelho; es una profecía hopi. Y se está cumpliendo: hemos robado tantas cosas a esta tierra que se está volviendo contra nosotros. Somos su plaga.

En la Venta, el bote de helado en la mesilla, vacío, la ventana abierta y, a pesar de eso, ni una brizna de aire por la habitación. Desnuda sobre la cama, empapada en sudor, Nora cerró los ojos. Se repetía la profecía como quien cuenta ovejas.

Cosas preciosas.

¿No era Miriam una de esas cosas preciosas?

Pensó en llamar a su hermana, pero sabía que Carmela la notaría inquieta. Que se preocuparía por ella y le rogaría que volviera a casa. Puso el móvil en modo avión e intentó dormir.

A la mañana siguiente, buscó en internet la dirección del taller Lázaro. No le resultó difícil dar con él: estaba en un polígono industrial en la carretera de Almería.

Los periódicos publicaron nuevos fragmentos de los chats de Miriam. Llamó al periodista temiendo que, como antes, la filtración viniera directamente de la Guardia Civil. Sin embargo, no era así. Por primera vez aparecían las iniciales del resto de los menores implicados en el grupo. Publicarlas era como imprimir sus fotos.

Concha le sirvió el desayuno sin disimular su preocupación. Estaba asustada. ¿Dónde iba a llegar todo esto? ¿No era suficiente con la muerte de una persona?, le preguntó. Su hijo había visto a Néstor en la calle y le había contado que tenía la cara destrozada. Decían que Jacobo se había presentado en su casa y la había emprendido a golpes con el chico. Si el Rubio no lo había denunciado era por el respeto que tenía a la memoria de Irene.

Nora se montó en su Ford Fiesta después de comer y salió de Portocarrero.

Irene, pensó Nora al llegar al polígono donde estaba

el taller Lázaro. ¿Qué diría si pudiera ver desde su tumba en qué se había convertido su familia?

La persiana metálica del taller Lázaro ardía. Todavía no habían abierto. «A las cinco», avisaba un cartel escrito a mano junto a la puerta. El polígono, a esas horas, estaba deshabitado. Nora volvió al Ford Fiesta. Al aire acondicionado y a la música de la radio. Dejó pasar el tiempo.

Una camioneta se detuvo ante la puerta del taller. Un hombre con la piel renegrida por el sol, enfundado en un mono azul sucio de grasa, bajó jugueteando con un manojo de llaves. Era mayor, el poco pelo que le quedaba, canoso. También le sobraban unos kilos; tantos como a Nora, aunque en el mecánico se concentraban en la barriga. En un lateral de la camioneta, el nombre y el teléfono del taller. El hombre, ¿el propio Lázaro?, escupió al suelo antes de abrir la puerta. Después se adentró en las sombras del local.

Nora condujo hasta la entrada. Dejó el motor encendido, la puerta abierta. No pudo evitar una descarga de miedo: ¿qué estaba haciendo allí?, ¿por qué no le dijo al sargento Almela que había localizado a un conocido de los serbios? *No eres ninguna heroína*, se dijo mientras daba unos pasitos hasta la entrada del taller. Las calles del polígono seguían vacías. ¿Nadie iba a abrir esas naves?

Olor a gasolina y, en el centro, un coche levantado con unos gatos hidráulicos; las luces apagadas y ni rastro de Lázaro, si es que se llamaba así el hombre que había visto entrar. Escuchó unos ruidos al fondo, provenían de una pequeña garita acristalada que había en un lateral. «¿Hola?», dijo para advertir de su presencia. A su izquierda, un Citroën descuartizado: el motor a la vista, sin ruedas, apoyado sobre los ejes. No tenía puertas traseras y se veía la tapicería marrón de los asientos. Los pasos de alguien, avanzando entre las sombras y, después, la silueta de ese hombre. Nora resistió la tentación de dar media vuelta y salir a toda velocidad en su coche. Le sonrió y comprobó que Lázaro no lo hacía.

—Todavía no está abierto —le dijo el hombre, y Nora vio cómo sus ojos recorrían con decepción su cuerpo. ¿Qué coño quiere esta gorda?, decían.

—¿Y cuándo abre? En el cartel pone a las cinco...

—Más tarde —respondió seco.

—Ya... —murmuró ella—. ¿Y no podría atenderme un momento?

—No.

El hombre se había apoyado en el coche desvencijado. Se metió las manos en los bolsillos y, por su actitud, estaba claro que no iba a desarrollar su respuesta.

—Mi hermana se ha muerto. —Ni la propia Nora sabía muy bien por qué lo había dicho—. Un cáncer. Horrible; se lo detectaron hace unas semanas. Ya está enterrada. Debería alegrarme... Hace dos días se pasó toda la tarde vomitando sangre. Ha sido lo mejor para ella. Que Dios se la llevara rápido.

Silencio. El hombre del taller, mudo. Ahora él era quien estaba acorralado en ese polígono. Una gorda desequilibrada se había plantado en su puerta. Quizá sacara un cuchillo de ese pequeño bolso que colgaba de su hombro.

—Necesito una raya. Con un gramo me vale —aclaró Nora—. No sé cómo voy a aguantar los trámites y todo eso si no me meto algo. Hace un año que estoy limpia, pero... mi hermana se ha muerto. ¿Se pone en mi lugar?

—Te acompaño en el sentimiento por lo de tu hermana..., pero no sé dónde te crees que has venido...

Lázaro se acercó a ella y, cogiéndola suavemente del brazo, la acompañó hacia la salida. Nora se dejó llevar.

—No encuentro a Sinisa... ni a su amigo: el teléfono da apagado... Ellos eran los que me pasaban y no sé dónde pillar...

—De verdad, es una jodienda lo que te ha pasado..., pero ¿quién cojones te ha dicho que ibas a encontrar droga aquí?

—Una vez quedé con ellos en el polígono... Delante del taller. Solo quiero que me des el número que tienen ahora... o que me digas dónde están...

—No conozco a esa gente de la que hablas. Esto es un negocio decente. —La soltó en la puerta del Ford Fiesta y se dio prisa en volver sobre sus pasos, al refugio del taller.

—¿Y al Jifero? —preguntó Nora.

Vio cómo Lázaro se detenía en la puerta del taller. Se volvió hacia ella y sintió cómo el corazón le daba un vuelco: ¿iba a hablarle de ese hombre? Pero Lázaro no lo hizo. Después de un segundo de duda, volvió al negocio y bajó la persiana.

Nora se sentó en el Ford Fiesta. Cerró la puerta, pero no se movió de delante del taller. Esperaría lo que hiciera falta. Encendió la radio. El parte meteorológico avisaba de una posible tormenta: vientos del Sáhara que arrasarán Almería, trayendo con ellos la calima, una nube de polvo del desierto. Pensó en que su hermana se enfadaría cuando le contara que había usado su muerte para sacar información. «¿Por qué juegas de esa forma con las cosas serias?», le diría Carmela. Ella sabía diferenciarlas. Nora, en cambio, dejó de ver la frontera entre lo serio y lo absurdo cuando se enamoró de ÉL.

¿Por qué seguía llamándolo amor?

El estallido del cristal de la ventanilla la asustó. Nora apenas tuvo tiempo de cubrirse. Las esquirlas cayeron sobre su piel mientras se arrastraba al asiento del copiloto. Lázaro volvió a golpear el cristal con una herramienta. La enarbolaba como si fuera un martillo. Ella abrió la puerta y se tiró al suelo. Debajo del coche, al otro lado, vio los pies de Lázaro.

¿Qué había hecho mal?

—¡Déjame! —gritó cubriéndose en el suelo. Correr no tenía sentido.

Con pasos lentos, Lázaro rodeó el Ford Fiesta. Llegó a su lado. Ella seguía en el suelo. No se atrevía a levantar la mirada, pegada al asfalto, le quemaba la piel. Sudaba como sudaba Lázaro. Y temió el dolor que iba a sufrir con cada uno de los golpes. Lázaro volvió a levantar la llave, pero descargó su rabia contra la chapa del coche.

—¡He dicho que te vayas, cojones! —gritó.

—Solo quería un gramo... —murmuró, aferrándose al papel de yonqui—. No me hagas daño.

—No tengo nada que ver con Sinisa... No sé dónde está, ¡¿me oyes?! —Y ella asintió como un animal asustado—. ¡No quiero volver a verte!

Nora se levantó lentamente, las manos en alto, como

la rehén que abandona el banco temiendo un disparo por la espalda. El sudor le corría por las axilas, le manchaba el vestido. Despeinada, la mejilla roja por el roce con la carretera. Debía irse y, sin embargo, le dijo:

—El coche que tienes ahí dentro es robado. Lo sabes, ¿verdad? El Citroën... Dime dónde están y no se lo contaré a la policía. Te puedes meter en un buen lío, Lázaro... Porque te llamas Lázaro, ¿o no?

La llave le caía junto a la pierna y Lázaro, de repente, la enarboló con rabia. Nora se cubrió la cabeza, pero él se detuvo a mitad de gesto, arrepentido.

—¿Quién eres tú? —preguntó al fin Lázaro.

—No importa mucho. Me llamo Nora. Con eso yo creo que vale...

Lázaro miró a norte y sur de la carretera vacía del polígono. Masculló algo, intentaba dar con una solución. Quizá se preguntaba por qué había guardado tanto tiempo ese coche en su taller. ¿Por qué no terminó nunca de desguazarlo?

—En el cabecero del copiloto hay colgado un soporte para poner una *tablet*... —le explicó Nora—. Es de princesas Disney. Cenicienta tiene la cara manchada de rotulador rojo. Se la pintó Carolina cuando era pequeña. La hija de la familia a la que le robaron el coche. —Nora había recordado las fotos del expediente de la aseguradora al entrar en el taller; la cara pintarrajeada de la princesa, el robo en la casa de Ginés Salvador—. Sinisa y Zoran atracaron la casa, tiraron al padre escaleras abajo... Cogieron su coche para fugarse y, no sé, debieron de traértelo a ti para que te deshicieras de él...

—Yo no tengo nada que ver con lo que hicieron después... —se defendió Lázaro.

El mecánico había leído en los periódicos las noticias sobre el asesinato de Irene. El asalto al cortijo de Portocarrero. Se publicaron las fotos de Sinisa y Zoran; ambos en busca y captura.

—¿Tú eres el Jifero?

Lázaro negó con un cabeceo.

—No deberías usar ese nombre. No le gusta.

Sonó una persiana metálica en algún lugar de ese polígono. Abrían un negocio y, a pesar de eso, las calles todavía estaban desiertas.

—Cuéntame lo que sepas de él. ¿Dónde está? —preguntó Nora.

—¿Y qué gano yo?

—Esto no es un puesto de la feria. —Se sentía fuerte. Le habló condescendiente, maternal—: La policía vendrá. Tiene que venir, Lázaro; entiéndelo. Molerme a palos no lo va a evitar.

—Pero a lo mejor me deja más a gusto.

—Ahí no te puedo llevar la contraria.

En la radio había empezado a sonar una canción de Justin Bieber. *Sorry*, se llamaba. Cada vez que la oía, Nora sentía unas ganas irreprimibles de bailar. Tuvo que hacer un esfuerzo para que no se notara que su pierna derecha se movía al ritmo de los arreglos de la canción. Ese *sampler* de una voz femenina. Tan pegadizo...

Lázaro se decidió como quien destapa un cubilete en el juego de trileros, sin tener la certeza de que el garbanzo se esconde ahí. En dos zancadas se situó frente a Nora, alzó la llave y la golpeó en la cabeza. Ella se derrumbó en el suelo.

NÉSTOR: ¿Está bien tu padre?

CAROL: Una pierna rota. Creo que nada más. Lo tiraron por las escaleras.

Néstor: ¿Y tú?

Carol: De mala leche. 👿 Me han robado el portátil. Y no sé qué más. Todavía no he tenido tiempo de mirar bien en la habitación. Como se hayan llevado mi anillo me cago en su puta madre.

Néstor: Menos mal que no estabas.

Miriam: ¿Quién puede haber hecho algo así?

Despertó en un sofá que olía a sudor, la tela rajada y la gomaespuma que asomaba, endurecida, como esponjas que han abandonado el mar. Le dolía la cabeza. Le palpitaba y suponía que allí donde Lázaro la había golpeado se había abierto una brecha. Tenía miedo a tocarse. Apenas si había luz en el interior del taller, la persiana metálica estaba cerrada. ¿Dónde estaba el mecánico?

El coche de Ginés, como el esqueleto del animal en mitad del desierto, seguía allí.

Eres gilipollas, se dijo. ¿Por qué puso contra las cuerdas a Lázaro? ¿Por qué no se marchó y fue directa a la Guardia Civil para denunciarlo?

Escuchó el repiqueteo de unos tacones en el taller. Una sombra difusa surgió de la pequeña oficina que tenía Lázaro y avanzó hacia ella definiéndose paso a paso. Andaba con cansancio, como si le pesaran las piernas. Un aroma a puchero se mezcló con el resto de los olores del taller: aceites, grasas, gasolina. La mujer debía de tener unos cincuenta años, la piel cuarteada y tostada por el sol. Arrastró una silla para sentarse frente a Nora. La cara le brilló aceitosa, una melena negra que se le pegaba a la frente. Resopló al mirarla y, antes de decirle nada, le puso una mano en la cabeza y se la inclinó. Nora supuso que analizaba la herida que Lázaro le había hecho. Al fondo, vio aparecer al mecánico. Lázaro se quedó inmóvil junto a la persiana, no se decidía a acercarse a ellas.

—¿Y ahora qué coño hacemos, nena? —dijo la mujer.

—Seguro que, si hablamos..., lo podemos arreglar... —murmuró Nora.

La mujer torció el gesto, poco convencida. Ojerosa, impregnada de tantos olores y tanto cansancio, aspiró una larga bocanada de aire. Nora la imaginó, solo unos minutos antes, trabajando en la cocina de cualquier bar de Almería; friendo y preparando tapas en un cuchitril sin apenas ventilación.

—Mucho la ha *jodío* mi Lázaro... —terminó por decir la cocinera, así había decidido llamarla mentalmente Nora, mientras negaba con un leve vaivén de su cabeza.

Salvador

–enjambrazón–

Al regresar del aljibe, arrancó el póster de Lorde de la habitación de Miriam. La cara de la cantante se rajó y Jacobo, con furia, tiró de las partes que aún colgaban de la pared sujetas por chinchetas. Quitó las sábanas de la cama y una nube de polvo lo rodeó; ¿cuántos meses habían estado puestas esas sábanas? Tosió, falto de aire. Lanzó los cajones de la cómoda al suelo; estaban vacíos. Miriam se había llevado todo. Después, en su dormitorio, Jacobo se derrumbó ante el armario: de las perchas colgaban los vestidos de Irene. Le parecieron una colección de ahorcados. Quiso reencontrar el olor de su mujer en ellos, pero solo apestaban a cerrado, a tomillo y a calor. El desierto los había colonizado.

—Un día, tenemos que ir al mar —recordó que había dicho Irene al poco de instalarse en Portocarrero—. Ya hace calor y Miriam no ha visto estas playas.

—Sí, por favor... —rogó su hija, exagerada. Entonces, también le pareció ilusionada.

Nunca fueron al mar.

Se quedó dormido en el suelo de la habitación. Amaneció y Jacobo no se sintió con fuerzas de incorporarse. Estaba sudando y supuso que hedía. Durante un momento se le cruzó la idea de dejarse morir. Tendido junto a los vestidos de Irene; que el hambre, el cansancio o esta tristeza acabara por quitarle la vida. Sería un alivio. ¿Por qué no se suicidó antes? Creyó que sería capaz de salvar a su familia y lo único que había conseguido era llevarla al peor de los infiernos.

El dinero. Todo por el puto dinero.

No sabía cuánto tiempo había pasado, pero unos ruidos en las escaleras le despertaron. Eran breves golpes contra el suelo. ¿Pasos? Cada vez más cercanos. Arrastró la cabeza por el suelo para mirar a la puerta de la habitación. El gato entró pegado al marco y, después, avanzó restregando su cuerpo contra la pared. Se rio, desesperado, al comprobar que aún estaba gordo. El pelo sucio de andar por los montes. El gato se acercó temeroso hacia él, pero no se atrevió a ponerse al alcance de su mano. Se tumbó en el suelo y se quedó mirándolo. Luego vio cómo el animal cerraba los ojos, confiado.

Escuchó el canto de las chicharras, otra vez. El carrete a punto de saltar.

Y, a su memoria, vino el zumbido de las abejas. Antes de que Irene muriera.

Un claro de la sierra. Alberto había repuesto la mayoría de las colmenas. A pesar de que Jacobo le había contado todo al Rubio, este decidió no hablar con el hermano de Irene. Permitió que el Espartero siguiera haciendo el idiota. Fingiendo que no había pasado nada y que las anteriores abejas no habían ardido. Jacobo subía regularmente al monte; primero, a limpiar los rescoldos, luego, a instalar las nuevas colmenas. Recibía sus doscientos cincuenta euros. Esperaba que llegara el día en que el Rubio le ofreciera ese trabajo con el que le había prometido ganar mucho más.

El zumbido le impedía escuchar lo que le decía Alberto mientras revisaban los cuadros de las nuevas colmenas. El hermano de Irene golpeó la esquina de un cuadro del panal contra la caja y las abejas lo abandonaron en desbandada, batiendo histéricas. Jacobo intentó apartarlas con el ahumador, pero, nervioso, daba demasiados golpes al fuelle. Más que apaciguarlas, el humo las asustaba aún más. Sudaba bajo el traje de protección y el velo. Las gotas le resbalaban por la frente, le entraban en los ojos y le escocían. Creyó que Alberto le ordenaba algo, pero, rodeado por el griterío de las abejas, no lo pudo escuchar. Tenía la sensación de que algunas se le habían metido bajo el traje, las notaba golpear contra su piel, las alas agitándose. El hermano de Irene volvió a meter los cuadros en la colmena, puso la tapa. Le había dicho que había una reina vieja, ya casi inútil. Tenían que evitar la enjambrazón y, al mirarse la pierna, Jacobo se dio cuenta de cómo centenares de abejas se habían reunido en torno a su muslo. Sus aguijones intentaban atravesar el traje. Una barba de insectos que colgaba pegada a él por mucho que los sacudiera. Vio a Alberto apartarse de la hilera de colmenas y pensó que lo había hecho a propósito. Lo había llevado hasta allí para que las abejas le cubrieran. Se tiró al suelo y cerró los ojos por miedo a que alguna abeja le inyectara en ellos el veneno. Alberto recogió el ahumador y envolvió a Jacobo con el humo. Él sentía las picaduras, ¿o las imaginaba por culpa del pánico? Alberto le tendió una mano y lo levantó del suelo. Lo llevó hasta su todoterreno. Jacobo estaba mareado y apenas se mantenía en pie. Se sentó en el portón trasero, todavía sudando y con el zumbido de las abejas metido en los oídos. ¿Se habían marchado?

—Te queda mucho por aprender —dijo el hermano de Irene.

—Las has vuelto locas... —balbuceó Jacobo. El cuello le ardía, pero no se atrevía a quitarse el velo para palparse y comprobar si realmente le habían picado.

—No te estoy hablando de las abejas.

Alberto le levantó el velo. Jacobo tenía el pelo empapado en sudor, pegado a la frente. Se miró los guantes temiendo que aún quedaran abejas enganchadas a ellos. Los pantalones.

—No te muevas —le dijo Alberto y, cogiéndole de la coronilla, le ladeó la cabeza—, tienes unos aguijones en el cuello.

Jacobo se dejó hacer. Le costaba enfocar la visión. Alberto cogió la espátula y fue arrancándole los aguijones.

—Eres un recién llegado —le dijo mientras le sostenía la cabeza—. Te crees que sabes cómo hacerte un sitio..., pero eso no se consigue a base de dar por culo a los demás, Jacobo... Y, menos, yéndole a llorar al Rubio...

No se sentía con fuerzas para responder. El veneno le recorría la sangre, el corazón amenazaba con reventarle en cualquier momento. Solo quería salir de allí, abandonar la sierra y a las abejas.

—Deberías irte del pueblo —le murmuró al oído Alberto—. Coge a tu familia y desaparece. No tienes huevos. Me puteas a mí y dejas que el Rubio se lo haga con mi hermana.

Alberto le ayudó a subir al coche. Hizo el camino hasta casa en un estado de ausencia cercano al sueño. Cuando despertó, en su cama, tenía el cuello hinchado. Alguien le había puesto una crema para contener la inflamación. Supuso que había sido Irene, pero no la veía en el cuarto. Tampoco estaba en la casa.

Cogió el coche. Seguía tuerto y con el parachoques atado con una cuerda para que no arrastrara por el asfalto. Solo había podido cambiarle las ruedas traseras. Condujo hasta la casa del Rubio. En el jardín, como siempre, Marga estaba recostada en la tumbona, bajo las luces de colores. No la saludó. Entró llamándolo a gritos. El Rubio estaba en la cocina y se acercó a él con un gesto de pretendida preocupación: ¿qué ha pasado? ¿A qué vienen esos gritos?

—¿Por qué le has dicho a Alberto que sabes que quemamos las colmenas? ¿Por qué ahora? —le gritó impotente.

—¿Te ha dicho algo?

—¡Casi me mata con las putas abejas!

—Tienes el cuello hecho una mierda —dijo el Rubio al darse cuenta de la inflamación. Jacobo lo apartó de un manotazo cuando él quiso tocarle los picotazos—. Ya no hace falta que sigas subiendo al monte con él...

Hijo de puta, pensó Jacobo. Le daba lo que quería para hacerle olvidar.

—Alberto es un subnormal —dijo el Rubio—. Vas a sacarte un dinero de verdad. Que le den con sus colmenas, a ver cómo hace para no arruinarse.

—Llevas diciéndome lo mismo desde Navidad.

El Rubio le contó que se había desligado de las colmenas. Ahora eran propiedad exclusiva de Alberto. No tenía ni idea de dónde había sacado el dinero para hacer toda la inversión. Pero por eso no había querido hablar antes con él: dejó que el hermano de Irene se gastara hasta el último céntimo y, después, lo abandonó a su suerte. Él ya no estaría ahí para ayudarle si las cosas iban mal.

—¿Y qué pasa conmigo? —preguntó Jacobo.

—Te voy a presentar a alguien —le contestó el Rubio—. Pero más te vale tener la boca cerrada y no andar contando lo que veas. Sobre todo a Ginés y la Fuertes; sé que os lleváis bien.

Se agitaba en la pesadilla de recuerdos. Las abejas. La promesa del Rubio y, ahora, su viaje al aljibe. No escuchó el motor del coche cuando aparcó en la puerta del cortijo. Ante los ojos de Jacobo se sucedían relámpagos del pozo y la mochila vacía, de sus manos manchadas de sangre y el grito de los cerdos, el gesto indolente de Miriam cualquier día en la casa. Ese gesto en el que él no había reparado, obsesionado por Irene y por demostrarles que podían confiar en él. El gato se levantó erizado y salió corriendo de la habitación antes de que entrara. Ginés había recorrido la planta baja buscándole. Sus voces, «¡Jacobo!», no habían tenido respuesta. Lo encontró encogido en el suelo de su habitación. Sucio, sudado. Se arrodilló a su lado e intentó despertarlo; tal vez, su mirada desorientada hizo que Ginés temiera que había perdido la razón.

—Déjame —le dijo Jacobo—. Quiero estar solo.

—Tienes que darte una ducha —contestó Ginés y, con esfuerzo, consiguió ponerlo en pie y llevarlo hasta el baño.

Después, con el pelo todavía mojado y ropa limpia,

Ginés obligó a Jacobo a comer algo. En los armarios de la cocina solo había encontrado latas de atún y paté. Una bolsa de pan de molde caducado. Un litro de leche sin abrir.

—Termina y te llevo a la Venta. Que la Francesa te dé un plato caliente.

Jacobo comió con ansiedad lo poco que quedaba en la casa. Ginés, sentado frente a él, le observaba en silencio.

—Debería haber ido a darte las gracias —reconoció después Jacobo.

—Pero, en lugar de hacerlo, les diste a los periodistas el nombre de mi hija.

Jacobo no se atrevió a enfrentar su mirada. Quizá había ido hasta el cortijo para darle una paliza.

—Lo siento —murmuró.

—Dios... —resopló Ginés—. ¿Qué vamos a hacer contigo? No me puedo imaginar lo que estás pasando, pero, coño, ¿tenías que echarle mierda a mi Carol? La pobre no se atreve a pisar la calle. ¿Sabes la de insultos que le han mandado al móvil? Tu hija fue la que hizo todo. Deja a los demás. Lo único que hicieron mal fue no tomársela en serio...

—¿Cómo fue? —preguntó entonces Jacobo al recordar que Ginés era quien le había encontrado en el cortijo—. ¿Qué hizo Miriam?

Ginés se revolvió en la silla, incómodo. La pregunta y la espera de Jacobo, las paredes que los rodeaban, no le dejaban escapatoria.

—Estábamos desayunando cuando tu hija me dijo que se había dejado unos libros en casa. Mientras Carol se vestía, le dije que la acercaría a recogerlos. Estuvimos llamando a la puerta, pero nadie abría. Miriam me dijo que entráramos por la puerta de la cocina, que a lo mejor estabais todavía dormidos. Dimos la vuelta alrededor de la casa. Pasé yo primero: todavía no había amanecido y no se veía una mierda... Le di a la luz de la cocina y... vi a Irene, la sangre... Luego, en el pasillo... estabas tú... y todo revuelto alrededor...

—¿Qué hizo Miriam?

—Se puso a gritar, histérica. Nada más ver a su madre. La saqué afuera. Te juro que pensé que se iba a morir de un infarto... Estaba... loca. Empezó a darse cabezazos con la pared... se tiró al suelo...

¿Estaba interpretando?, fue la pregunta que Ginés no se atrevió a hacer en voz alta. A cambio, se quedó en silencio. Suspiró y se levantó, como si quisiera apartarse de esos recuerdos.

—Volví a entrar y fue cuando me di cuenta de que todavía tenías pulso. Llamé a emergencias... Cuando llegaron, le pusieron un calmante a Miriam. Alberto también estaba aquí y se hizo cargo de ella. Yo... tampoco estaba en condiciones. Al principio, pensé que... todos sabíamos que las cosas no os iban bien a Irene y a ti... Creímos que... la habías matado, y luego tú habías querido suicidarte o algo así... ¿Quién iba a pensar en lo que se supo después?

Ginés ayudó a Jacobo a levantarse y lo acompañó hasta su coche. Condujeron en silencio hasta la Venta del Cura. Concha le preparó un filete de ternera. Comió con hambre. Seisdedos no les sirvió. Se mantuvo alejado de Jacobo, como si pudiera transmitirle alguna enfermedad. Concha intentó ser amable, pero la Francesa tampoco lo consiguió. Ginés le había contado que todo el pueblo sabía que había ido a la casa del Rubio y le había dado una paliza a Néstor.

—¿Vas a olvidarte de ellos?, ¿de mi hija, de Néstor? —le preguntó luego—. Sabes que te tenemos aprecio y queremos ayudar. Pero no vamos a hacerlo si sigues así. Tenemos que proteger a nuestra hija.

—Me equivoqué —asumió Jacobo—. No quería creerlo, Ginés. Es mi hija.

Se calló antes de que el nudo de la garganta convirtiera sus palabras en un sollozo. Ginés le dio una palmada en el hombro, camarada.

—Vamos a estar contigo. Alberto, el Rubio, nosotros..., todos estamos contigo. Lo único que tienes que hacer es dejar de remover donde no hay nada que remover.

Jacobo

¿Se puede odiar a una hija?

Odiarla de esa forma en la que uno padece aversión por determinadas personas, gestos, sabores. La arcada al comer carne en putrefacción; ¿es posible sentir ese escalofrío al acercarte a tu propia hija? Quizá sería más acertado preguntármelo así: ¿me permitís odiar a mi hija?

Miriam mató a mi esposa, su madre. Intentó matarme a mí.

Mi pequeña Miriam.

La recuerdo sentada en la consulta del psicólogo; los pies, que no alcanzaban el suelo, balanceándose en el aire y su mirada fija en ellos, en el columpio que dibujaban, mientras esperábamos nuestro turno.

¿Cuántos años tenía? Creo que todavía no había cumplido los siete. Llevaba unos días sin ir al colegio. El problema —como convenimos en nombrarlo Irene y yo— nació en un recreo. Miriam jugaba en un patio de arena, había cogido un cubo o algo así. Otra niña se lo quitó. Fátima, se llamaba; ¿cómo voy a olvidar su nombre? Su familia, marroquí, regentaba un locutorio cerca del colegio. Fuimos allí para disculparnos, aunque no sé bien si llegaron a entendernos. Hablábamos sobre las voces de los clientes que mantenían conversaciones por Skype. Olía a especias árabes y mis zapatos se pegaban al suelo de linóleo. La madre no dijo nada, el padre nos tranquilizó con un «cosas que pasan». Irene, en el camino de regreso a casa, habló de la posibilidad de darles algo de dinero, de hacernos cargo de las curas. Todo lo cubriría la seguridad social, no había necesidad, le contesté.

Nos disculpamos, pero, para ese entonces, ya habíamos identificado las causas. O, al menos, la explicación que a nosotros más nos satisfacía. Pagamos felices las sesiones con el psicólogo.

Fátima y Miriam se pelearon en el patio, por ese cubo. Poco importa la razón. Fátima se lo llevó y mi hija, en un arrebato de rabia, la persiguió y la empujó por la espalda. La niña cayó hacia delante. Se golpeó la cara contra la verja de hierro de un parterre. El impacto le reventó un ojo. Miriam se echó sobre ella, la levantó. Fátima se tapaba la cara, pero la sangre se filtraba entre los dedos. Miriam recuperó el cubo y volvió donde estaba, a su patio de arena, para seguir jugando, aunque ahora ella también tenía las manos sucias de sangre.

Las manos y el uniforme. La falda de tablas. Las medias, azules, tenían una mancha parduzca que había dejado la tela rígida en esa zona. Miriam no se atrevió a mirarme cuando entré en el despacho de dirección. Mi niña jugueteaba con los tirantes de la mochila, apoyada en la silla vacía que tenía al lado. Una mochila rosa, con garabatos de una muñeca de pelo rubio que era la protagonista de una serie de dibujos animados. Mientras el director me explicaba lo que había pasado, volví la mirada hacia ella; me hizo pensar en un perro, un cachorro que sabe que no debería haber destrozado las zapatillas.

Al desconcierto siguió la culpa, la vergüenza. En casa, Irene no pudo evitar las lágrimas cuando la llamaron del colegio para confirmarle que, efectivamente, Fátima había perdido el ojo. «Yo no quería», decía Miriam, en la cocina, sentada en una silla mientras Irene lloraba y yo me paseaba de un lado a otro dándole caladas a mi cigarro. Me dolía escuchar esas palabras, me dolía porque no eran una disculpa, sino la descripción de un hecho: ella no quería hacerle tanto daño a Fátima. Había sido un accidente, así que, ¿por qué culparla?, ¿qué responsabilidad se le podía achacar?

Perdí los nervios. La zarandeé, más por provocar su reacción, cualquiera que fuera esta, que porque estuviera enfadado. Quería hacerla despertar, que se pusiera en la piel de Fátima e imaginara lo que significaba perder un ojo. El dolor. Cuánto la había marcado para el resto de su vida.

¿Qué sabe una niña de siete años del «resto de la vida»?

Ansiolíticos para Irene y la inevitable pregunta, por la noche, ya en la cama, cuando Miriam dormía bajo su colcha de princesas: «¿Qué hemos hecho mal?». «Ha sido un accidente», le respondí a Irene, casi como un mantra.

A veces, cuando no era más que un bebé que gateaba en su manta de juegos, bromeaba con que el sentimiento de que ella era una parte de mí no era más que un recurso de supervivencia de la especie. Al sentirme tan identificado, me veía obligado a cuidar de mi cría. Su belleza, su sonrisa, sus pequeños logros también eran míos. Un truco genético.

Después, cuando ocurrió el incidente con Fátima, ¿no eran también mis manos las que habían empujado a esa niña? El verdadero pesar que nos hacía movernos cabizbajos a Irene y a mí, ¿no era en realidad nuestra responsabilidad? Haber formado parte de ese error. ¿Nos importaba qué había en la cabeza de Miriam, las causas de esa reacción tan ajena al dolor de Fátima?

Quizá allí empezó todo.

Cambié mi forma de mirarla. No dejé de quererla, ¿acaso puedo hacerlo? Pero esa niña que, poco a poco, iba creciendo, que ahora no vestía uniforme, pues la habíamos matriculado en un colegio público, a veces también era una extraña. Me quedaba observándola; tumbada en el sofá, embobada con la televisión y, después, con su móvil, y me preguntaba: *¿quién eres?* Porque, realmente, no lo sabía. Como no lo sé ahora.

Las visitas al psicólogo terminaron cuando la cambiamos de colegio. Le había hecho unos test de inteligencia y su cociente estaba por encima de ciento cuarenta. Superdotada. Recomendó que la cambiáramos de centro y le hicimos caso. Después, ya no creímos necesario que siguiera con la terapia. Teníamos lo que habíamos ido a buscar: Miriam era demasiado lista y, al estar por encima de sus compañeras, le costaba encajar, manejar ciertas habilidades sociales. No es que el accidente de Fátima no le hubiera afectado, es que no sabía cómo expresarlo. Sus emociones colisionaban con la lógica que exhibió en la cocina, la noche en la que la reprendimos por lo que había pasado: si todo había sido una casualidad, ¿por qué habría de sentirse mal?

Nuestra vergüenza mutó en orgullo. Éramos los artífices de ese cerebro brillante. Tardamos un tiempo en confesárselo a sus nuevos profesores; en una reunión, hablando de las matrículas de honor que Miriam conseguía o de algún trabajo excelente que había entregado, Irene acabó por decirlo: es superdotada.

Y también un monstruo.

El Jifero

–stracciatella–

Cuanto más la miraba, más se convencía Nora de que aquella mujer acababa de salir de una freidora cargada de aceite negro, recalentado un millón de veces. Olía a croquetas y a pescado rebozado. No era fruto del sudor el brillo de su piel, sino una pátina oleosa que formaba parte de ella. Le habría gustado tumbarla sobre un papel secante para que le absorbiera ese exceso viscoso que la embadurnaba como a un caracol, que hacía que su pelo negro goteara un líquido espeso. La Cocinera, como la llamaba Nora en su cabeza, había mantenido antes una conversación silenciosa con Lázaro. Ambos lanzaron miradas esquivas a Nora mientras lo hacían. Ella, obediente, no se había movido del viejo sofá.

Después, Lázaro levantó la persiana del taller lo suficiente para, encorvado, salir al polígono. El sol de la tarde iluminó el interior durante unos segundos, lo que tardó Lázaro en volver a echar el cierre una vez estuvo fuera.

La Cocinera se sentó de nuevo frente a Nora.

—¿Te duele? —preguntó e hizo un gesto señalando la brecha de su cabeza.

—Mucho —contestó Nora—. Tengo el umbral del dolor por los suelos. Para mí, cualquier cosa es demasiado... Soy una floja.

La mujer no pareció entender de qué coño hablaba Nora. Y tampoco que le importara. Sacó un móvil del bolsillo y se dedicó unos instantes a revisar los mensajes. Nora imaginó que repasaba chistes obscenos y montajes fotográficos, *memes* que le enviaban sus amigas. Creyó verla sonreír.

—Debería ir al médico —se atrevió a decir Nora.

La Cocinera negó con un cabeceo por toda respuesta.

No entendía bien cuál era la situación. ¿Estaba secuestrada? ¿Qué planeaban hacer con ella Lázaro y la Cocinera? ¿Por qué se había marchado el mecánico? Quizá bastaba con ponerse en pie e irse: ¿iba a impedírselo esa mujer? No tenía ningún arma, no la había amenazado. Si se levantaba y salía del taller, ¿se iban a enzarzar en una de esas ridículas peleas de tirones de pelo? Nora se arrepintió por no haberse apuntado a clases de judo o kárate cuando tuvo oportunidad, como otros niños del colegio. Ahora podría tumbar a la Cocinera con alguna llave: solo era una mujer mayor y cansada. Sin embargo, siguió sentada en el sofá. Acostumbrándose a la palpitación de la herida de su cabeza, al dolor.

—Tengo que ir al baño.

—Puedes mearte en el sofá.

—No voy a intentar escaparme.

—Es que no hay baño.

—¿Y en una esquina? No quiero estar sentada encima de mi pis.

—Anda ahí mismo...

Nora se levantó y fue a una esquina del taller; junto a unos neumáticos amontonados, se bajó las bragas y, en cuclillas, orinó. La Cocinera seguía revisando los mensajes del móvil en su silla. Mientras el orín repiqueteaba contra el suelo cementado, miró a su alrededor en busca de algo con lo que defenderse: una herramienta, un palo. Cualquier cosa podría valerle. Dudaba más de su coraje que de que esa mujer pudiera ser más fuerte que ella.

—La persiana está cerrada por fuera. Ni tú ni yo podemos salir —le dijo la Cocinera.

—¿Qué me vais a hacer?

La conversación volvió a detenerse. No tenía con qué secarse. Se subió las bragas y sintió cómo se le humedecían con restos de pis. Pensó que la policía vería sus bragas sucias cuando encontraran su cadáver. Pero, al morir, ¿no dejaba escapar uno todos los fluidos acumulados en los intestinos? ¿Qué iba a importar, en esas circunstancias, una mancha amarillenta en su ropa interior?

Pasaba el tiempo y, en la oscuridad del taller, era imposible saber si había anochecido.

¿La gente no tiene grandes pensamientos en sus horas finales?, se preguntó Nora. ¿Por qué ella no podía pensar más que en helados de *stracciatella*?

Hacía calor y el aire del taller estaba viciado. Gasolina y grasa y el hedor a fritanga de la Cocinera. Nora también había empezado a oler mal.

—Cállate, por la Virgen —dijo la Cocinera.

Sin darse cuenta, había empezado a tararear *Sorry*

de Justin Bieber. Se tocó la frente. La sangre ya seca creaba una costra. Le habría gustado mirarse en un espejo para saber cuál era su aspecto.

—¿Tú conocías a los serbios? —se atrevió a preguntarle.

La Cocinera iba a obviar la pregunta, pero, quizá tan aburrida como ella, le contestó:

—Solo al mayor, Zoran se llamaba, ¿no? Un marrano. Todo el santo día hablando de putas.

—La policía los detendrá, mataron a una mujer en Portocarrero.

La Cocinera se encogió de hombros. Le importaba tan poco el futuro de los serbios como el asesinato de Irene.

—Los busca Interpol —insistió Nora.

—Cada uno que cargue con lo suyo —sentenció la Cocinera.

—Puedo hablar con la Guardia Civil, para que os traten bien. No tendréis ni que entrar en prisión. Es un coche robado, nada más... —Pero ella no le respondió. Tal vez empezaba a plantearse esa otra salida—. Lázaro, ¿él los conocía mejor? Con que cuente lo que sepa, pasarán por alto lo del coche.

—¿Y si no sabe nada?

—Entonces, ¿qué estoy haciendo aquí? Tenéis miedo de que os relacionen con ellos, y es normal.

—Estás aquí por meterte donde nadie te llama, nena.

La Cocinera se levantó de la silla. Por primera vez, parecía inquieta. Sacó el móvil y lo encendió solo para consultar la hora.

—Una cosa es estar liados con un robo a una casa. Otra, lo que estáis haciendo conmigo. Soy abogada.

Trabajo en el caso y conozco bien al sargento. ¿De qué tenéis miedo? Dímelo y os ayudaré. Te lo juro.

—El Lázaro solo guardó el coche, no seas pesada con los serbios. Se fueron. Ya no tienen nada en Almería...

—¿Había alguien más en ese robo? —Y llegó donde quería—. ¿El Jifero también estaba?

Los ojos de la Cocinera se afilaron antes de alejarse de ella y, mientras lo hacía, murmuró:

—Aquello no fue un robo. —Encendió la luz del pequeño despacho del taller; un cubículo acristalado en el que se intuía un desorden imposible de papeles. Siguió hablando, pero Nora apenas si podía entenderla. Demasiado lejos, su voz apagada por la distancia y los cristales—. El del desierto... —alcanzó a oír cuando ella regresó del despacho—. Todo para cobrarse un seguro o algo así. Al Lázaro lo buscaron para desguazar el coche...

—¿Qué has dicho?

—Que el dueño de la casa fue el que contrató a los serbios para que robaran.

De repente, Nora se sintió incapaz de encajar las piezas.

—¿Te has quedado tonta? —La Cocinera se rio.

—¿Me estás hablando del dueño del coche?

—Un tal Ginés. —Y luego se sentó en la silla de anea, delante de Nora—. Los serbios lo conocían del Pueblo del Oeste, ese que hay en el desierto. Se ve que al llegar a Almería, trabajaron allí una temporada. Tenían que hacer de borrachos que daba gusto. O, por lo menos, el Zoran.

—Lo empujaron por las escaleras —recordó Nora.

—Eso no sé si lo había contratado el Ginés. —Y estalló en una carcajada.

La puerta metálica del taller la sobresaltó con su sacudida. Alguien la subía, pero al otro lado ya no había luz. Era de noche. La Cocinera se levantó de la silla; la carne de sus brazos, negra y nervuda. Correosa. Y recordó a Ginés en el bar de Portocarrero, hablando con indignación de Miriam. De «esos serbios» a los que no iban a encontrar jamás. La cojera de su pierna izquierda. Entre las sombras del taller, el Citroën desguazado.

Lázaro arrastró una maleta que parecía vacía. La Cocinera le echó en cara el tiempo que había tardado, pero el mecánico ni siquiera se excusó.

¿Ginés fingió el atraco a su casa?

Nora vio cómo Lázaro se echaba la mano al bolsillo y sacaba una navaja. Después se acercó a lo que quedaba del coche de Ginés y rajó la tapicería del asiento trasero. Al abrir la tela y arrancar el relleno, encontró unos paquetes de hachís envueltos en plástico. Conforme los sacaba, se los entregaba a la Cocinera y esta los guardaba en la maleta.

—¿Quién es el Jifero? —preguntó Nora desde el sofá. No tenía sentido esperar mejor ocasión porque cada vez había menos posibilidades de que existiera un después.

La Cocinera hundió sus pequeños ojos en Nora y, luego, buscó la mirada de Lázaro. Él clavó la navaja en el asiento del coche, más harto que enfadado.

—¿Por qué eres tan preguntona? —terminó por contestarle la Cocinera.

—No diré a nadie que he estado aquí —prometió Nora—. Al único que quiero encontrar es al Jifero.

—No va a poder ser —refunfuñó Lázaro.

Habían guardado al menos doce paquetes de hachís en la maleta. La Cocinera la llevó hasta la puerta.

Le pidió a Lázaro que levantara la persiana y, después, salió a la noche. El mecánico, sin embargo, se quedó en el taller. Cerró de nuevo y miró a su alrededor buscando algo que, al fin, encontró. Un hierro largo que terminaba en una pequeña escuadra. Nora era incapaz de adivinar qué utilidad podía tener esa herramienta que ahora Lázaro hacía rozar contra el cemento del suelo mientras se acercaba a ella. Pero Nora sí sabía para qué iba a usarla.

Pensó en Miriam, en que la niña se quedaría sola, sin más protección que Jacobo; un padre que Nora esperaba que diera la espalda a su hija. El abandono sería más seguro que su compañía. Y, luego, Miriam desapareció de su cabeza, donde el miedo al dolor y a la muerte no dejaba espacio a nada más.

Corrió como una quinceañera, dislocada, histérica. Del sofá a la esquina donde había meado, pegada a la pared, hasta la pequeña oficina donde se metió. Lázaro iba cerrándole las salidas hasta que, al pasar a la garita, Nora perdió cualquier oportunidad de escapar. Sus gritos de socorro eran tan absurdos como los intentos por convencerle de que no lo hiciera. ¿Cómo iban a olvidar que Nora se había metido donde no debía? Los serbios, Portocarrero, la muerte de Irene y el Jifero, todo eso les importaba una mierda. Eran satélites que solo habían rozado en su órbita aquellos hechos. Pero ella los había señalado y «cada uno que cargue con lo suyo», le había dicho antes La Cocinera.

El primer golpe fue en las costillas e hizo que Nora perdiera la respiración. El hueso roto, clavándose dentro de ella. Cayó de rodillas al suelo. Lázaro levantó la barra y la descargó con todas sus fuerzas sobre su espalda. Nora sintió que su cuerpo era enorme. Una mole de grasa que se desparramaba sobre el suelo. No era capaz de adivinar de dónde venía el dolor: su sistema nervioso había perdido el control. Lanzaba alarmas sin identificar su origen, colapsado. El último golpe fue en el hombro y, quizá, después hubo más, pero ya había dejado de sentirlos.

El mecánico miró a esa mujer gorda, inconsciente en el suelo. Se dio unos segundos antes de volver a levantar la barra de hierro para, esta vez, estamparla en su cráneo. El crujido del hueso.

2

Malpaís

Con alas de pájaro herido rasgué el velo de la oscuridad, nadie vio en mis ojos el brillo de un cuchillo. El azar, el azar.

RADIO FUTURA, *Tormenta de arena*

Alambrada

–sonríe–

Avanzaba por la carretera que se extendía hacia el horizonte como un látigo abandonado. Jacobo bajó el parasol del copiloto. El reflejo le sorprendió: la vejez había invadido su rostro, las arrugas, más profundas, las manchas de pigmentación en la piel y esa barba cana que no se había afeitado desde que regresó al cortijo. Se veía como un anciano famélico, encorvado, unos ojos acuosos que flotaban sobre la piel violácea de sus ojeras.

Mira en qué me has convertido, iba a decirle a su hija.

Una mañana, en la barra del Diamond, mientras él se quejaba del dinero que le costaba reparar el coche, un hombre se ofreció a llevarle donde le hiciera falta. Ahora, Antonio, un agricultor con el que Jacobo casi no había cruzado palabra, se agarraba al volante como si fuera un arado. Los músculos en tensión y la mirada clavada en la carretera que se perdía hacia el interior.

Preparado por si en cualquier momento tenía que hacer uso de toda su fuerza. Y callado de esa forma en la que solo pueden estar callados aquellos que están acostumbrados al silencio. A las horas de soledad en el campo.

¿Qué opinión tendría Antonio de Miriam? Si acaso esa opinión existía, se había guardado de exponerla. Jacobo lo envidió: sesenta años trabajando bajo el sol, peleándose con la tierra para que diera algún fruto. Sus únicas preocupaciones eran las lluvias, los vientos calientes o las plagas. Imaginó que si su estilo de vida hubiera sido tan primitivo como el de Antonio, nada habría pasado. Su familia habría crecido al margen de los demonios que terminaron por devorarla.

El ruido de las ruedas en un asfalto grueso y pálido. El zumbido del viento y los insectos que se estampaban sordos contra el parabrisas.

Primero, la silueta del complejo en el horizonte. Unos kilómetros después, las casas fueron definiendo su color: paredes ocres como la tierra que las rodeaba, techos rojos y el moteado verde de algunos jardines. Podía pasar por la primera fase de cualquier urbanización, el sueño de un promotor ambicioso en mitad de la nada. Miró a su alrededor, nada más que vacío en las cuatro direcciones. Monte bajo y esa pequeña carretera que cada vez los acercaba más.

Cuando Antonio aminoró, pudo ver la alambrada. La red que se levantaba en el perímetro, rematada en espinos a varios metros sobre el muro. La torre de vigilancia que se erguía en una esquina del recinto. Los alambres, delgados, se confundían con el cielo. Como si intentaran camuflarse para que los niños que estaban allí encerrados no se dieran cuenta de que aquello no era un jardín de infancia. Era una cárcel.

Antonio le dijo que le esperaría en el coche. Encendió la radio cuando Jacobo bajó y se acercó al guardia jurado de la entrada para mostrarle su permiso de visita. Aunque Ginés pensaba que era mejor que no fuera a verla, le había ayudado en los trámites. Entendía su necesidad de enfrentarse cara a cara con Miriam.

No fue fácil; una red burocrática de solicitudes y aprobaciones a lo largo de un mes. El centro no era público. Estaba gestionado por una organización privada que hacía aún más complicado atravesar sus muros. Se había reunido con cuidadores y trabajadores sociales, psicólogos. Todos le habían sonreído. Todos le habían dicho que la visita dependía de la aprobación de la niña.

El guardia selló el papel y, después, abrió la verja. Otro agente de seguridad le guio por un camino empedrado. A ambos lados nacía una hierba cortada a ras, como si fuera el *green* de un campo de golf. Se oía el repiqueteo de agua de alguna fuente que no fue capaz de localizar. Jacobo siguió los pasos del guardia apoyado en su bastón.

La niña dio el permiso. Quería hablar con su padre.

«Está empezando a asimilar lo que ha pasado», le dijo una trabajadora social.

No supo cómo entender esa frase. ¿Asumía el asesinato o su mala suerte? En la casa del hermano de Irene, donde cada día iba a comer, no se tocaba el tema. Sabía que Alberto seguía adelante con su demanda particular y, en una especie de pacto de silencio, ni él hablaba de su próxima visita a Miriam ni Alberto contaba las reuniones con el abogado.

El guardia pasó una tarjeta de seguridad por el detector y la puerta de cristal se abrió. Entraron en el edificio central del complejo. A su alrededor se esparcían pequeños *bungalows*, módulos, las habitaciones de los niños. No vio a ninguno, encerrados en otras salas a esa hora del día; inmersos en talleres de cerámica o de «aprende a controlar tu ira». Tal vez estaban haciendo ceniceros de barro.

Siguió al guardia por el pasillo. Las paredes estaban cortadas por una cenefa morada, el techo acristalado permitía que la luz natural invadiera el interior. Las puertas abiertas que dejó atrás mostraban salas decoradas en colores vivos: lámparas de papel que parecían traídas del Ikea, estantes de diseño nórdico. También un futbolín. Por unos momentos, creyó que seguía al bedel de un instituto rumbo al despacho del director para discutir las notas de su hija. «Es brillante. La mejor estudiante que hemos tenido en este centro.»

Las ventanas que daban a ese pasillo central estaban enrejadas. Cada puerta que cruzaban, aunque fuera de cristal, tenía que abrirse con la tarjeta de seguridad y, solo tras un breve zumbido, se desplazaban abriéndoles paso. A otro pasillo, y así hasta llegar a una sala donde el guardia le invitó a esperar. Iba a buscar a Miriam.

En la pared, unos estantes que formaban una cuadrícula multicolor, amarillos y verdes, rojos, con algunos juguetes en ellos. Una mesa azul turquesa y las sillas, de diseño escolar y también de diferentes colores, a su alrededor. Un orden milimétrico que al principio le sorprendió y luego descubrió que se debía a que todo estaba atornillado. La mesa y las sillas, cada objeto de la estantería. *Para que los niños no los usen como armas contra sus cuidadores*, pensó.

Un ambientador dulzón empapaba la sala.

Una cuidadora entró y se sentó frente a Jacobo. Le llamaba la atención la insistencia en autodenominarse «cuidadores» cuando en realidad eran carceleros. Se presentó: Elena no sé qué. No entendió su apellido y tampoco le pidió que se lo repitiera. Debía de tener unos cincuenta años y exhibía la misma sonrisa que cada guardia y cada cuidador con el que se había cruzado. Como si fueran el comité de bienvenida a un periodista que preparara un reportaje. «El personal del centro derrocha amor.» Firmó más papeles y ella le dijo que estaría presente en la conversación con Miriam.

¿Qué conversación?, se preguntó Jacobo. ¿Para qué había ido hasta allí? ¿Qué iba a decirle?

Escuchó unos pasos fuera y, después, su hija entró. Elena se levantó para recibirla y, quizá por miedo a mirarla a los ojos, Jacobo se fijó en las deportivas blancas que Miriam llevaba. ¿Por qué había pensado que llegaría vestida con un mono naranja, las manos esposadas? Elena la acompañó a la mesa donde estaba Jacobo: vio sus vaqueros y una camiseta de tirantes negra con unas letras estampadas; decían algo en inglés que no fue capaz de entender. No recordaba esa camiseta de su armario, tal vez se la habían dado en el centro. Y su olor se impuso al del ambientador; no habría sido capaz de definirlo, pero conforme se sentaba frente a él, notó una brisa que era la de una mañana de domingo en la cama, que era su respiración entrecortada en el pecho cuando solo era un bebé. Un olor que era su familia, que era Irene y también él.

Elena dijo algo a lo que no prestó atención. Levantó la mirada y encontró los ojos de almendra de Miriam. Más grandes y asustados que nunca. Estaba más delgada. Los huesos de la cara sombreaban sus facciones, las endurecían y la avejentaban. Podría haber dicho que tenía diecisiete años, quizá más. La clavícula sobresalía de esa camiseta de tirantes que le quedaba grande y de la que se alejaban sus brazos como dos ramas blancas. ¿Cuáles debían ser sus primeras palabras? Eso pensaba cuando vio el esparadrapo que rodeaba su muñeca izquierda.

Miriam retiró las manos y las escondió bajo la mesa.

Creyó escuchar a Elena hablar de los progresos que había hecho Miriam; cómo se había adaptado al día a día del centro. ¿Dijo que había sido especialmente brillante en un taller de informática? Quiso gritarle que se callara, pero se contuvo por temor a que le sacaran a rastras de la sala.

¿Por qué quisiste matarnos?, pero la pregunta se quedó dentro de él.

Extendió la mano sobre la mesa como una ofrenda y Miriam la miró con el miedo infantil de la niña que no sabe qué consecuencias puede tener coger el regalo que tanto la tienta. Pero Miriam también puso su mano sobre la mesa y la acercó unos centímetros. Jacobo la rozó antes de envolverla con fuerza.

—¿Me crees? —dejó escapar Miriam.

Jacobo quería llorar. Le dolía la garganta, incapaz de articular palabra. Una tormenta de recuerdos lo sacudió, siempre con su hija en el centro. La mirada ingenua cuando ni siquiera sabía hablar, buscando protección. Sus rabietas y el sueño, años más tarde, que la dormían agotada en su regazo. Su mano prendida a la de él, como ahora, desde que se tambaleaba indecisa con sus primeros pasos hasta las mañanas de colegio en las que él la dejaba en la puerta y la despedía con un beso.

¿Quién se había soltado? ¿Quién se había separado del otro?

—Papá, por favor, sácame de aquí —le rogó Miriam.

Sus manos seguían engarzadas.

Lo siento, cariño. Tengo que darte tu merecido, pensó y, avergonzado, no fue capaz de sostener la mirada de su hija.

Pista 1

–un recuerdo–

—Quiero cantar —confesó Miriam, tumbada en la cama. Carol entreabrió la ventana de su cuarto para exhalar a la calle el humo de la marihuana—. Estaba en clases de canto. ¿Y tú?

—Ni puta idea —reconoció ella—. Terminar el instituto e irme a Almería a estudiar. Lo que sea.

—¿Y Néstor?

—No tengo la culpa de que sea tonto. —Carol se rio. Néstor llevaba dos cursos repitiendo. Miriam pensó que si pasaba de curso, el año próximo podría ir a la misma clase que él—. Pero a ese no le hace falta estudiar. Tienen dinero para aburrir.

—¿Y tú no?

—La diferencia es que mi madre es una rácana. El Rubio le da lo que pida.

—Es normal.

—Yo no me quejo. —Carol volvió a reír. La marihuana le estaba subiendo. Miriam y ella disfrutaban de las ventajas de Néstor: el coche, todo el dinero que hiciera falta, casi siempre para drogas y alcohol.

—¿Quieres que te ponga la canción que hice? —dijo Miriam y buscó el portátil de Carol—. La subí al SoundCloud.

—¿Qué sabes tocar?

—Nada —reconoció Miriam mientras cogía el porro de los dedos de Carol—, la música la hacía con el ordenador. Antes de que los subnormales de mis padres lo vendieran. —Miriam entró en su cuenta. Eligió la *Pista 1*.

—Néstor dice que está muy chula —murmuró Carol sin disimular cuánto le molestaba que se la hubiera enseñado antes a él.

—Se la puse el otro día —se disculpó—. Estaba pesado con que quería escucharla...

La canción empezó a cargarse. En el reflejo de la pantalla, Miriam vio la cara de su amiga. Carol parecía decidida a decirle algo. Quizá, a acusarla de estar robándole a Néstor. ¿Sabía ella que se habían besado? Miriam no se sintió culpable: Carol se burlaba de Néstor. Se vanagloriaba de su habilidad para aprovecharse de su estupidez. Le molestaba cómo Carol cambiaba de tema cada vez que Néstor intentaba hablar de su madre y confesar cuánto le afectaba su enfermedad.

—¿Preparada? —preguntó Miriam, girándose hacia ella.

Carol sonrió y prefirió no decirle nada. La *Pista 1* empezó a sonar en la habitación. Un ritmo cadencioso y la voz de Miriam, tratando de sonar más adulta de lo que era en realidad. Cantaba en inglés. A Carol le pareció un coñazo, pero prefirió decirle: «Está guay».

Un ruido, el pomo de la puerta al girar, las sobresaltó. Carol, que había recuperado el porro, lo lanzó por la ventana. Al otro lado del umbral, mirándolas a través de la rendija que dejaba la puerta entreabierta, estaba Ginés.

—Joder, papá. Qué susto me has dado.

Ginés las tranquilizó con un gesto. No pasa nada, quería decir.

—¿De quién es esa canción? —preguntó—. Suena muy bien.

—Mía —le dijo Miriam. Orgullosa, ilusionada.

Si Ginés hubiera entrado en ese momento en el cuarto, ella le habría descrito cada uno de sus sueños. Cantar y escribir como Lorde. Viajar y enfrentarse a cientos de seguidores que corearían sus estribillos. Hacer que todo el mundo se vistiera como ella. Ser una estrella. Pero Ginés se despidió con un ademán y desapareció entre las sombras del pasillo. Miriam envidió la suerte que tenía Carol: por esa casa, por todas las cosas de las que era dueña, por sus padres.

Heridas

–una historia de violencia–

El dolor que peor soportaba era el de las costillas rotas, se clavaba en ella al respirar. Tres fracturas contra las que luchaba un ejército de calmantes. No tenía ni idea de cómo se había partido el dedo meñique, pero su mano izquierda, vendada y con una tablilla manteniendo rígido ese dedo, le resultaba tan ridícula que la hacía reír. Los analgésicos también tenían su parte de culpa en que todo le resultara tan gracioso.

¿Se había quedado idiota?

Su sobrino se sentaba en el borde de la cama y le enseñaba cómo pasarse la pantalla de un videojuego que era incapaz de entender. Pero también le hacía gracia. Y por eso se reía, y su sobrino le preguntaba a su madre si la tía Nora se había vuelto loca, y su madre le decía: «Anda, vete a jugar a tu habitación y deja a tu tía».

Le pidió a su hermana que le mostrara otra vez las fotos que le había hecho la policía al encontrarla. Su cara, amoratada, hinchada, le recordaba a los dibujos hiperbólicos que se dan trompazos imposibles y, acto seguido, tienen equis por ojos, la boca mellada y chichones deformándole las facciones. *Cabrones*, pensaba. *¿Cómo lo hacéis para estar relucientes un minuto después?*

Otro día. Su hermana echándole en cara que describiera a su hijo con todo lujo de detalles qué le había pasado en el taller.

—Soy como Wonder Woman —se defendía Nora—. Deja que lo disfrute... Si a él tampoco le impresiona tanto...

—Solo le dan pesadillas —respondía cínica Carmela.

¿Y quién no tiene pesadillas? Ella, cada vez que dormía, se deslizaba por un tobogán hasta el taller. Caía en esa pequeña oficina atestada de papeles, bajo la luz anaranjada y el hierro de Lázaro.

—Pero si se lo cuento para reírnos —insistía Nora—. Para que no se preocupe tanto. Y, como no cambies esa cara, voy a seguir haciéndolo... Eso es lo que da miedo de verdad.

—¿Mi cara? —terminaba por sonreír su hermana—. No te has visto la tuya, ¿verdad?

Ojos de mapache y el cráneo rapado.

Nora era incapaz de establecer la frontera entre los golpes del mecánico y el momento en que despertó. Todo había sucedido en continuidad, sin que nada mediara entre el instante en que cayó al suelo, mareada, saturada de dolor y Lázaro levantó la barra para asestarle la última sacudida, y cuando ella vomitó un hilo espeso de sangre y Dios sabe qué más fluidos, revolviéndose en el suelo, los codos y las rodillas hincadas en el cemento. Lázaro había desaparecido. La barra, manchada de sangre, estaba a su lado. Hacía calor o, al menos, ella se sentía arder. La mirada empañada de lágrimas. Tanteó a su alrededor como una ciega. Gateó en busca de refugio temiendo que el mecánico pudiera volver a golpearla. Una montaña de papeles le cayó encima al buscar un asidero en la mesa para incorporarse. Junto a esos papeles se descolgó un teléfono y escuchó la señal a través del auricular. Mientras buscaba la base, pudo oír la voz de Lázaro en el mensaje del contestador y pensó que estaba detrás de él y que se burlaba. Pero era una burla demasiado sofisticada para el mecánico. Allí no había nadie. Cuando cogió la base del teléfono, marcó el 112 y dio la dirección del taller. Después, rendida, se dejó caer al suelo y esperó que alguien fuera en su auxilio. En la pesadilla que sobrevino al cerrar los ojos, la ambulancia recorría las calles del polígono, pasaba de largo de la puerta del taller porque ella les había dado mal el número de la nave. «Qué poca gracia tienen algunas», decía el conductor. Solo era una pesadilla. La ambulancia sí la encontró.

En el hospital, vio el alivio en los ojos de su hermana cuando entró en la habitación. Se sintió protagonista del milagro de la resurrección y sonrió mesiánica: los calmantes ya habían iniciado su labor. La abstraían de la realidad y se veía a sí misma desde fuera. Se reía.

Almela no fue a verla al hospital, pero sí un agente de la Guardia Civil con el que flirteó desde su cama, al tiempo que le contaba quiénes le habían dado esa brutal paliza. Nora no quería detenerse en Lázaro ni en la Cocinera; repetía una y otra vez el nombre de Ginés Salvador. Debían ir a por él antes de que pudiera escapar. Había fingido el atraco a su casa: Ginés conocía bien a los serbios que mataron a Irene. Los había contratado.

No podía hilar un razonamiento que explicara qué vínculo existía entre una cosa y la otra. El aparente atraco en su casa y, meses después, el asesinato en el cortijo. Pero quizá todo eso la llevara a lo que más le importaba: el Jifero.

Tuvo suerte con el golpe en la cabeza. El hierro le partió el hueso parietal, en la bóveda craneal; pasó por quirófano, donde le recolocaron los fragmentos fracturados y le pusieron una placa de titanio. Regresó a su habitación con ojos de boxeador y el pelo rapado al cero.

Al cabo de unos días, la trasladaron a casa. Reposo y más narcóticos para paliar el dolor de las costillas y el de la cabeza. Una jaqueca que se hacía presente conforme le rebajaban las dosis de calmantes.

Su hermana intentó mantenerla al margen de los informativos, le prohibía internet: cerraba las puertas que podían llevarla de vuelta al caso de Miriam. Una burbuja para protegerla hasta que se recuperara. Hasta que se diera cuenta de que debía apartarse. Pero, cuando Nora jugaba con su sobrino, le quitaba la *tablet* y hacía una búsqueda de las noticias relacionadas. Así pudo saber que Ginés había sido detenido y, un par de días después, puesto en libertad bajo fianza.

Empezó a levantarse de la cama y, como una anciana achacosa, daba unos pasos hasta una silla junto a una ventana. Su hermana encendía el aire acondicionado y le permitía ver la programación de sobremesa de la televisión, una vez terminados los informativos; julio era una apisonadora de calor y Nora pensó que ver la televisión en verano era una de las situaciones más deprimentes a las que un ser humano puede enfrentarse. Telenovelas y reposiciones. Películas del Oeste. Partes meteorológicos: el calor y la promesa de una tormenta africana. Consiguió hacerse con su móvil un par de veces y llamó al centro de menores. Habló con Miriam y le juró que, en cuanto se recuperara, iría a verla. También habló con Almela para exigirle que le detallara el interrogatorio a Ginés, pero el sargento se negó a dárselo por teléfono. Carmela le escondió el móvil y la reprendió como a una niña pequeña:

—¿No te das cuenta de que esto ha terminado para ti?

—¿Cómo voy a dejarlo? ¿Y Miriam?

—Por favor, Nora; no eres la única abogada de Almería.

—Te juro que no quiero meterme en ningún follón. Me conoces: si llego a saber que estaban tan locos, no habría ido al polígono...

El sargento Almela llegó un día a última hora de la tarde. En el pasillo, antes de pasar al salón donde ella le esperaba, su hermana lo arrinconó: estaba segura de que Carmela trataba de poner al guardia civil de su lado y que este convenciera a Nora de que dejara el caso. Fue un detalle que Almela ni siquiera lo intentara.

—Ginés conocía a Sinisa y Zoran del Pueblo del Oeste. Estuvieron unos meses trabajando allí, haciendo la limpieza y, de vez en cuando, se disfrazaban de vaqueros para hacer los shows... Cuando faltaba algún actor. Pero, ya sabes, lo dejaron pronto: movían hachís y coca, también pastillas... Era mejor que pasar calor en mitad del desierto. Cuando desaparecieron de Almería, Lázaro y su mujer, se llama Josefa, se quedaron con el negocio. Por eso perdieron los estribos contigo. Porque si la Guardia Civil se metía en sus vidas, lo de menos iba a ser que tuvieran un coche robado. Es que les iba a caer un paquete por tráfico de drogas. Están en busca y captura, pero tuvieron unas cuarenta y ocho horas hasta que nos pusimos tras su pista. Creemos que cogieron un barco en Algeciras y cruzaron a Marruecos, a ver si la policía marroquí nos hace un poco de caso y es capaz de encontrarlos.

—Es genial ver cómo todos se os escapan...

—Si hubieras dado el aviso antes de plantarte allí.

—Claro; pensé: voy a ver si me revientan la cabeza con un hierro. Pero, mejor voy sola, que tengo ganas de salir en los periódicos.

—¿Qué más quieres saber?

—La historia de Ginés. ¿Qué os dijo?

Almela pidió permiso para fumar. Nora le hizo abrir la ventana y, cada vez que daba una calada, el sargento tenía que sacar la cabeza afuera, al bochorno de la calle. Según parecía, todo se reducía a un estúpido sentimiento de menosprecio. El éxito, quizá también el carácter avasallador de la Fuertes, había conseguido que Ginés se sintiera como un pelele. Uno de esos hombres que caminan con la cabeza gacha, siempre dos pasos por detrás de las esposas. Obedientes.

Cada mañana tenía que coger el coche para adentrarse en el desierto y llevar el negocio de un Pueblo del Oeste al que, con suerte, acudían cuatro ingleses a mediados de agosto. Sabía que, más pronto que tarde, ese decorado acabaría por cerrarse. Era imposible cuadrar las cuentas. Y no quería volver un día a casa y contarle un nuevo fracaso a su mujer: «Me han despedido. ¿Qué voy a hacer ahora?».

El problema no era el dinero; los cerdos de la Fuertes eran una mina de oro. El problema era que se convertiría en un hombre de cuarenta y cuatro años, en paro, y sin posibilidad de encontrar un nuevo empleo.

Un zombi que iniciaría su larga marcha hasta que la jubilación le permitiera terminar con la farsa de que intentaba reconducir su vida, porque ya no había nada que reconducir. Lo había visto en Jacobo. Había visto cómo eso puede destruir a un hombre y él no quería pasar por lo mismo.

Por eso ideó lo que él creyó una salida digna. Habían firmado un buen seguro del hogar; el atraco y la agresión le reportarían una suma importante. Ese dinero serviría para adelantarse al cierre del Pueblo del Oeste. Para regalarse un buen final en el que no tuviera que justificar ante nadie su fracaso. «Los cojones voy a trabajar. Con el dineral que le he sacado al seguro...», diría orgulloso en la barra de cualquier bar. Los serbios que habían trabajado para él andaban en negocios de drogas. Su propia hija, Carol, se lo contó. Una noche, después de una fiesta de los chavales en las ruinas de un decorado que hay en el desierto, el Cóndor, la niña estaba tan colocada que no sabía volver a casa. El Indio la encontró dando tumbos. No era la primera vez. A pesar de los problemas que había tenido con Ginés, la llevó a su casa y regresó al *camping*. Cuando su padre la reprendió por consumir drogas, Carol le dijo que quienes pasaban las pastillas eran Sinisa y Zoran. Vivían en el *camping* del Indio. Ginés fue a buscarlos unos días después y les propuso su plan: ellos podían llevarse todo lo que quisieran de su casa, no los iba a denunciar. Los serbios aceptaron el trato. Hasta el empujón por las escaleras estaba acordado, aunque Ginés no esperaba hacerse una doble fractura de peroné.

—Tampoco le vino mal —entendió Nora—. Fue encadenando bajas desde entonces...

—Ni siquiera tuvo que dimitir. Ahora han anunciado el cierre del Pueblo del Oeste en cuanto termine la temporada de verano. —Almela tiró la colilla de su cigarro a la calle y cerró la ventana—. Luego, las huellas de los serbios aparecieron en la casa de Irene. Y, en fin, ya sabes cómo sigue la historia... Al identificarlos tuvo que reconocer que ellos eran los que habían atracado su casa.

—Me he comido un montón de hostias para nada —se burló Nora.

—Ginés está en libertad bajo fianza; el seguro lo denunciará por fraude... Pero sus problemas no tienen nada que ver con lo que pasó en el cortijo.

Almela se guardó el paquete de tabaco en la chaqueta. Empezó la retahíla de buenos deseos y pronta recuperación para Nora a modo de despedida. Pero, entre los recuerdos de la abogada, volvieron aquellas miradas de Lázaro y su mujer cuando les preguntó por el Jifero. Su confirmación de que ese hombre existía: «No deberías usar ese nombre. No le gusta», le dijo Lázaro.

—Se lo contaste al oficial que te tomó declaración —dijo Almela cuando ella le preguntó.

—¿Y tú? ¿Le preguntaste por él a Ginés?

—No le sonaba de nada el nombre.

Pero había algo más. El sargento no podía ocultar su incomodidad. Almela creía haber encontrado la salida al laberinto del caso: y esta no era otra que Miriam. No le gustaba reconocer que se abrían otras puertas en su camino. Puertas que le llevaban por senderos que no le apetecía recorrer porque él era el primero que quería abandonar el laberinto. Le desagradaba estar dentro, asfixiado por las historias de rencor y odio entre unos padres y su hija.

—Confiscamos el ordenador y el móvil de Ginés al

detenerlo. Tenía unos vídeos. —El sargento hablaba como si estuviera pisando una fosa séptica—. Grababa a los adolescentes, en esas fiestas que hacían en el Cóndor... Besándose, practicando sexo... Era un mirón... Nunca se acercó a ninguna de las chicas.

—¿Y qué tiene que ver eso con el Jifero?

—Hay un vídeo... Solo son unos segundos, pero en la falda del monte se ve un coche blanco como el que describió Miriam: antiguo, alargado... Un Volvo. Al lado hay unos hombres hablando. Creemos que dos de ellos son Sinisa y Zoran...

—¿Dos de ellos? ¿Quién más estaba ahí?

—Uno más. Pero está muy lejos; era de noche y la calidad del vídeo no es buena. —Ante la mirada de Nora, Almela se disculpó—: No hemos podido identificarlo. Ni a él ni la matrícula del coche. Pero es un Volvo 244, blanco. Lo estamos buscando.

Cuando el sargento se marchó, Nora se quedó mirando por la ventana la calle que volvía a cobrar vida al caer la noche. La gente se atrevía a pisar las aceras ahora que el sol se había retirado. Al cobijo de las sombras. Las mismas que habitó Ginés tanto tiempo: el voyeur de Portocarrero, apostado en las esquinas, excitado al ver cómo las adolescentes descubrían la vida. A salvo de las sospechas porque el pueblo solo tenía malas lenguas para el Indio.

Luego, Nora se preguntó dónde estaría ahora el Jifero. En qué barra de bar o en qué descampado. Siempre lo había imaginado solo y así seguía haciéndolo. Como el último de su estirpe, amenazado por la extinción que ya había acabado con los linces o los lobos. Ahora, el recuerdo de esos animales estaba grabado en los lugares: la lobera, el paraje del gato clavo. ¿Habría un espacio en el futuro para él? ¿El cruce del Jifero? Como el Cortijo del Fraile es monumento de las *Bodas de Sangre* o Gádor encierra los caminos por los que se arrastró el hombre del saco. Una tierra violenta cuyas heridas se veían en toda su crudeza en el desierto. En el malpaís que lo agrietaba, cadavérico, en las cárcavas de los montes. No hacían falta cráneos de reses sobre una loma para ilustrar su desolación. Bastaba hundir la mirada en las cicatrices que cuarteaban el suelo.

El jifero, el matarife.

La matanza del cerdo era un acontecimiento social en torno al que se organizaba la vida de los pueblos. Apenas si se usaba ya esa palabra: matachín o matarife eran las habituales. Rescoldos de la época árabe que se habían perdido en el tiempo: la jifa, los desechos que se despreciaban en el matadero. El jifero, tanto el hombre como el cuchillo con el que se degollaba al animal. Y la sangre que se recoge en cubos porque la sangre es alimento.

Ese era el hombre que buscaba y que algunos preferían no ver.

Pero la realidad es pertinaz. Por mucho que se la pretenda engalanar, Nora sabía que la realidad es violenta. No hay paraísos inmunes a ella. En la imaginación de algunos existe un mundo rural ficticio, tan idealizado como el Portocarrero de los recuerdos de infancia de Concha, un mundo que traen en la cabeza los neorrurales que dicen querer alejarse de la alienación de las ciudades y volver al contacto con la naturaleza, a la esencia del ser humano. Cultivan tomates y lechugas en sus huertos y compran ropa ecológica, comercio justo. Se quejan cuando ven cómo algún vecino patea al perro callejero, cómo se burlan del subnormal que vagabundea por el pueblo o critican a los forasteros mientras el cerdo chilla desangrándose, atado por las patas, abierto en canal. Y las moscas vuelan alrededor.

Quizá la urbanidad de las ciudades sea una impostura, pero ¿quién quiere enfrentarse a como somos realmente? Al hombre, sin normas que lo aten ni necesidades sociales que contengan sus instintos.

Cárcel de Brasilia. Nora había leído la noticia en los periódicos y desde entonces no la había podido olvidar: un hombre es encerrado por matar y abusar sexualmente de su hijastro de dos años. Los reos hacen justicia. Violado a lo largo de dos días por veinte presos que se turnaban cívicamente. Curaron al condenado. Volvieron a violarlo. Le saltaron los puntos de sutura. La fotografía del reo, de espaldas, cubierto de apósitos por todas las heridas que le hicieron y los pantalones con el culo empapado de sangre seca.

La justicia de los hombres que ya no tienen nada que perder.

Nora fingió aceptar las órdenes de su hermana, pero no se apartó del caso con la esperanza de que el verano siguiera su curso, que el hiato institucional de agosto le concediera el tiempo suficiente para recuperarse y organizar la defensa de Miriam. Suponía que en septiembre llegaría su juicio y que el juez prolongaría la cautelar hasta entonces. A finales de julio supo, a través del sargento Almela, que Jacobo había ido a ver a Miriam al centro de internamiento. Entonces le dijo a Carmela que estaba harta de estar confinada en casa: podía soportar el dolor de las costillas, qué más daba tener el dedo entablillado o una placa de titanio en la cabeza. Tenía que salir. Fue desagradable, estúpida, al gritarle a su hermana que ella no podía mirar para otro lado y pretender que la vida de Miriam se solucionara sin su ayuda. Le levantó la voz delante de su sobrino y no debió hacerlo. Su enfado no tenía nada que ver con cómo se comportaba Carmela. Su enfado era con ella misma. Por haber olvidado a Miriam.

Por haberla dejado sola con su padre.

Fuertes

–amor de hombre–

—¿Qué se supone que debo hacer? —murmuró la Fuertes.

—Has ido a buscar consejo en el más indicado —respondió cínico Jacobo.

Ella sonrió y después ordenó con un gesto a Seisdedos que les trajera otra botella de vino. Sentada al otro lado de la cocina estaba Concha. La madre del chico, tras los gruesos cristales de sus gafas, los observaba desde un taburete como un búho curioso. La Fuertes y Jacobo, en la penumbra del salón de la Venta.

Él impidió que le llenara el vaso de nuevo.

—¿Cómo se sale de esto? —preguntó ella después de dar un sorbo al suyo.

—Con un disparo en el pulmón. —Y luego explicó por qué no quería vino, más por disculparla que porque él se sintiera obligado—. No quiero que la gente diga que he vuelto a beber. Son capaces de impedir que Miriam venga a casa.

Su mirada se desvió a Concha y Seisdedos. Madre e hijo cuchicheaban algo en la cocina del restaurante. La Fuertes le dio la razón y luego se preguntó:

—¿De quién hablarán? ¿De ti o de mí?

—Ahora eres tú la que está de moda. Lo mío suena a viejo. Ella le había invitado a cenar para pedirle disculpas y apenas si había probado bocado. Su plato dejó la mesa como llegó. Jacobo estaba dando cuenta en solitario de la ración de jamón: la Fuertes insistió en que fuera de una de sus patas. Pero no lo probó. Encadenaba cigarrillos como siempre, aunque ahora Jacobo tenía la impresión de que, pitillo a pitillo, ella también se consumía. Cada vez más apagada, más ronca. Se interesó por si necesitaba dinero y Jacobo le contestó que ya no hacía falta.

—Quinientos euros al mes. Me dieron incapacidad permanente... Es suficiente. —Y luego intentó bromear—: Tanto tiempo buscando un trabajo y por fin lo he encontrado. Soy una víctima profesional. Tengo el sueldo asegurado durante los próximos siete años.

—De todas formas, si te ves apurado...

—No te sientas responsable.

Jacobo le cogió la mano cuando ella jugueteaba con el pie de la copa de vino. La Fuertes entrelazó sus dedos con los de él.

—¿Por qué tuve que casarme con un imbécil? —Y en su lamento no había atisbo de ironía. Con cada sorbo de vino le costaba más contener las lágrimas.

—¿Cómo lo está llevando Carol?

—Quiere que la matricule en un instituto de Almería en septiembre. No se atreve a pisar el pueblo. Ni a encender el móvil. —La Fuertes recordó los chats que Jacobo había filtrado a la prensa y le quitó culpa—.

Ya no le dicen nada de Miriam... Solo del cerdo de su padre.

Porque el hecho de que Ginés hubiera fingido el atraco a su casa no era más que humo al lado del fuego de los vídeos que encontraron en su ordenador. Sus excursiones al desierto, donde se escondía entre las ruinas del Cóndor para grabar las fiestas de los adolescentes.

Zoom digital.

Escenas de sexo.

No solo el contenido de los vídeos perseguía a la Fuertes, también imaginar qué ocurría cuando Ginés los reproducía: excitado, escondido en su dormitorio o en el baño. Masturbándose mientras miraba a esas niñas. Al principio, le confesó, su mayor miedo era que su hija fuera protagonista de alguno de los vídeos. El pánico a tener al demonio durmiendo a su lado, en la cama. Fisgando en la habitación de Carol cuando ella se desvestía. Sin embargo, la niña no aparecía en ninguna grabación. No así Miriam.

La Fuertes se armó de valor para decírselo a Jacobo antes de que pudiera descubrirlo por la Guardia Civil. En uno de los vídeos, Miriam y Néstor hacían el amor en el coche de este, aparcado en la parte de atrás del fuerte del Cóndor. Ginés estaba cerca y había dirigido hacia ellos su cámara.

—Dice que jamás se acercó a ninguna cría. —Pero la excusa de Ginés en boca de la Fuertes sonaba más como una acusación—. Que solo quería mirar.

Jacobo recordó que Ginés y su hija habían ido solos en el coche hasta el cortijo. La mañana en que a él lo encontraron con vida. La mañana en que se llevaron el cadáver de Irene. ¿El deseo tuvo su hueco en ese viaje previo? ¿Cómo miraba Ginés a su hija mientras el vídeo en el que ella hacía el amor con Néstor latía en su móvil, en el bolsillo? Semidesnuda, excitada, jadeante. Pero Jacobo prefirió no mostrar esos temores a la Fuertes. Solo serían más paladas de tierra en la fosa.

Ella le contó que Ginés estaba viviendo con sus padres. No había vuelto a hablar con él desde que fue a visitarlo a la Comandancia, cuando estaba detenido y todavía quería creer que todo había sido un malentendido. Carol y ella lo evitaban desde que le dieron la libertad bajo fianza. Por suerte, él tampoco había insistido en hablar con ellas.

—¿Te acuerdas de la comunión del crío de Alberto? Tu sobrino... —dijo la Fuertes después de un largo silencio en el que ella vació tres copas más de vino—. He pensado muchas veces en lo que hablamos.

Mediados de junio, cuando Irene todavía vivía. Cuando Jacobo bebía demasiado.

Hacía un calor insoportable en la nave donde se celebró el banquete. Una canción de Mocedades y los invitados gritándola a coro en la pista de baile, «*amor de hombre, que estás haciéndome reír una vez más*». Un niño que berreaba en una mesa, rojo, otros corrían entre las mesas vestidos de marineros y ellas de pequeñas novias virginales. El vino de la botella que él vaciaba, solo en su mesa, bajo las miradas censoras de las viejas del pueblo. Irene y el Rubio, que habían desaparecido una vez más.

En el cuello todavía le palpitaban las picaduras de las abejas.

—¿Nos pasamos a los cubatas? —le dijo la Fuertes al sentarse junto a él en la comunión.

En la mesa de al lado, aquel niño seguía llorando, encendido de ira. Parecía que la cabeza le iba a explotar en cualquier momento.

La Fuertes le estaba contando algo de un viaje. Tenía que ir a una feria, no escuchó bien dónde. Había pagado un *stand* para vender sus jamones.

—¿Dónde me cojo el asiento? —creyó que le preguntaba—. Jacobo, cojones, ¿me escuchas? ¿O estás tan ciego que ya ni oyes?

—¿El asiento de qué? Es que... la música...

—Del tren. ¿No eras el experto en trenes? Que si se pega la leche, no me pase nada.

«Amor de hombre, que estás haciéndome reír una vez más.» La canción había terminado, pero esa línea se quedó atrapada dentro de Jacobo. Burlándose de él como se burlaban Irene y el Rubio.

—Un par de coches por detrás del centro del convoy —respondió Jacobo—. En los trenes apenas si hay accidentes... —la tranquilizó.

—Serán pocos, pero de vez en cuando toca.

—Coge plaza donde te digo. En un asiento de pasillo y en sentido contrario a la marcha.

—¿Eso me salvará si me estrello con otro tren?

—Si te pasa algo, lo más probable es que sea un descarrilamiento...

Una armada racional combatiendo las supersticiones. A veces recordaba así su trabajo en la Agencia del Tren; la estadística.

—La cola y la cabecera del tren son igual de peligrosas; sin embargo, el centro...

—No hay nada como ser mediocre, ¿no? —Y, luego, la Fuertes estalló en una carcajada.

Ginés se sentó a una mesa cerca de ellos, agotado de

ir de un lado a otro con la pierna izquierda atrapada en la férula. Durante un par de meses todas las conversaciones habían girado en torno al atraco del que había sido víctima. La relativa suerte de salir solo con una doble fractura. Todavía tendría que llevar la pierna entablillada unos meses más. Ginés dijo algo, pero el volumen de la música les impidió escucharlo. Tenía la cara roja y empapada en sudor, como su camisa. Parecía feliz. Cuando recuperó las fuerzas, volvió a la pista de baile, festivo.

—En cuanto levantas cabeza, los hijoputas se ceban contigo —dijo la Fuertes. Estaba convencida de que su pequeño éxito había funcionado como cebo para el atraco. Los jamones y algunos artículos en periódicos que hablaban de las sumas exorbitadas a las que los vendía.

—Cuando levantas la cabeza y cuando la metes debajo del suelo; entonces, aparecen para terminar de darte por detrás —le concedió Jacobo.

Cruzar la vida sin hacer ruido parece la forma más segura de estar vivo.

Vio al Rubio entrar en el salón. Alberto, servil, fue a buscarlo. Por sus gestos supuso que le ofrecía algo: más bebida, más comida, más tarta; lo que necesitara. La comunión de su hijo se había convertido en una ocasión para agasajar al Rubio. Para pedirle perdón por lo que había pasado con las abejas.

La Fuertes se encendió otro cigarro y le propuso a Jacobo salir del salón, pero él rechazó la oferta. Tenía miedo de que el vino le hiciera tambalearse por el camino; que las miradas de las viejas volvieran a clavarse en él. Todas cenarían con el mismo ruido de fondo: el marido de Irene estaba borracho en la comunión de su sobrino. Pero a él las viejas le daban igual. Quizá la Fuertes se dio cuenta de que Jacobo no apartaba sus ojos nublados del Rubio y, pegándose a él, le murmuró:

—No es el dinero lo que te está destrozando. Es él. Te está robando a Irene.

Jacobo no era consciente, pero había empezado a rascarse el cuello, las picaduras, con tanta fuerza que al coger el vaso para dar un nuevo trago se dio cuenta de que tenía los dedos manchados de sangre. El picor se había transformado en dolor. La Fuertes le puso una servilleta en el cuello.

—Vamos afuera. —Y, ante la mirada de desconcierto de Jacobo, añadió—: Necesitas que te dé el aire.

Le ayudó a levantarse cogiéndole del brazo. La nave, las mesas y los invitados, los niños que gritaban y corrían, daban vueltas a su alrededor. Contuvo una arcada, pero, mareado, tiró al suelo el plato de una mesa al intentar apoyarse en ella. No tenía fuerzas para disculparse. La Fuertes lo hizo por él. Notó su brazo en la cintura, empujándolo suavemente hacia la puerta.

Una vez fuera, lo sentó en un banco de piedra; el ruido y la música del salón se apagaron, transformados en un zumbido lejano. Abejas. Debían de ser las cinco de la tarde y el sol quemaba. No había árboles, solo un parterre en el que se levantaban unos columpios oxidados. Ningún niño jugaba en ellos. La Fuertes le ladeó la cabeza para examinarle el cuello.

—Te has hecho una escabechina...

Había roto los picotazos de abeja, ahora convertidos en heridas. El cuello de la camisa estaba manchado de sangre.

Jacobo creyó ver a Miriam. En el lado en sombra del restaurante; sus ojos de almendra le despreciaban. Su hija no quiso salir en su ayuda: borracho y sangrando a pleno sol. Ridículo. ¿Qué podía pasar por su cabeza al ver así a su padre? ¿Qué diría a sus amigas? Cuando volvió a mirar a la esquina donde estaba, ella ya se había marchado.

La mayoría de los accidentes y víctimas en trenes eran culpa de los suicidas, le dijo a la Fuertes y a ella le costó entender por qué hablaba de eso ahora. Él le recordó la conversación que habían tenido en el interior del salón de banquetes. Las muertes en trenes. De repente, todos aquellos datos se agolparon en su cabeza.

La estadística de 2008: en Europa se habían contabilizado 2.413 suicidas en las vías del tren. Al año siguiente, 2.756. Y, al siguiente, 2.997. Mientras las agencias de seguridad lograban contener los números de los accidentes mecánicos, también los errores humanos, la cifra de suicidas que elegían las vías del tren para acabar con su vida no dejaba de crecer.

El romanticismo de morir arrollado. El hombre derrotado, la mujer sin fuerzas o el adolescente incapaz de enfrentarse al mundo. Los imaginaba detenidos una noche en mitad de los raíles, donde el trazado describe una curva a la salida de su pueblo, de su ciudad. Los brazos caídos, como las lágrimas que se descuelgan por sus mejillas. Rendidos. Esperando la luz del tren que surgirá en cualquier momento; hasta que escuchan el ruido de la máquina, el martilleo cansado sobre las vías. Tres, dos, uno...

La sacudida de la catenaria, después.

¿Pensaron en algún momento en todas las víctimas que su suicidio podía causar?

—Eso es lo que me ha mantenido viva —reconoció la Fuertes en el salón de la Venta del Cura. La botella de vino vacía y Concha y su hijo gravitando a su alrededor, impacientes, para poder cerrar—. Pensar en mi hija. Carol. En el daño que le iba a hacer si me quitaba de en medio. Porque te juro que ya no me quedan fuerzas...

—Vas a salir adelante. —Y, a continuación, para hacerla sonreír, le dijo—: No conozco a nadie que tenga más huevos que tú.

—Todos vamos a salir adelante, ¿verdad? —intentó recomponerse ella—. Aunque Dios sabe cómo...

La Fuertes dio su tarjeta de crédito a Seisdedos. Pagó y, después, llevó a Jacobo hasta el cortijo.

—¿Cuándo volverá Miriam? —le preguntó ella.

—Si no hay problemas, la semana que viene.

—Seguro que ella no hizo nada. —Y aunque la Fuertes quiso parecer convencida de lo que decía, no lo consiguió—. Metió la pata en algunas cosas, pero ya está.

—De un marido te puedes divorciar; una hija es para siempre. Tendremos que solucionar esto de alguna forma y seguir viviendo.

—Llámame —le dijo ella antes de despedirse—. Para lo que sea.

El Chrysler de la Fuertes maniobró en la era y se alejó por el camino de tierra. Jacobo se dio cuenta de que no le había dicho adiós. Tuvo el impulso de correr tras el coche para despedirse. Para decirle «adiós» y, también, «perdona». La Fuertes era lo más parecido a una amiga que había tenido en Portocarrero. Permitió que ella mostrara su vergüenza por los vídeos de Ginés, y Jacobo encajó sus disculpas como si se encontrara en una atalaya moral. No le confesó que él la había traicionado. No quiso abrir la caja de Pandora.

No era un buen hombre. Intentó serlo, pero no lo había conseguido. De la misma forma que la vida secreta de Ginés había salido a la luz, tal vez un día lo hiciera la suya. Y, entonces, nadie le miraría como a la víctima, sino como al culpable.

Necesitaba que Miriam volviera a casa para hacerla callar.

Comunión

–en el refugio–

La sombra de Irene se alargaba a sus pies. Jacobo no sabía en qué momento había llegado a su lado. Quizá la Fuertes la había buscado en el salón donde celebraban la comunión de Juanjo y le había dicho que él estaba fuera. Irene le acompañó hasta ese coche destartalado, tuerto, con el parachoques descolgado. Volvieron en silencio al cortijo.

El alcohol iba dejando de hacer efecto y Jacobo recuperaba sus sentidos. También la rabia. El escozor de las picaduras de abejas se mezclaba con el dolor de las heridas. Se limpió la sangre del cuello en el baño, hizo un gurruño con su camisa, sudada y sucia, la abandonó en el bidé, se mojó el pelo. Salió al dormitorio. Irene, sentada en la cama, se había descalzado y estiraba los dedos de los pies, dolorida.

—Te has convertido en un borracho —dijo ella al notar su presencia.

—Si no desaparecieras para follar con el Rubio cada vez que salimos, no me haría falta el vino para aguantar.

La mirada de Irene fue una bofetada. ¿Dónde había quedado el amor? ¿Dónde la complicidad? Tan lejos como aquella playa, cuando sus vidas eran una promesa. De aquella resaca solo quedaba resentimiento.

—Vete a la mierda —dijo Irene, y luego, descalza, se levantó de la cama.

—¿Dónde te crees que vas?

Jacobo la sujetó de un brazo y la empujó a la cama. Ella tropezó con sus zapatos, abandonados antes en el suelo. Cayó sobre las sábanas todavía enredadas de la noche anterior. La ira y el deseo le hicieron excitarse: pensó en ella, follando con el Rubio en los baños del salón de comuniones. Quería pegarle por todo el daño que le estaba haciendo y, también, desnudarla. Se echó sobre ella y hundió la boca en el nacimiento de su cuello. «Déjame», le rogó Irene mientras él le abría el vestido y descubría sus pechos sudados. «Estás haciéndome daño», le gritó cuando intentó quitárselo de encima, pero él no le contestó y se bajó los pantalones. Le subió el vestido y le apartó las bragas para metérsela. Y, a cada empujón, sentía que estaba cavando una fosa. «Eres un hijo de puta», dijo ella llorando. Y los insultos le enardecían aún más. «Soy un hijo de puta, pero eres mía», le murmuró él. Quiso creer que ella también se excitaba.

Se corrió y se dejó caer a su lado. Irene se levantó secándose las lágrimas y el semen de sus muslos, y huyó de la habitación.

La canción que sonaba en la comunión volvió a su memoria cuando cerró los ojos: *«Amor de hombre, que estás haciéndome reír una vez más»*. Y también el zumbido de las abejas bajo el fuego.

Había perdido el control.

Una mañana, días después, el Rubio se presentó en casa. Miriam debía de estar en el instituto e Irene se había ido antes de que Jacobo se levantara. Desde el día de la comunión había estado evitándole. Él tampoco hizo nada por romper esa distancia, refugiado en la autocompasión y en los litros de cerveza Lidl, a sesenta y tres céntimos la unidad.

—¿Todavía anda tu coche? —preguntó el Rubio, siguiéndole al salón.

—Depende de lo lejos que tenga que ir.

Jacobo pasó a la cocina. Cogió un cenicero y vació las colillas en la basura del patio trasero. Al regresar, vio en el suelo las huellas de sus propias pisadas. El polvo del desierto se había extendido como una alfombra por toda la casa. ¿Cuánto tiempo hacía que no limpiaban? El Rubio tenía la mirada clavada en la pantalla de su iPhone. Una camisa blanca de manga corta, vaqueros entallados y esos zapatos negros. ¿Cómo conseguía mantenerlos tan limpios?

—¿Duele? —le preguntó señalándose el cuello.

—No mucho. —Y Jacobo comprobó que los apósitos seguían pegados a su cuello a pesar del sudor—. ¿Por qué querías saber si mi coche va bien?

El Rubio sacó de su bolsillo un billete de veinte euros.

—Te dije que ibas a ganar un dinero. Empiezas esta noche. —Le tendió el billete—. Para gasolina —se explicó al ver que Jacobo tardaba en cogerlo. Cuando lo hizo, se lo guardó rápido en el bolsillo, avergonzado.

—¿Qué hay que hacer? —preguntó.

La carretera de Serón. Era la misma que tomaba para subir a las colmenas. El Rubio le dijo que esta vez tendría que ir algo más lejos. A unos cuarenta kilómetros. Hasta el refugio forestal, cerca de la cima de la sierra de los Filabres. Le estaría esperando allí.

—¿Quién? —quiso saber Jacobo.

—Ródenas. Tú haz lo que te diga y listo. —El Rubio salió de la casa como si quisiera dejar atrás a Jacobo y el encargo que le había hecho. La vieja promesa.

Se marchó en su BMW. Levantó polvo en el camino de tierra y Jacobo lo observó desde el porche. «Trescientos euros solo por una noche, le había dicho también. Y habrá más noches.»

El gato buscó la sombra junto a la casa. Retozaba en el suelo, jugando con algún bicho que había cazado, ¿una salamandra? Estaba fuerte desde que él le sacaba platos con restos de comida, un cuenco de agua.

Miriam no fue a comer. Irene, tampoco. Él esperó a que cayera la tarde y, entonces, cogió el coche y fue a la gasolinera de Portocarrero. Echó los veinte euros y, después, decidió hacer tiempo en el Diamond. Ginés leía el periódico. Hablaron de fútbol y del calor. De los putos ingleses que se tostaban en el Pueblo del Oeste mientras unos vaqueros borrachos fingían el asalto al *saloon*. Se despidieron a las nueve. Empezaba a anochecer. Los vencejos dibujaban círculos sobre su cabeza.

Jacobo condujo hasta la A-1178 y la siguió sierra arriba en dirección a Serón. El faro estrábico de su coche arrojaba la luz a las encinas y pinos que crecían a los lados del asfalto. Puso una cinta en el radiocasete. Concentrado en el trazado de una carretera que zigzagueaba conforme ascendía y que apenas si podía ver. Solo se cruzó con un par de coches y una moto en el trayecto. Dejó atrás la zona de las colmenas y siguió subiendo. Quiso canturrear alguna de las canciones que sonaban en la cinta, pero estaba nervioso. Sus intentos se interrumpían pronto con el silencio. Con el miedo a que el Rubio se hubiera reído de él haciéndole recorrer esa carretera estrecha y plagada de curvas con su mierda de coche. «¿Todavía anda tu coche?», le había preguntado. Llevaba las ventanillas abiertas y el aire de la sierra, no el caldo del desierto, le mantenía alerta. Aunque iba despacio, llegaba antes de tiempo a la cita.

El refugio apareció tras los últimos árboles de la montaña; encaramada a ella, una vieja construcción rectangular con una torreta en un lateral a casi dos mil metros de altitud. El refugio parecía abandonado. La curva lo rodeaba a la vez que alcanzaba su altura. Vio pintadas en la fachada, un símbolo anarquista y algunas palabras escritas que no pudo leer. Cuando la carretera le situó a la espalda del refugio, descubrió una furgoneta aparcada en la explanada. Jacobo puso el intermitente, aunque allí no había nadie a quien avisar, y el coche pisó el terreno inestable. Un hombre estaba apoyado en el capó de la furgoneta. El faro de su coche insistía en iluminar el suelo y parte de la pared del refugio, las pintadas, y no al hombre que caminaba hacia él. No lo vio hasta que bajó del coche; sus manos bamboleaban a la altura de las rodillas. Fue lo primero en que se fijó. En esos brazos excesivamente largos, más aún si se tenía en cuenta su altura. Una especie de gigante que le sonrió y le preguntó si él era Jacobo.

—Ródenas —se presentó y extendió su mano hacia él para que se la estrechara—. ¿Nos vamos?

Jacobo no se atrevió a decirle que no sabía qué había venido a hacer. Siguió al gigante hasta la furgoneta y se montó a su lado. Cuando metió la llave y las luces iluminaron el interior, se dio cuenta de sus rasgos gitanos.

Ródenas apenas cabía, encorvado sobre el volante, la coronilla rozándole el techo. Arrancó y, rápido, salió de nuevo al asfalto para descender por la carretera que había seguido Jacobo. «¿Sabes algo de cerdos?», le preguntó poco después y Jacobo le dijo que no. Ródenas no se sorprendió y siguió conduciendo en silencio. Primero, sierra abajo. Después, un kilómetro más por un camino forestal. «Lo único que tienes que saber es que gritan como *condenaos*.»

Ródenas detuvo la furgoneta. Se bajó y Jacobo le siguió. El gigante abrió la parte de atrás. Escuchó un ruido metálico mientras Ródenas revolvía y, después, cerró el portón y Jacobo vio que llevaba en la mano una pieza metálica que terminaba en un gancho. Ródenas se adentró entre los árboles hasta un vallado hecho con alambre de espino. Sacó unas tenazas del bolsillo y lo cortó. «Sepáralo un poco», le pidió a Jacobo. «Haz sitio.» Jacobo dobló el alambre. En la oscuridad tanteaba antes de tirar con fuerza para no clavarse el espino. Unos metros más adelante, entre las encinas y alcornoques, Ródenas encendió una linterna. Iluminó a su alrededor trazando un semicírculo. Se agachó y dirigió el haz de luz hacia unos árboles. Una sombra se movió, un bulto que tomó cuerpo; Ródenas dijo «ya te tengo», se puso en pie y caminó hacia el animal con decisión, agarrando con fuerza el gancho. Jacobo vio al cerdo, negro y desubicado por esa luz que lo cegaba, levantándose al tiempo que Ródenas se aproximaba a él. Movía el gancho de un lado a otro como si fuera un lazo. «¿Qué vas a hacer?», iba a preguntarle Jacobo cuando, al mirar a su alrededor, al cercado, los alcornoques y los cerdos, se dio cuenta de que estaban en la dehesa de la Fuertes. Ródenas lanzó el gancho al cerdo y se lo clavó debajo del hocico. Luego tiró de él con fuerza para asegurarse de que no se saldría y el animal empezó a gritar. A sus berridos se unieron los de otros marranos, ocultos entre las sombras, alertados por el dolor del cerdo que seguía chillando, cada vez más desesperado, cada vez más fuerte, al tiempo que Ródenas tiraba hacia sí del animal. El gancho se incrustaba más profundo a cada empellón y el cerdo no podía hacer más que seguir la dirección que Ródenas le marcaba, hacia el vallado abierto. Le dijo algo a Jacobo, pero los chillidos de la piara le impidieron escucharlo. La sangre negra goteaba bajo su cabeza y cuando Ródenas le dio la linterna e iluminó al animal, tuvo que apartar la mirada. La boca entreabierta y el berrido, el gancho y la sangre y las babas.

A tirones, Ródenas lo llevó fuera del vallado. Hasta la furgoneta. El cerdo intentaba detener el avance con las patas traseras, pero más que a la fuerza, era incapaz de resistirse al dolor. Jacobo abrió el portón de la furgoneta. «Ayúdame a meterlo dentro.» Pesaba una tonelada; lo cogió de atrás mientras Ródenas lo levantaba de la cabeza y lo empujaron dentro. El cerdo intentó ponerse de pie, pero resbaló y cayó de nuevo. La sangre no dejaba de manar y manchó el suelo del portón; un suelo que ya estaba sucio de sangre. Ródenas lanzó dentro el gancho, todavía clavado en el cerdo, y cerró.

Jacobo se miró las manos, la camiseta y los pantalones sucios de sangre y tierra. Ródenas le sonrió: «No pongas esa cara. Hay que comer, ¿o no? Y, para comer, hay que matar antes al puerco».

Ródenas volvió a la furgoneta. Tocó el claxon y, entonces, Jacobo lo siguió. El cerdo seguía gritando, atrás. Él sudaba y el olor de la sangre lo mareó.

—Esto es una locura —alcanzó a decir. Y luego—: El Rubio no me dijo que esto iba a ser así.

—Yo no conozco a ningún Rubio. —Y la mirada del Ródenas dejó claro que no se trataba de ninguna broma.

El corazón acelerado, los golpes del cerdo en la cabina trasera, al que imaginaba intentando ponerse en pie, arrancarse el gancho con unas pezuñas inútiles. Los chillidos. Los chillidos que no cesaban mientras él hacía lo posible por mantener la serenidad, por contener las ganas de vomitar.

Al llegar al refugio, Ródenas le abrió la puerta: «Es mejor que vuelvas a tu casa», le dijo. Abrió la guantera de la furgoneta. Jacobo vio los billetes que se amontonaban en el interior. Cogió trescientos euros y se los dio. «Espérate a que amanezca y, cuando vuelvas, si alguien te pregunta, tú di que todo ha ido bien.» Jacobo cogió el dinero que le daba Ródenas. Miró su coche, aparcado junto al refugio. ¿No debería continuar? Necesitaba ese dinero. «No estás hecho para esto», le dijo Ródenas.

Jacobo se bajó de la furgoneta. Ródenas maniobró en la explanada y se marchó carretera arriba. Por fin, los gritos del cerdo se apagaron y volvió el silencio.

Se sentó junto a la pared del refugio. Miró al cielo. Limpio y callado, un millón de estrellas observándole. Sierra abajo, la tierra fértil que iba muriendo al llegar al desierto. Un cáncer. El dinero en su mano, y también la sangre. El Rubio asaltando a la Fuertes por la noche; robándole los cerdos, matándolos, y quién sabe si también los vendería después. ¿Cuántos viajes haría Ródenas esa noche a la dehesa? ¿Cuántos cerdos más? ¿Cuántas veces más?

Poco a poco, se acostumbró al olor de la sangre. Se tranquilizó. Podía ganar un dinero trabajando con Ródenas y, cuando lo hubiera reunido, largarse de Portocarrero. Tenía que solucionar lo que había pasado esa noche. Explicarle al Rubio que no se lo esperaba y por eso había reaccionado así. Necesitaba una segunda oportunidad.

Con el amanecer, volvió a su coche. Regresó a Portocarrero y al desierto.

Irene dormía. Miriam ya se había ido al instituto, si es que esa noche había vuelto para dormir en casa.

Se duchó. Tiró la ropa manchada de sangre a la basura. Se hizo un café. Después de fumarse un cigarrillo, cogió el móvil y llamó al Rubio. Temía que Ródenas hablara antes con él. Esperó la señal.

Al principio no se dio cuenta de qué era lo que sonaba. Luego dejó su móvil a un lado y miró en el salón. El tono del iPhone estaba sonando allí. Ascendente. Colgó. Primero, por miedo a que fuera verdad; después, porque no quería despertar a Irene. Buscó en la mecedora y en el mueble de obra donde tenían la televisión. No lo encontró. Volvió a llamar al Rubio. Atento esta vez desde el principio, localizó el origen: en el sofá que Ginés le había dicho que iba a tirar y ellos habían aceptado. Entre los cojines. Colgó de nuevo. El iPhone del Rubio estaba allí y lo recordó esa misma mañana, cuando fue a ofrecerle el trabajo. Casi podía verlo en el salón, con sus zapatos negros impolutos, consultando el teléfono. Un teléfono que ahora estaba en su sofá.

¿Por qué en su propia casa?, pero en realidad le daba igual tener respuesta a esa pregunta. Mientras Jacobo seguía a Ródenas por la sierra, mientras el cerdo gritaba, el Rubio había estado allí, en ese sofá, follándose a Irene. Se había asegurado de que él pasara toda la noche fuera. Tal vez Irene le había dicho a Miriam: «¿Por qué no duermes hoy con Carol?».

Volvió a llamar, pero esta vez esperó a que saltara el contestador para dejarle un mensaje: «Todo ha ido bien, pero la próxima vez quiero más dinero, o tendré que pedirle trabajo a la Fuertes».

Colgó, satisfecho con su amenaza.

Nora

No es fácil reconocer a la Nora que me enseña el espejo. El pelo rapado, más delgada. ¿Cuándo he estado tan delgada? Debería darle las gracias a Lázaro por la dieta de hospital y rehabilitación que me ha obligado a seguir, le mandaría una postal si supiera dónde está. El dibujo de la cicatriz bajo la que se esconde la placa de titanio. Pongo cara de mala y finjo ser la hermana psicópata de la teniente O'Neil. ¿Por qué no? He sido tantas cosas que nada me impediría transformarme esta vez en una hija de puta cabreada que escupe a los pies de los que se ponen en su camino.

Ensayé el papel dando gritos por teléfono a Almela: «¡¿Por qué has dado permiso para que salga con él?!». Mientras el sargento se defendía: «Su padre tiene la patria potestad» y no sé qué más sobre los informes de los psicólogos; intenté armar la expresión de un detective alcohólico y cabreado con el universo. «Te estás coronando, Almela», le dije antes de colgar. Si hubiera estado en la calle, habría escupido al suelo.

La maleta abierta sobre la cama: ahora que soy una

chica dura, ¿no debería vestir vaqueros y camisetas negras? Me siento más cómoda con vestidos. Además, tengo algunos preciosos. Quizá, después de todo, esta persona que soy ahora, gorda o flaca, rapada o con una melena, sea la Nora definitiva. Aquella que ha resultado de la bomba que me reventó en mil pedazos. La Nora después de ÉL. La Nora que adora la *stracciatella.*

Siempre me he sentido como una muñeca rusa. Una nueva identidad se enrosca sobre la anterior, dejando encerrado mi yo anterior.

No tengo que esforzarme para recordar cuándo empezó este juego de mutaciones. No, gracias, querido terapeuta, no siga haciéndome esas preguntas. Hoy no tengo ganas de pensar en ÉL. Tampoco en la persona en que me convirtió. Basta decir que, con los fragmentos que dejó de mí, intenté construir una mujer diferente.

Mujer es una palabra que, en aquel momento, me venía grande. ¿Adolescente? Mi familia diría «zagalona», y es probable que ese sea el término exacto, por lo que tiene de estúpida, de torpe. Aquellos brazos descolgados de primate, las tetas desmesuradas, como prótesis cosidas a un cuerpo que no podía sostenerlas. ¿Por qué tiendo a describirme como un Quasimodo? Ahora sí, querido terapeuta, deme una explicación. ¿Dice que tengo una imagen distorsionada de mí misma? Amigo, ¿cómo no voy a tener una imagen distorsionada si apenas sé quién soy?

Fui una loca con el pelo sucio, una melena negra y aceitosa que al paso de los meses me pesaba hasta hacerme daño. En verano, el sudor que se arrastraba por la frente era tan denso que tardaba un cuarto de hora en alcanzar mis cejas. Lo cronometré. Me permitía excentricidades en mitad de la calle. Me quedaba mirando fijamente a alguien, sin parpadear ni mostrar expresión alguna. Luego los seguía por las calles del pueblo y, cada vez que el observado confirmaba mi presencia detrás, aceleraba el ritmo de sus pasos. Algunos llegaron a correr. Hasta que me harté de mi locura y me transformé en una hija silenciosa a la sombra de su madre, vestida con decoro decimonónico, cuellos altos y faldas hasta los tobillos, pálida como una habitante de la casa de Bernarda Alba. Interpretaba mi papel con sobriedad, midiendo mis escasas palabras, y perfeccioné miradas huidizas como insectos. La muerte de mi madre debería haberme llevado a coquetear con la religión, a instalarme en la parroquia y cubrirme de rezos. Pero no me apetecía esa devota reclusión y opté por ser la camarera parlanchina de uno de esos bares donde los recién casados van a tomarse unas copas los sábados por la noche y flirtean con la camarera, aunque esté algo gorda, solo para demostrar que no han perdido un ápice de su encanto juvenil.

Fui una sudorosa trabajadora de campo que entregaba a su familia el jornal íntegro para hacer frente a las facturas.

Fui una borracha de fin de semana y un poco drogadicta.

Fui una metódica estudiante de derecho, una buena hermana que ayudaba en la crianza de su sobrino y le enseñaba juegos de papiroflexia. Fui una mujer ridícula que ponía voces infantiles cuando me dejaba querer por compañeros de la facultad —todavía me sonrojo al recordar esa encarnación—. Por suerte, aquella impostura solo duró unos meses. Como tantas otras veces, cambié de amigos, de clase y de forma de vestir.

Tuve una tempestuosa relación con un catedrático de derecho penal casado y con dos hijos. Le dije cosas arrancadas de escenas de *Atracción fatal*. Creo que él no había visto la película; habría resultado vergonzoso que, mientras lloraba y gritaba en ropa interior, con el pelo convertido en una maraña sobre mi piel roja de ira, él me hubiera dicho: «¿Pero no era eso exactamente lo que decía Glenn Close?».

He asumido tantas identidades que es difícil recordarlas todas. En cada cambio hay una victoria y una derrota. Me siento más lejos de la mujer que me hizo ser ÉL y, también, más perdida. Con la sensación de que lo único real que he vivido fue su amor. ¿Se puede añorar un error?

Querido terapeuta, ¿y si estoy recuperando la cordura? Sé que dejar de venir a las sesiones será un duro golpe para su economía, pero ¡qué coño!, ¿por qué no abrimos una botella de champán?

Terminé la carrera y jugué a ser abogada. Me compré un bolso de piel carísimo y me tinté mechas rubias. Un traje de chaqueta de Zara. Tapicé las paredes del antiguo piso de mis padres con diplomas primorosamente enmarcados. No esperaba que aquel intento profesional durara mucho.

Un día sonó el telefonillo. Abrí sin preguntar quién era, convencida de que, como otras mañanas, era el repartidor de publicidad o el cartero quien había tocado en mi piso. Por eso di un respingo cuando escuché el timbre de la casa. Al otro lado de la puerta había una mujer de unos cuarenta años, aunque su ropa, vaqueros, una camisa estampada y ceñida, un bolso de tela que le colgaba a la altura del muslo, descolorido por el roce, la hacían parecer más joven. Me pareció hermosa: el pelo rizado y de un castaño miel, los ojos grises. «¿Eleonor Cuevas?», me preguntó. «Llámeme mejor Nora», y la invité a pasar a mi despacho. Ella cruzó el salón sin mirar los diplomas que lo decoraban. ¡Qué desperdicio de dinero gastado en la tienda de enmarcación!

Dejó caer su bolso en una silla. Se sentó y yo frente a ella. No usaba maquillaje. Pensé que quería que viera sus ojeras o, quizá, estaba tan cansada que no tenía fuerzas para ocultarlas. Me ratifiqué en la idea de que era hermosa. Tenía esa belleza que imprime el dolor a algunas mujeres. La belleza de la derrota. Sus ojos grises me evitaban mientras confesaba que se lo había pensado mucho antes de buscar una abogada. Me dijo que se daba cuenta de que lo más lógico habría sido acudir a la policía, pero tenía miedo.

—Tranquila —pasé a tutearla para acortar las distancias—. Cuéntame qué te pasa y a ver si puedo ayudarte de alguna forma. ¿Cómo te llamas?

—Irene —me contestó—. Irene Escudero.

—¿De qué tienes miedo, Irene? —le pregunté.

—De quién —me corrigió ella y tomó aire antes de añadir—: De mi marido. Tengo miedo de que nos haga daño. A Miriam y a mí.

Aquella mañana de finales de junio fue la primera vez que escuché sus nombres: Irene, Miriam, Jacobo. Pero también Portocarrero y el Rubio. Alberto. La Fuertes.

Ella me abrió las puertas de su vida para que la ayudara. No pude hacerlo.

Ahora hago las maletas para volver al pueblo. Es la deuda que asumí con Irene. Eso es lo que mi hermana no es capaz de entender. Tampoco he querido contarle que conocí a Irene mucho antes de que muriera. Que era un animal asustado que me recordaba demasiado a la Nora que ÉL me hizo ser. Que yo sobreviví, pero ella no lo había hecho. Que no podía dejar que Jacobo acabara con la vida de Miriam como había acabado con la de su esposa.

Gato

–bienvenida a casa–

Fue un viaje extraño. Jacobo no pudo dormir la noche anterior. En el centro de menores, intentó llevar las maletas de Miriam. Bromeó con la debilidad a causa de su medio pulmón y luego pidió ayuda a un guardia de seguridad. Su hija rio bajo el sol abrasador y le pidió las gafas prestadas. ¿Desde cuándo las tenía? Jacobo le contó que las había comprado en el supermercado del pueblo. No creía que esos cristales fueran muy buenos, no le habían costado más de cinco euros. Miriam se las puso de todas formas. Le quedaban algo grandes. «Tengo que acostumbrarme a la luz fuera de esos muros», bromeó como si fuera una presa que abandonaba Alcatraz. Se montaron en el coche. Había arreglado los faros y el parachoques con la primera mensualidad de la pensión.

Sin embargo, el viaje a Portocarrero lo hicieron en silencio. Como si, al quedarse solos, no tuvieran que seguir fingiendo o, quizá, porque al recorrer esa carretera no pudieron evitar el recuerdo del primer viaje al pueblo, cuando, sentada junto a Jacobo, estaba Irene y no Miriam.

El gato dormitaba junto a la tapia cuando llegaron. Levantó la mirada, perezoso, y luego volvió a acurrucarse en la sombra.

Cuarenta grados. Dejaron las puertas de la casa abiertas de par en par con la esperanza de que se creara alguna corriente. Pero no había aire. Solo un aplastante sopor.

Miriam bajó empapada en sudor después de dejar sus maletas en la habitación. Alberto había ayudado a Jacobo a devolver la cama a su cuarto, a vaciar el salón. Fue antes de que le dijera que había obtenido el permiso para llevarse a casa a Miriam. «Quiero vender mi parte del cortijo», le contestó entonces el hermano de Irene. «Sabes que no te lo puedo comprar», protestó Jacobo, pero Alberto no estaba dispuesto a escucharle. «La asesina de mi hermana no va a vivir en esta casa. Ni en este pueblo», y se marchó dejando la puerta de la casa abierta, tal y como estaba ahora.

Las sombras tardaron en llegar. Nueve, nueve y media. Y por fin el sol se apagó. Él se dio una ducha. Miriam, también. Cenaron macarrones con tomate. No esperaban a nadie.

Miriam ya no llevaba ningún esparadrapo en la muñeca izquierda y, mientras comía, descubrió a su padre mirándole la línea blanca que le había dejado la cicatriz. Tuvo la tentación de esconder la mano bajo la mesa, pero la sonrisa de Jacobo la invitó a no hacerlo. «Vamos a estar bien», le prometió él. Y: «¿Quieres contarme qué pasó en el centro?». Ella se miró la muñeca y recordó las noches de pesadilla y el miedo a enfrentarse a lo que podía estar pasando al otro lado de la alambrada. Alguien le dijo que su padre se estaba recuperando; «Quizá pueda visitarte pronto». ¿Cómo iba a explicarle todo lo que había dicho en ese grupo de WhatsApp? Recordó cómo se quitó una horquilla y la abrió. Cómo, al principio, jugueteó dibujando una línea blanca en la piel deshidratada. Y, después, la decisión de clavarla y arrastrar...

—Ya está olvidado —murmuró para tranquilizarle. Su padre no insistió y siguió comiendo.

—¿Quieres que te ponga más? Han quedado en la olla. Miriam negó, saciada.

—¿Vamos a quedarnos aquí?

—Solo unos días —dijo Jacobo—. En cuanto organice un poco las cosas, nos vamos. —Se encendió un cigarrillo y se echó hacia atrás en la silla—. ¿Dónde te gustaría vivir?

Miriam se encogió de hombros. Antes habría contestado Londres. Nueva York. Madrid, al menos. Pero hacía tiempo que no se planteaba el futuro. No fuera de Portocarrero.

—¿Buscamos algo cerca del mar? Hay millones de urbanizaciones y están todas vacías. Seguro que no es caro alquilar un apartamento para todo el año...

—Tengo que seguir en Almería —recordó ella.

—Pero no en este pueblo —le dijo él—. He ahorrado un poco. No nos dará para una mansión y... —Jacobo se quedó sin aire, y luego, como una bocanada, dejó escapar—: tu madre quería que nos fuéramos.

Miriam dejó a un lado el tenedor. Perdió la mirada en el suelo. Él notó cómo sus ojos se empañaban. Apretaba los dientes e intentaba contener las lágrimas. No iba a levantarse de la mesa. Si alguien tenía que hacerlo, esa era Miriam.

—La echo de menos —dejó escapar su hija con un sollozo.

—Tendremos que aprender a vivir así.

Miriam se levantó. El tono de su padre le recordaba al de otras veces, en esa mesa. Cuando la acusaba de hacerles la vida imposible. Cuando la convertía en el centro de todos sus problemas. Se sentó en la mecedora que siempre ocupaba Jacobo y rompió a llorar. Se llevó las manos a la cara y murmuró que ella tenía la culpa de todo. A lo mejor, si no hubiera dicho esas idioteces en el grupo, no habría pasado nada.

Jacobo no se movió de la silla. Miriam temblaba como lo haría un bebé. Necesitaba un abrazo, pero él no se lo iba a dar.

—Tienes que dormir —dijo cuando se puso en pie.

Miriam vio cómo su padre recogía los platos de la mesa y entendió para qué la había sacado del centro de internamiento.

Subió las escaleras y entró en su cuarto. Cerró la puerta. En la pared, colgada de una chincheta, quedaba una esquina del póster de Lorde que había decorado la habitación. Se acurrucó en la cama, las manos bajo la almohada y la mirada en la puerta. ¿Cómo iba a dormir? ¿Y si su padre entraba en la habitación? Intentaba no parpadear, pero los ojos le escocían y, después, también vino el sueño.

Dos de la mañana. Jacobo no se había acostado. Fumaba en el porche de la casa y miraba el desierto. Pensaba en el dinero del aljibe y en cómo podía haber sucedido todo. Miriam siguiéndole por el desierto hasta ese escondite que él creía perfecto. Más tarde, ya con el dinero en la mano, su hija se habría encontrado con los serbios. «Adelante», les habría dicho. Diecinueve de diciembre. Solo unos días después de su cumpleaños. Irene todavía no había vuelto de Almería. Miriam no se despidió de él con un beso. Hacía mucho tiempo que no le besaba. Néstor, con el motor en marcha en la era, la estaba esperando. Quizá, cuando se montó, le dijo: «Es la última vez que veo a ese hijo de puta».

No eres tan lista, se dijo Jacobo. *No contaste con que podría sobrevivir, ni con que el idiota de tu primo decidiera fisgar en el móvil.*

Escuchó un grito, se giró a la casa y esperó en silencio. Tiró el cigarrillo al suelo y lo apagó de un pisotón. Un nuevo grito y, esta vez, se decidió a entrar. Subió las escaleras. Era Miriam quien gritaba, histérica, y después pudo oír un golpe sordo, como si algo se hubiera caído. Jacobo abrió la puerta del dormitorio. Miriam estaba en el suelo. Sonámbula, en mitad de una pesadilla, se había caído de la cama. Gritaba y, casi sin aliento, dejaba escapar palabras sin sentido: «La sal, no, déjame...». Tenía los ojos abiertos, pero no podía ver más allá de sus sueños, cualesquiera que fueran estos. El pelo, enmarañado, le tapaba la mitad de la cara y sus ojos de almendra, ahora tan asustados. Jacobo la vio revolverse en el suelo y, a continuación, cerró la puerta del dormitorio.

Se asomó al suyo. A la cama vacía donde jamás volvería a hacer el amor con Irene. Seguía escuchando los gritos de Miriam, pero no le daban ninguna pena.

—¿Has descansado? —le preguntó a la mañana siguiente mientras le servía un café recién hecho.

—Sí —dijo ella—. Mojácar —murmuró después—.

¿Por qué no buscamos algo en Mojácar? Podríamos vivir allí. Es de los pocos sitios que en invierno tienen algo de vida.

Jacobo abandonó la cafetera en el hornillo. Sobre la encimera había dejado el pan y el cuchillo.

—¿Quieres unas tostadas? —preguntó para ganar tiempo. Ella sabía cómo hacerle daño.

—Mamá siempre me hablaba de una playa... y todavía no he ido a verla.

Pensó que su hija no estaba en ninguna pesadilla la noche anterior. Cuando entró y la miró a los ojos, ella también le vio. Ahora se cobraba su venganza.

—Nos conocimos allí —recordó Jacobo—. Podemos mirar, si quieres. Sería... una manera de hacerle una especie de... homenaje.

—Eso había pensado —contestó Miriam mientras daba un sorbo a su café.

Jacobo cortó una rebanada de pan. Podía esperar a septiembre. A que el juicio la condenara a cinco años de aislamiento. Cuando saliera, sería mayor de edad. No tendría por qué volver a verla. Solo debía soportar agosto a su lado.

Llamaron a la puerta y Jacobo abrió. Le costó reconocerla al principio: más delgada, el pelo rapado y la mano izquierda, que levantó delante de él, todavía vendada.

—Me he roto un dedo —dijo Nora—. ¿Puedo pasar?

Miriam apareció a su espalda antes de que Jacobo se apartara de la puerta. «¡Nora!» y «¿Qué te ha pasado?», un abrazo y, antes de que se diera cuenta, la abogada estaba dentro de su casa. Él las siguió al salón, donde Nora hablaba de un tal Lázaro y su mujer, de cómo había sobrevivido. El milagro.

—Miriam va a cambiar de abogada —las interrumpió Jacobo.

—¿Por qué? —Miriam se volvió hacia él, como si le estuviera prohibiendo ver a una amiga.

—He estado de baja un tiempo, pero ya estoy en condiciones... —se defendió Nora.

—Lo siento, pero mi hija necesita a alguien que esté a su lado en todo momento. No es algo personal. Seguro que eres una buena abogada, pero en este último mes la policía ha seguido adelante con todo. Han puesto fecha para el juicio.

—Todavía estamos a tiempo de pararlo. —Y Nora rebuscó en su maletín unos papeles—. Sé que Almela no os ha contado nada de los interrogatorios con Ginés.

—Eso no tiene nada que ver con Miriam —zanjó Jacobo.

—Papá, escúchala: si no es por ella... —le rogó Miriam.

Jacobo se apartó de las dos. Entre las baldosas de la cocina quedaba el rastro de la sangre de Irene. Segundos antes, mientras desayunaban, había tenido la tentación de coger a su hija del cuello, arrodillarla y pegarle la cara a ese suelo. Obligarla a mirar la sangre de su madre. Como a un perro que se mea donde no debe.

—Me gustaría que vieras esto, Jacobo —escuchó que le decía Nora desde el salón.

¿Cómo podía hacer para contener la rabia? Esta puta normalidad en la que Miriam intentaba vivir. Mojácar. La playa y el camino entre montañas donde Irene y él hicieron el amor por primera vez. El acantilado y esas piedras veteadas igual que la madera. ¿Cómo podía jugar con esos recuerdos y pervertirlos? Pensó que agosto sería demasiado para él. No lograría terminarlo.

—Jacobo, por favor —insistió Nora.

Apretó los puños y regresó al salón. Quería deshacerse de esa abogada. Necesitaba dejar a Miriam sola. Nora sacó una hoja de una carpeta y se la tendió.

—Es un fotograma de uno de los vídeos de Ginés. Lo grabó en los alrededores del Cóndor. La calidad no es buena, pero nos servirá como prueba...

Jacobo cogió la hoja que Nora le daba. El fotograma estaba ampliado, pixelado. Al principio fue incapaz de identificar formas en el mosaico. Luego lo reconoció. Un coche blanco, alargado y de diseño rectilíneo. Junto a él, tres personas. Estaban hablando en un triángulo. La luz de los faros permitía atisbar los rasgos de dos de ellos: Zoran y Sinisa. El tercero estaba de espaldas a la cámara, poco más que una silueta negra. Era más alto que los serbios, y sus brazos, extremadamente largos, colgaban hasta sus rodillas.

—¿Crees que puede ser la misma persona que viste en la puerta de la cocina? —le preguntó Nora.

—No lo sé. —Las piezas habían vuelto a mezclarse y Jacobo era incapaz de ordenarlas.

—Es el Jifero. Sé que ese hombre es el Jifero —insistió la abogada—. Por fin hemos conseguido que la policía se ponga a buscarlo.

Él no sabía qué decir. Mudo. Atravesado por esa silueta en mitad del desierto.

—Ella cree en mí —le dijo Miriam—. Deja que siga defendiéndome.

—¿Lo han localizado? —quiso saber Jacobo.

Nora negó y luego le dijo que, de momento, solo habían podido identificar el modelo del coche: un Volvo 244. Estaba convencida de que no tardarían en dar con él.

—Son buenas noticias, Jacobo —le dijo Nora.

¿Se estaba burlando de él?

Solo consiguió murmurar que por supuesto que eran buenas noticias. «¿Puedo seguir llevando el caso?», le preguntó después Nora. Él sacó fuerzas para sonreír y, después, fingió que debía volver a la cocina solo para apartarse de ellas. Le ardía la cabeza.

Miriam acompañó a Nora hasta el Ford Fiesta.

—No deberías estar aquí —le advirtió la abogada en un murmullo—. Sube al coche. Vente conmigo. Ya aclararemos las cosas con la Guardia Civil.

—¿Y volver a esa cárcel?

—Pediremos una orden de alejamiento. Yo me haré cargo de ti. Yo qué sé. Pero no te puedes quedar sola en esa casa con él.

—Me necesita. No voy a irme...

—¿Qué le debes, Miriam? Nada. Ni tú ni Irene le debíais nada. Es peligroso.

—¡No lo es! —Y la determinación de Miriam sorprendió a Nora—. Es mi padre —se disculpó después.

—¿Ya has olvidado todo lo que te hizo?

—Ojalá pudiera.

—¿Entonces? Móntate en el coche, Miriam. O si no, te juro que voy directa a la comisaría a ponerle una denuncia.

—Diré que nada es verdad. Que me lo inventé.

—¿Y los golpes? Néstor, Carol... Todos los vieron.

—Me los hice sola, para llamar la atención. Él jamás me pegó.

Nora bufó impotente. Al mirar el cortijo, le pareció que una ventana del piso superior estaba abierta. ¿Jacobo las miraba? Sonrió e intentó enterrar su gesto de preocupación.

—No estoy segura de que tu padre crea en ti —se decidió a decirle y Miriam hizo una mueca triste. Miró atrás, a la casa.

—No me cree —le confirmó después—. Pero voy a conseguir que lo haga.

—¿Por qué?

Nora vio cómo se humedecían los ojos de Miriam. La había visto asustada y desesperada en el centro de menores. También había visto cómo tiraba la toalla y se intentaba suicidar, y después, cuando Nora la convenció de que creía en ella, cómo recuperaba la seguridad. Cómo se convertía en una mujer fuerte, dispuesta a enfrentarse a un mundo que ya la había condenado. Periódicos y vecinos. Incluso la Guardia Civil. Pero ninguna de esas personas que la señalaban con un dedo acusador era su padre. Ante él, Miriam volvía atrás, a la niña que fue buscando cariño.

—Toma —le dijo Nora y le entregó un teléfono móvil. Lo había comprado poco antes. Ya suponía que no iba a ser fácil sacar a Miriam de la casa, aunque había creído que sería Jacobo quien le daría problemas—. Si pasa algo, llama a la Guardia Civil, o a mí. Me voy a quedar en el pueblo.

—No va a pasar nada.

Pero Nora insistió en que escondiera el móvil. No estaba traicionando a su padre al ocultárselo. «Por favor», le rogó y, al fin, Miriam se metió el teléfono en el bolsillo de los pantalones.

Es difícil convencer a alguien que ama que debe darse por vencido. Aunque la batalla pueda terminar con su vida. Nora lo sabía e Irene también. Quizá Miriam tampoco era ajena a esa derrota inevitable. Y, sin embargo, las tres habían seguido adelante.

Paseos

–un acantilado–

Irene tenía las manos preciosas, pero enseñaba los dorsos a Nora y le decía que eran manos de vieja. «Fíjate en las manchas, en los poros, son agujeros», y además: «¿Ves los dedos torcidos?». Se habían sentado en el muro del paseo marítimo de Almería. De espaldas al mar. Un día nublado de julio. Les dolía la cabeza, el aire se había hecho espeso y el cielo cerrado impedía que se limpiara. Las palmeras estaban petrificadas, como el Mediterráneo. Habían decidido salir del despacho, pero el exterior tampoco dejaba escapatoria. Nora se miró sus propias manos: las sentía pegajosas, aunque no sudaba. «Al menos no tienes los dedos como morcillas», bromeó. Pero Irene no sonrió. Hacía tanto tiempo que no sonreía que no habría sabido cómo hacerlo.

Nora creyó que no volvería a verla. Desde que se conocieron en el despacho, siguió los informativos con el miedo de que un día apareciera la noticia de su muerte. El número de atención a la violencia de género sobreimpreso en la pantalla. No le dejó más datos que su nombre, Irene, aquel primer día. Le habría gustado llamarla, preguntarle cómo iba todo. Si había tomado una decisión, pero no tenía forma de localizarla.

—Quiero divorciarme —le había dicho en ese primer encuentro—. Pero quiero quedarme con la custodia de mi hija. No me iré y dejaré a Miriam con él. Dios sabe qué le puede hacer.

Nora fue honesta. Le dijo que eso no sería fácil. No hasta el extremo que ella pretendía: que un juez prohibiera a Jacobo ver a solas a su hija. Que las citas, si las había, fueran con un policía de por medio.

—Tu hija vivirá contigo —aseguró Nora—. Pero pasará algunos fines de semana con su padre.

Irene guardó silencio mientras buscaba un paquete de tabaco en su bolso. Sacó un cigarro y pidió permiso. Nora le dijo que fumara junto a la ventana. «¿Qué os ha hecho?», le preguntó e Irene dio una profunda calada. Luego, apagó el cigarro y cerró la ventana. Evitó la mirada de Nora para confesarle:

—Me ha violado.

—¿Cuándo?

—Hace dos semanas.

No serviría de nada llevarla al hospital para que le hicieran un examen. El rastro físico habría desaparecido, a no ser que la agresión hubiera sido brutal, e Irene le dijo que no lo había sido; «No me pegó ni nada de eso. Pero fue una violación», se defendió como si Nora hubiera puesto en duda su declaración. La tranquilizó: por supuesto que había sido una violación. Pero ella necesitaba pruebas. Más aún si Irene aspiraba a quitarle la patria potestad.

—¿Os ha pegado? A ti o a tu hija.

—A mí, no, pero a Miriam... Él dice que no la ha tocado, pero... —Le costaba aceptar que no creía en su marido. Fue la primera veta por la que Nora empezó a ver cuánto le quería—. La niña le tiene miedo. Lo evita. Ni siquiera deja que la toque.

—¿Has hablado con ella? ¿Le has preguntado si su padre se ha propasado de alguna forma?

—Si estás pensando en abusos, no es eso... —negó convencida. Volvió a sentarse y, sin darse cuenta, empezó a defender al hombre que la asustaba—. Hemos pasado una época muy difícil. Se quedó en paro, tuvimos que mudarnos... Desde hace un tiempo, bebe demasiado.

—Hasta el punto de que te da miedo.

—Sé que puede explotar en cualquier momento. Lo conozco y noto cómo nos mira... a las dos... Es como si estuviera deseando que estuviéramos muertas.

—Tenías razón: deberías ir a la policía y denunciarlo. Yo puedo acompañarte.

—Quiero tenerlo todo bien atado antes. No puedo coger las maletas y largarme sin más. Dejar a Miriam allí. Sola. ¿Quién la va a proteger si se pone a beber y la toma con ella?

—Puedes llevártela. Pon la denuncia por malos tratos. Miriam y tú salís de esa casa y esperamos a ver qué hace él. A lo mejor no intenta recuperarla. Muchos hombres se lo toman hasta como un alivio...

—Jacobo adora a Miriam. No va a dejar que le separe de ella.

—Y, a lo mejor, no hace falta. Será un toque de atención. Quizá reaccione y deje de beber. ¿Tienes adónde ir?

Irene no le contestó. No en ese momento. Recogió sus cosas y dijo «me lo pensaré» y «volveré si decido poner la denuncia». Pasó más de un mes hasta que ese día nublado de julio Irene regresó al despacho de Nora y, entonces, caminando por el paseo marítimo, le contó cómo había sido su vida en Portocarrero. Dónde podría ir si decidía abandonar a Jacobo.

—Al principio, no era más que un juego. Y yo... me sentía halagada —reconoció Irene—. El Rubio me buscaba y, cuando estábamos solos, me decía que estaba... preciosa. Lo siento, ¡suena tan infantil! Pero... era lo que necesitaba. Jacobo ni siquiera me miraba. Hacíamos el amor como dos autómatas. Y yo qué sé: me veía en el espejo. Las arrugas y estas manos... Me sentía tan vieja... Como si ya se hubiera acabado todo. No sé si me entiendes.

Irene tenía la sensación de que la vida había terminado para ella. Había dejado de ser una mujer; le quedaba ser madre, abuela. Preparaba la comida y limpiaba. Veía la televisión. Eso era todo lo que Jacobo esperaba de ella. Él estaba cada día más ausente. Y, mientras tanto, el Rubio no paraba de decirle que nunca había querido a nadie como a ella. Que cada día se acordaba de cuando salían juntos, en el instituto. Que fue un idiota por no correr detrás de Irene cuando se marchó del pueblo.

—Venía a casa cuando Jacobo estaba en la sierra, con las colmenas. O, de repente, me lo encontraba aquí, en Almería. No sé cómo lo conseguía; a lo mejor me seguía y, si me paraba a tomar un café, entraba y se sentaba a mi lado. Era un poco psicópata. Pero también me gustaba. Joder, todas esas tonterías eran un esfuerzo. Tenía que estar pendiente de mí. O esa gilipollez de colarse en el baño cuando yo entraba. No quería, pero, de alguna forma, me excitaba. Era como volver a ser una adolescente. No la anciana en la que me convertía cada vez que pisaba el cortijo. Pero te juro que jamás le di pie a nada. En una fiesta después de Navidad, en su casa, me cogió en el jardín. Jacobo y los demás estaban como cubas... Me dio un beso y le dije que no podía ser. Que se olvidara de mí. Podríamos haber follado en cualquier momento, pero siempre le decía que no. A lo mejor tenía la esperanza de que Jacobo volviera a ser el mismo. O que todas esas tonterías que el Rubio hacía por mí las hiciera él...

Pero, en lugar de eso, Jacobo empezó a ponerse celoso. Pensaba que ella tenía un lío con el Rubio e Irene no lo negaba. Cuando él dejaba caer que había pasado algo entre ellos, ella se callaba. Era lo único que tenía Irene: que lo pasara mal por ella. Buscaba que eso le hiciera salir de su caparazón. Sin embargo, no lo hizo. Fue encerrándose más y más.

—Le dábamos asco, Miriam y yo. Las dos. Como si todo fuera culpa nuestra. Pero era él quien se había quedado sin trabajo: era nuestro acuerdo. Él trabajaba, yo me ocupaba de la niña. Pero lo echaron. Yo no quería culparle: estaba asfixiada con el dinero. Claro que lo estaba. Como él. Pero nunca le dije: todo esto es responsabilidad tuya. En cambio, él sí que nos lo echaba en cara: que yo no fuera capaz de encontrar un empleo, que todo lo que pedía Miriam fuera tan caro. Hasta que en la comunión de Juanjo, mi sobrino, perdió el control. Hizo el ridículo en el banquete, borracho. Es un pueblo pequeño: ¿sabes lo que es salir al día siguiente a comprar el pan?, ¿cómo te miran? Estaba enfadada con él. No sé qué le dije al volver a casa. Cualquier cosa. ¿Qué más da? Creo que estaba en mi derecho de mandarle a la mierda. De enfadarme. Me tiró a la cama y me arrancó la ropa. Estaba ahí, encima de mí. Le decía que me dejara. Me estaba haciendo daño. Pero no paró.

Había dejado de ser Jacobo. Fue igual que si un extraño entrara en la casa y la violara. No lo reconocía. Y después no mejoró. No fue a pedirle perdón ni dejó de beber. Se comportaba como si pensara que Irene se lo merecía. Al cabo de unos días, le salió un trabajo. No le contó qué tenía que hacer y ella tampoco se lo preguntó. Solo le dijo que estaría fuera toda la noche. A Irene le daba igual. Cuanto menos tuviera que cruzarse con él, mejor. Su hija se había ido a dormir a casa de una amiga. Sobre las diez de la noche, el Rubio fue a casa. Irene y él cenaron juntos y se tomaron unas copas de vino. Él llevó una botella. Consiguió que ella se riera. Recordaron sus aventuras cuando solo eran niños, en el pueblo. Irene estaba un poco borracha, pero sabía lo que hacía.

—Se sentó a mi lado en el sofá y me puso una mano en el muslo. La metió por debajo de la falda y... de repente, dejé de ser un trozo de carne. Así hizo que me sintiera Jacobo en la cama. Un trozo de carne con agujeros. Me acosté con él. Y, después de aquella noche..., he seguido haciéndolo. Cuando Jacobo se va a trabajar, él viene a casa o yo digo que vengo a Almería y, en realidad, me quedo en el pueblo. En su casa. Su sobrino se pasa el día fuera, y Marga, su hermana, está enferma. No sabe qué ocurre a su alrededor.

Toda la historia de Irene le sonó a Nora como una gran confesión. Una enorme disculpa. ¿Por qué no decirle que se había hartado de su marido y tenía una relación con otro hombre? ¿Por qué esa necesidad de justificar sus decisiones?

Pasearon hasta el puerto. Se sentaron en una cafetería y tomaron un helado. «No tienes la culpa de nada», le dijo Nora. «A veces, las cosas se acaban.» Irene empezó a llorar. Las lágrimas le desbordaban los ojos, pero ella no se las secó. Dejó que se descolgaran por las mejillas mientras miraba a ese mar de aluminio que había frente a ellas.

—¿Y si la culpa de todo esto es mía? —murmuró—. No he sido una buena madre ni una buena esposa. —Y la seguridad con la que lo dijo no dio opción a que Nora replicara—. A lo mejor el problema acabaría si yo desapareciera.

—Sé que todas pensamos que nuestra historia es especial, pero, Irene, no lo es. No eres la primera a la que le va mal una relación y se culpa. Hasta el punto de intentar matarse. Algunas tienen la suerte de que les salga mal y... no sé, quizá el trance de verse ya en el cementerio les abre los ojos. Pero a otras les sale bien y, entonces, ya no hay oportunidad de arrepentimiento.

—¿Soy una idiota si le sigo queriendo?

—Una nunca es una idiota por querer a alguien. Es una idiota por creer que puede arreglar todo.

Pagaron y se despidieron en la estación de autobuses. Irene le dijo que volvería para empezar a preparar el papeleo del divorcio, pero esta vez no le sorprendió que no lo hiciera.

El verano pasó y también septiembre. No esperaba que la relación de Jacobo e Irene hubiera mejorado. Sabía de sobra que hay ramas torcidas que no es posible enderezar. Pero también que un ser humano es capaz de vivir mucho tiempo en el borde de un desfiladero. El miedo y el dolor también pueden ser cotidianos. Meses, años. Hasta que una deja de percibir las señales de peligro. Como si tu sistema nervioso hubiera muerto y no avisara al cerebro de que una herida se está abriendo en tu piel. Por eso mismo, muchas no eran capaces de reaccionar a tiempo.

La última vez que fue a verla, en noviembre, Irene estaba temblando. Paralizada en la puerta del despacho y disculpándose por haber desaparecido durante tanto tiempo. Le prometió que le pagaría por el trabajo que había hecho. Nora le dijo que no hacía falta. La sentó y le dio un vaso de agua.

—Estaban llenos de sangre. La camisa y los pantalones —le dijo—. Venía del instituto de mi hija, de hablar con la tutora. Me contó que nos habían mandado un montón de cartas diciéndonos que Miriam no asistía a clase... Volví y pensé que a lo mejor mi hija las había tirado a la basura. Tenemos un cubo, en la parte de atrás. Lo subimos al pueblo para vaciarlo y... Jacobo no lo hace nunca. No sé el tiempo que podía llevar allí esa basura. Un mes. A lo mejor más. Me puse a revolver y encontré la ropa... Estaba seca, pero era sangre.

—¿Se la enseñaste a él?

—Le pregunté qué había estado haciendo..., ¿de dónde salía esa sangre? Se puso histérico: me dijo que esa sangre era culpa mía. Que yo le había obligado... Luego cargó toda la rabia contra Miriam. La insultó de una manera que...

—¿Has ido a la policía?

—Todavía no. Hablé con el Rubio. Le conté todo y me dijo que no volviera al cortijo. Que me olvidara de Jacobo. Podríamos ir a por Miriam y vivir todos juntos en su casa...

—Pero no lo has hecho.

—Tengo miedo por mi hija. Últimamente, Jacobo ha tenido varias peleas con ella. Miriam está perdida. Sale con amigos mayores. Bebe. Creo que también fuma marihuana... Le dije a Jacobo que así no íbamos a conseguir nada. Enfrentándonos a ella, castigándola..., pero no soporta cuando ella le contesta. Le saca de sus casillas...

—Depende de ti, Irene: ¿vas a salir corriendo otra vez?

Pidieron pizzas. Irene se quedó toda la tarde en el despacho y, cuando dieron las doce de la noche, Nora le ofreció dormir en el sofá. A la mañana siguiente, seguía allí. Se había dado una ducha. Nora trajo unos bollos. Volvieron a hablar de Portocarrero y del Rubio. De cómo Irene seguía enganchada a él, más porque era la única piedra a la que podía agarrarse que porque realmente sintiera algo. Se sabía dependiente y, por lo tanto, débil. Hablaron del abismo que se había abierto entre ella y su hija. De Jacobo.

—Nos conocimos un verano. En Mojácar. Había ido a una fiesta con unos amigos y él estaba allí. No sé qué me gustó. Quizá que era guapo... o a lo mejor fueron más cosas. No solo él. Me lo había pasado bien. Estábamos en la playa y se habían levantado olas. A él se le ocurrió meterse por un sendero que llevaba a la siguiente cala. Ahora está señalizado, pero entonces te juro que era un peligro. Íbamos por el borde de un acantilado, de noche. Llegamos a un punto donde no podíamos avanzar ni retroceder. Podríamos haber sido los típicos imbéciles que mueren en la playa. Esos que salen en las noticias al día siguiente; que ves las imágenes del sitio donde se han metido y piensas: ¿cómo pueden ser tan idiotas? Lo hicimos allí. «Si me voy a morir, quiero hacerlo contigo antes.» Yo me reí y él dijo: «Así habrá merecido la pena».

Ascensión y caída. Esa había sido la historia de su

relación. Irene se fue detrás de Jacobo hasta Madrid. Novios, un embarazo y la boda.

—Pasamos por todo lo que había que pasar. Un coche sin aire acondicionado, poniendo cintas. Luego compramos un CD y lo enchufábamos al equipo de música, hasta que cambiamos de coche y ya venía con MP3 y esa historia de internet. De todas formas, a esas alturas, era Miriam quien elegía la música. Pero, de repente, todo eso se terminó: volvimos al coche de mierda y a las cintas. Jacobo las había guardado. Esos discos de los ochenta que le gustan tanto.

Irene firmó papeles, consentimientos.

Una del mediodía. Debían ir a la comisaría para presentar la denuncia. «¿Dónde está tu hija?», le preguntó Nora. Irene le dijo que estaba con Néstor, en la casa del Rubio. Le mandó un mensaje para que no se moviera de allí hasta que ella regresara. Nora se puso una chaqueta y guardó los papeles en el maletín. Salieron a la calle. Irían dando un paseo hasta la comisaría, no estaba lejos.

El móvil de Irene sonó, pero, después de comprobar quién era, no contestó. Volvió a guardarlo en el bolso. En la puerta de la comisaría sonó de nuevo. «¿Es él?», le preguntó Nora. Irene negó con un gesto. «Tengo que cogerlo», se disculpó. Se alejó unos pasos de Nora para que no escuchara su conversación. En la puerta de la comisaría Nora saludó a un inspector que entraba a trabajar. Lo conocía y le advirtió que no tardaría en pasar para hablar con él. Quería poner una denuncia. El policía le pidió que le diera tiempo a tomar un café, acababa de comer. Nora vio que Irene había colgado el teléfono. Lo guardó en el bolso y, sin embargo, permaneció detenida a unos metros de ella. La vio juguetear con el paquete de tabaco hasta que se decidió a sacar un cigarrillo y encendérselo. Estaba ganando tiempo. Estaba evitándola. Tuvo la tentación de acercarse a ella e impedirle que siguiera dándole vueltas a la cabeza, que las dudas se hicieran fuertes. Pero Irene la miró y vocalizó un «lo siento» que, aunque no escuchó, sí pudo entender. Luego le dio la espalda y se marchó con paso rápido, quizá con el miedo a que Nora la siguiera y le impidiera huir. No iba a hacerlo. De nada serviría obligarla a declarar contra el hombre que amaba. Irene se perdió entre la gente. Fue la última vez que la vio.

No supo que había muerto hasta que las noticias se hicieron eco de la detención de Miriam. La acusaban del asesinato de su madre.

Volvo

–pancartas–

Concha se asustó al verla, «¿Qué te ha pasado, hija?», y se empujó las gafas hasta pegárselas al entrecejo. Sus ojos se multiplicaron por dos, cómicos, abiertos de par en par. Nora se rio y le dijo que había hecho la dieta Buster para ponerse el bikini en la playa. «Me ha quedado un tipín...» Concha levantó la mirada a la cabeza de Nora: el pelo rapado dejaba entrever la cicatriz de la cabeza, pero prefirió dejarlo en un «estás muy flaca» y subir las escaleras hacia las habitaciones.

Ocupó el mismo cuarto que había ocupado antes. Su ventana daba a la fachada de la Venta del Cura. Atardecía, pero la decadencia del sol no mitigaba el calor. La temperatura no hacía más que ascender. Lenta pero sin pausa.

Se tomó un par de pastillas con un trago de agua. Los últimos analgésicos perdían efecto y notaba cómo se avecinaba la jaqueca y el dolor de costillas. Se tumbó vestida en la cama y comprobó que el móvil tenía cobertura y batería. Repitió varias veces el gesto, como una adolescente enamorada que espera la llamada de su chico. Ella pensaba en Miriam. En la noche que iba a pasar en el cortijo, al lado de su padre.

Pensó en llamar a Almela y denunciar que Jacobo maltrataba a su familia. No tenía pruebas, solo el recuerdo de lo que le había contado Irene y las insinuaciones que se filtraban en las conversaciones de chat de Miriam. Ella ya le había advertido que eran falsas. ¿Usarlas no sería alimentar su imagen de mentirosa? Algo que no la ayudaría lo más mínimo en el juicio que se preparaba para septiembre. Miraba de nuevo la cobertura de su móvil cuando escuchó unas voces en la calle. Se levantó y apartó la cortina de la ventana. Abajo, junto a la puerta de la Venta, Alberto hablaba con el hijo de Concha. En la acera había dos coches aparcados con las luces intermitentes de posición. Vio salir a la dueña. Le dio la impresión de que se negaba a lo que fuera que le exigía el hermano de Irene. Algo que también pedía su propio hijo. Dos parejas más de mediana edad, cincuenta, quizá sesenta años, salieron de los coches. Un hombre con obesidad mórbida. Concha, enfadada, se refugió en el interior del restaurante. Vio cómo Alberto levantaba la mirada a la habitación donde ella estaba. Nora lo saludó con la mano y le sonrió. Él, sin embargo, le dio la espalda. Hizo un gesto a los demás, también al hijo de Concha, y entraron en los coches. Se fueron.

El sonido del teléfono la asustó. Nora corrió a responder. No sabía si era alivio o decepción lo que sintió al comprobar que era Carmela quien la llamaba.

—¿Te estás tomando las medicinas? —le preguntó su hermana. Con esa llamada y esa pregunta quería borrar la discusión que tuvieron al despedirse.

—Estoy bien —la tranquilizó Nora—. Pero te tengo que colgar. Estoy esperando una llamada. —Carmela le pidió que descansara y que tuviera cuidado. Todavía no se había recuperado del todo de las heridas—. Te quiero —le dijo Nora antes de colgar.

¿Qué hay en la cabeza de Jacobo?, se preguntó. *¿Por qué ha sacado a su hija del centro de menores? ¿Qué quiere hacer con ella?*

«Asesina.» Alguien había pintado esa palabra en la fachada del cortijo mientras dormían. Jacobo intentó que su hija no saliera de la casa para evitarle el mal trago. Pero era absurdo: tarde o temprano lo haría, ¿o iba a dejarla allí encerrada para siempre? Jacobo no tenía forma de borrar la pintada. Miriam solo le dedicó una mirada fugaz y le dijo: «El café ha salido». A él no le preocupaba tanto la acusación que habían dejado escrita en la pared como que alguien hubiera rondado su casa por la noche. ¿Quién?

En la cocina, mientras él se encendía un cigarrillo y su hija fregaba los platos del desayuno, le preguntó: «¿Cómo era el Jifero?». Ella miró el chorro de agua que caía sobre el plato, en el fregadero. Lo cerró y, después de secarse las manos, se sentó frente a Jacobo.

—Ya lo has visto en la foto que trajo Nora.

—¿Tú nunca lo viste más cerca?

Su hija le dijo que no. Solo aquella noche, cerca del Cóndor. Ya se lo había dicho a la Guardia Civil y a Nora: era un hombre muy alto.

—¿Por qué lo haría? —le preguntó Jacobo, y Miriam le contestó que no tenía ni idea—. Pero algo habrás pensado en todo este tiempo, alguna razón...

—Hay gente que disfruta haciendo daño —contestó.

Miriam se levantó de la mesa. No volvió a la tarea de fregar los platos. Salió de la cocina y, después, al porche. Otro día de calor. El cielo estaba despejado. Vio al gato dormitando en la sombra alargada de la casa. Tuvo ganas de coger una piedra y tirársela, pero se contuvo. Escuchó el ruido de las chicharras. Siempre le había inquietado oírlas tan cerca, gritando, y, sin embargo, ser incapaz de verlas. «Va a hacer mucho calor», le dijo Jacobo y le recomendó que entrara en la casa. Su padre había puesto la radio y un locutor daba el parte meteorológico. Las temperaturas no iban a dar tregua.

—¿Y el coche? —le preguntó luego Jacobo—. Ese Volvo 244, ¿tampoco lo viste más?

Miriam se había tumbado en el sofá. Le dijo que no, pero se incorporó. No sabía qué hacer con sus manos. Tampoco sabía qué hacer con el tiempo: ¿iba a ser así, día a día?, ¿hasta cuándo?

—Lo vi antes —le dijo a su padre—. Un día, en clase. Estaba mirando por la ventana y vi cómo Néstor se montaba en un coche como ese. Un Volvo blanco.

—¿Se lo has contado al sargento? —quiso saber Jacobo. Miriam negó como si fuera un detalle sin importancia.

—Estaría haciendo algún trapicheo con los serbios. Se sacaba un extra con eso. Néstor es un buen chico —lo defendió.

—Deberías escuchar lo que dice de ti —le contestó Jacobo al recordar cómo había dejado caer toda la responsabilidad en su hija cuando se presentó en su casa.

—¿Es verdad que le diste una paliza? —Y, luego,

Miriam se explicó—: Una cuidadora me lo contó en el centro de menores.

Jacobo no le contestó. No habría sabido cómo hacerlo. Cómo justificar al hombre que le había partido la nariz a un chaval. Quizá, inconscientemente, esa noche le empujaban los mismos temores que ahora le impedían salir del cortijo y enfrentarse al pueblo, denunciar la pintada que habían hecho en la casa: no era el miedo a la implicación de Néstor en el asesinato, sino el miedo a todo lo que podía saber el sobrino del Rubio.

El hijo de Concha no apareció por el restaurante a la hora del desayuno. Tampoco hubo más clientes que ella. La Francesa intentó fingir tanta normalidad como fue capaz, pero Nora sabía que su presencia le estaba suponiendo un problema.

—Gracias —le dijo cuando terminó con las tostadas de aceite—. ¿Qué te dijeron? ¿Que me echaras de la Venta?

—Yo mando poco —admitió Concha—. Para ellos soy la Francesa. Nada más. Pero la Francesa es la dueña de estas cuatro paredes y nadie me va a decir lo que tengo que hacer en mi negocio.

—Te prometo que me iré en cuanto pueda.

—Soy una vieja. —Concha recogió los platos—. Y, ¿quieres que te diga una cosa? Ojalá me hubiera quedado en Lyon.

Nora paseó por las calles angostas de Portocarrero. La avenida principal y el ensanche donde estaba el Diamond. A su lado se levantaba el olivo esquelético. El campanario del Santo Sepulcro sobresalía por encima de las terrazas de las casuchas que había en la parte alta del pueblo. No vio más que a una mujer enlutada sentada en una silla de anea en la puerta de su casa. «Aquí, al fresco», le dijo cuando le dio los buenos días. Un coche cruzó el pueblo hacia la parte donde vivía el hermano de Irene y decidió seguirlo. «¿Tú también vas donde el Alberto?», le preguntó la señora al alejarse. «Madre del amor hermoso», la escuchó rezongar después.

Había varios coches aparcados en la casa de Alberto. La puerta estaba abierta. Escuchó conversaciones en el interior y Nora apartó la cortina de plástico que había a la entrada para evitar las moscas y entró en la casa. Estaban reunidos en el salón. Un niño en calzoncillos jugaba con una consola en las escaleras que subían al segundo piso. Nora supuso que era Juanjo y le preguntó por su padre. El niño señaló al salón con un gesto y luego le dijo: «Vamos a echar a la puta de mi prima». Escuchó que alguien aseguraba que la mejor hora eran las seis, para que los periódicos de Almería estuvieran allí. Una mujer protestó: con el sol que pegaba a esas horas no habría Dios que estuviera en la calle. Pero alguien más insistió: si lo hacían más tarde, no iban a salir más que en el periódico del pueblo. «Y esto tienen que echarlo en los telediarios», protestó. La mujer de Alberto tenía al bebé en brazos; aunque estaba dormido, no dejaba de acunarlo. Debió de reconocerla porque, de inmediato, se perdió entre la gente que llenaba el salón. Nora tuvo tiempo de ver una pancarta que todavía tenía las letras húmedas. La habían desplegado en el pasillo que conducía a la cocina: JUSTICIA PARA IRENE. NO MÁS ASESINOS EN LIBERTAD. En un cartón apoyado en la pared también pudo leer: PORTOCARRERO. NI OLVIDA NI PERDONA.

—¿Qué estás haciendo? —le preguntó Alberto cuando se abrió paso entre sus invitados.

—La puerta estaba abierta —se excusó Nora—. No deberíais hacer esto.

—¿Qué va a decir la abogada de esa loca?

—Es tu sobrina.

—No me des lecciones y sal por donde has entrado.

Nora miró a su espalda. Hasta el niño había dejado de jugar a la consola para asomarse al salón a ver qué pasaba, flaco y con unos calzoncillos blancos que podían caérsele en cualquier momento. Todos rodeaban a Alberto; vecinos del pueblo y su esposa con el bebé; las tetas de Rosa, hinchadas porque todavía estaba amamantando. Vio al hijo de Concha; el camarero con seis dedos. También un hombre, junto a Alberto, que tenía los lóbulos de las orejas especialmente grandes, descolgados. Otra mujer, solo un paso por detrás, tenía una verruga bajo el labio. El Gordo no se levantó del sillón donde estaba desparramado. Alberto se acariciaba la barriga, un enorme huevo adherido a su cuerpo, saboreando este, su momento de gloria. Y a Nora le vinieron a la cabeza las imágenes de los últimos dinosaurios antes de la extinción: esos animales descomunales que habían desarrollado partes de su cuerpo de manera aberrante: púas y placas en la espalda que no tenían ninguna utilidad, cuellos desproporcionados, tamaños que solo servían para hacerles imposible la tarea de vivir. La evolución se había vuelto loca. Seguía adelante más como un tumor que con la lógica de la supervivencia. O quizá ese ente abstracto que era la evolución, una suerte de dios, había decidido acabar con los dinosaurios y por eso los deformó hasta matarlos. Hasta extinguirlos.

A esos últimos dinosaurios le recordaban los hombres y mujeres de Portocarrero preparándose para la manifestación.

—¿Y si os estáis equivocando? —se atrevió a preguntarles Nora—. Es posible que Miriam organizara el asesinato de su madre, pero también es posible que no lo hiciera. Es una niña de catorce años contra la que os vais a poner a gritar. A insultarla. ¿Y si dentro de unos días descubrís que no teníais razón? ¿Cómo vais a arreglar esto?

—Te he dicho que te vayas —repitió Alberto, ridículo en su bravuconería. Temía que se pusiera en duda el liderazgo recién adquirido.

—Como quieras, Espartero —se despidió Nora.

Alguien rio a la espalda de Alberto. Lo imaginó echando humo por las orejas y ruborizado como una caricatura. Pero ella no se detuvo a esperar su reacción. Dijo adiós al niño en calzoncillos y llegó a la puerta. Antes de cruzar la cortina de plástico, escuchó unos pasos en las escaleras. Néstor bajaba los peldaños de dos en dos y se quedó parado al ver a la abogada de Miriam allí.

—A ti sí que no esperaba verte aquí —le acusó Nora.

Néstor se metió las manos en los bolsillos, una mochila a su espalda y, encorvado, se apoyó contra la pared. Le evitó la mirada. Nora se marchó. Revisó su móvil por si tenía alguna llamada de Miriam antes de buscar en la agenda el teléfono de Almela: si esa gente se lanzaba a la calle, la manifestación podría terminar en la puerta del cortijo. Alguien con dos cervezas de más, quizá el propio Alberto, podría caldear el ambiente.

Convencer a los demás de que era inútil protestar a la puerta del pedáneo. ¿Por qué no ir a su propia casa? ¿Por qué no tirar piedras hasta que Miriam se fuera del pueblo? Tenía que exigir presencia policial para evitar ese desenlace.

Las noches eran tan densas como los días. Daba igual que ya no estuviera el sol; la tierra quemaba. En agosto el desierto era el corazón de un volcán que desprendía su propio fuego.

—Se han ido a sus casas —le dijo Jacobo a Miriam cuando su hija salió de la ducha—. Me ha llamado la Guardia Civil, que estemos tranquilos.

Miriam colgó la toalla en el patio trasero y regresó en silencio a la casa. El pelo le empapaba la espalda de la camiseta. Ambos habían intentado buscar alivio al calor en la ducha.

—¿Estaba todo el pueblo? —quiso saber ella.

—No he preguntado —reconoció Jacobo—. Pero es lo más seguro. Como mucho, habrá faltado la Fuertes... Carol... Bastante tienen con lo de Ginés. —Pero Jacobo era consciente de que lo que preguntaba su hija era si Néstor también había estado allí. De la misma forma que él se había quedado con las ganas de saber qué había hecho el Rubio.

Cenaron en silencio. No pusieron la televisión por miedo a que apareciera la noticia en los telediarios. Tampoco encendieron la radio.

Jacobo se tomó un café en el porche, cuando su hija ya le había dado las buenas noches y se había encerrado en su cuarto. La luna daba claridad a la noche. Podía ver los montes que rodeaban el cortijo y que estaban tan muertos como el desierto. Para extraer de esa tierra un poco de alimento, los viejos habitantes de Portocarrero habían hecho terrazas en los montes. Huertos sostenidos por paredes de mampostería y que dibujaban ese perfil de pirámide escalonada. Todo para ganar espacio a los cultivos, para exprimir hasta la última gota de agua que pudiera esconder el suelo. Viejos agricultores que ahora estarían muertos, pero que, desesperados por la necesidad, dejaron a sus descendientes una tierra baldía.

¿Quién podía culparlos? Era una cuestión de supervivencia.

Jacobo regresó a la casa. Siguió con la mirada la grieta que cruzaba el salón y, después, pasó a la cocina. Abrió un cajón. Revolvió entre los pocos cubiertos que tenían. Cogió un cuchillo y fue a la nevera. Había comprado una de segunda mano. Dentro tenía una tripa de salchichón. La sacó. Tenía hambre. Cortó un trozo y, al comérselo, sintió una arcada. Como si esa carne todavía estuviera caliente, recién muerto el animal. Recordó a Ródenas en la dehesa, cómo movía el gancho y, después, cómo lo clavaba bajo el hocico del cerdo. La sangre y los chillidos del animal.

Miriam no podía dormir. Cambiaba de posición en la cama, intentaba acomodar la cabeza en la almohada, pero los auriculares se clavaban en sus oídos. Escuchaba a Lorde: *«We're never done with killing time. Can I kill it with you?».** Empezó a llorar y se sintió estúpida

* «Nunca terminamos de matar el tiempo. ¿Puedo matarlo contigo?»

por haber creído en Néstor. No había intentado ponerse en contacto con ella en todos los meses que había pasado en el centro de internamiento. Ella escribió cartas que suponía había tirado a la basura. Hoy quizá había llevado una de esas pancartas que la acusaban de asesina. Que pedían que la quemaran en la hoguera. ¿Dónde dejaba aquellas tardes en el coche? Recorrían la carretera del desierto solo por recorrerla, imaginaban que eran dos fugitivos que atravesaban la Ruta 66 y Néstor miraba a Miriam y le preguntaba: «¿Qué coño es eso de la Ruta 66?». «Da igual», le decía ella. «Estamos a punto de llegar a México.» Y después se salían del asfalto. Néstor aparcaba el coche a la sombra del cañón, echaban los asientos hacia atrás y hacían el amor. Luego, ella le hablaba de música, de Lorde y de cómo una niña normal, de apenas catorce años, se había convertido en una estrella. «Dentro de nada, tú los tendrás», le decía Néstor. Catorce años. Una eternidad. ¿Puede sentirse vieja una niña de catorce años? Porque así era como se sentía. Porque desde hacía tiempo no podía más que añorar los años de su infancia.

Creyó escuchar un ruido y se quitó los cascos. Se giró asustada a la puerta de la habitación, pero estaba cerrada. Esperó unos segundos y no hubo más que silencio. Dejó el reproductor de MP3 en la cama, también los cascos. Se levantó; dormía en ropa interior. Unas luces dejaron blanca su ventana. Los faros de un coche que avanzaba por la era del cortijo. Corrió a asomarse para ver quién podía ser. El coche se detuvo en la puerta de su casa y, al apagar el motor, también los faros se apagaron. Miró el reloj: eran más de las tres de la madrugada. Tuvo miedo.

Salió corriendo de su habitación y fue a la de su padre. Él no estaba allí, la cama estaba sin deshacer. «¡¡Papá!!», gritó. Iba a bajar las escaleras, pero el pánico la retuvo. Desde el distribuidor podía ver la entrada de su casa. La puerta. Estaba abierta. ¿Y si había entrado ya? ¿Dónde se había ido su padre?

Volvió a su habitación y cerró la puerta. Colocó la silla contra el pomo igual que hacía cuando fumaba marihuana y sus padres estaban en casa. Se pegó a la pared y miró de nuevo fuera. El coche seguía allí. Silencioso. El Volvo 244.

Nora se despertó con la melodía del móvil. Aturdida, tanteó en la mesilla. Al principio pensó que era la alarma: ¿tan rápido había pasado la noche? Cuando pudo abrir los ojos se dio cuenta de que no había amanecido. En la pantalla de su móvil, el nombre de Miriam. Descolgó.

—¿Qué pasa? —preguntó.

—¡Está aquí, Nora! ¡El Jifero está aquí, en la casa!

Saltó de la cama. Buscó su vestido mientras no dejaba de hablar con Miriam.

—¿Dónde estás? ¿Te ha hecho algo?

—No..., no lo he visto. —El llanto impedía a Miriam hablar—. Estoy en la habitación... —consiguió decir después.

Nora buscó las llaves del coche, salió de la habitación. Iba descalza; había olvidado ponerse los zapatos, pero decidió no volver atrás. Corrió escaleras abajo.

—No hagas ruido. ¿La habitación tiene cerrojo? Échalo. ¿Y tu padre?

—No lo sé..., no lo sé... —murmuró Miriam al otro lado.

Al cruzar la recepción, la cobertura se interrumpió. La recuperó cuando llegó a la calle.

—Cariño, ¿sigues ahí?

—Está dentro de la casa. Nora. Está dentro. Lo he oído subir las escaleras... Viene a por mí.

—Estoy yendo, Miriam, cariño... Estoy montándome en el coche.

—Esto tiene que ser una pesadilla... No puede ser verdad...

—Cuéntame qué está pasando.

Nora se rozó con un coche al maniobrar. El chirrido de su carrocería. Hasta que se liberó. Aceleró por las callejuelas de Portocarrero.

—Quiere abrir... —escuchó que le decía en un murmullo.

—¿Puedes esconderte en algún sitio?

—Me va a matar, me va a matar...

No se detuvo en el cruce del acceso a la autovía. Cruzó los dedos para que no apareciera ningún coche. Hizo el cambio de sentido y, en la rotonda, tomó la carretera del desierto. «Miriam, ¿estás ahí?», no dejaba de preguntar. Pero hacía rato que solo le respondía su respiración entrecortada. Las líneas de la carretera, a toda velocidad, parecían una cuerda amarilla que no acababa nunca. Las ruedas del coche rozaban el arcén de tierra, pero no podía aminorar. Un grito. «¡Déjame, déjame!» Y después la señal se cortó.

Nora intentó volver a llamar mientras conducía. No tuvo respuesta. *¿Cuándo coño acaba esta carretera?* Llamó a la Guardia Civil. «¡Id a la casa de Miriam!», les gritó. Por fin, el camino de tierra. Nora casi lo pasa de largo. Tuvo que frenar en seco, dar marcha atrás. Y, entonces, cogió el desvío al cortijo. Decidió levantar el pie del acelerador: de nada serviría correr si se estrellaba. Sus faros iluminaron la era ante la casa. Frente al porche, vio el Volvo blanco. Se detuvo a su lado; no había nadie dentro. La puerta del cortijo estaba abierta.

Corrió descalza sobre las piedras, hasta el porche. Entró en la casa: «¡¡Miriam!!», gritó. «La Guardia Civil ya está de camino.» Subió las escaleras a zancadas. «Aquí», escuchó aliviada la voz de la niña. La puerta de su habitación estaba abierta. Una silla volcada. En el suelo, al lado de la ventana, estaba Miriam. Jacobo la tenía abrazada. Tenía un cuchillo en la mano. Durante un segundo, Nora no supo qué era lo que hacía Jacobo con su hija. ¿La protegía? ¿La amenazaba? «Se ha ido», le dijo Miriam. Se soltó del abrazo de su padre y se levantó.

Nora se dejó caer en la cama, exhausta. Se miró los pies; tenía heridas en las plantas y manchó las sábanas de sangre.

Huellas

–el granjero y yo–

La Guardia Civil se desplegó por el cortijo. Fotógrafos y agentes acordonaron la era alrededor del Volvo. La científica entró después en el coche: bolsas precintadas que poco a poco iban abandonando el interior del vehículo. Papeles, una manta, herramientas y un chaleco reflectante. Recogida de huellas. Restos orgánicos. Más fotografías.

Almela los reunió en el salón. Jacobo les contó que se había quedado dormido en el salón. Unos ruidos le despertaron; no era capaz de saber si eran los que había hecho su hija al encerrarse en su cuarto o si su origen estaba en algún intruso. Vio la puerta de la casa abierta y, fuera, el Volvo. Le contó al sargento que Nora le había enseñado el fotograma del vídeo de Ginés; ese en el que aparecían los serbios y una tercera persona junto al coche. Tuvo miedo de que el Jifero hubiera entrado en la casa. En la mesa había una tripa de salchichón y un cuchillo. Había estado picando algo antes de quedarse dormido. Cogió el cuchillo y corrió escaleras arriba. La puerta del cuarto de Miriam estaba atrancada. Intentó abrirla, pero la silla, con el respaldo encajado bajo el pomo, le impedía hacerlo. Gritó «¡abre la puerta!» y, al no tener respuesta, cargó contra ella. El empujón partió un travesaño del respaldo de la silla, dejó de hacer presión y, al fin, la puerta cedió lo suficiente para permitirle el paso. Vio a su hija acurrucada en una esquina de la habitación.

—No lo reconocí —se disculpó Miriam—. Cuando se puso a gritar que abriera... Tenía tanto miedo de que fuera el Jifero que...

—Yo también me habría puesto histérica. —Nora cogió la mano temblorosa de Miriam. A la abogada le habían curado las heridas de los pies. Un ATS le puso la vacuna del tétanos. Le dolía el culo y estaba sentada sobre una nalga; si apoyaba la que había recibido el pinchazo, veía las estrellas.

—¿Han visto a alguien? —preguntó Jacobo al sargento.

—Al ver llegar a Nora, debió de salir corriendo —le dijo Almela después de negar que hubieran dado con ese tal Jifero.

—¿Me estás echando la culpa? —se quejó Nora.

—Nada de eso. Gracias a Dios, llegaste.

Almela salió de la casa avisado por un agente. Nora, Miriam y Jacobo se quedaron en silencio. Agotados por la ansiedad.

—No sabía que tenías un móvil —dijo Jacobo, pero Miriam no supo contestar y buscó ayuda en Nora.

—Se lo di yo —dijo la abogada—. Por si necesitaba hablar conmigo.

—Podía pedirme el mío. Para llamarte.

Jacobo se levantó y las miró como si hubiera descubierto la alianza en su contra.

—Anoche no habría podido pedirte nada —le hizo ver Miriam.

Antes de que su padre contestara, Almela volvió al salón. Les dijo que acababa de llegar la grúa para llevarse el coche. La científica había terminado su trabajo.

—¿Han encontrado algo? —preguntó Nora.

—Todavía hay que procesar las muestras. —Pero el sargento sabía que no podía ocultar más información a Nora—. Un móvil. Lo tenía debajo del asiento del conductor. Veremos qué encontramos dentro.

En el informativo territorial, el presentador avisó de la llegada de vientos calientes de África. El polvo rojo en suspensión viajaba desde el Sáhara y podía terminar por envolver Almería. La temida calima. Miriam le pidió a su padre que no apagara la televisión cuando Alberto apareció entrevistado: «La justicia debe actuar», decía al reportero. «Aunque sea mi sobrina, su lugar está en la cárcel, no en este pueblo.» Sobreimpreso, en la parte baja de la imagen, se podía leer: «Cincuenta personas se reunieron en la plaza de Portocarrero para exigir medidas inmediatas contra la menor acusada de matricidio». No dijeron nada del coche que había aparecido en la puerta de su casa.

La Guardia Civil se había marchado. Todos salvo un todoterreno que se quedó en el camino de acceso al cortijo.

«Asesina», había pintado alguien en la pared de su casa dos noches antes. ¿Quién?

—Todo esto es bueno —le había dicho Nora antes de despedirse—. ¿Me oyes? Es bueno. Vamos a encontrar al Jifero y la pesadilla se acabará.

Miriam le dio las gracias e intentó sonreír, pero solo le salió una mueca extraña. El miedo se hacía fuerte en ella. Desde que la detuvieron había gritado a quien quisiera escucharla que el Jifero era culpable de todo. Ahora, el fantasma había abandonado las sombras para buscarla.

—¿Estás segura de que no viste a nadie? —le preguntó Jacobo más tarde.

Miriam repitió lo que ya les había dicho a Nora y a la Guardia Civil. Cuando miró por la ventana, el coche estaba parado. No sabía si confundió los pasos de su padre con los de un intruso. O, a lo mejor, realmente alguien entró en la casa. Ella estaba tan asustada que no se atrevió a mirar.

—¿Y tú? —le preguntó a su padre—. Estabas abajo. ¿No viste a nadie?

Jacobo le dijo que no. Andaba cabizbajo por la casa, como si todavía le resultara increíble que hubieran estado tan cerca del Jifero. Salió para ofrecer un café a los guardias civiles que hacían noche en la casa. «Duerme tranquila», le había dicho antes a su hija. «Estamos protegidos.»

El pomo de la puerta se había roto. Ya no cerraba. Miriam se sentó en la cama y cogió el móvil. Solo tenía dos números en la agenda. El de Nora y el de Néstor. Pensó en volver a llamarle. ¿A qué mierda estaba jugando? Su padre, apoyado en la ventanilla del todoterreno, hablaba con los guardias.

Creyó que no le contestaría, pero después de unos tonos, escuchó su voz.

—Tenemos que vernos, Néstor —le rogó Miriam—. Pero no sé cómo salir de aquí sin que se den cuenta.

Nora cruzó el pasillo de la Comandancia hasta el despacho de Almela. El sargento le pidió que cerrara la puerta y se dejó caer en su sillón. Un velo gris en la cara, ojeras que más que de cansancio eran de hartazgo. Un hombre que ya no quiere seguir intentándolo, como el que deja de luchar por su matrimonio o se rinde a la adicción. Eso era el sargento: alguien que solo deseaba que llegara el domingo para ponerse el chándal y dormitar en su sofá. Toda la soberbia de aquel día en que Nora lo había encontrado en una tasca cerca del puerto había desaparecido.

—A lo mejor estamos a punto de resolver todo este embrollo —le anunció el sargento, pero no tenía ninguna fe—. O a lo mejor estamos más lejos que nunca.

—¿Qué ha salido del coche? —preguntó Nora con el tono de la profesora que intenta averiguar qué es lo que no entiende el alumno.

—Poca cosa: un montón de marranería, está todo aquí inventariado —le dijo, dándole unos golpecitos a una carpeta—. Y huellas de los serbios. De los dos. El resto de las huellas no están registradas... Podríamos ponernos a pedírselas a todo el pueblo, pero tampoco sé si valdría de algo. El meollo está en ese puto teléfono. Los informáticos lo están revisando todavía, pero ya tenemos algunas cosas. —Almela le acercó entonces la carpeta a Nora—. Es para ti. Además del inventario, un par de conversaciones con Sinisa. No parecen relevantes. Hablaban de Zoran, sobre todo. De que era un putero y les iba a traer problemas. Los técnicos me han dicho que dejó de usarlo unos días antes de que muriera Irene. El trece de diciembre, sobre las nueve de la tarde, lo apagó y ya no lo volvió a encender.

—¿Por qué te resistes a decir su nombre? El Jifero. —Nora le hizo un gesto a Almela para que lo repitiera con ella—. El Jifero. Ese es el dueño del teléfono.

Al sargento le molestó que Nora se regodeara en su error. Ya no había más remedio que asumir su existencia. Su parte en la noche del cortijo. El hombre que se apoyaba en el marco de la puerta de la cocina.

—Lee el último mensaje. Para eso te he llamado. —Y Almela se levantó. Caminó hasta la ventana del despacho. El aire acondicionado los mantenía en una burbuja ajena al infierno que era la calle—. ¿Lo tienes?

Nora separó la hoja del resto de la carpeta. Lo leyó en voz alta: «La noche del jueves. Están solos».

—Fue el último mensaje que entró en el móvil... del Jifero —le concedió al fin Almela—. Después apagó el móvil o se quedó sin batería. No lo volvió a usar.

Nora buscó el número desde el que había sido enviado el mensaje entre los datos que había adjuntos al texto. Algunos le resultaban indescifrables, pero supuso que la sucesión de nueve dígitos que pudo leer respondía al número de teléfono remitente. Después de un «+ treinta y cuatro», seis, uno, cinco, cuatro, ocho...

—No es el número de Miriam —le confirmó Almela—. Hemos hecho un requerimiento para que la operadora nos dé los datos del titular de ese teléfono...

Seis, uno, cinco, cuatro... «La noche del jueves. Están solos.»

Diecinueve de diciembre. Jueves. Tres hombres entraron por la cocina.

Jacobo necesitaba hablar con alguien, pero no sabía con quién. Dijo a los guardias que debía ir al pueblo a comprar comida y, aunque se ofrecieron a acompañarle, él prefirió ir solo. «No va a pasar nada», los tranquilizó cuando plantearon su miedo a que tuviera problemas con los vecinos. «Prefiero que cuidéis de mi hija.» ¿O la estaba dejando bajo vigilancia?

Aparcó el coche a la entrada de Portocarrero. El ruido del motor en marcha y el aire acondicionado. Dejó caer la cabeza sobre el volante. *¿Con quién vas a hablar?*, se preguntó, consciente de que cada palabra que pudiera pronunciar también sería una condena. «Irene», murmuró. *¿Por qué no huimos a tiempo?* El mar estaba a solo cuarenta minutos de carretera y, sin embargo, parecía tan lejano como otro planeta. Una promesa. Intentaba visualizar las olas y la arena, ellos tumbados al sol del amanecer, pero los cerdos y Ródenas irrumpían como cuchillos. Ni siquiera era capaz de mantener su imaginación al margen. Salió del coche y empezó a caminar con la esperanza de que la actividad física, concentrarse en cada uno de sus pasos, le sirviera para ahuyentar los recuerdos. El asfalto pálido de las calles, las aceras estrechas por las que nadie andaba y geranios y persianas echadas en los balcones. El ruido de los aparatos de aire acondicionado y su goteo era lo único que hacía suponer que dentro de esas casas había algún tipo de vida. Hombres y mujeres que ahora sabía que le detestaban. Quizá lo hacían de forma equivocada, pero se sentía merecedor de ese odio. *¿Queréis que os cuente todo lo que hice?*

Su paseo le llevó al otro extremo del pueblo sin proponérselo. Se sabía con la piel quemada por el sol, roja. Sudaba. Había evitado alzar la mirada para no ver la silueta del chalet del Rubio, elevado sobre el pueblo y sobre él, tan siervo como los demás. Ya había asumido esa derrota. Durante un tiempo creyó que podría doblegarle. *No eres más que un cazurro con dinero*, se había dicho. *Soy más listo que tú*. Tal vez esa soberbia fue la que le impidió ver cómo se hundía. Y conforme andaba ahora por el pueblo, se le agotaban las fuerzas, el aire caliente no parecía suficiente para mantener en funcionamiento su cuerpo, o eran sus pulmones los que resultaban incapaces. Entonces, la idea de que él estaba en el origen de todo lo que había pasado se hizo más fuerte. Miriam, su pobre Miriam. Había jugado a ser una adulta sin saber que no podía estar a la altura del resto de los jugadores. «Llevábamos una vida de fracasos», le habría gustado justificarse ante ella.

Se descubrió en la puerta de la casa de la Fuertes. La puerta de entrada estaba entreabierta, las ventanas del segundo piso, cerradas y, de repente, le pareció una enorme cara que bostezaba. Las paredes, de un color ocre, se confundían con las montañas que se vislumbraban a su espalda, ya a las afueras de Portocarrero. Quiso darse la vuelta y alejarse de allí, pero ella le vio, debía de estar haciendo algo en la entrada, y le llamó, «*¡Jacobo!*», y como él, al volverse, no supo qué decir, la Fuertes salió de su casa vestida solo con un pareo y caminó hasta él. Sin darle oportunidad a negarse, lo cogió del brazo y lo hizo entrar en la casa con un soliloquio de «estás al borde de una lipotimia» y «¿cómo se te ocurre andar a estas horas por la calle?». El aire frío del interior le secó el sudor y, una vez en el sofá, se sintió mejor. La Fuertes regresó de la cocina con un vaso de agua frío y un cigarro en la otra mano. Jacobo se lo bebió de un trago y, al verse en ese salón, pensó en la ignorancia con la que Miriam había vivido la última noche de Irene. Viendo la televisión y hablando con la Fuertes y su familia. Quizá riendo. Ajena a que sus fantasías se estaban haciendo realidad.

¿Cómo había podido creerla capaz de ese crimen?

Había una bandeja con un desayuno abandonado a medias en una mesita. Los cojines del sofá, amontonados unos sobre otros, un cenicero rebosando colillas y ropa y tazas de café vacías desperdigadas por el salón. «Deberías ver la cocina», le dijo la Fuertes al notar cómo Jacobo miraba ese desorden. Dio una calada a su cigarro.

El caos y la suciedad invadiendo una casa como si ya no hubiera vida en ella.

—¿Y Ginés? —le preguntó Jacobo.

La Fuertes se encogió de hombros en un gesto de desprecio y murmuró que creía que seguía en la casa de sus padres.

—Por mí como si se pega un tiro —añadió después.

Se quedaron en silencio. El humo de su cigarro se elevaba en volutas azules. Jacobo vio cómo se disolvía y soñó con ser ese humo y, simplemente, desaparecer. La Fuertes le contó que Ginés había estado en la manifestación contra Miriam. Gritando consignas y portando pancartas, dando por fin rienda suelta a ese rencor que albergaba contra la hija de Jacobo. No tanto porque la creyera culpable como por haber ensuciado a su propia hija, Carol. *¿Es que él nunca se mira al espejo?*, se preguntó la Fuertes. Y Jacobo supuso que esos vídeos fisgando a las adolescentes se proyectaban en el cerebro de la Fuertes en un bucle que no podía detener. Jacobo se levantó del sofá y se sentó a su lado; la cogió de la mano. Entendía cómo se sentía al caminar entre las ruinas de su vida.

—Voy a vender los cerdos —le dijo ella—. Me sale más caro mantenerlos.

El seguro les exigía una cantidad exorbitada de dinero ahora que se sabía que el atraco a la casa fue urdido por Ginés. A duras penas podían hacer frente a ese pago, pero no a las pérdidas que los cerdos le generaban desde que empezaron los robos, allá por el verano del año pasado.

—Me cago en los muertos de esos hijoputas —le había dicho la Fuertes un día, a mediados de julio, cuando descubrió que alguien había roto el cercado de su dehesa y le había robado un cerdo—. Si los tengo delante, les meto el gancho por los ojos...

Había encontrado sangre en la tierra. Un rastro que se extendía fuera de la dehesa. Ella suponía que algún matarife habría sacrificado ya a su animal y su carne viajaba en un furgón refrigerado rumbo a un país del Este donde la venderían a precio de oro. Cerdo ibérico. ¿Quién iba a exigir sellos de origen? Volvió a extender alambres de espino, denunció lo que había pasado al SEPRONA, pero ¿quién puede vigilar todas las noches el campo? Hubo más robos. Se llevaban a los animales que estaban listos para pasar por el matadero y la Fuertes veía cómo su negocio se venía abajo. Los cerdos tenían que criarse al aire libre, eso era lo que les daba su valor. Encerrarlos habría sido igual que matarlos. «¿Cuándo van a parar?», se quejaba más tarde, entrado el otoño. Y, mientras tanto, Jacobo callaba. Se autoconvencía de que la Fuertes tenía dinero de sobra. Podía hacer frente a las pérdidas: ¿cuánto ganaba por cada uno de los jamones que vendía en Navidad? Más de cuatro mil euros. En cambio, él no tenía nada. Solo necesitaba un poco más para recoger sus maletas y salir del infierno.

Todo terminó unos días antes de la muerte de Irene.

—El invierno pasó sin un robo —le confesaba ahora la Fuertes—. Le dije a Ginés que a lo mejor podíamos salvar el negocio. Quien fuera el que nos estaba dando por culo, se largó...

Su voz, tan ronca como la de un anciano. Y sus ojos, puntas de alfiler, se clavaron en él. Dijo algo más: «Cómo iba a pensar que Ginés era tan gilipollas», pero ninguno de los dos prestó atención a esas palabras, un ruido de fondo como el de la espuma al deshacerse. Jacobo todavía la tenía cogida de la mano y sintió que ella también se la aferraba. ¿Desde cuándo lo sabía? Decir «lo siento» le parecía ridículo, pero ¿en qué se había transformado sino en un ser ridículo? Por eso lo dijo: «Lo siento» y nada más.

«El invierno pasó sin un robo»; ¿quién sino él había desaparecido en invierno?

Los pasos de Carol, su cara redonda, abotargada, el «¿qué hace aquí?» escupido como el primer relámpago de la tormenta y la Fuertes, «No pasa nada, hija», al levantarse y situarse entre Jacobo y Carol con la cautela del que sabe que tendrá que mediar, fueron, en el fondo, un alivio para él, que se sabía al borde del precipicio de la verdad. Y no. No tenía fuerzas para saltar.

—¡Miriam es una asesina! ¿Es que te da igual Irene?

¡¡Fue ella!! ¡¡Ella la mató y tú estás protegiéndola como si fuera una cría!! ¡¡No lo es!! Es una zorra y os está comiendo la cabeza a ti, a Néstor... ¡Son todo mierdas! ¡¿Es que no os dais cuenta?!

La Fuertes cogió a su hija de la muñeca para impedir que se echara sobre Jacobo y la abrazó mientras le murmuraba que se tranquilizara. La histeria de Carol se transformó en llanto. Entre mocos y lágrimas y «es una asesina». La impotencia de la niña le dio pena. Temblaba en brazos de su madre, en mitad de aquel desorden y del aire viciado del tabaco. Jacobo se puso en pie. «Ella no hizo nada», le dijo. Y, también, «Ya verás como todo se aclara».

Carol había engordado. La recordaba tan fibrosa como su madre, quizá los nervios las consumían, pero ahora de sus brazos se descolgaba la carne, su barriga, y esa expresión algo bobalicona, falta de tensión, le recordó a la de la madre de Néstor. Marga, como una ballena varada bajo las luces de colores. Supuso que también Carol había necesitado medicación para cruzar estos meses. Desde la muerte de Irene y, pensó, el miedo a Miriam cada vez que abría el móvil y volvía a ver aquellos chats.

Carol: ¿Por qué no te vienes el jueves a casa?

Miriam: ¿Solo el jueves? 😇

Dos adolescentes refugiándose en ellas mismas.

Carol: Es que antes no puedo. Venga, nena. ¿O vamos a seguir enfadadas?

Miriam: Yo no estoy enfadada.

Carol: Porfa... 😘

Miriam: Dile a tu madre que hable con la mía. Esta casa se ha convertido en el puto Distrito 12.

Volvió al calor de la calle. Paso rápido, pisando con rabia una acera que le atravesaba las suelas. Dejó atrás la casa de la Fuertes: Carol y su madre, abrazadas en el salón. Dejó de sentirse culpable. Por los cerdos, por la sangre o la ruina de la Fuertes. ¿Quién había jugado con quién? El silencio recorría el pueblo y, sin embargo, supo que en ese instante había cientos de conversaciones tras los muros. Bocas abriéndose y cerrándose a la sombra. Como siempre las había habido. Cada familia luchaba por su supervivencia.

La cafetera bullía. Nora revisaba en la mesa de la cocina la copia del inventario que la Guardia Civil había hecho del Volvo. Carmela entró protestando porque no había apartado el café del fuego y tuvo que hacerlo ella y, después, se sentó frente a su hermana. Un chaleco reflectante, un triángulo de señalización, repuestos para los faros y, sin embargo, el coche era robado. La matrícula estaba doblada. Qué absurdo le parecía cumplir con las normas de tráfico en esas circunstancias. Solo le faltaba llevar unas gafas de repuesto en la guantera, si es que el Jifero necesitaba gafas.

—¿Y si puso Miriam el mensaje? —le preguntó Carmela. No la miró, absorta en su taza de café, removiendo las dos cucharadas de azúcar—. ¿Qué decía? «La noche del jueves. Están solos.» ¿Quién más podía saberlo? Dices que el mensaje le llegó a ese hombre varios días antes del asesinato.

¿Carmela jugando a los detectives? Nora cerró la carpeta. Le pareció escuchar el zumbido de un mosquito. Debía de haber entrado buscando la luz naranja del extractor, la única encendida. En la penumbra de esa pequeña cocina, poco más que un pasillo en el que a duras penas cabía la mesita donde, cada noche, Carmela se tomaba un café y encendía un cigarro cuando su hijo se quedaba dormido. Descansaba. Sus ojos se perdían en esa horrible cenefa de manzanas. En los frentes de formica de los armarios. Antes de irse ella también a la cama, hasta que el despertador la levantara de nuevo a las seis de la mañana. Más cafés y una ducha y «vamos, que vas a llegar tarde al colegio», y luego ella iba en coche hasta el supermercado donde trabajaba y regresaba ocho horas más tarde con los pies deshechos. Cincuenta años de rutina. Y, también, un hijo.

—No creo que lo hiciera. El móvil desde el que se envió el mensaje no era el suyo —dijo Nora, pero sabía que no era eso lo que preocupaba a Carmela.

—Ojalá tengas razón.

Había decidido pasar la noche en Almería. Almela dejó unos guardias en la puerta del cortijo; Miriam estaba protegida, aunque cada vez le costaba más saber de quién: ¿Jacobo? ¿El Jifero? ¿Ese pueblo? Se había convertido en una presencia incómoda. Miriam era un barracón de Auschwitz frente a una próspera urbanización. Era el campo de batalla plagado de cadáveres al lado de la puerta de un colegio. La encarnación de los peores sentimientos del ser humano: viva, paseando por las calles de Portocarrero, el espejo en que nadie quiere verse reflejado por miedo a reconocerse. ¿Realmente le importaba a alguien que su mano hubiera estado detrás de la escopeta que mató a Irene? Bastaba el deseo de que sus padres murieran para condenarla: sus sentimientos habían sido expuestos en un escaparate y, al pasar, la gente había apartado la mirada con asco. Habían gritado que retiraran esa obscenidad. Les habían tapado los ojos a sus hijos.

—Me ha dicho que le deje en paz —dijo al cabo de unos segundos Carmela—. Y no es tanto lo que me ha dicho sino... cómo me ha mirado. Supongo que se está haciendo mayor. Tiene que odiarme.

—Tu hijo no te va a odiar jamás. —Nora buscó la mano de su hermana, todavía con la cucharilla en los dedos, mareando un azúcar que ya se habría disuelto—. Pero tiene derecho a estar de mala leche, ¿o es que tú nunca lo estás?

—Que sí, Nora. Que yo soy una madre de la hostia, que el niño es un encanto y no tiene problemas... Pero sabes mejor que nadie que todo eso no significa nada. De repente, un día, algo se puede torcer, yo qué sé por qué... Nadie lo sabe. Y, sin quererlo, te conviertes en su peor enemiga. Cada vez que respiras, parece que lo haces solo para joderle...

El mosquito de la cocina había dejado de zumbar. Tal vez había salido por la ventana de la galería.

—Pero, de la misma forma que las cosas se rompen, se pueden arreglar —murmuró Nora.

—¿Y crees que vuelven a ser como al principio?

—No.

Sintió vergüenza y quiso desaparecer de esa cocina. Volar como había hecho el mosquito. Carmela y Nora eran dos jarrones rotos y reconstruidos con pegamento. A cierta distancia, podían parecer intactos, pero sus memorias estaban cosidas de heridas.

—Lo siento —le dijo Carmela, y Nora sonrió y le contestó:

—No me doy por aludida, hija de puta.

—En el fondo, es algo egoísta. No quieres que el bebé se vaya nunca. —Más que hablar con Nora, Carmela pensaba en voz alta—. Es el amor perfecto. Te adora. Te necesita y no te juzga. Puedes equivocarte tanto como quieras, que él seguirá buscando un abrazo... Hasta que se hace mayor.

Nora había sido ese bebé en manos de ÉL. Con el tiempo, llegó a justificar todo lo que sucedió con una teoría absurda: la necesidad de rotación de nuestro propio planeta alrededor del Sol se extendía a los seres humanos. Por eso buscamos con tanta ansiedad centros gravitacionales, estrellas en torno a las que girar. A veces, estrellas equivocadas. Centros de los que luego resulta imposible separarse. Muchas veces había pensado en sí misma como ese planeta que logra salirse de la órbita. Pero ¿qué ocurría con la estrella? ¿Cómo se sentía al ver que su querido satélite la abandonaba? Pensar en ÉL, en dónde estaría ahora o con quién, qué sería de su vida, la hizo temblar. Se levantó de la mesa nerviosa y abrió el congelador en busca de helado. Algo que comer. Algo que hacer. Antes de que ese temblor siguiera propagándose por su cuerpo como una gripe y la tumbara con la certeza de que no era más que amor lo que la hacía sentirse tan mal.

—No tengo el día —se disculpó Carmela, y apagó el cigarrillo en el cenicero.

—Lo que piensas es lo que piensa todo el mundo —dijo Nora, sentándose con la *stracciatella* y una cucharilla de nuevo en la mesa—. «¿Cómo puedo hacer para no cagarla con mi hijo?» El crío tiene doce años, es lo que le toca.

—Solo espero que no llegue a contratar a unos sicarios para matarme —bromeó Carmela.

—Si sigues haciéndole comer lentejas todos los jueves, lo hará. Y yo misma le dejaré el dinero para que les pague.

—Menos mal que tienes la cuenta en blanco. —Carmela cogió la taza de café. La dejó en el fregadero llena de agua—. No creo que podáis contratar más que a un par de yonquis y, con suerte, tienen el mono y no aciertan a matarme.

—Cuidado, en cualquier momento me puede tocar la lotería.

Carmela se rio y le pidió que antes de acostarse echara la persiana del salón. El sol daba a primera hora en el balcón y, si no lo hacía, se despertarían sudando. Nora quiso levantarse y darle un abrazo a su hermana, pero no lo hizo. «Tómate las pastillas», le recordó Carmela antes de perderse en las sombras del pasillo. Pensó en salir de la cocina, entrar en su cuarto y pedirle perdón, pero tampoco lo hizo.

¿Cuántos años de penitencia hacían falta para borrar los errores del pasado? *Una vida*, se respondió. La misma que tenía Miriam por delante.

Los gritos y el fuego, los golpes de ÉL, pero también sus besos, el sexo y las caras de sus padres, manchadas de lágrimas, Carmela empujándola fuera de casa y los insultos, la histeria y «¡es mi vida!», para acabar en el hospital, dolorida y enamorada, loca, «¡estás loca!», un ataúd colándose en un nicho y luego el cemento, como si esa amalgama pudiera sellar la herida. «¿No ves lo que estás haciéndole a esta familia?», fuera de aquí, vete, olvídanos, pero también, vuelve. Vuelve aunque ya no podamos ser lo que fuimos. Vuelve porque te queremos.

¿Cómo podía seguir amándole? Tantos años después.

Sintió cómo le temblaban las manos. La cucharilla del helado. Estaba llorando. Y en el umbral de la puerta de la cocina, Carmela. En dos zancadas llegó hasta ella, se arrodilló a su lado y la abrazó. Apretó su cara contra su pecho y Nora sintió cómo ya no podía contener su sollozo.

—Lo siento. Soy una idiota. No tenía que haber hablado de eso —se disculpó su hermana.

—Somos una familia de idiotas —contestó Nora y también la abrazó y le dijo: «Te quiero».

—Vete a dormir —le pidió Carmela, pero Nora prefería seguir revisando los informes.

—Si me voy a la cama ahora, no pego ojo —confesó.

Poco después, solo se oía el leve ronquido de Carmela. El mosquito había regresado a la cocina y el helado se deshacía en la mesa. Nora lo devolvió al congelador y repasó una vez más el informe policial. El coche tenía la matrícula doblada y el número de bastidor borrado. Algunas piezas del vehículo eran nuevas. Una bujía. La puerta trasera izquierda. Quizá la había comprado en algún cementerio de automóviles. *Lázaro*, pensó Nora. El mecánico y ese taller cerca de Almería, el polígono. Le resultaba lógico imaginar al Jifero recorriendo sus calles con el Volvo 244 hasta el negocio de Lázaro. Intercambiando algunas palabras y contándole los problemas que le estaba dando el coche. «No le gusta que le llamen así», le había dicho el mecánico. Tenía que hablar con Almela, pedirle que intensificara la búsqueda de Lázaro y su mujer. Ellos conocían al Jifero. Podían decirles dónde encontrarlo.

«Una cinta de casete», leyó Nora y, al hacerlo, todo

lo que pensaba de Lázaro se detuvo. ¿Había pasado antes por esa línea y no le había prestado atención? Buscó en la documentación si existía algo más relativo a ese hallazgo. Solo se reseñaba que, dentro del equipo de música, había una cinta. TDK. 90 minutos. Cogió el móvil y llamó a la Comandancia.

—¿Qué hay grabado en esa cinta?

—Señora, el sargento no está y yo...

—No es tan difícil: habla con los de la científica o busca la puta cinta y ponla en un reproductor. ¿Es que nadie ha escuchado lo que lleva la cinta?

—No sé..., un momento...

El agente la puso en espera. Un hilo musical. Imaginó al guardia recorriendo los despachos de un edificio fantasma a esas horas. Contándole a su superior que la abogada de la niña de Portocarrero le estaba gritando al teléfono. Que quería saber qué había en la cinta del coche. Nora tamborileó sobre la mesa, impaciente. Empezaba a dolerle la cabeza: había olvidado tomar los analgésicos. Se sirvió un vaso de agua y buscó las pastillas en su bolso. El bucle del hilo musical, al otro lado del teléfono.

—¿Oiga? No lo sabemos. —Era otro agente el que le hablaba ahora.

—Joder, ¿qué tengo que hacer? ¿Me presento en la casa de Almela para que vaya a poner esa cinta?

—Señora, de verdad. Mañana por la mañana...

—¿Tienes un radiocasete? Coge la cinta. Pónmela, que la escuche.

—No sé si puedo hacer eso.

Escuchó otras voces. El guardia se separó del teléfono. Alguien hablaba con él. Debió de tapar el auricular con la mano. Y después:

—Música —le dijo el agente—. Mi compañero ha hablado con el agente que hizo la inspección. Dice que la cinta solo tiene música grabada... ¿Qué era?

El guardia civil le dijo un nombre en un inglés imposible de entender. Nora le pidió que se lo deletreara y, después de colgar, abrió YouTube y buscó a ese grupo: The Housemartins. El primer resultado era *Me and the Farmer*. Reprodujo el vídeo: imágenes de cuatro niñatos subidos a árboles o haciendo bailes absurdos en una granja, en mitad del campo, polos de colores. Buscó el año de publicación de la canción: mil novecientos ochenta y siete.

Y entonces recordó cómo había descrito Irene la curva que había dibujado su vida al lado de Jacobo: «Un coche sin aire acondicionado, poniendo cintas. Luego compramos un CD y lo enchufábamos al equipo de música, hasta que cambiamos de coche y ya venía con MP3 y esa historia de internet. De todas formas, a esas alturas, era Miriam quien elegía la música. Pero, de repente, todo eso se terminó: volvimos al coche de mierda y a las cintas. Jacobo las había guardado. Esos discos de los ochenta que le gustan tanto».

En el móvil, los Housemartins cantaban el estribillo de la canción: *«Me and the farmer, like brother like sister, getting on like hand and blister»*.*

* «El granjero y yo, como hermano y como hermana, estrechamos nuestras manos llenas de ampollas.»

Sal

–porque te quiero–

Estaba en mitad del desierto. No sabía cómo había llegado allí. Miriam miraba a uno y otro lado y, después, a sí misma y se descubrió desnuda. La conciencia de que estaba viviendo un sueño no mitigó la angustia. En el horizonte, una montaña como una chimenea y, de repente, la tierra palideció. La sal se extendía por la superficie y, al cristalizar, revelaba la verdadera naturaleza de esa hondonada en cuyo centro estaba Miriam y que ahora, blanca como hueso, parecía un cráter lunar. La extraña forma de sus accidentes, la suavidad de las cárcavas en las lomas, mesas y chimeneas, cubiertas de sal. Quería correr, huir, pero sus músculos no le respondían. Vio cómo la sal también la infectaba; los pies, las piernas, su sexo, colonizados por esa lividez mortecina. Escuchó un ruido y solo pudo buscar el origen con sus ojos; ni siquiera podía girar el cuello. Había un hombre, ¿su padre?, también desnudo, cubierto de sal, en el suelo. Se retorcía desesperado. Golpeaba el suelo, histérico, como pájaro de alas rotas. Y se dio cuenta de que ese desierto no era más que un lecho marino al que, de repente, le habían arrebatado el agua. Su sustento. Y ellos, ese hombre y también ella, se habían visto sorprendidos por la desaparición del mar en el que habitaban, y ahora, a la vez que la sal los cubría de cristales, les faltaba el agua y boqueaban como peces abandonados. Levantó la mirada al cielo como si así pudiera escapar de la sal, la sal que iba a matarla...

El grito de Miriam no le sorprendió. Había tenido pesadillas desde que estaba en el cortijo. Jacobo llegó a la puerta de su habitación; no habían arreglado el pomo y la encontró entreabierta. Ella estaba encogida en el suelo, junto a la cama. Se había caído o tal vez se tiró al suelo para intentar huir del sueño. Los ojos abiertos miraban al techo como si este no existiera y pudiera ver el cielo o a un dios. Le imploraba socorro. «Sal, sal...», parecía murmurar con la mandíbula tensa del paciente de electroshocks.

Jacobo se arrodilló junto a ella. Le cogió la cabeza y la apoyó contra su regazo. Le acarició el pelo; las sienes sudadas y una rigidez que, en realidad, era el cenit de un temblor. La abrazó con todas sus fuerzas y le dijo al oído: «Lo siento». Repitió tantas veces esas palabras que perdieron su sentido.

Mientras se perseguían por el desierto como animales, ¿quién había pensado en ella? Sus guerras no hacían más que salpicarla y, después, se quedó sola y señalada. Huérfana. Miriam parpadeó y, con un suspiro entrecortado, regresó a la realidad. El miedo todavía pegado a la piel, pero, cuando sus ojos vieron que era Jacobo quien la tenía en brazos, se agarró a él con fuerza, como si fuera la piedra que surge en mitad de la cascada. Volvió a sentirse pequeña, cobijada en su regazo. A salvo de la pesadilla y de todo. Quiso fundirse con él, esconderse bajo su piel. «¿Por qué estás llorando, papá?», le preguntó al descubrir sus lágrimas. «Porque te quiero», le dijo Jacobo.

Litio

–vamos a ser felices juntas–

Irene cruzó los pasillos del hospital. Enfermeras y familiares, flores y olor a desinfectante. En la zona de espera de la planta, Miriam se levantó del banco cuando ella se acercaba. Néstor, a unos pasos, con un vendaje en el brazo. «¿Estás bien?», le preguntó a su hija, cogiéndole la cara con las dos manos. Buscando la respuesta en sus ojos de almendra. Miriam le dijo que ella no se había hecho nada, Néstor había corrido peor suerte.

—Poca cosa —murmuró el sobrino del Rubio—. Me he chamuscado el brazo... por tonto...

—¿Y tu tío? —preguntó Irene, y Néstor le dijo el número de habitación donde estaba ingresada su madre.

El Rubio se sorprendió al verla entrar. «¿Cómo has sabido que estábamos aquí?» Pero Irene prefirió callar y no contarle que Jacobo la había avisado. La conversación.

En la cama, sentada contra el respaldo, Marga la saludó con una gran sonrisa y casi un grito y un «hostias, Irene», que le hizo recordar cualquier noche en la feria de un pueblo, cuando solo eran adolescentes. El Rubio le pidió que se quedara con su hermana mientras iba a hablar con los médicos. «Se dormirá en cualquier momento», la tranquilizó en la puerta, le habían dado pastillas para tumbar a un elefante.

—Siéntate, coño, que no te voy a morder. —Marga se rio con estruendo y siguió hablando como si Irene estuviera a metros de ella y no en el borde de su cama—. Estos subnormales se creen que estoy loca, pero es que no ven más allá de sus narices. Mi hermano y el pobre Néstor, ¿qué van a ver? Pero yo sí veo, ¿sabes? Veo de la hostia. Es como si las cosas estuvieran hechas de papel... Y solo tengo que cogerlas y pasar la página, ¿me entiendes? Paso la página y veo lo que sigue, como en un libro... Es la leche. Voy para adelante y para atrás..., lo que me salga de los cojones. Te volví a ver; a ti, a mí... ¿Te acuerdas de cuando nos íbamos a la playa? Las fiestas que nos hacíamos en la playa. Lo que follé esa noche... Dos alemanes guapísimos, ¿te acuerdas? Ahora estoy como un globo por culpa de las pastillas, pero antes sí que estaba buena... Les hacía reír...

—¿Por qué no te acuestas, Marga? Tienes que dormir. Te sentará bien.

—Les da por culo que pueda ver tan bien...

—¿Te acuerdas de que prendiste fuego a la caseta de la piscina?

—A veces hay que echar una mano, ¿me entiendes? Pasé la página y la caseta no estaba. Mi hermano y tú estabais en pelotas en la piscina... Y Néstor andaba con tu hija. Era la leche, ¿me entiendes? Como cuando éramos crías. A veces me pongo algo nerviosa... —Y solo entonces Marga pareció apagarse—. Quería que llegara ya ese día..., tenía que quitar de en medio la caseta...

—¿No te das cuenta de que todo eso no es verdad?

—Sí que lo es, Irene. Veo las cosas... Soy yo la que tiene que pasar las páginas. Es mi trabajo.

—Acuéstate.

—Era perfecto. Yo seguía estando gorda, pero... estábamos tan bien...

—Y lo estaremos.

—¿Te acuerdas de las fiestas en la playa? Tú también te lo pasabas en grande...

—Claro que me acuerdo.

Se tumbó, la cabeza acomodada en la almohada, un vial en el brazo. Se le cerraban los ojos. Más tarde, el Rubio le dijo que había dejado de tomar la medicación; ni siquiera el litio. Debió de pensar que toda esa química no hacía más que matarla, ya le había pasado otras veces. Escondía las pastillas, apenas dormía y, poco a poco, pasaba a un estado de manía. Una felicidad que al principio resultaba agradable, acostumbrados a verla arrastrarse como un zombi. Su cerebro multiplicaba la actividad, ideas y planes que se iban acumulando sin interrupción, revolucionándola mientras seguía insomne, hasta desembocar en visiones psicóticas. Esa idea de ser capaz de levantar capas de la realidad y ver el futuro o el pasado como si fueran hojas de un libro. La fabulación de que su mano, y no la de ningún otro, ostentaba un poder casi divino. Tocada por la gracia.

Los medicamentos hacían su labor y la euforia de Marga se desinflaba en la cama del hospital. Una cura de sueño. Antipsicóticos y neurolépticos para que volviera a ser quien era, si es que el estado de ausencia de la realidad en el que caía era su verdadero yo.

Néstor se rascó el antebrazo por encima de la venda. Miriam le dijo que no lo hiciera y él quiso salir del hospital. Echarse un cigarrillo en los alrededores. Juntos cruzaron el aparcamiento, pero el complejo hospitalario estaba demasiado lejos de cualquier sitio. Palmeras, carretera y descampado. Buscaron una sombra. Miriam le lio un cigarro; Néstor, con el brazo izquierdo vendado, no conseguía hacerlo. Tampoco era capaz de estar quieto. Se sentaba en un banco y se levantaba, encorvado recorría con la mirada el dibujo de las baldosas. Fumaba. Silencio. Alguien lloraba en los alrededores. Miriam buscó la fuente de ese llanto, tal vez un hombre o una mujer que había huido del hospital espantado por las malas noticias. No vio a nadie. Néstor se recogió el flequillo que le caía sobre la cara y suspiró. Sus ojos de un lado a otro, incapaces de fijarse en nada; de las líneas de las baldosas a un árbol, a la carretera y un coche, a Miriam, y después se volvían a esconder en sus propias manos, en la venda del brazo y la quemadura que esta ocultaba. Ella le dijo que no tardarían en volver a Portocarrero. Dos semanas de descanso de su madre, quizá más. Hasta que le dieran el alta. Pero Néstor no necesitaba tener a su madre presente para sentir el peso de una espada de Damocles que jugaba a partirle el cuello.

—¿Y si me pasa a mí? —le había dicho días antes. Cuando Marga recorría la casa eufórica y ellos, desnudos, echaban el pestillo de la puerta de Néstor para asegurarse de que no entrara.

—Ya se te debería notar —le dijo Miriam—. Dicen

que ella empezó a hacer cosas raras a tu edad. Más joven todavía...

Pero nada ahuyentaba el miedo de Néstor. La bipolaridad de su madre era un fantasma que le perseguía: quizá cuando se sentía bien en realidad se estaba volviendo loco. Quizá la tristeza era la sombra de una depresión. ¿Y si de repente su cerebro empezaba a ciclar como hacía el de Marga? ¿Cómo darte cuenta de que estás loco si estás loco? Al principio, a Miriam le llamó la atención la seriedad de Néstor, su pertinaz mutismo. Luego entendió que era contención. No se permitía que nada le afectara, un muro a sus sentimientos para asegurarse de que no se desbocaran.

—Tenía unos ocho años. Sí, era ese año. Invité a todos los críos del colegio a mi casa. Mi madre se empeñó, se pasó dos semanas hablando de la fiesta. Poniendo guirnaldas y cosas así por toda la casa —le contó Néstor—. Mi tío se había ido un par de semanas. A no sé qué cosa de una feria de aceite... No estaba. Y yo... Me parecía genial que mi madre estuviera tan feliz. No paraba de hacerme regalos; cada día, cuando volvía a casa del cole, tenía un puto regalo envuelto en la mesa del salón. El día de la fiesta, con los padres de mis amigos por allí..., de repente salió al jardín desnuda. No sé qué pasó, pero se puso a pelearse con una madre...

Después de aquella crisis, el Rubio le contó a Néstor que Marga estaba enferma. Le habló del trastorno maníaco-depresivo y la bipolaridad. De que ella no hacía esas cosas para molestarle, sino porque no podía evitarlo.

—Que no te dé tanta pena —le dijo un día Carol a Miriam cuando esta le hablaba de lo duro que había sido para Néstor cargar con una madre así—. ¿Has visto su casa? El Rubio le da lo que quiera y, ¿te digo la verdad?, a Néstor tampoco le importa tanto lo de Marga como dice. Le han hecho un montón de pruebas, lo han llevado a psiquiatras en Almería y dicen que no, que él no va a tener lo mismo. Su problema es otro... —Y Carol hizo como si su frente fuese demasiado pequeña—. No es muy listo.

Miriam miraba ahora a Néstor, en los alrededores del hospital, y se dio cuenta de cuánto la necesitaba. Le seguía pareciendo ese niño de ocho años en la fiesta de cumpleaños donde todos se burlan de la desnudez de su madre y él es incapaz de saber qué debe hacer: ¿reír con los demás o abrazarla? Pedía a gritos que alguien le dijera cómo actuar. ¿Qué tenía que decir? Carol había jugado con él hasta ahora, pero, desde que se besaron en los alrededores del Cóndor, desde que Miriam convirtió sus falsos golpes y el odio a sus padres en el centro de cualquier conversación, Néstor se había estado acercando a ella. «Acompáñame a casa y bésame. Olvídate del instituto y vamos a tu casa, quiero follar.» Néstor siempre estaba ahí: para hacerle el amor o para responder a un mensaje de madrugada. Para presentarle a los serbios y fantasear con un futuro en el que ni Irene ni Jacobo existían y ellos eran los dueños del desierto. Ella le besaba y le prometía que siempre estarían juntos, aunque sabía que no sería así. Néstor era un escalón para dar el salto, para escapar de la vida en la que sus padres la habían enterrado.

Hubo días, como aquel en los alrededores del hospital, cuando Néstor parecía el ratón atrapado en el laberinto, incapaz de encontrar su trozo de queso, en los que se sintió mezquina. Sus promesas de amor eterno y su manera de alejarle de Carol —«¿No ves que solo quiere que le pagues los caprichos? Se irá a la universidad y te dejará atrás. Sabe que tú no vas a terminar el instituto y te vas a quedar aquí» «¿Eso te ha dicho?»—, palabras que solo formaban parte de su gran plan. Necesitaba a Néstor y necesitaba su dinero. Ella era una superviviente y tenía derecho a cualquier cosa solo para alcanzar la libertad. ¿O es que no podía más que aceptar a un padre alcohólico y una madre ausente, una casa de mierda y un millón de puertas cerradas a todo lo que podría hacer en la vida?

Eso se decía cuando los remordimientos le hacían perder el sueño. Cuando miraba con lástima a Néstor y pensaba que ella no le estaba ayudando en nada.

La superviviente.

Hasta que un día, después de la crisis de Marga y aquel paseo por los alrededores del hospital, harta del instituto y de Néstor y Carol, de estar convirtiéndose en una persona que odiaba solo para poder ser quien quería ser, decidió no coger el autobús a Gérgal. Regresó a casa, asqueada de todo lo que estaba haciendo y diciendo, de ese grupo de chat. Quería meterse en la cama y desaparecer hasta que despertara siendo una vieja que apenas recordara estos años. Su madre debía de estar en Almería, Jacobo en ese trabajo del que nunca hablaba y que le hacía desaparecer varios días. Caminó un día de noviembre nublado y frío por el arcén de la carretera hasta el camino del cortijo. Faltaban tres semanas para su cumpleaños: el día que se había fijado como límite. Con catorce años no sería tratada como una niña irresponsable si algo salía mal.

El coche del Rubio estaba aparcado frente a la casa. Entró sin hacer ruido y, desde la planta de abajo, pudo escuchar los gemidos de su madre y el «voy a correrme» del Rubio. Decidió no marcharse y esperó hasta que los suspiros de Irene se transformaron en gritos que creía que nadie escuchaba. *No soy la única*, pensó, y sintió alivio al liberarse de toda responsabilidad. Irene se encargaría de soltar el ancla que las había hundido: su padre. Alguien le había abierto una puerta que ella ya no tendría que derribar.

Salió de la casa antes de que la descubrieran y, al adentrarse en el desierto, incluso aquel paisaje muerto le resultó hermoso.

Irene quitó las sábanas, aunque no creía que él reparara en el olor o en las manchas amarillentas de la bajera. Ya no reparaba en nada. El Rubio se puso la camisa y le dio un beso. Tenía que ir al hospital de Almería.

—¿Le van a dar el alta? —preguntó Irene.

—Espero que no. —Y ante la mirada reprobatoria de ella, se reafirmó—: He cargado con mi hermana diecisiete años. No me voy a sentir culpable por querer un descanso.

Pero aquella noche el Rubio volvió con Marga en el coche. Quince días de hospital y sueño, una nueva medicación para estabilizarla, para evitar que las fabulaciones se hicieran dueñas de su cerebro. La quietud de una mar llana una tarde de otoño.

Irene y Miriam cenaron solas. Ninguna de las dos nombró a Jacobo.

Más tarde, Irene se recostó en el sofá para ver la televisión. Empezaba a hacer frío y se cubrió con una manta. La puerta de la cocina no cerraba y el viento invadía el cortijo, que, poco a poco, iba perdiendo el calor del verano. La noche llegaba pronto y, con ella, el frío y el rencor porque él nunca arreglaba esa puta puerta.

Miriam no se escondió en su dormitorio como otras noches. «¿Me haces un sitio?», e Irene encogió las piernas para que su hija se sentara en el sofá, pero después Miriam se tumbó pegada a ella. «Tápame a mí también», le pidió. Irene echó por encima de las dos la manta. En la televisión, una película, y en el cortijo, silencio. Ninguna de las dos atendía a lo que sucedía en la pantalla. Respiraban a la vez. ¿Cuánto tiempo hacía que eso no pasaba? Irene echó un brazo por encima de la cintura de su hija. «Tu cumpleaños es dentro de nada. ¿Qué vas a querer?» Miriam sonrió y prefirió callar el «como si pudiera elegir» porque, quizá, esta vez sí que pudiera hacerlo. Catorce años. Un móvil, un portátil, una conexión a internet, comprar ropa nueva y quemar su armario, maquillaje y salir de allí, aunque solo fuera por unos días, ir a la playa tal vez.

—Me da igual —contestó al fin.

—¿Estás saliendo con Néstor? —quiso saber Irene, y Miriam pensó que tanteaba el futuro. Consecuencias y la nueva familia.

—Más o menos —le dijo ella—. Pero tampoco es que nos vayamos a casar.

—Eso espero. —Irene se rio—. Eres muy pequeña.

—¿Y tú? —se atrevió a preguntar—. ¿Estás saliendo con el Rubio?

Irene no supo qué contestar. Balbuceó un «¿De dónde has sacado eso?» y luego calló. Había pensado otras veces en ese momento, cuando se viera en la obligación de contar la verdad a Miriam, pero nunca planeó que sucediera así. Le resultaba incómodo, hasta vergonzoso, admitir ante ella que estaba acostándose con otro hombre, que a pesar de las arrugas y el cansancio, seguía teniendo esa necesidad de sexo y admiración, de amor.

—Tú sí que te deberías casar —dijo Miriam sin volverse a ella.

Se incorporó y le pidió a su hija que apagara la televisión. Buscó su paquete de tabaco y se sentó en la mecedora.

—¿Qué te han dicho? ¿Ha sido Néstor?

—Tranquila, mamá. Me parece normal. ¿Quién puede aguantar al lado de papá?

Irene recordó lo que le había dicho Marga en el hospital, ese don divino que decía tener: la capacidad de pasar páginas de la realidad y otear el futuro. Le habría gustado ser capaz de hacerlo: mirar en el libro solo unos meses más tarde. Separada de Jacobo, viviendo en el chalet del Rubio. Una mañana, a la hora del desayuno. Miriam feliz y Néstor con ella, con prisas por no perder el autobús del instituto. Marga todavía en la cama y un beso de «que tengas un buen día» del Rubio antes de marcharse a trabajar, mientras ella guardaba la cartera en el bolso, la tarjeta de crédito y le preguntaba a su hija qué cereales quería que le comprara. La vida en Portocarrero: cenas y celebraciones, envejecer al lado de un hombre que le repetía cada día que jamás había querido a nadie como a ella. Desde el instituto y a pesar de su ausencia durante años. Siempre en sus sueños.

—Ojalá hubiera podido ir detrás de ti —le dijo una vez el Rubio.

Los negocios, la hermana enferma y embarazada de un desconocido, lo ataron al pueblo. La educación de Néstor, el aceite, las abejas y las cabras. Las casas. Inversiones en esos cientos de urbanizaciones que se habían construido cerca del mar y que, de repente, lo habían llevado a la bancarrota.

—Ha sido una mala racha, pero saldré de esta —confesó cuando Irene vio cómo perdía los nervios al teléfono hablando con el director de un banco.

Y, entonces, ella se sintió ridícula: ¿se alejaba de Jacobo para refugiarse en el Rubio? ¿No quería escapar del fracaso? ¿O era del miedo?

—No puedes dejarme con papá —le susurró Miriam desde el sofá—. Te juro que, si lo haces, me vuelvo loca...

—Vendrás conmigo —le prometió Irene—. Y vamos a ser felices juntas.

—¿Cuándo se lo vas a decir?

—Pronto.

Durante mucho tiempo se había prohibido hablar de amor. Parecía fuera de lugar para alguien como ella, con más de cuarenta años y una hija. ¿De verdad se iba a mover por aquellos impulsos de juventud? Los mismos que consiguieron arrancarla de Portocarrero para seguir a Jacobo hasta Madrid. ¿Eso no sucedía solo en la adolescencia, como la primera menstruación? A esa mujer de ojos grises y ademanes cansados, ¿no le encajaba mejor pensar en comodidad, en utilidad? El sexo y el deseo eran como la Harley absurda con la que regresa el hombre un día a casa. Como el discurso de la pareja que decide abandonar el trabajo para invertir el resto de su vida en un viaje por la India en busca de algún tipo de misticismo. Un intento de fuga del tiempo. ¿Se había enamorado del Rubio o tenía pavor a hacerse vieja?

Miriam le sonrió desde el sofá. Entraba un viento frío por la cocina. Una grieta cruzaba el techo del salón. Y, fuera, imaginó al gato atigrado que Jacobo alimentaba. La era, el esparto y las chicharras, al fin calladas por el frío. El desierto: un cadáver. Y pensó que cualquier cosa que viniera después sería mejor que lo que tenían.

No iba a sentirse mal por querer vivir. Porque, en el fondo, eso era lo que la empujaba a dejar atrás a Jacobo: necesitaba vivir.

Volvería a Almería. Esperaba que Nora siguiera llevando sus papeles. El Rubio le daría dinero para pagarle. Pondría una denuncia por malos tratos para asegurarse la custodia de Miriam y le presentaría el divorcio.

Había llegado el momento de descubrir qué se escondía bajo esa última página de su vida.

Sirenas

–un culpable–

—Han identificado al dueño del móvil que envió el mensaje al Jifero —dijo Nora a Jacobo—. Tenemos que hablar.

Jacobo se sentó nervioso a la mesa del restaurante. Vio cómo Concha se refugiaba en la cocina. *¿Por qué me ha citado aquí?*, se preguntó. Nora abrió un maletín y sacó una carpeta. Jacobo tenía ganas de tomarse una cerveza, no había probado el alcohol desde que salió del hospital. Y, entonces, las sirenas empezaron a aullar.

Los coches de la Guardia Civil se lanzaron por las callejuelas de Portocarrero. Luces rojas en las caras de los vecinos y la ristra de cascabeles serpenteó pueblo arriba.

Ruido de cucharones. Concha cruzó la Venta hasta la puerta. Jacobo se levantó y al arrastrar la silla hacia atrás, volcó. La madera contra el suelo y sus ojos que saltaron de Nora a la ventana donde, solo un segundo antes, un destello rojo había teñido el cristal.

Los agentes llamaron a la puerta. Una, dos, tres veces. Almela miró los coches que habían dejado a la entrada. Las puertas cerradas y las sirenas girando intermitentes aunque sin sonido. «Que no entren», le dijo a un agente cuando vio aparecer algunas siluetas que subían la calle. Se secó el sudor de la frente con un pañuelo.

—La Guardia Civil hará preguntas —advirtió Nora a Jacobo—. ¿No crees que yo debería saber dónde nos pueden llevar las respuestas?

Entraron en el salón; seis agentes formaban un pasillo y, tras ellos, el chaval miraba cómo su tío bajaba las escaleras de mármol. Su camisa blanca remangada y el pelo todavía mojado por la ducha. El Rubio se detuvo a mitad de tramo; un agente se acercaba a él con un papel. Néstor quería salir de la casa, pero los guardias ocupaban la puerta. Se alejó hacia la cocina, incapaz de ordenar los pensamientos que revoloteaban en su cabeza. A un gesto del sargento Almela, uno de sus hombres cogió las esposas de su cinturón.

—Miguel Ángel Sanabria Hernández —le dijo Nora y, con un gesto, le pidió a Jacobo que regresara a la mesa—. El Rubio. El número de teléfono está a su nombre. La tarjeta SIM está instalada en un iPhone 6 Plus. Por favor, siéntate.

«La noche del jueves. Están solos», recordó Jacobo e imaginó cómo los dedos del Rubio tecleaban ese mensaje. Sentado bajo la enredadera del jardín de su casa o en el borde de la piscina, con los pies en el agua y Portocarrero al otro lado del cortado sobre el que estaba el chalet. Una copa de ginebra cara y una rodaja de limón.

Un par de guardias intentaban que los vecinos no irrumpieran en la casa. Curiosos, se adentraban en la propiedad, zigzagueaban entre los coches como hormigas que tratan de volver al nido. «¿Se llevan al crío?», escuchó que preguntaba alguien. Almela cerró la puerta de la casa y se acercó al Rubio: «Tenemos un permiso judicial para registrar la vivienda», le advirtió.

Néstor salió a la parte trasera del chalet. Habían plantado un pequeño huerto. Árboles frutales todavía enanos. Un agente lo encontró allí y le pidió que le acompañara de nuevo al interior. «Tranquilo. No te va a pasar nada.»

Bajo la enredadera y las luces de colores, otro guardia le tendía una mano a Marga. Ella retozó en la tumbona y se dejó ayudar para ponerse en pie. Quizá galanteaba.

—Intentarán encontrar el teléfono, pero no creo que lo tenga en la casa —dijo Nora cuando le explicó que habían ido a detener al Rubio—. Sería la leche. Por si hay más mensajes, aunque según la operadora ese móvil no se usó más...

—Hijo de puta —murmuró Jacobo—. Y ha estado callado como un cabrón...

—¿Dónde vas? —le gritó Nora al ver que pretendía salir de la Venta.

—Quiero verle la cara...

—Estarán unas horas todavía en el chalet. Y luego se lo llevarán a la Comandancia para interrogarle. ¿Te das cuenta de lo que te estoy diciendo? Lo meterán en una sala y le preguntarán quién era el Jifero. De qué lo conocía.

—Toda esa mierda me da igual... Como me da igual saber por qué lo hizo. Quiso matarnos y destrozarle la vida a mi hija...

—Creo que todo eso no debería darte igual —le advirtió Nora—. Si Miriam vuelve a quedar en situación de desamparo, no importa que la declaren inocente: irá al centro de menores otra vez.

—No la voy a dejar sola.

—¿Estás seguro de que podrás cumplir la promesa?

Jacobo tenía en la mano el picaporte de la puerta de la Venta. Por la calle, un par de niños pasaron corriendo. «¿Qué ha pasado?», se gritaban. Escuchó el ruido de unas motos. Concha había salido a la calle. Lanzaba las mismas preguntas sin respuesta. Jacobo cerró la puerta y se volvió a Nora.

—¿Qué va a pasar cuando le pregunten al Rubio por el Jifero? —le preguntó la abogada después de que él regresara sobre sus pasos y, tras levantar la silla del suelo, se sentara frente a ella.

Mientras los guardias recorrían la casa, Almela instó al Rubio a que se sentara con él en el salón. «¿Pueden llevar a mi hermana a su habitación?», le pidió, y el sargento dio permiso a sus hombres para que lo hicieran. El Rubio vio cómo algunos policías hacían fotos a los cajones y armarios abiertos, antes de registrarlos. Se preguntó dónde estaría su sobrino, si a él también lo iban a interrogar.

—¿Reconoce este número de teléfono? —Y Almela le entregó una hoja al Rubio.

—No sé de quién es —respondió después de dedicar unos segundos a la sucesión de números: seis, uno, cinco, cuatro...

—¿Y el mensaje? ¿Lo escribió usted?

—«La noche del jueves. Están solos» —Se permitió un instante de silencio, como si tratara de hacer memoria—. Yo no he escrito esto.

—Entonces, ¿quién lo hizo? El móvil, un iPhone 6 Plus, está registrado a su nombre. ¿Ve el historial de facturas? Contrató una venta a plazos.

—Tengo un iPhone... Pero mi número no es ese... —El Rubio buscó en su bolsillo y le entregó a Almela su teléfono—. Compruébelo.

—Gracias. Si no le importa, ¿podría entregarnos sus claves para que el departamento informático tenga acceso...?

—No hay ningún problema. —El Rubio desvió la mirada a los agentes que seguían registrando la casa, rincón por rincón—. Pero antes me gustaría saber de qué se me acusa.

—El mensaje que ha leído, «La noche del jueves...», llegó a un hombre que creemos está implicado en el asesinato de Irene Escudero.

El gesto de seguridad que había soportado el Rubio hasta ese momento se resquebrajó. El ruido de los guardias en su salón le molestaba y empezó a adivinar sombras al otro lado de los ventanales. ¿Vecinos que querían asistir a su detención en primera fila? ¿Tantas ganas le tenían? Y se descubrió pensando en los vencejos que, desorientados, se estrellan contra un muro. Ya no serán capaces de levantar el vuelo.

—Irene —murmuró sin darse cuenta—. Es absurdo —logró decir después.

—Explíqueme por qué —le contestó el sargento—. El teléfono está a su nombre. No sé quién pudo escribirlo si no fue usted.

—¿Cómo iba a hacerle daño a Irene? —Y lo preguntó con un susurro, como si aún le costara admitir en público todo lo que sintió por ella.

—A Irene y a Jacobo. El plan era acabar con los dos. Pero él tuvo más suerte...

El Rubio se levantó del sofá, enfadado. No estaba acostumbrado a ser tratado así. El sargento no creía una palabra de lo que decía y no hacía ningún esfuerzo por disimularlo. Sintió la tentación de echar a gritos a toda esa gente: los guardias que fisgaban en los armarios, que subían y bajaban escaleras, documentando cada movimiento. «La cadena de custodia», había oído en alguna película.

—El primer paso para poner en orden todo esto es que me diga quién es el Jifero. ¿Dónde puedo encontrarlo? —preguntó el sargento.

—Irene tenía una relación con el Rubio —confesó Jacobo a Nora—. No sé bien si iban en serio o si..., bueno..., solo se acostaban... Eso no lo sé. Empezó prácticamente cuando llegamos a este pueblo. Habían sido novios en el instituto...

—Empezó mucho más tarde —contestó Nora, y

ante la sorpresa de Jacobo por tanta firmeza, ella le sonrió—. Es hora de que pongamos las cartas sobre la mesa, ¿no te parece? —le dijo.

Sonó el móvil y, en la pantalla, pudo leer el nombre de Néstor. Miriam descolgó.

—Los guardias está aquí —dijo él sin saludos previos ni darle tiempo a hablar—. Han venido a detener a mi tío.

—¿Por qué?

Miriam dio unos pasos hasta la ventana de su habitación. En la era, estaba aparcado el todoterreno de la Guardia Civil. Sintió vértigo, como si el cristal y la pared desaparecieran de golpe y estuviera al borde de un cortado. ¿Qué habían descubierto?

—Están registrando la casa —escuchó que decía Néstor.

No contestó. Podía sentir la respiración del chico como suponía que él podría escuchar la suya.

—¿Estás llorando? Miriam... ¿Estás llorando?... Di algo.

—Irene vino a mi despacho porque quería separarse de ti, pero tenía miedo de que le hicieras daño. A ella y a Miriam.

—Eso no es verdad. —Pero las manos de Jacobo habían empezado a temblar—. Nunca toqué a ninguna de las dos.

—Violaste a Irene. ¿O qué te crees que fue lo que pasó después de la comunión de tu sobrino? Jacobo: ella no quería y la obligaste. Fue una violación.

Nunca había pensado en lo que había pasado aquel día en esos términos. El zumbido de las abejas, el alcohol y aquella estúpida canción de Mocedades, *«Amor de hombre, que estás haciéndome reír una vez más»*, su frustración, su impotencia, y la rabia al sentir que estaba perdiéndola. Irene y sus lágrimas. «Fue una violación», la acusación de Nora al recordar desde este presente su dormitorio, la cama y su cuerpo rezumando alcohol sobre el de su mujer, forzándola, se convirtió en una revelación. ¿En qué clase de animal se había convertido?

—Tus celos no tenían motivo. Hasta aquel día, ella no había tenido nada con el Rubio, pero después de eso te odió. O, por lo menos, intentó odiarte. Porque sabía que era lo mejor. Necesitaba alejarse de ti y el Rubio fue su tabla de salvación...

—Te juro que yo no quería hacerle daño.

—Lo que quisieras tampoco importa. Solo cuenta que le hiciste daño. Mucho más del que crees.

«Necesito hablar con mi sobrino y mi hermana», les pidió el Rubio antes de salir de la casa. Almela vio cómo abrazaba a Marga y ella encajaba la despedida con extrañeza, avergonzada por la muestra de cariño de su hermano ante tanto desconocido. Le recordó a Néstor que estuviera atento a la medicación de su madre. «Por favor, que no se salte ninguna. Y dale un cuarto más de Etumina. Por lo menos, hasta que vuelva.»

«Día grande en Portocarrero», bromeó un agente al oído de Almela cuando salieron de la casa y, con la cabeza, señaló al grupo de vecinos que se arremolinaban al otro lado de los todoterreno. Los cuellos estirados y «Virgen del amor hermoso». Un guardia condujo al Rubio hasta el coche que habría de llevarle a Almería. El sargento no había considerado necesario esposarle. Alberto levantó la voz entre los curiosos. «¡Sargento!», le gritó mientras se hacía sitio entre los demás, la barbilla levantada y los ademanes del que va a poner fin a una refriega. El hermano de Irene le hizo un gesto para que se acercara a hablar con él, pero Almela decidió darle la espalda. Entró en su coche. «Vámonos. Y, si de paso, me atropellas a tres o cuatro, tampoco pasa nada», bromeó con su compañero.

Encendieron las sirenas. Un perro les ladró desde el arcén cuando los coches tomaron la carretera de salida.

El restaurante de la Venta se llenó de fantasmas. Jacobo podía ver la mesa que había compartido con el Rubio y la Fuertes, Ginés, Alberto y la pesada de su mujer. Irene. Las risas y el alcohol. Cómo devoraban la comida.

Sus voces y sus gestos se mezclaron con el polvo en suspensión que pintaba el sol a través de las ventanas. Otra vez el calor. Sudaba y tenía miedo de caer inconsciente si intentaba ponerse en pie.

El fuego arrasando las colmenas y las chumberas que había alrededor del cortijo. El fuego.

—Era feliz con el Rubio —le dijo Nora, y esas palabras todavía le hacían daño—. ¿Qué pasó para que no se separara de ti? ¿Qué hiciste?

—Yo no hice nada. —Y su voz fue una disculpa más que una defensa.

—¿Quieres que te diga la verdad? No me importas. Pero Miriam, sí. Y esto te va a salpicar: no sé si lo hará hoy o mañana, pero el Rubio acabará hablando. Contará que estaba con Irene y que habían hecho planes,

¿sabes? Ellos tenían un futuro. ¿Por qué iba a pensar en matarla si tenían esos putos planes? —Nora había empezado a gritar y Jacobo se tapó los oídos. Le dolía la cabeza. Un martilleo incesante. Algo que intentaba salir de su cerebro—. ¡¿Qué es lo que no me has contado?!

Jacobo le gritó que le dejara en paz. La rabia le mareaba. Le habría gustado ser tan fuerte para darle un puñetazo a Nora. Pero la abogada seguía sentada a la mesa. Los codos apoyados sobre la mesa, ligeramente inclinada hacia delante. La miraba y no quedaba rastro de aquella mujer acostumbrada a sonreír que una tarde se presentó en su casa. Los hoyuelos de sus mejillas. Era otra mujer. Otra Nora. Y él, la fiera asustada.

—Si no me dices ahora mismo todo, te juro que voy a la Comandancia y pongo una denuncia por malos tratos a Miriam —le amenazó Nora como si agitara el látigo y golpeara a sus pies.

—Una vez, ¿me oyes? Fue solo una vez... Tuvimos un accidente con el coche y, al llegar a casa, ella no estaba... Nos asustamos, Irene y yo... Estábamos nerviosos. Cuando apareció, estaba tan enfadado que le di un bofetón...

—Tengo los chats, Jacobo. Habla de moratones, de que te tenía miedo...

—Solo quería que dejara de hacer el idiota... Por eso discutíamos y... ella empezó a hacerse heridas a sí misma... ¿No te lo ha contado? Se daba golpes contra el armario, se cortaba... ¿Cómo iba a imaginar que todo eso era para contarles a sus amigos que yo le pegaba?

—La policía no creerá una palabra.

—Miriam no va a testificar en mi contra. Sabe cuánto la quiero.

—A lo mejor cambia de idea cuando le diga que conocías al Jifero.

Su piel, de repente, le resultaba repugnante. Como si le hubieran metido dentro de un cuerpo muerto, en putrefacción. Pero era él. Esa era su piel y esa era su historia. Le habría gustado romperla y huir. Se apoyó contra una ventana y volver a mentir se le hizo más desagradable que nunca.

—Yo no sé quién es el Jifero.

—¿No te cansas, Jacobo? —Nora se levantó de la mesa. Se acercó a él. El sol le calentaba la cara—. Irene me contó que habíais vuelto a usar cintas en el coche. Discos de los ochenta que a ti te gustaban mucho, ¿te acuerdas? A lo mejor todavía tienes unas cuantas en la guantera del tuyo. En el Volvo del Jifero encontraron una cinta en el casete. Los Housemartins. La verdad, no veo a ese hombre grabándose discos de un grupo inglés de los ochenta. Estoy segura de que sus gustos eran más de Camela. ¿Me equivoco? Estuviste en ese coche. Pusiste tu cinta. ¿Te llevabas bien con él? ¿Era tu amigo?

—Estás delirando...

—¿Quieres que pida a Almela que cruce las huellas del Volvo con las tuyas? Entonces, veremos quién delira...

—Vete a la mierda —dijo Jacobo, aferrándose a sus últimas fuerzas—. No quiero volver a verte cerca de mi hija.

—Malas noticias. Te van a dar por culo. No me voy a ir a ningún sitio hasta que todo termine.

—¡¡Ha terminado!! Para ti y para todos. El Rubio fue quien organizó todo... Me da igual saber por qué lo hizo, si tenía planes o lo que sea con Irene. ¡¡Él la mató!! ¡¡Fin de la historia!!

Jacobo salió de la Venta al calor de agosto, a las calles sin sombra, y corrió, nervioso y sin aire, notando a cada bocanada el agujero que había en su pulmón.

Nora lo vio alejarse desde la ventana del restaurante. Sabía que no tenía dónde huir, que esas callejuelas desembocaban en el desierto y, tarde o temprano, volvería a ella. Concha regresó a la Venta unos minutos después. Murmuró algo con su hijo y luego le dijo a la abogada: «No sabes qué ha pasado».

Miriam se tumbó en la cama. La mirada en el techo. Los cascos a todo volumen. Intentaba cantar para no pensar. Tan fuerte como podía. *«Now we're in the ring and we're coming for blood.»**

* «Ahora estamos en el *ring* y hemos venido a por sangre.»

Luces

–un poema raro–

A Portocarrero le habían arrancado el corazón. Nora pasó los días siguientes en la Venta, espectadora de la rutina de un pueblo que le hacía pensar en el monstruo de Frankenstein que ha perdido a su creador y deambula torpe, descoordinado, intentando acostumbrarse a su soledad. El Rubio seguía detenido, preventiva por orden de un juez; Almela esgrimió el riesgo de destrucción de pruebas: el móvil desde el que se había enviado el mensaje al Jifero seguía sin aparecer. Un buen abogado, no como ella, había recomendado al Rubio que no hablara con la Guardia Civil y él siguió sus indicaciones. Negó ser dueño de esa línea, negó haber escrito «La noche del jueves. Están solos» y negó conocer al Jifero. Luego, no volvió a hablar.

Mientras tanto, Jacobo y Miriam se escondían en el cortijo. Los guardias se turnaban en el todoterreno aparcado en la era. Nora le pidió al sargento que no retirara la vigilancia, aunque Alberto y todos los que habían gritado contra Miriam estaban tan desconcertados por la detención del Rubio que habían olvidado a Miriam. «Solo unos días más», le insistió, y Almela concedió esa prórroga.

«Llámame si tienes problemas», le había recordado Nora a Miriam en un mensaje. «Estoy bien», le respondió la niña, acompañado de un emoticono con un guiño y media lengua fuera.

Pasó una bandada de pájaros negros que dibujó una flecha contra el atardecer.

Concha había pegado esparadrapo en el puente de sus gafas. «Se me resbalaban con el sudor», se explicó, acodada como una estudiante aburrida en la mesa que había junto a la ventana en el comedor de la Venta. Miraba la calle vacía y el cielo rojo y suspiró: «Qué mierda de pueblo». Nora sonrió al sentarse frente a ella y Concha la miró de reojo para añadir: «Y, encima, feo». Un perro flaco paseaba por la acera en sombra. En las paredes del restaurante, la decoración de aperos de labranza. «No es tan feo», intentó animarla Nora, poco entusiasta. La Francesa vio cómo la mirada de la abogada se desplazaba a una pequeña hoz que colgaba de una viga de madera. Se levantó con un quejido mientras le decía:

—Si te digo que es feo, tú hazme caso. No me hables como si fuera tonta, que me recuerdas a las francesas en Lyon. —Concha descolgó la hoz y volvió con ella a la mesa—. Se quedaban mirando a mi hijo y, tan finas, me decían lo guapo que era. Qué gracioso. Ni mu de la mano. A lo mejor se pensaban que no me había dado cuenta. Pero yo les soltaba: ojalá me hubiera salido manco. No con ese dedo que da repelús...

—Qué bruta. Habría que verles las caras.

—No les mentía. Cuando le daba teta y me ponía

la manica... —Hizo un gesto de asco y después empujó la hoz hacia Nora—. Para ti. De recuerdo. Se usaba para segar el tomillo. Mi padre se sacaba unos duros yendo al monte, pero ahora, si te cogen los guardias, hasta te multan...

Nora cogió la hoz; el filo ligeramente oxidado y el mango de madera gastada. En la calle, el perro se tumbó en una esquina con una respiración entrecortada. Tuvo ganas de llevarle un balde de agua. Parecía asfixiado.

—Dentro de unos años, de esto no quedarán más que cuatro piedras. Es normal que los jóvenes se vayan. Los viejos nos hemos hecho unos *desgraciaos*...

—Esto pasará. Como todo en la vida. Y las cosas no serán tan diferentes por aquí.

Concha cabeceó de un lado a otro, segura de que era imposible, y sus ojos se hicieron aún más pequeños tras los cristales, dos insectos microscópicos. Nadie iba a convencerla de que Portocarrero se moría. Un futuro pueblo fantasma. Tampoco le parecía mal. Una plaga bíblica había caído sobre ellos y la resignación ante el final era lo único que les quedaba. «A mi hijo, por lo menos, se le ve el dedo, no se lo tapa, pero aquí todos tienen dedos *escondíos*. Lo menos veinte algunos.» Nora cogió la hoz. Se sentía ridícula cuando se despidió de Concha y se levantó con la herramienta colgando del brazo. «Parezco de *Los chicos del maíz*», bromeó, pero Concha no la entendió. No debía de conocer la película. Se quedó mirándola de arriba abajo, seria, y entonces le preguntó:

—¿No te vas a dejar crecer el pelo? Pareces una machorra... o que tienes cáncer.

—No lo sé —le respondió Nora, acariciando con la palma el cepillo de pelo al dos, la leve montaña que la pieza de titanio levantaba en su piel—. Yo me veo más sexy.

—Eso es porque no estás tan gorda —le concedió Concha—. Los pelos no tienen nada que ver.

En la habitación, Nora se miró al espejo. Su reflejo se cortaba a la altura de las pantorrillas. Estaba desnuda, pero quitarse la ropa no bastaba para acabar con el calor. Inclinó ligeramente la cabeza hacia delante e intentó poner la cara más inexpresiva que fue capaz. «No deberías haberme engañado», dijo con un susurro ronco. Si se pintara los labios de negro y se hiciera un tatuaje en el nacimiento del cuello, un lobo hiperrealista, podrían confundirla con una Lisbeth Salander mediterránea. Hablaría poco y armaría un gesto torvo cada vez que alguien le preguntara por su pasado. Se convertiría en un animal peligroso y, a la vez, asustado. Pero, para conseguir todo eso, primero tendría que pasar por el quirófano para que le cortaran toda la piel que ahora colgaba de su barriga; había perdido peso demasiado rápido. Podría hacerse un bolso con ella.

Se tendió en la cama aburrida. Tonteó con el móvil y vio que tenía un mensaje con la factura de su operadora. Sesenta y tres euros. Le resultó demasiado caro y recordó que ahora también pagaba el móvil de Miriam. Buscó una aplicación para consultar el consumo de sus líneas. La conexión era un desastre y la barra de descarga avanzaba con una lentitud exasperante. Una vez la hubo instalado, abrió el extracto de llamadas del teléfono de Miriam. Encontró su propio número de teléfono; la noche en que Miriam temió que el Jifero estaba dentro de su casa. Y otro número al que llamaba prácticamente todos los días. Tres y cuatro veces. Hoy mismo había intentado hablar con él. La mayoría de las conexiones apenas duraban segundos. Otras, los primeros días, eran largas conversaciones de cuarenta minutos. Buscó en sus papeles y encontró ese mismo número de teléfono. Era el de Néstor. No le pareció tan extraño que Miriam intentara hablar con el chico que fue su novio. Supuso que, en esas primeras conversaciones, hubo una pelea. Tal vez Miriam le había acusado de darle la espalda cuando se descubrieron los chats. Luego, Néstor dejó de contestar sus llamadas y, si lo hacía, no debía de responder más que «deja de llamarme» antes de colgar.

Se dio una ducha, pero antes de secarse del todo notó que volvía a sudar. Era imposible combatir el calor. Esperó que la noche trajera alguna corriente de los montes y que bajara la temperatura. De lo contrario, iba a ser difícil dormir.

Todo encajaba. El Rubio tenía acceso a los chats a través de Néstor. Pudo suplantar la identidad de Miriam y hacerles llegar un dinero a los serbios para, después, confirmar el encargo con ese mensaje al Jifero. Era una explicación lógica, se repetía Nora. Sin embargo, le recordaba a aquellas figuras geométricas que su padre hacía con palillos en la barra del bar, solo para entretenerla mientras él se tomaba una caña con los amigos. Nora cogía la figura con cuidado para que los palillos no se desencajaran. La ponía en el borde de una mesa y le pedía un mechero. Bastaba con quemar la punta de uno de los palillos para que todo saltara por los aires. Y luego ella se reía porque los adultos fingían haberse asustado.

¿Por qué? Irene planeaba dejar a Jacobo para irse

con el Rubio. ¿Por qué iba a querer este matarla? En el caso de que él se hubiera hartado de su indecisión, de que Irene no encontrara el valor para separarse, ¿por qué acabar con ella? ¿No habría sido más lógico matar solo a Jacobo? ¿Y por qué enredar en todo eso a Miriam? ¿Qué culpa tenía la niña?

Los palillos por los aires otra vez.

Al día siguiente, cuando la tarde terminaba, salió de la Venta. Solo algo inevitable, una llamada de Miriam o el fin del mundo, podría animarla a pisar la calle antes. Las chicharras y el ladrido intermitente de un perro que no conseguía ubicar. La calle de la Venta del Cura serpenteaba junto a la plaza y la portada de la iglesia del Santo Sepulcro hasta desembocar en la vía principal del pueblo. Dejó atrás el Diamond y el olivo esquelético que parecía quemado por un rayo. Tras las casas del centro de Portocarrero se levantaba el cerro del Castejón, una pequeña montaña que terminaba de forma abrupta en un cortado de unos cincuenta metros. Las lluvias o un corrimiento de tierras habían arrancado el trozo de tierra que faltaba hace cientos de años, mucho antes de que alguien empezara a levantar la primera casa de Portocarrero. En el borde del cortado se adivinaba la silueta de las palmeras y el perfil del chalet del Rubio. Un camino asfaltado a la espalda del pueblo ascendía hasta él.

Había avispas ahogadas en la piscina. Palmeras que la protegían del sol del crepúsculo y, a la derecha de la puerta del chalet, una terraza con tumbonas de mimbre desperdigadas bajo una enredadera de la que colgaban luces de colores, pequeñas bombillas rojas, verdes y amarillas, y también bolsas de agua para ahuyentar a las moscas.

Marga le abrió la puerta. Le sonrió cuando le preguntó quién era y se limpió las manos en un delantal de cocina. Nora se presentó y le dijo que quería hablar con su hijo. «¡Néstor!», gritó Marga volviéndose al salón y, después, se marchó a la cocina.

Nora encontró a Néstor tumbado en el sofá, el mando de la consola en las manos e imágenes de una batalla en la televisión. Parecía la Segunda Guerra Mundial. Ella le saludó y le dijo que era la abogada de Miriam mientras se sentaba en un sillón frente a él, como si fuera una amiga que está de visita. Néstor congeló la imagen del videojuego y se sentó recto, formal, mientras echaba una mirada incómoda a la cocina donde Marga preparaba la cena. Molesto porque su madre había dejado entrar a Nora. Deseando que la abogada se marchara para echárselo en cara.

—No te voy a molestar mucho —anunció Nora—. ¿Tú sabías que tu tío y la madre de Miriam tenían una aventura?

La pregunta a bocajarro hizo tartamudear a Néstor. «No sé», silencios y miradas al suelo. Dejó a un lado el mando de la consola, sorprendido de que aún estuviera en sus manos. Intentó que Nora se fuera, pero no supo bien cómo decírselo:

—Voy a cenar... No puedo hablar...

—No te pongas nervioso —le pidió Nora—. Yo sé que tú eres un buen chico. He leído los chats y eras el único que ponía un poco de cordura. No sabes lo agradecida que está Miriam..., ¿te lo ha dicho?

—No he hablado con ella —mintió Néstor y lo hizo

mal, cogiéndose los dedos de la mano y evitando los ojos de Nora.

—Sé que esto es un trago, pero yo creo que vas a hacer lo correcto. Tu tío no puede hacerte nada y alguien tiene que contar la verdad de una vez por todas. —El chico se puso en pie para volver a sentarse después. Dijo que él ya había hablado con la Guardia Civil y había dicho la verdad—. No digo que mintieras. Pero a lo mejor hay cosas que no contaste. Por miedo o por lo que sea. Da igual. Ahora puedes hacerlo.

—Hablé con Miriam..., le presenté a Zoran y al otro..., pero para asustarla... La avisé muchas veces, que eso era una locura.

—No te estoy preguntando por eso. Ya te he dicho que sé que lo hiciste bien. Pero tienes que seguir haciéndolo.

Malas notas. Déficit de atención o Dios sabe qué le habían diagnosticado. Simplemente, no era muy despabilado. Y allí estaba, atrapado en el salón de su casa, mientras Marga preparaba unas albóndigas; volvió de la cocina y le preguntó a Nora si iba a quedarse a cenar, a su hijo le encantaban las albóndigas, y Néstor la miró desesperado, sin saber qué contestar, qué era lo correcto porque eso insistía Nora que hiciera: «Haz lo correcto», «eres un buen chico», «no tengas miedo», «sé que lo harás bien». Pero Néstor se refugiaba en su mutismo, las puertas cerradas.

—En el pueblo decían algo de Irene y mi tío, pero yo nunca los vi juntos —fue todo lo que le arrancó.

—Cariño, tu tío está harto de la cárcel. Está hablando con la Guardia Civil y les está contando quién es el Jifero, pero no sé si dice la verdad o si solo está quitándose de en medio, ¿entiendes? No quiere cargar con la muerte de Irene... Y yo tampoco termino de creerme que él lo hiciera. La quería, ¿sabes? Estaba enamorado de ella.

Poco a poco, Nora mostraba la sombra de una acusación, aunque para eso hubiera inventado un cambio de actitud del Rubio. ¿Y si su tío ponía un dedo acusador sobre Néstor? El chico manipulable que pretendió ser un héroe para Miriam.

—Cuéntamelo, yo solo quiero ayudaros. —Néstor había creído a pies juntillas cada una de sus mentiras. Movía nervioso una pierna, en silencio, los dedos hechos un nudo—. El Rubio dice que tú también conocías al Jifero. —Néstor levantó los ojos, a punto de explotar—. ¿Mandaste tú el último mensaje? ¿Le dijiste al Jifero que fuera al cortijo el jueves por la noche? Fuiste a recoger a Miriam a su casa aquel día...

Imaginaba su corazón golpeándole el pecho y el desorden de ideas.

—¿Puedo ir al baño? —le preguntó Nora y se puso en pie—. Ando regular del estómago.

Él le señaló dónde estaba el servicio y Nora lo dejó solo. Entró en el baño, cerró con el pestillo y se sentó en la taza del váter. Durante los cinco primeros minutos, supuso que Néstor organizaba en su mente un argumento para echarla de casa. Dejó pasar cinco minutos más. La convicción del chico se empezaba a agrietar por su ausencia. Incomodidad y, después, enfado. Quince, veinte minutos. La posibilidad de que su tío le acusara de algo empezaba a vagar por su cabeza. Nora ya se había leído un par de noticias del periódico en el móvil. Se fijó en los geles de la ducha. Los azulejos. La grifería de diseño. Más de media hora. La conciencia de Néstor trabajando a pleno rendimiento. Las dudas y la culpa.

El deseo de hacer lo correcto: la decencia y el temor a cargar con algo que no había hecho. Tal vez, también Miriam: la chica de la que no sabía si se había enamorado. Nora escuchó a Marga canturrear algo parecido a una canción, pero no reconoció la letra. Tiró de la cadena. Abrió el grifo. Se aseguró de que los ruidos alertaran a Néstor de su inminente salida. *¿Qué me vas a decir ahora?*

La mesa estaba puesta para la cena. Marga olía a aceite y carne cruda. La sartén bullía en la cocina. Nora encontró a Néstor en el mismo sofá, como si lo hubiera dejado atado con cadenas. Tal vez esperaba que la abogada se disculpara por pasar tanto tiempo en el baño y se marchara con un amable «buenas noches».

—¿Vas a contarme ahora lo que sabes del Jifero?

—Nada. —Y el chico no supo ocultar su frustración: el interrogatorio continuaba.

—Hay fotos —dijo ella, aunque no especificó de qué—. Y tenemos el coche. Un Volvo 244 blanco. La policía puede tomar huellas, seguro que lo has visto un millón de veces en la televisión. Y pueden encontrar las tuyas...

Néstor se levantó. Salió de la casa sin responder a su madre, que le preguntaba: «¿Dónde vas? Se va a enfriar la cena». Nora le siguió hasta el borde de la piscina. Había anochecido y sobre el agua, manchas de colores de las bombillas que colgaban de la enredadera.

—Mi tío... —empezó a decir Néstor—. No quiero ir a la cárcel.

—Seguro que no has hecho nada tan malo.

—El negocio no va bien. Y esto no es barato —dijo señalando a su alrededor: la piscina y el chalet, pero su brazo parecía abarcar también el pueblo que dormía a sus pies—. Decía que tenía que ayudar en algo. Que soy un vago y las cosas valen dinero.

—Pero estabas estudiando, ¿cómo ibas a ponerte a trabajar?

—No lo conoces... —murmuró y le pareció asustado—. Cuidar de mi madre..., yo..., no es lo que él quería, y a veces...

—¿Perdía los nervios? —Néstor afirmó con un movimiento rápido: temía que alguien le descubriera dándole la razón. Ella era consciente de que necesitaba un abrazo, pero decidió mantener la distancia. Hacerle sentir abandonado—. Tienes que pensar en ti, Néstor. Tienes que defenderte, y estar callado no ayuda.

—Me hizo meterme con Zoran y Sinisa... Ellos me daban las pastillas, la coca... y yo la colocaba a la gente. En el instituto..., las fiestas...

—Pero el que de verdad movía el negocio era tu tío.

—Yo solo hice lo que me dijo.

—Tranquilo. Lo estás haciendo muy bien. Cuéntame ahora lo del Jifero. ¿Cómo lo conociste?

—No lo vi nunca.

—No me mientas, Néstor.

—Te lo juro. Oí hablar a los serbios de él. Decían que era mejor mantenerse lejos de ese tío. No sé si estaba medio loco...

—Pero sí viste el Volvo. —Néstor volvió a afirmar. Miró a su casa, a su madre, que ahora salía a la puerta del chalet y le llamaba con un grito—. ¿Y no estaba el Jifero?

—El coche era de un tal Lázaro. Un amigo de los serbios...

Los putos palillos otra vez por los aires. Tan pronto armaba una explicación de lo que había pasado, se desmontaba. ¿Lázaro? ¿Había estado implicado en todo esto desde el principio?

Marga se acercó a ellos, cada vez más enfadada, cada vez gritando más fuerte el nombre de Néstor.

—¿Sabes si el Rubio discutió con Irene? ¿Tuvo algún problema con ella?

—¡Que ya voy, mamá! —explotó Néstor—. No lo sé. Mi tío y yo tampoco hablamos mucho...

Marga hizo un mohín algo exagerado y, al llegar bajo la enredadera, se dejó caer en la tumbona. El comportamiento de su madre superaba a Néstor. ¿Cómo iba a encargarse de ella si el Rubio no volvía? Pero también: ¿cómo iba a afectarle que se supiera todo? Y, quizá, su tío se viera en la obligación de contarlo para salir de prisión.

—¿Te doy mi teléfono? Por si quieres hablar más..., o te hago una perdida y lo guardas.

Néstor se metió las manos en los bolsillos. Le dijo «vale» y se refugió en el chalet. Nora escuchó el canturreo de Marga en la tumbona. Al ver que la abogada se marchaba, se levantó y le volvió a insistir en que se quedara a cenar. Pero Nora le dijo que no. Necesitaba ordenar lo que le había contado Néstor. Le pareció que Marga cantaba algo como *«El libro está roto, dame otro ojo...»*.

—¿Qué canción es esa? —le preguntó.

—No es una canción. Es un poema. Mío —le aclaró Marga orgullosa—. *«El libro está roto, dame otro ojo, caldero y quincalla, siempre hay quien se calla, que viene el cojo»* —lo repitió una vez más, le preguntó si le gustaba. *«Que viene el cojo.»*

Al volver a la Venta, todavía resonaba el eco del poema de Marga. Le dolía la cabeza; tal vez el calor, tal vez porque había vuelto a olvidar los analgésicos. Se dio un suave golpe en la cabeza, esperaba que la pieza de titanio sonara metálica. No sabía por qué. Quizá ese sonido encendiera algo en su cerebro y le permitiera entender qué había pasado. Cómo habían llegado esos hombres al cortijo, aquella noche.

Llamó a Almela y le preguntó cómo iba la búsqueda de Lázaro y la Cocinera. No había novedades. Pero algo sí había cambiado. El Rubio les había dado el nombre real del Jifero. Nora lo apuntó en su libreta. Según le contó el sargento, lo había reconocido cuando le enseñaron la imagen que obtuvieron de las grabaciones de Ginés. «Alguna vez lo contraté para el campo», les había dicho. Era un principio.

Colgó y después llamó a Jacobo.

—El Rubio ha reconocido al Jifero. Tenemos que hablar. Un silencio y su respiración.

—Ven a casa —le dijo Jacobo.

En la libreta de Nora, un nombre escrito: Juan Ródenas.

El guardián

–ven a verme por San Martín–

Insistió hasta que Irene respondió a sus llamadas. Sus quejas se apagaron bajo un «Jacobo, déjame en paz, por favor» que ella murmuró sin apenas fuerzas. Tanto las lágrimas como un grito podían haber seguido a esa frase, pero el silencio de Jacobo evitó que Irene dijera nada más. Se sentía desorientado. Enfadado por la ausencia de su mujer, ¿dónde había pasado la última noche?, pero también derrotado. Culpable de la ruina que estaba desmoronando a su familia. Escuchó el ruido de la respiración de Irene al otro lado y coches y gente.

—¿Dónde estás? —preguntó.

—No te importa —respondió Irene.

—Es Miriam —se apresuró a decir, temía que le colgara—. No le ha pasado nada, pero está en el hospital de Almería, ¿puedes acercarte?

El interés de Irene cambió y le asedió a preguntas. Jacobo le habló del incendio en la casa del Rubio. Marga había sufrido una crisis y, fuera de sí, prendió fuego a la caseta de la piscina. Néstor y Miriam estaban en la casa. Su hija no había sufrido heridas, pero Néstor se había quemado el brazo al intentar apagar el fuego, aunque creía que tampoco era importante.

—Ahora mismo salgo para el hospital —dijo Irene.

—Me lo ha contado Ginés. Lo he visto en el pueblo... —Y el fracaso se iba imponiendo en el ánimo de Jacobo—. ¿Te ha llamado Miriam a ti?

—No lo sé. Es posible. Llevas haciéndome llamadas desde anoche. Pensé que a lo mejor eras tú, ahora miraré en las perdidas...

Jacobo calló. Estaba seguro de que, entre esas llamadas sin respuesta, habría alguna de Miriam. Pero ¿por qué no intentó hablar con él al no localizar a su madre? ¿Tanto le aborrecía que ni siquiera en esa situación quería tenerlo cerca?

—No me dejéis fuera —le suplicó Jacobo.

—Tengo que ir a ver a Miriam.

—Irene, por favor. Hago lo que puedo para que salgamos de esto...

El silencio de Irene dejó espacio al ruido de los coches y las voces de hombres y mujeres que, suponía, paseaban a su alrededor. Tal vez estuviera en el paseo marítimo de Almería, aunque no podía escuchar el mar.

—Te llamaré cuando esté con la niña.

Luego colgó. En el porche del cortijo, Jacobo se quedó mirando la pantalla de su móvil hasta que este se bloqueó. Pensó en coger el coche y presentarse en el hospital, pero no se sentía con fuerzas para enfrentarse a su hija, a Irene y al Rubio; estaría allí, al mando de la situación. Ordenándoles que fueran a la cafetería a descansar mientras él terminaba el papeleo del ingreso de su hermana, dándole tranquilidad a Miriam y consuelo a Irene. Usurpando su papel.

El verano había terminado y lo único que había dejado a su paso era la constatación de que él era un imbécil.

Creyó que podía manejar al Rubio a su antojo, pero no había sido más que un espejismo. La soberbia con la que le llamó y le amenazó con contarle a la Fuertes quién estaba detrás de los robos de ganado, aquel mensaje intimidatorio que grabó en su buzón de voz cuando encontró el móvil en su casa, se transformó en sumisión con el paso de los días. Una transformación de la que apenas fue consciente.

Después de la noche en la sierra de los Filabres, de Ródenas y el refugio forestal, de los chillidos de dolor del cerdo y de su voz en el contestador del Rubio al volver al cortijo, ese móvil que era la prueba vergonzosa de que Irene y él habían estado juntos, el Rubio le llamó. Fue a la mañana siguiente y el Rubio le habló en un tono de camaradería que le exasperó, «¿qué tal estás?, vaya calor está haciendo», y Jacobo tuvo que contenerse para no explotar y gritarle que se dejara de imposturas, que él no era su amigo. Sin hacer referencia alguna al contenido del mensaje, el Rubio le pidió que se acercara a su casa para tomar un aperitivo. «¿Te va bien a eso de la una?», le preguntó. Y Jacobo le dijo que sí, aunque hubiera preferido contestar: «Que te follen, gilipollas».

Cuando llegó a la casa, el Rubio nadaba en la piscina. Su cuerpo empapado al salir le resultó desagradable. Goteó agua por el borde de la piscina y Jacobo le miró el pecho, el abdomen liso que no delataba su edad, las piernas, e imaginó a Irene sobre él, haciéndole el amor y que el agua que ahora le mojaba era en realidad sudor y saliva de su mujer. El Rubio le dio la mano y le pidió un minuto para secarse. Al poco, regresó de la casa, vestido y con dos quintos en la mano. Le dio uno a Jacobo.

—No te entiendo —dijo el Rubio después de un trago de cerveza—. Estoy intentando ayudarte y tú..., ese mensaje que me dejaste...

—¿En serio? —Y Jacobo le sonrió. Estaba convencido de que él mandaba—. ¿Vas a hacerte el idiota? ¿Para eso me has hecho venir?

—¿Qué quieres? —aceptó el Rubio. Dejó el botellín en el suelo. Jacobo lo creía incómodo.

—Dinero. Tampoco demasiado, no soy un ladrón... Diez mil euros es suficiente.

—No lo tengo —le respondió sin dudar y ante la mirada de Jacobo, que se paseaba por la casa, por las palmeras, la piscina—. Los negocios no van bien. La crisis. Todo se lo quedan los políticos y no hay manera de levantar cabeza...

—Me da igual cómo lo consigas.

—O si no... ¿qué?

Jacobo se dio cuenta de que ya se había bebido toda la cerveza. La dejó también en el suelo. El Rubio le miraba ahora desafiante.

—Puedes ir y decirle a la Fuertes que le he robado un par de cerdos. ¿Qué pierdo con eso? Una amiga, será una jodienda... son muchos años, pero ¿qué más? Una multa, me declararé insolvente... Te juro que me saldrá por mucho menos que esos diez mil euros que me pides.

Le habría gustado insultarlo, pero ¿de qué serviría? Solo para subrayar su impotencia. Quería dejarse de buenas maneras: ¿por qué no le había partido la cara nada más verle? Sin embargo, le había estrechado la mano. Se había tomado una cerveza con él. ¿Civismo o cobardía? Tal vez eran la misma cosa. En el fondo, lo único que quería era huir de ese pueblo. Sacar a su familia de allí e intentar reconstruir lo que quedaba de ella lejos de Portocarrero. Lejos de ese último año.

—Ródenas me ha contado que fue un desastre... —dijo el Rubio—. Si te hubieras portado, este verano te habrías sacado un dinero. A lo mejor, no tanto. Pero sí un dinero.

—¿Vas a seguir haciéndolo? —Y, al preguntarlo, Jacobo asumía su derrota.

—No va a querer que vayas más con él...

—No todo el mundo te importa tan poco como la Fuertes. Ya no se atrevía a enfrentar la mirada del Rubio. Intuía su sonrisa y sus ojos que disfrutaban con la situación, que le tentaban a que hiciera una pregunta más: *Venga. No tengas miedo. Pregúntame cómo me follé a tu mujer. ¿Quieres saber qué me hizo? Ya que mercadeas con ella, ¿qué más da?*

Tienes que ser más listo que él, se repetía Jacobo, como un dique contra la mezquindad que sabía que estaba haciendo.

—Sabes que a vosotros os tengo mucho cariño —escuchó que le decía el Rubio, pero, aun así, siguió conteniéndose. Le habría gustado tener otra cerveza cerca para vaciarla.

—Habla con Ródenas. Dile que esta vez no le daré problemas —le rogó.

Se dio media vuelta. Se alejó del Rubio y de la piscina como Orfeo del infierno, consciente de que no debía mirar atrás.

Una semana después, en el refugio forestal. Cerca de la cima de los Filabres.

Estaba allí antes de que Ródenas apareciera con la furgoneta. Sus brazos desproporcionados y la piel gitana, casi negra. Vestía un mono azul sucio de barro y botas de plástico. Un granjero gigante, pensó, que se agachó un poco ante él para preguntarle: «¿Estás seguro de que quieres hacer esto?».

Aquella noche no fueron a la dehesa. Subieron unos kilómetros por la carretera de la sierra, un desvío por un camino de tierra hasta una vieja caseta de aperos que tenía parte del techo derruido. Aparcó en la puerta y Jacobo le siguió al interior. Antes de entrar, el olor a sangre le revolvió el estómago. Un suelo cementado y, en la pared del fondo, cinco cerdos negros colgados de ganchos. Ródenas se acercó a un poyo de obra sobre el que tenía su instrumental. «Tenemos que despiezarlos», le dijo. En su mano derecha, un cuchillo que todavía tenía restos de sangre en la hoja. Entre los dos bajaron a uno de los cerdos. Debía de pesar más de noventa kilos. A Jacobo le pareció una especie de monstruo prehistórico. Lo pusieron patas arriba sobre una mesa. Ródenas le dijo cómo tenía que sujetarlo. Le costaba respirar por el olor y el calor, pero se alegró de que el animal ya estuviera muerto. Al menos no tendría que escuchar sus gritos. Ródenas hundió el cuchillo bajo el hocico del cerdo y lo abrió en canal. Jacobo apartó la cara antes de que las tripas quedaran a la vista.

Trabajaron hasta el amanecer. Ródenas lo llevó de regreso al refugio forestal. Jacobo abrió el maletero de su coche; se quitó la ropa que llevaba y se puso una limpia. Sin embargo, el olor a muerte seguía pegado a él. Volvió a casa con trescientos euros en el bolsillo y ganas de desaparecer. Se duchó y se acostó. Irene no le preguntó dónde había pasado la noche.

El tiempo avanzaba con fingida naturalidad. Un verano asfixiante salteado por un par de cenas con la Fuertes y Ginés, también el Rubio, Alberto y Rosa. Irene a su lado. Gin-tonics y bromas. Risas y baños a las tantas de la madrugada en la piscina del chalet. Como si nada estuviera pasando. La Fuertes dijo: «Son unos cabrones; como me roben otro cerdo, me trae cuenta cerrar», y el Rubio le contestó: «¿Lo has denunciado al SEPRONA?». Siguieron bebiendo y cagándose en los muertos de esos ladrones. «Serán unos moros», concluyó Rosa.

Se encontró tres veces más con Ródenas. Solo una de esas noches fueron a la dehesa. El resto, las pasaron en la caseta despiezando cerdos. Ródenas apenas si hablaba, concentrado en su cuchillo y en el corte. Jacobo tampoco tenía nada que decir. Miraba por el agujero abierto en la cubierta de la caseta y pensaba en su propia casa: en esas tejas que nunca había arreglado. Ahora sabía que al desierto también llegaban las lluvias y el frío.

Al volver a casa una mañana, encontró a Irene hablando con su hermano. Aunque cortaron la conversación tan pronto como le escucharon entrar, Jacobo pudo oír como Alberto le pedía a su mujer que hablara con el Rubio. «Con todo lo que he hecho por vosotros», fue lo último que dijo, una cantinela que le hartaba y que se filtró como agua en el desierto al verle pasar. Prefirió fingir que no había escuchado nada. Subió a su habitación. En una vieja mochila que les había acompañado desde la mudanza guardaba el dinero. Casi mil quinientos euros. Solo tenía que aguantar un poco más, se dijo. Pero en su cabeza bullía la certeza de que todo el mundo sabía que el Rubio e Irene estaban juntos. Hasta el punto de que Alberto, asfixiado con el negocio de las abejas, había buscado a su hermana para que mediara con el Rubio. «Dile que vuelva a meterse en lo de la miel. Me estoy arruinando. A ti te hará caso», pensó que le había pedido.

De repente, el Rubio dejó de avisarle para ir a trabajar con Ródenas. Septiembre pasó en blanco a pesar de las exigencias de Jacobo. «Cuando haya algo, te diré.» Se excusó con que el SEPRONA patrullaba la dehesa y era peligroso. Él sabía que era mentira: «Ni Dios me hace caso», se había quejado la Fuertes.

Ginés se presentó un día con tejas y cemento para arreglar el tejado. Todavía llevaba la férula en la pierna izquierda, pero no fue obstáculo para subirse a una escalera y arreglar la cubierta. Jacobo le hizo de peón. Al terminar, se tomaron una cerveza allí arriba, en el tejado. Atardecía en el desierto y Ginés le señaló una montaña: «¿Ves esa forma que tiene en lo alto? La que parece una especie de dedo...». Junto a la carretera que cruzaba Tabernas, la montaña y pegada a su cima, una roca vertical. «Es el guardián del desierto», le explicó Ginés. «Si te acercas, sobre todo a estas horas, con el sol poniéndose, parece una cara con la boca entreabierta, como si se estuviera asfixiando de calor.» Jacobo hizo un esfuerzo por reconocer esa silueta en la roca, pero a la distancia que estaban le resultó imposible. «El puto guardián del desierto», repitió Ginés, «ese ve todo lo que pasa a su alrededor». Jacobo intentó sonreír, pero en realidad quería bajar del tejado cuanto antes. ¿Ginés le había lanzado una advertencia?

Estaba perdiendo la partida. Se quedaba descolgado en el juego con el Rubio. La ausencia de encargos le obligaba a recurrir al poco dinero que había conseguido ahorrar: facturas, bombonas de butano y comida. La cantidad descendía y se alejaba la posibilidad de huir. Pasaba los días en la mecedora, su mirada perdida en la grieta que cruzaba el techo del salón y una cerveza tras otra. Irene fingía que salía cada mañana rumbo a Almería, pero sabía que no era así. Subiría a la casa del Rubio; alguna vez estuvo tentado de seguirla y esperar a que estuvieran en el dormitorio, follando, para entrar y dar rienda suelta a su ira. Nunca lo hizo. Miriam había repetido curso, pero no parecía importarle. Seguía faltando a las clases y Jacobo renunció a los sermones, a las charlas que Miriam encajaba cada vez con más desprecio. Veía a sus mujeres como dos fantasmas que podía intuir, pero no tocar. En un plano que no era accesible para él.

El silencio del desierto y los días que se hacían cada vez más cortos.

Subió a la sierra una noche de mediados de octubre. El Rubio le había avisado y encontró a Ródenas vaciando intestinos, preparaba salchichas y chorizos. Las patas colgaban en una fresquera cubiertas de sal. En el suelo de cemento, sangre reseca e insectos rondando la carne todavía fresca.

—¿Adónde va a parar todo esto? —le preguntó Jacobo.

—A la barriga de algún hijoputa —le contestó Ródenas sin dejar de trabajar.

El Rubio lo tenía atado. Se dio cuenta una noche, poco después de aquella de octubre, y no le importó estar borracho al tener esa epifanía: sabía que era verdad. Le daba suficiente trabajo para soñar con que podría lograrlo, pero entonces dejaba de llamarle. Él se desesperaba y se veía obligado a gastar dinero. Entonces, el Rubio volvía a ponerse en contacto con él. Como en una tortura en la que se alimenta al preso lo suficiente para que no muera, pero no tanto para que recupere las fuerzas y pierda el miedo. ¿Quién más participaba en ese juego macabro? ¿Irene? Tal vez era ella la que advertía al Rubio: «Va a hacer una locura», y esa era la señal. ¿Hasta cuándo? ¿Qué día dejaría de ser necesario?

Se sentía un imbécil. Humillado, objeto de una burla. El rencor se hizo fuerte en él: *¿de verdad creéis que podréis conmigo?* Y la rabia se desplazó a Irene y, también, a Miriam. Podía llegar a odiarlas. Su hija le miraba con desprecio y le preguntaba: «¿Qué me vas a regalar por mi cumpleaños?». Irene apenas le hablaba y se acostaba de espaldas a él. No habían vuelto a tocarse desde la comunión de su sobrino.

Quizá tenía que dejarlas atrás.

Irene encontró su ropa manchada de sangre en la basura y tuvieron una fuerte discusión: había bebido y no sabía bien qué había dicho ni qué había hecho en esa disputa. *¿Quieres que te cuente lo que me has obligado a hacer?*, pensó después con rencor.

Empezó a ir por la sierra y a recorrer la carretera hasta el refugio forestal o la dehesa, también hasta la casa de aperos. Estaba convencido de que Ródenas seguía trabajando, aunque a él le dijeran lo contrario.

Una noche, al entrar en el camino de tierra que conducía a la caseta de aperos, vio un coche blanco aparcado en la puerta. No era la furgoneta de Ródenas y, por eso, se bajó de su coche a unos cien metros del lugar y caminó guareciéndose entre las encinas para ver quién estaba allí. Una primera oleada de satisfacción le inundó el pecho: ¿habían descubierto el negocio del Rubio? Él no lograría lo que se había propuesto, pero al menos el Rubio recibiría el castigo del desprecio de Portocarrero. ¿Y si eso le separaba de Irene? Toda esperanza desapareció al ver que era Ródenas quien salía de la caseta y se encendía un cigarrillo. Jacobo se quedó quieto entre las sombras hasta que le gritó:

—¡¿Vas a pasar ahí toda la noche?!

Abandonó su escondite. Se acercó a la caseta y aceptó el cigarro que Ródenas le ofrecía. Luego, el gitano entró en la caseta para buscar una bolsa de desperdicios que tiró a unos metros de ellos. La bolsa se rompió al caer y los huesos y la carne inútil se desparramaron por el suelo. Ródenas se quedó mirando el desastre con un gesto de fastidio, pero después dio media vuelta y murmuró:

—Los animales se comerán la jifa.

Hacía frío y Ródenas le propuso que se metieran en el coche. Arrancó el motor y puso la calefacción. Su cuerpo de gigante casi no cabía dentro. Sus piernas rozaban con el volante, se encorvaba para no darse con el techo.

—Se me ha estropeado la furgoneta y un amigo me ha dejado el coche —le explicó.

Los cristales se empañaron. Podían escuchar el ruido de los árboles golpeados por el viento.

—¿Por qué no te has ido? —le preguntó Ródenas—. No vales para esta tierra.

—¿Eso te ha dicho el Rubio?

—El Rubio me dijo que te colgara como a un cerdo en cuanto tuviera oportunidad. —Ródenas desvió la mirada a Jacobo. Tenía los ojos verdes, tan claros que parecían transparentes. Luego se carcajeó con todas sus fuerzas—. Primo, te tenías que ver la cara.

—Me cago en tu sombra. —Jacobo también se rio, aliviado.

—Del Rubio yo sé nada y menos —se explicó después Ródenas, cuando había conseguido contener la risa—. Te lo digo porque tengo ojos, ¿sabes? Mi madre decía que era medio brujo. No es para tanto, pero más de una vez he acertado. Y te miro y pienso: este maricón no va a acabar bien. No tiene cojones.

Puso el antivaho del coche y un aire caliente limpió el parabrisas, sus respiraciones que se habían quedado pegadas al cristal. Al otro lado, la vieja caseta y la noche, las encinas. Jacobo tardó un tiempo en contestar.

—A lo mejor tienes razón. Pero tampoco puedo irme a ningún sitio. Estoy sin un céntimo.

—De aquí no lo vas a sacar —le advirtió Ródenas.

Le mentía cuando le decía que no sabía nada del Rubio. Jacobo se dio cuenta, pero prefirió no hacérselo notar. Fuera, creyó ver una sombra moverse entre los árboles. «¿Qué hay ahí?», le preguntó a Ródenas. Encendió los faros del coche e iluminó el sitio donde antes había tirado los desperdicios. Un zorro gris levantó la mirada hacia ellos, el hocico manchado de sangre de escarbar entre los restos de carne del cerdo. Duró un instante, pero Jacobo supo que ese zorro le miraba a él y quería decirle algo. El animal dio la vuelta y corrió entre los árboles hasta que los faros ya no pudieron encontrarle.

—Déjame que venga a ayudarte, sin que se entere el Rubio. No me tienes que pagar tanto —le pidió Jacobo.

Estaba convencido de que la grieta del salón se había hecho más grande. Olía a aceite quemado e Irene llamaba a gritos a Miriam para que bajara a cenar. Él había pasado a observarlas desde una atalaya, como el guardián del desierto los miraba a ellos, pero no con la boca entreabierta del que se muere de sed, sino con la superioridad del que se sabe por encima. Miriam se quejaba de su móvil, «este puto trasto», e Irene le pedía que no dijera tacos. Más partes del instituto volaban sobre la mesa. «¿Estás drogándote?», preguntó Irene a Miriam y su ingenuidad le resultó ridícula. «Déjame en paz», contestaba una y otra vez su hija, fuera cual fuera la reprimenda. Jacobo se sentó a la mesa y deseó estar en la sierra, lejos de ellas, junto a Ródenas. Como si solo en esos momentos se sintiera libre.

—¿No vas a abrir la boca? —le acusó Irene.

Él dio un trago a su cerveza.

—Deja que se ponga ciego —murmuró Miriam—. Es lo único que hace.

—¿Y vosotras qué hacéis? —acabó por decir Jacobo—. Tú, Miriam: ¿qué haces? Dímelo. ¿No eres tan lista, superdotada? Te crees mucho mejor que nosotros, ¿verdad? Seguro que piensas: ¿qué hago con esta mierda de padres? Por eso te dedicas a salir por ahí con el retrasado de Néstor. Al pobre le falta poco para no saber ni limpiarse el culo solo. Pero tú te acuestas con él y vas a meterte pastillas a las fiestas esas del desierto. ¿Qué estás intentando? ¿Quedarte preñada? Así él te podrá comprar un móvil nuevo. Para eso te vale ese cerebro prodigioso. Para chuparle la polla a un imbécil...

Irene interrumpió a Jacobo con un grito y un «¡¿Qué estás diciendo?! ¡¿Te has vuelto loco?!». Los ojos de almendra de Miriam ya no eran tan soberbios y Jacobo decidió no parar:

—Tiene que ser muy divertido ser una puta.

—Sube a tu habitación —ordenó Irene a su hija, pero Miriam no se movió de su sitio.

—Me das asco —murmuró Miriam a su padre, y después sí arrastró la silla hacia atrás y se fue a su cuarto.

—¿En qué te has convertido? —le acusó después Irene.

—Creo que no todo el mérito es mío. —¿Por qué no le había dicho todo eso a Irene? ¿Por qué volcar su rabia en Miriam?

—El problema no es el dinero, Jacobo. Hace mucho tiempo que el problema eres tú.

Irene también subió las escaleras. En la mesa se enfriaban las croquetas. Quiso fingir que nada le importaba, pero al intentar comer, sintió una arcada. El aceite le manchó los dedos. Salió del cortijo y caminó sin rumbo, adentrándose en el desierto. La rambla, los barrancos a los lados, las Salinas y la silueta de aquella montaña, con el guardián mirándole. ¿De qué serviría todo si al final se encontraba solo?

En ese deambular, encontró un viejo aljibe. Se sentó junto a él. Le vinieron a la memoria sentimientos que creía perdidos: aquel día, al regresar del viaje a Bruselas, cuando se acostó junto a Irene y Miriam y al acompasar su respiración a las de ellas dejó de sentirse enfermo. La seguridad de que perderlas también significaba morir. ¿Cómo demostrarles cuánto las quería? ¿Cómo reconocerles que sentía que las había defraudado, que no había sido capaz de darles la vida que merecían? Él las había arrastrado a ese agujero en mitad de la nada.

Miriam dejó de hablarle. Irene no lo hacía más de lo necesario. Algo que no podía controlar estaba organizándose a su alrededor. Recibió una llamada del Rubio para decirle que subiera a trabajar con Ródenas. No parecía saber que, desde hacía unas semanas, él ya estaba haciéndolo. Estuvieron en la dehesa; esta vez, Jacobo no apartó la mirada cuando Ródenas lanzó el gancho y lo clavó bajo el hocico de un cerdo de cien kilos y el animal chilló e intentó resistirse a los tirones de Ródenas con las patas delanteras hincadas en el suelo, pero el gancho le desgarraba la carne y ni siquiera ese cerdo encontró fuerzas para evitarlo y se dejó llevar fuera del cercado, dibujando el camino con su propia sangre.

Cuando regresó al pueblo, Ginés le contó que Marga había tenido una crisis y había quemado la caseta de la piscina. Su hija estaba en el hospital. «No se ha hecho nada», le dijo para tranquilizarle.

Revisó cien veces el móvil y no encontró ninguna llamada de Miriam. Irene no respondía. Y él se dio cuenta de que estaban tan lejos que quizá ya las hubiera perdido definitivamente.

—No me dejéis fuera —le rogó a Irene cuando por fin consiguió hablar con ella. Y quiso creer que su mujer había tenido en cuenta su súplica. Su llamada desesperada.

San Martín pasó. Vio reír a Irene y a Miriam, una tarde, en la casa. Reír como no lo hacían desde que pisaron Portocarrero.

—¿Qué ves en el futuro? —preguntó Jacobo a Ródenas mientras sujetaba las patas del cerdo para que él le abriera la tripa—. ¿No eras medio brujo?

—Y también muy mentiroso —le contestó.

—¿Le has dicho al Rubio que estoy aquí?

—No le importa.

—¿Y el resto de la carne? —quiso saber. Los ganchos estaban vacíos. Las patas habían desaparecido.

—¿Qué querías? ¿Que la dejara aquí para que se la comieran los zorros?

La sangre del cerdo le manchaba las manos. Se había comprado un mono azul como el de Ródenas para no tener que tirar la ropa cada vez que iba a trabajar con él. Una noche subió a su Volvo y puso una de sus cintas. Los Housemartins y esa canción, *Me and the Farmer*, y le dijo a Ródenas que se la dedicaba. «Quita esa porquería», le contestó él. Pero Jacobo dejó sonar el disco entero. Había perdido la esperanza de conseguir suficiente dinero para marcharse de Portocarrero y alquilar una casa en otro lugar. Una cerca del mar. No estaba tan lejos.

—Ve al coche y tráeme un cuchillo que hay debajo de mi asiento. Este ya no corta —le pidió Ródenas.

Jacobo salió de la caseta. Miró a los árboles que se

desperdigaban ladera abajo y recordó al zorro que comía los desechos. Las vísceras inútiles, el vaciado de los intestinos y su morro afilado manchado de sangre. Palpó bajo el asiento del conductor y no encontró nada más que el triángulo de señalización. Gritó a Ródenas que el cuchillo no estaba donde decía, pero él no debió de escucharlo. Abrió la guantera, miró en los asientos traseros. Salió del coche y fue a la parte de atrás; quizá lo tenía en el maletero. Lo abrió. Dentro había una manta e instrumental para la matanza, una bolsa de basura. Mientras rebuscaba bajo la luz naranja del maletero, abrió la bolsa. Los billetes, arrugados, amontonados: ¿cuánto podía haber? No supo hacer un cálculo. Billetes de veinte y de cincuenta. Algunos de cien. Mucho más de lo que necesitaba. El corazón le dio un vuelco al encontrar, de repente, una salida cuando lo creía todo perdido. Su propio coche estaba allí, a solo unos metros. Sería tan fácil como coger la bolsa y marcharse antes de que Ródenas se extrañara por su tardanza.

—¿Qué estás haciendo? —escuchó que le preguntaba y, al asomarse tras el portón del maletero, le vio caminar hacia él, se limpiaba una mano manchada de sangre en el pecho. De la otra colgaba el cuchillo del que antes se quejó—. Eso no es tuyo.

Ródenas se detuvo a unos pasos del coche y de él. Jacobo miró la bolsa de basura y el gancho que otras veces había visto usar a Ródenas como si fuera un lazo.

—Estaba buscando el cuchillo —le dijo.

—Ahí no lo vas a encontrar.

—Es mejor que vuelvas dentro —se atrevió a decirle.

La mano de Jacobo pasó de la bolsa de plástico al hierro del gancho. Necesitaba el valor que otras veces le había faltado. Estaba tan cerca...

Ródenas retomó el camino hacia él mientras le decía *«no seas gilipollas»* y sus brazos y su mano, agarrando con fuerza el mango del cuchillo carnicero, se preparaban para abrirlo en canal como hacía con los cerdos. Aquellas manos enormes y la boca contraída se abalanzaron sobre él. Jacobo se separó del maletero y se llevó consigo el gancho. Quizá Ródenas esperaba que cogiera la bolsa o que solo huyera, pero Jacobo ya había evitado la violencia demasiadas veces. Los ojos verdes, casi transparentes, de Ródenas lo miraron sorprendido y no tuvieron tiempo de ver cómo Jacobo levantaba el gancho y se lo clavaba debajo de la barbilla. Ródenas dejó caer el cuchillo y se llevó las manos al hierro. Jacobo tiró de él como le había visto hacer al gitano y lo hundió aún más hasta que la punta pareció encastrarse en el hueso de su mandíbula. Ródenas ya no parecía querer sacar el gancho, sino contener el torrente de sangre que manaba de su cuello. Jacobo cogió con fuerza la cuerda del gancho y volvió a tirar de ella. Ródenas cayó al suelo de rodillas. No podía gritar, solo borboteaba un estertor y sus ojos verdes de repente perdieron transparencia, como si hubiera caído un telón negro tras ellos.

Ródenas se venció boca abajo en el suelo. Jacobo, con la cuerda del gancho en las manos, miró su cuerpo muerto. Luego notó que, a pesar del frío, estaba sudando.

La sangre mojaba la tierra que rodeaba al Jifero.

Travertinos

–una tormenta–

Habló con la pareja de guardias que había en el todoterreno. Bromeó con el calor y con que debían de estar hartos de perder el día mirando las piedras del desierto. La radio del coche estaba encendida. Escuchaban un programa deportivo. Uno de ellos dijo algo sobre las órdenes y que no eran quiénes para cuestionarlas, quizá el de mayor graduación. Jacobo era incapaz de diferenciar rangos. Les prometió hablar con el sargento Almela para que retirara la vigilancia: el pueblo estaba en paz, ¿no habían cazado ya al culpable?

Más tarde, desde la ventana de su habitación, vio cómo el todoterreno se ponía en marcha y abandonaba la era. Almela le había dicho al teléfono que le gustaría hablar con él para terminar de aclarar algunos cabos sueltos en la declaración del Rubio. Tenía las manos pegajosas por el sudor. Se las lavaba, pero no servía de nada. Jacobo le dijo que podrían tener esa entrevista cuando el sargento quisiera.

Miriam estaba presa de una actividad inusual los últimos días. Se levantaba temprano. Preparaba el desayuno. Limpiaba la casa del polvo rojo que la invadía cada noche. Las pesadillas seguían repitiéndose y Jacobo durmió alguna noche a su lado. Abrazado a su hija. Aprovechaba cada momento de los últimos días del condenado. Así era como se sentía cuando su conciencia escapaba de la rutina, comida y limpieza, conversaciones sobre el calor, siestas en las que era imposible conciliar el sueño, siempre evitando a Irene, al Jifero o al Rubio, la última noche del cortijo. Una conciencia que se elevaba sobre ellos y todo ese desierto, los observaba irónica y le decía que todo esto iba a terminar.

Nora llegó al atardecer. Jacobo llamó a Miriam y las sentó en el salón antes de empezar a hablar. Aunque todas las ventanas y puertas estaban abiertas, el aire no se movía, tan pesado como plomo.

Entonces, les contó todo lo que había pasado con Ródenas.

—Me cago en la madre que te parió —bufó Nora cuando terminó el relato. Se levantó y paseó nerviosa por el salón—. Perdona, Miriam, por los tacos... Pero es que... —Y esta vez pudo contener los insultos—. Soy abogada. No puedes decirme que has matado a un hombre y esperar que me quede de brazos cruzados. Tengo la obligación de denunciarlo.

Pero Jacobo no prestaba atención a Nora. Esperaba la reacción de Miriam; su hija tenía las manos sobre la mesa, la mirada clavada en el tablero, una estatua de sal. Él buscaba sus ojos, una señal que revelara cuál era su reacción. No había omitido detalles. Cómo había permitido la relación entre el Rubio y su madre o la frustración por no conseguir el dinero suficiente para marcharse. La noche en que la insultó y el día en que fue consciente de que había perdido a su familia; aquella llamada telefónica a Irene. Ese lento descenso a los infiernos hasta matar a Ródenas por unos cuantos euros. El animal en que se había convertido.

—¿Por qué nunca me dijiste que sabías quién era el Jifero? —preguntó Nora cuando contuvo su enfado. Se sentó de nuevo a la mesa, como la madre que ya piensa de qué forma resolver la última metedura de pata de su hijo—. Jacobo —dijo para que la escuchara—, ¿por qué no dijiste nada del Jifero?

—No sabía que era él —respondió y apartó sus ojos de Miriam un instante—. Hasta que vi la foto del vídeo de Ginés. Reconocí el coche y... me di cuenta. Nunca me dijo que le llamaran el Jifero...

Nora se restregó la cara, desesperada, intentando reconstruir qué podía haber pasado.

—¿Cuándo ocurrió? —le preguntó. Miriam seguía callada. Jacobo no sabía si había empezado a llorar.

—El siete de diciembre —contestó—, doce días antes de que...

—¿Y el mensaje que había en el móvil del Jifero?

—De Ródenas.

—¡Me da igual cómo se llamara! —gritó Nora—. El mensaje del Rubio. Se envió el trece de diciembre. Seis días antes.

—Es evidente que no pudo leerlo. —Jacobo tuvo que contenerse para no sonreír. De repente, todo le resultaba tan ridículo... Su dolor y sus diatribas para intentar desvelar la verdad. La tristeza de Miriam y hasta la forma en que Irene murió y él resultó herido. Actores de saldo en una tragedia de segunda categoría.

—Entonces, ¿quién estaba en el cortijo aquella noche? —Nora se resistía a dejarse vencer—. El hombre de la cocina: ¿quién podía ser sino él?

—Ródenas medía al menos uno noventa —negó Jacobo—. Quien fuera que estaba en la puerta de la cocina, no era él. El hombre que había en la cocina era más bajo..., gordo...

—Lázaro —se dio cuenta Nora y, de nuevo, se puso en pie, frustrada—. El Volvo era de Lázaro. Estaba mezclado con los serbios, con el Jifero... Pero él no era más que un chófer. Como esa noche. Trajo a Sinisa y Zoran, pero se quedó en la puerta, vigilando.

Nora iba de un lado a otro, histérica, como si estuviera en una escena de Tom y Jerry, cazando platos al vuelo para evitar que se estamparan contra el suelo. Había anochecido. La luz de la lámpara del salón hacía más profunda la grieta del techo. Nora pensaba a toda velocidad y, mientras lo hacía, le preguntó si estaba seguro de que Ródenas estaba muerto: ¿no pudo salir con vida? ¿Y si todo fue una venganza por lo que hizo Jacobo?

—Se desangró —dijo Jacobo, y con eso cerró la puerta—. No podía dejarlo en la caseta de aperos por si alguien aparecía por ahí... el Rubio o quien fuera. Lo arrastré hasta mi coche. Cogí los plásticos que teníamos para la matanza y lo eché dentro. Por la parte baja de la sierra hay montañas de yeso... Están llenas de cuevas. Me salí por un camino antes de entrar en la carretera de Gérgal y busqué una... No sé si sería capaz de encontrarla otra vez. Lo metí dentro y lo tapé con piedras...

Miriam empujó la mesa y, tan pronto se puso en pie, le dio una bofetada a su padre. Ahora que podía ver sus ojos, se dio cuenta de que no lloraba. Solo había rabia y odio, el mismo que creía haber superado los últimos días, y que ahora salía de su mirada y de su boca a borbotones. Quiso seguir pegándole y Nora tuvo que sujetarle los brazos.

—¡Te odio! —le gritó—. ¡¿Te has estado riendo de mí?! ¡¡Lo sabías desde el principio!!

La ira no dejaba lugar a las lágrimas. Miriam forcejeó con Nora para volver a pegarle. Jacobo no se movió de su silla. Arrepentido, confuso: a él tampoco le encajaban las piezas, pero para intentar ordenarlas, debía asegurarse de algo.

—¿Y el dinero, Miriam? —le preguntó.

Ella se apartó de Nora con un empujón. El pelo revuelto se le pegaba a la cara por el sudor.

—El dinero. ¿Lo cogiste tú? —insistió Jacobo—. Necesito saberlo.

—¿De qué mierda me estás hablando? —respondió Miriam, resoplando como un perro.

—Metí todo el dinero en un macuto y lo escondí en el aljibe que hay al otro lado de la rambla de Lanújar... Alguien tuvo que seguirme. —Nora quiso saber si había ido a comprobar si ese dinero seguía allí. Jacobo le dijo que sí y luego—: Había unos diez mil euros... Suficiente para pagar a los serbios.

—¿Estás hablando en serio? —preguntó Miriam—. ¿Me estás diciendo que yo cogí ese dinero? Esto es la hostia. —La casa se le hacía pequeña. Iba de una pared a otra. Dio una patada a una silla y la tiró al suelo—. Eso es lo que quieres. Que vaya a esa cárcel... ¡¿Para qué me sacaste?! No aguanto esta casa... No aguanto... —Nora le aconsejó que saliera fuera a respirar, pero Miriam siguió dentro, parecía incapaz de encontrar la puerta—. ¡Tú eres el que tiene que ir a la cárcel! Voy a contárselo a la Guardia Civil... Deberías estar muerto... Tú, y no mamá... —Jacobo la veía bordear la pérdida de control, como cuando, de niña, estallaba en una rabieta al no conseguir algo. Ni veía ni escuchaba—. ¡¿Es que no me vais a dejar en paz?! ¡¡Todos!! ¡¡Dejadme en paz!! —gritó a Nora cuando la abogada intentó sacarla al porche—. ¡¡No voy a comerme vuestra mierda!!

Nora consiguió que Miriam saliera de la casa. Siguió escuchando sus gritos, pero ahora más lejanos, apenas podía entenderlos. Tenía razón, pensó Jacobo. Todas las luchas de Portocarrero habían estado cayendo sobre ella. Como un goteo que acaba por moldear la roca. Erosionándola. Y él se sabía responsable. Siempre pendiente de sí mismo, había dejado sola a Miriam. *¿Es que no te dabas cuenta?*, se preguntó, *¿cómo pudiste ser tan imbécil para no ver que era solo una niña? ¿Por qué le diste la espalda?* Nora volvió a la casa y le dijo a Jacobo que iba a llevarse a Miriam a su pensión. Le daría un ansiolítico, esperaba que durmiera. Quizá mañana pudieran hablar con ella de otra forma. Jacobo no se movió de la mesa. Solo aceptó con un gesto.

—Tenemos mucho de que hablar —le advirtió Nora—. En cuanto se quede tranquila, volveré.

—¿Vas a denunciarme?

—Todavía no lo sé.

«Nunca llueve y, cuando lo hace, estás deseando que acabe», le dijo una vez la Fuertes. Vivieron una tormenta a principios de diciembre. Jacobo recordaba cómo las avenidas quedaron dibujadas en las ramblas y que, entonces, quiso creer que esa lluvia salvaje también había cambiado algo en su vida.

—Irene quería divorciarse —le dijo Nora.

Eran las tres de la madrugada cuando la abogada regresó. Él no había tenido conciencia del tiempo transcurrido. Estaba enredado en los recuerdos de la casa de aperos. Ródenas, o el Jifero, los cerdos despiezados y aquel zorro gris que comía desechos. Nora le contó que Miriam se había quedado dormida.

—El día que llamaste a tu mujer, cuando la hermana del Rubio tuvo una crisis y provocó el incendio... Estábamos en la puerta de la comisaría. Iba a presentar una demanda de malos tratos para quedarse con la custodia de Miriam. Quería dejarte.

Un boxeador sonado. Así empezaba a sentirse Jacobo; incapaz de prever de dónde vendría el próximo golpe.

—Quiero ser justa —le aclaró Nora—. Yo tampoco te he contado todo lo que sé y nos prometimos poner las cartas sobre la mesa.

Le habló de Irene. Las visitas que había hecho a su despacho. Su miedo y sus dudas. No le resultaba difícil imaginarla; decidida a terminar con todo hasta que, de repente, algo se quebraba dentro de ella, un recuerdo de lo que fueron o un detalle que le hacía creer que podían volver a quererse como antes, que todo esto pasaría y, entonces, se alejaba de Nora. Desaparecía. Regresaba al desierto para que, otra vez, Jacobo destruyera toda esperanza y como un boomerang la lanzara lejos de él. Así había ocurrido con el Rubio; «No pasó nada hasta después de la comunión de vuestro sobrino», le contó Nora. Y, sin embargo, él llevaba meses construyendo un castillo de celos, una ficción que, a fuerza de insistir en ella, Irene terminó por hacer realidad.

—¿Estaba enamorada de él? —preguntó Jacobo—. ¿Te dijo algo?

—No sé si ella le quería. Creo que era más la necesidad de que alguien la quisiera.

Silencio y la película mil veces exhibida en su imaginación. Irene y el Rubio juntos, en la cama. Desnudos, lamiéndose. Un bucle pornográfico que no quería detener, como si se tratara de un martirio merecido. Los labios húmedos y su boca entreabierta, esa forma de cerrar los ojos con rabia a la vez que empujaba para meterse más adentro el sexo del Rubio. Le ponía enfermo y, sin embargo, insistía en imaginarlo. Antes, era su manera de odiar a Irene: por traicionarle y dejar que alguien más formara parte de un universo que estaba vedado a todos menos a él, a Jacobo. Era el único rincón secreto que les quedaba en este mundo. Pero ella había llevado a otro, le daba igual que fuera el Rubio. Irene había roto la magia que empezó hace años, en un acantilado junto al mar. Por eso, al imaginarla con el Rubio, antes la odiaba. Ahora, y ya para siempre, al pensar en la traición, se odiaría a sí mismo. Nora le había abierto los ojos: no fue Irene, sino él, quien hizo que todo sucediera.

—Debería haber comprado una botella de ron... Cerveza, por lo menos —dijo Jacobo, deambulando del salón a la cocina.

—Te necesito sobrio, Jacobo —le advirtió Nora.

—¿Y si no quiero estarlo?

—¿No te parece que ya llevas bastante tiempo evitando la verdad?

—«Tienes que salir de aquí» —recordó Jacobo en voz alta—. Cuando Almela hizo la reconstrucción, me acordé de que Irene sí se había asomado al salón. Yo estaba en la mecedora. La miré; llevaba una bata de algodón y me dijo: «Tienes que salir de aquí». Pero no quería que nos fuéramos juntos... Quería que desapareciera de su vida.

—¿Y no tenía derecho?

—El mismo que tengo yo a que me duela.

En diciembre cayó una tormenta. Después de que Marga prendiera fuego a la caseta de la piscina y solo unos días antes de que Irene muriera. El agua había dibujado surcos en las ramblas, transformadas en barro, el mismo dibujo que se podía ver en las rocas de las Salinas, moldeadas como plastilina o como si un calor imposible hubiera empezado a fundirlas, para luego cesar de repente. Habían recuperado la dureza en un instante, tierra volcánica enfriada. Congeladas para siempre a mitad de ese proceso. Travertinos, le había dicho Ginés que se llamaba ese fenómeno geológico. Y no era el calor el que lo provocaba, sino la erosión del agua. Lenta, día a día, a lo largo de millones de años.

—Tengo una mala noticia, por si todavía no te habías dado cuenta. —Nora no ocultó su hartazgo. Cuando estuvo segura de haber captado la atención de Jacobo, le dijo—: Irene está muerta. En cambio, tu hija ha sido acusada de una barbaridad. ¿Por qué no dejas de lamentarte de una vez y haces algo por Miriam? A Irene ya no la puedes sacar de la tumba. Tu hija es la única razón por la que todavía no he ido a la Guardia Civil.

Su primer impulso fue echarla del cortijo, pero se contuvo y, después de volver a la mesa y enfriar su ira, se dio cuenta de que Nora tenía razón.

—¿Qué puedo hacer?

—De momento, intentar poner en orden todo este galimatías—dijo Nora—, y responderme a una pregunta: ¿lo hiciste tú? —Ante la mirada de desconcierto de Jacobo, la abogada se explicó—: Estabas deprimido. Acababas de matar a un hombre, tu matrimonio se iba a la mierda... En esa situación parece hasta lógico que quisieras morir. Y no serías el primero que, en lugar de suicidarse sin molestar a nadie, decide llevarse por delante a su familia. Tenías el dinero, un dinero que, según tú, ahora ha desaparecido. Y llevas contando verdades a medias desde que te conozco. No me digas que no te has ganado unas cuantas papeletas de la rifa.

—Es una estupidez —fue todo lo que supo contestar Jacobo.

—Como argumento, deja un poco que desear.

—Yo no conocía a los serbios...

—Ni a Lázaro. Pero sí al Jifero, o a Ródenas..., como quieras llamarlo. A lo mejor, una de esas noches, mientras matabas cerdos, se presentaron por allí... Os tomasteis unas cervezas...

—¿Y el mensaje? —Jacobo había aceptado entrar en el juego de Nora. Demostrarle con pruebas que él era inocente—. ¿De dónde sale ese mensaje? El de «La noche del jueves. Están solos». Yo no lo escribí.

—¿Por qué iba a querer el Rubio matar a Irene? Jacobo: eran pareja. Iban a vivir juntos.

—¿Por qué todo pasó tal y como dijo mi hija en esos chats? —le respondió Jacobo, haciendo un esfuerzo para que su mente no se desviara hacia ese futuro que nunca se hizo realidad.

—¿Piensas que fue Miriam?

Jacobo negó firme con un gesto y después le dijo:

—Pienso que alguien leyó esos chats. Te juro que yo no fui. No sé quién tuvo acceso. Pero los leyó y decidió hacerlo tal y como había dicho Miriam.

—Vuelves al Rubio —se dio cuenta Nora—. Aunque ya no sé si lo haces solo para vengarte.

—Ella no le quería —murmuró Jacobo, más como una esperanza que como una certeza.

—Ya te lo he dicho: no hablamos de amor, sino de supervivencia. A veces es la única manera de la que podemos actuar las mujeres.

Pero Jacobo no la escuchaba. Volvía a recorrer el pasado, un sendero como un archipiélago de hojas de otoño, separadas por vacíos de silencios y declaraciones nunca hechas. «¿En qué estás pensando?», le preguntó Nora. Jacobo le dijo que no lo podía evitar: esa Irene de la que ella hablaba no era la misma que estuvo a su lado el día de la tormenta. Le costaba creer que su mujer hubiera decidido dar el paso de abandonarle. La noche se hacía espesa y habían rebasado el momento en el que el sueño intenta cerrarte los ojos. Insomnes, la abogada le pidió que le contara qué sucedió aquel día. «En realidad, no pasó nada», reconoció Jacobo, avergonzado. Pero, aun así, empezó a hablar de aquellos últimos días.

Estalló una tormenta. El cielo se cerró de golpe y descargó una cortina de agua que tapaba cualquier horizonte. Irene llamó a Miriam para asegurarse de que estaba bien. «Se ha quedado en casa de Carol», le dijo cuando colgó. Jacobo miró al techo con el temor de que los arreglos que Ginés y él habían hecho en el tejado no detuvieran el aguacero. Estaban encerrados. El agua golpeaba los cristales y la tierra que había alrededor del cortijo con un martilleo incesante. «Pasará pronto», dijo Jacobo. Como todas las lluvias del desierto, creyó que sería cuestión de minutos. Y, después, pensó en el gato: ¿dónde encontraría cobijo? Se levantó y miró a través de la ventana, pero el agua y un cielo de nubes negras no le permitían ver nada.

Ojalá el agua se llevara mi memoria, pensó. Había intentado convencerse de que el dinero que todavía guardaba en el maletero de su coche borraría lo que había pasado con Ródenas. Los ruidos guturales que hizo cuando le clavó el gancho, el olor a sangre, su cuerpo helado, más tarde, al abandonarlo en la cueva, recuerdos que lo perseguían y nada parecía suficiente para dejarlos atrás: ni el dinero, ni el alcohol, ni el sueño de que pronto podría llevarse a su familia lejos de Portocarrero. ¿Hasta cuándo se arrastraría la culpa? O, quizá, debía preguntarse: ¿podría soportarla?

«Está entrando agua en la cocina», le advirtió Irene. Un torrente de barro y matojos atravesaba como una lengua la puerta del patio trasero, ya había invadido la cocina. Jacobo cogió la escoba e intentó contenerlo. Tenían que poner algo que sirviera de dique. El agua redobló su fuerza; ahora, también con granizo que repiqueteaba contra el suelo. Si cualquiera de esas piedras se estrellaba contra una ventana, la rompería. Irene cogió unas cajas de cartón y las puso en el escalón de la entrada, pero pronto el agua las empapó y las rebasó. *¿Cuánto puede durar la tormenta?*

La casa estaba levantada en el curso de una pequeña rambla sin nombre, porque cada camino del desierto era, en realidad, el surco que antiguas avenidas de agua hicieron en la tierra. La era elevada pretendía desplazar ese cauce y había sido suficiente en otras lluvias, pero no podía contener el caudal que la tormenta dejaba caer sobre ellos. Jacobo volvió al salón en busca de algo para tapar la entrada de una riada en la cocina, pero, al mirar por la ventana empañada, entre la lluvia, creyó ver algo que al principio no quiso dar por cierto. Abrió la puerta del cortijo y salió al porche: «¡El coche!», gritó.

La rambla alcanzó la era y la fuerza del agua que descendía arrastraba todo a su paso. También el coche. Como un barco a la deriva, su viejo Renault se alejaba de la casa. Sin pensarlo, corrió bajo la tormenta. El agua y el granizo le golpeaban la espalda. El resplandor de un relámpago atravesó un cielo, de repente, púrpura. El trueno lejano como un carraspeo. Y él pensó en el dinero que había en el maletero. En lo ridículo que sería que, después de todo, ese dinero se empapara hasta quedar inservible. Intentó llegar hasta el coche, pero la era se había convertido en un lodazal y resbaló. Cayó de bruces contra el suelo. Se puso de rodillas; el agua le envolvía las piernas con la fuerza de una corriente de mar. Al incorporarse, la cara manchada de barro, ramas de esparto entre sus dedos, vio que Irene también había salido de la casa y se acercaba a él. Al mirarse, Irene rompió a reír. ¿Cuánto tiempo hacía que no la veía reír? «Pareces el de *Apocalypse Now*», dijo con una carcajada. El agua los seguía azotando, como el granizo, pero él dejó de sentirlo. Ante él solo estaba Irene. Su risa y su mano tendida para ayudarle a levantarse. Tan hermosa como siempre. Un relámpago se unió a la postal para iluminar su piel de un halo carmesí, espectral. Jacobo le cogió la mano y tiró de ella hacia el suelo. Cayó a su lado, manchándose también de barro, y él rio. Feliz durante una fracción de segundo. Ella le salpicó con barro como si jugaran en una piscina. Él le limpió el barro de los ojos. Sus ojos grises. Y le dijo: «Te quiero». Irene le sonrió. Le habría gustado romper todas las barreras y besarla, abrazarla bajo el aguacero. Tuvo la sensación de que ella también le habría abrazado, y quizá, después, le murmurara al oído: «Yo también te quiero».

—No lo hice. No la besé —concluyó Jacobo—. Nos levantamos y fuimos hasta el coche. Me metí dentro y eché el freno de mano. Al poco, la tormenta paró.

Amanecía. Nora puso una cafetera. De alguna forma, el relato de Jacobo había cambiado la opinión que tenía de él. Visto hasta entonces desde la perspectiva de Irene, de una Irene parcial, aquella que odiaba a su marido, que lo temía, Jacobo era solo un hombre frustrado que intentaba hundir en su propio agujero a Irene y a Miriam. Como si la corriente de amor solo fluyera en una dirección: desde ellas hacia él. Un amor que las mantenía atadas. Sin embargo, ahora se daba cuenta de que también nacía de él. Los errores le habían llevado a esa posición, pero ¿quién no se equivoca alguna vez? Solo rezas por que las malas decisiones no te condenen. Nora lo sabía bien.

—¿En qué piensas? —preguntó Jacobo ante las tazas de café vacías.

Ella le sonrió e intentó apartar de su cabeza viejos fantasmas: ÉL. Sus besos y aquellos días que, a pesar de todo, permanecían perfectos, luminosos, pepitas de oro en mitad del barrizal. Todo aquel trabajo de destrucción no había conseguido acabar con ellos, y ahora, al darse cuenta de la honestidad de los sentimientos de Jacobo, por mucho que hubiera errado, pensó que quizá también había sido injusta con ÉL. ¿No le había amado tanto como ella lo había hecho? Si Carmela estuviera dentro de su cabeza, le soltaría un bofetón. «Como vuelvas a permitirte un pensamiento así, soy yo quien te mata», le diría. Y, después, la obligaría a limpiar el polvo de las lámparas o cualquier otra estupidez que la mantuviera ocupada. Lejos de la nostalgia.

—Intento aclararme... Ver qué podemos hacer —mintió Nora al fin.

—¿Qué ha dicho el Rubio de Ródenas? —quiso saber Jacobo.

—De momento, poca cosa. Que lo contrataba para trabajos sueltos en el campo... Sabe que si sigue hablando, no saldrá bien parado.

—Tuvo que ser él —se reafirmó Jacobo—. Debería ir a la Guardia Civil y contarlo todo. A mí me da igual lo que me pase...

—Lo haremos. Tenemos que hacerlo. Pero espera un poco. Néstor me contó que el Rubio también andaba detrás de los trapicheos de drogas de los serbios... Necesitamos que el chico se decida a confesarlo. Así no tendrá escapatoria.

—Él no sabía que Ródenas estaba muerto... —Jacobo empezó a construir en voz alta una teoría que no supo terminar.

—Pero ahora sabemos que Lázaro era el tercer hombre en el cortijo. Sí podía tener contacto con él. Mandó el mensaje al Jifero. No tuvo respuesta y decidió decírselo a Lázaro o a los serbios...

—¿Cómo sabía que Miriam había imaginado así nuestra muerte? —le preguntó Jacobo después de unos segundos. La última hebra para cerrar esa explicación.

Nora miró su reloj. Ya eran las nueve de la mañana. El primer sol del día ardía como una llama. Estaba sudando. Necesitaba darse una ducha. Cambiarse de ropa. Su piel estaba pegajosa y, ahora sí, el cansancio le hacía imposible la tarea de pensar. Otra vez había olvidado tomar los analgésicos y la cicatriz de su cabeza percutía en su cerebro. La jaqueca. Un viento caliente recorrió la casa. Arrastraba el polvo rojo del desierto y hacía aún más difícil respirar.

—Néstor es un buen chico, pero influenciable... No creo que fuera capaz de enfrentarse a su tío. Tiene demasiadas inseguridades y necesita que alguien le marque el camino —dijo Nora.

Chat

–catorce–

Néstor: Felicidades. 🎈 💥 🎉 🎉

Miriam: 😘 eres un amor. Y un poco pesado. LOL 😁. ¿Cuántas veces me vas a felicitar el cumpleaños?

Néstor: Hasta las doce estás de celebración. ¡¡14 años!!

Miriam: Lo único bueno es que por fin se acaban los 13. Puto año.

Néstor: Ni lo pienses. ¿Te ha gustado el regalo?

Miriam: He flipado.

Néstor: Tenemos que darnos una fiesta. De las de verdad.

Miriam: No sé si me apetece.

Néstor: Habla con Carol. Dice que no le contestas a los mensajes.

Miriam: Paso de ella. Y tú también deberías pasar. No sé por qué tiene que andar por tu casa. No la aguanto.

Néstor: La culpa no fue solo de ella.

Miriam: Tú fuiste un poco subnormal, pero has abierto los ojos: va de amiga, pero lo que le pasa es que no aguanta que estemos juntos. Una envidiosa. Por eso se inventó toda esa mierda. No vamos a ir de colegas. Si me tengo que quedar encerrada en este cortijo, me quedo. Total, tampoco me queda mucho 😉

NÉSTOR: ¿Y qué le digo? No para de llamarme.

MIRIAM: Bloquéala.

NÉSTOR: Pasé de responderle y vino a casa.

MIRIAM: No dejes que el Rubio se meta en tus cosas. La echas y punto.

NÉSTOR: A ver cómo se toma mi tío que estemos juntos.

MIRIAM: ¿Te crees que no lo saben? 🙃

NÉSTOR: Igual no nos dejan. Cuando tu madre venga. Está mal que los hijos se líen. El cura se entera y nos da de hostias.

MIRIAM: ¿Estás hablando en serio? 😶 😜 😜 Pero ¿qué tienes tú mío? 👀 😂

Barranco

–el viento de África–

El perro ladró en la esquina en sombra para ahuyentar al sol que avanzaba con la mañana. Una radio, en el patio de alguna casa, desperdigaba la melodía de una copla por las calles de Portocarrero. El olivo fosilizado se consumía bajo el calor. Gris como una piedra. El viento africano levantó la cortina de plástico del Diamond. La calima era inminente: una nube de polvo sahariano que cruzaba el mar de Alborán y pronto colonizaría la costa. Después, el desierto.

Al poner el pie en la calle, a Nora no le extrañó la calma, solo rota por una copla que no sabía en qué radio sonaba. El perro, ahora, le dedicó a ella sus ladridos.

Hacía demasiado calor.

En la habitación, Miriam se sentó en la cama, envuelta en una toalla y todavía con el pelo mojado. Cogió un cepillo de Nora para desenredarlo. Hacía un esfuerzo por concentrarse en el presente; en el sol que entraba por la ventana del cuarto, orientada al sudeste, en el cepillo que estiraba su melena y en el olor a gel que impregnaba su piel. Los ladridos del perro sonaron lejanos. También, ahora, el ruido de un motor. Y un grito. Un alarido que culebreó por el pueblo como un invitado no deseado. Miriam dejó el cepillo a un lado.

Nora bajó hasta el cruce del Diamond: cuarenta y tres grados marcaba su teléfono. ¿Hasta dónde podía subir la temperatura? Los primeros signos de la calima habían dejado su sello en el Ford Fiesta, cubierto por una fina capa de arena. Metió la llave en la cerradura de su puerta y le sorprendió descubrir, a solo unas calles de distancia, a Carol. Se abrazaba a alguien con desesperación. No podía escucharla llorar, pero sí veía cómo temblaba.

Más hombres y mujeres de Portocarrero salieron de esa callejuela como salamanquesas de una grieta. Sin embargo, no se decidían a marcharse. Se movían desconcertados. Alguien ayudó a Carol a sentarse en el portal de una casa. Un hombre dijo: «Id por un vaso de agua». No había una conversación, solo un murmullo de plegarias y lamentos.

Nora llegó a la esquina y miró hacia arriba: el callejón se retorcía hasta la parte trasera del pueblo, a la espalda de las últimas casas, junto al barranco de la montaña. Los vecinos no la miraron con el desprecio de otras veces. Presos de su propio drama, no había lugar para ella.

Subió la calle y, en el camino, se cruzó con ancianos que se resistían a las lágrimas y cabeceaban como si esto fuera más de lo que podían soportar. Después de un tramo ascendente, la calle giraba a la derecha y se abría en una pequeña explanada de tierra. Había algunos coches aparcados. Un grupo de gente se arremolinaba en una esquina y un hombre, el camarero del Diamond, se persignó al darse la vuelta. Nora se acercó lo suficiente para ver el cuerpo de Néstor sobre un charco de sangre, una flor roja que nacía alrededor de su cabeza, como una aureola.

Levantó la mirada a la montaña, al cortado y a la copa de las palmeras que se adivinaban allí donde estaba el chalet del Rubio. Treinta, cuarenta metros. La caída había sido mortal.

Le sorprendió la llamada de Nora y, antes de responder, temió que Miriam se hubiera negado a verle. Así habían quedado: la abogada intentaría convencerla para bajar al cortijo y hablar hasta encontrar una solución. «Sube al pueblo», dijo Nora por teléfono. Jacobo se vistió rápido y, mientras conducía carretera arriba, seguía sonando en su cabeza la voz trémula de la abogada: «Creo que deberías estar con ella cuando se lo diga». Nora estaba asustada. Quizá se había arrogado una tarea que no le concernía, contarle a Miriam que Néstor había muerto, y ahora no se sentía preparada para hacerlo. Jacobo tampoco esperaba eso de ella. Quería, necesitaba ejercer de padre: portador de malas noticias y, también, consuelo. Eso que no había sido con Irene: Miriam se enfrentó sola a su muerte, entierro y duelo. A una orfandad cruel que, además, la castigaba como culpable.

Al entrar en Portocarrero y escuchar las sirenas pensó que, una vez más, llegaba tarde. No prestó atención a los vecinos que se reunían en la puerta de algunas casas, corrillos de pesar. Las luces de la Guardia Civil y la maniobra imposible del coche de la funeraria, calles demasiado estrechas, que intentaba llegar hasta el lugar donde estaba el cuerpo de Néstor. El aire, espeso por el calor y la nube africana que amenazaba con llegar en cualquier momento. Apenas podía respirar. Le pesaban las piernas, pero, aun así, corrió hasta la Venta. Sobre Portocarrero, encaramada al barranco, la silueta del chalet del Rubio se dibujaba negra como un cuervo.

No encontró a nadie en la recepción y subió las escaleras algo desubicado. Nunca había pasado a las habitaciones de la Venta. Una puerta abierta y Nora en el umbral; miraba impaciente el pasillo, su llegada. Jacobo intentó recuperar el aliento. Pasó a la habitación.

Miriam estaba ante la ventana y se volvió al escucharle. Desorientada: sabía que algo había pasado, pero ¿qué? ¿Por quién lloraba el pueblo? Al principio creyó que le podría haber pasado algo a su padre, hasta que vio las lágrimas en los vecinos. La conmoción. ¿Reaccionarían así ante la muerte de Jacobo? ¿O ante su propia muerte? No eran más que forasteros.

—Nora no me dice nada. —Se acercó a él con ansiedad.

—Lo siento, cariño. Es Néstor. Ha tenido un accidente. Ha muerto.

En el viaje había ordenado mentalmente las palabras correctas, pero al dejarlas escapar en voz alta, le sonaron ridículas. El uso del eufemismo, «¿accidente?», la cadencia, todo le resultaba de una pomposidad absurda. Pero ¿cuáles eran las palabras correctas? Probablemente, solo el silencio servía. Lo único honesto: un abrazo. «Néstor ha muerto.» Ya era tarde. Miriam buscó una explicación en los ojos de su padre, en los de Nora. ¿Qué clase de broma era esta? Como si fuera incapaz de asumir que la muerte era irreversible. Jacobo se sintió tentado de recurrir a una fe que no tenía: Dios, lo que fuera. ¿Cómo podía consolar a su hija? Se acercó a ella para darle un abrazo, pero Miriam dio unos pasos atrás. Tropezó con una silla. Estuvo a punto de caer mientras mantenía una mano levantada marcando la distancia: no quería que nadie la tocara. «Todavía no sabemos exactamente qué ha pasado, pero parece que se cayó por el cortado...», dijo Nora. Jacobo vio a su hija temblar. De alguna forma, era testigo de una reconstrucción del sufrimiento de Miriam al ver el cadáver de Irene. Ginés le contó la histeria, las lágrimas. Cómo golpeó su cabeza contra las paredes. Volvió a acercarse a ella y, de nuevo, Miriam intentó apartarle. Jacobo le cogió la mano y, firme, se la bajó. Entonces, la abrazó tan fuerte como pudo. Pegó la cabeza de su hija a él. Miriam estalló en un sollozo. Jacobo notó cómo las lágrimas calientes de su hija le mojaban el pecho.

Los cuerpos de los suicidas deben pasar una autopsia antes de ser enterrados. ¿Qué sentido tenía escarbar en los órganos, en la sangre de Néstor? ¿De qué serviría saber si se drogaba habitualmente o si estaba colocado en el momento de morir? Una profanación, así lo entendía Nora. Cuando el hombre ha perdido el derecho a proteger sus secretos, la ciencia y la policía vienen a revolver en tu interior. ¿Y si la muerte era la manera en la que Néstor había intentado guardar silencio? ¿No debían respetarlo?

—Nora, por lo que más quieras: no me toques los cojones —le respondió Almela cuando ella se lo dijo—. Sabes que es obligatoria.

—No te estoy responsabilizando de nada. Es este sistema. No puede ser menos humano.

El sargento la miró con desidia: ¿acaso se iba a poner a teorizar? Luego sacó un pañuelo del bolsillo y se secó el sudor de la frente. A Nora le pareció un gesto enternecedor, antiguo: ¿quién llevaba hoy en día pañuelos de tela? Pero también inútil: a pesar de que había llegado la noche, el calor era insoportable. El cielo resplandecía con un color cobrizo, tanto como la luna menguante que se veía entre las nubes. Al amanecer, probablemente todo estuviera cubierto de arena sahariana. Enterrados.

—Saltó la valla. Hay una rodeando la parcela. Un poco más arriba de la piscina. Su madre dice que estaba solo, pero... Pobre mujer... —se interrumpió Almela.

—¿Qué va a pasar con ella?

—Espero que alguien en el pueblo se haga cargo. No tenemos adónde llevarla.

—¿Se lo han dicho ya a su tío?

—Están haciendo los trámites para ponerle en libertad —le confirmó el sargento—. Hicimos un primer registro esta tarde. En la habitación del chico había una mochila. Debajo de la cama. Dentro estaba el móvil con el que se envió el mensaje al Jifero. Juan Ródenas. El iPhone 6 Plus. Y, además, unos cuatro mil euros.

Prefirió no decir nada. Había demasiadas piezas que no encajaban, pero ¿para qué mostrárselas al sargento si ella todavía no tenía nada parecido a una respuesta? Sabía que ese mensaje al Jifero había sido inútil: ya estaba muerto cuando fue enviado. Recordó la conversación que mantuvo con Néstor: ¿ese chico podía tomar una decisión así por sí solo? Un niño de paja que lo único que buscaba era un poco de seguridad en su vida, amenazado por la enfermedad de su madre y la sombra de su tío. Quizá Almela iba a poner en la calle al verdadero culpable: el Rubio.

Conforme avanzaba en su razonamiento, los puentes que antes le parecían seguros, ahora le resultaban endebles. ¿Por qué había decidido suicidarse Néstor? La responsabilidad apareció tras ella: ¿le presionó demasiado cuando fue a visitarle? Quizá sí había tenido un papel en el asesinato de Irene y, antes de enfrentarse a esa realidad y a Miriam, eligió quitarse la vida.

—Te juro que, si es por mí, no vuelvo a poner un pie en este pueblo —dijo Almela, mirando las calles silenciosas de Portocarrero. Un todoterreno de la Guardia Civil se ponía en marcha. El sargento también volvía a la ciudad—. No sé bien cómo pasó. A lo mejor, Néstor quería hacerle un favor a Miriam. Una demostración de cuánto la quería... Ella no soportaba a sus padres. Él decidió quitarle ese problema.

Pero la mirada que Almela dejó caer en Nora fue más un: «¿Qué tal te suena? ¿Crees que podremos cerrarlo todo con esta explicación?».

—A lo mejor —le contestó Nora. Y luego pensó que hay finales a los que es mejor no llegar.

Miriam

Lorde se llama, en realidad, Ella Maria Lani Yelich-O'Connor. ¿En serio necesitaba cambiarse el nombre? «Ella», ¿no es perfecto? De verdad, a mí me habría encantado llamarme así. Con esa mezcla de orígenes tatuada en los apellidos: croata, irlandesa, neozelandesa. La descubrí en YouTube. Un vídeo en el que Ella miraba a cámara, esos ojos brutales y un parpadeo al compás de un golpe de bajo. Y supe que me hablaba a mí: *«We live in cities you'll never see on the screen».**

¿Quieres conocer dónde vivo yo? ¿Quieres ver mi casa en el desierto? Lorde, ¿por qué no vienes a verme?

Jugaba —cuando tenía un portátil, cuando podía conectarme a internet siempre que quería— a girar la bola del mundo del Google Earth; desde mi casa hasta el barrio donde Ella nació, en el otro extremo del planeta. Vi fotos de Davonport, su vecindario en Auckland. Allí compuso las canciones de su disco: solo tenía trece años. En esas calles enormes, rodeada de casas con tejados de

* «Vivimos en ciudades que jamás verás en la pantalla.»

colores y un montón de árboles y el océano. No me parecía un lugar horrible. Pero ¿qué lugar no es horrible para una niña de trece años?

«¿No echas de menos cuando eras pequeño?», le pregunté una vez a Néstor, y él se encogió de hombros. Sentados contra la muralla del Cóndor, una noche en la que habíamos bebido y fumado demasiado. Miré al cielo y le hablé de las estrellas. De que, aunque pudiéramos verlas, hacía siglos que murieron. Después le conté una idea que tenía: «Imagina que, en el futuro, el ser humano construye un aparato que es capaz de analizar en detalle esa luz, ¿entiendes lo que te digo? Que no ve solo un resplandor, sino que es una especie de microscopio: miras a través de una lente y te muestra en detalle cómo era esa estrella o ese planeta. Como una imagen de un satélite, que puedes ir ampliando hasta ver el último grano de arena».

Pero Néstor se rio y me dijo que le daba jaqueca solo escucharme. Podía explotarle la cabeza si, además, intentaba comprender algo. Me pasó el porro. Le di una profunda calada y seguí pensando: dependiendo de dónde pusieras el aparato, verías un tiempo u otro. En la Luna solo verías lo que sucedió en la Tierra unos minutos antes, pero si te lo llevaras lejos, a Saturno, lo que verías sería algo que sucedió muchos años antes. Algo que viaja atrapado en esa luz. A lo mejor, cuando eras una niña. Podrías ponerte en ese aparato, buscar tu casa y ver desde arriba todo lo que pasaba cuando tenías tres o cuatro años.

Sé que Néstor no llegó a entenderme. Pero sí sé que le habría gustado olvidarse de todo y revivir sus primeros años de vida. ¿A quién no? Cuando todavía no entendías qué sucedía a tu alrededor y eras pura ingenuidad. Cuando no eras consciente de que tu madre no era divertida, sino una enferma mental. Cuando te daba igual que tu padre fuera un feriante que se folló a tu madre a la espalda del tren de la bruja. O cuando te enseñaron todas esas cosas maravillosas que el hombre ha logrado hacer: aviones, móviles inteligentes, ropa y comidas deliciosas, ordenadores, rascacielos, joyas y habitaciones de hotel... Cuando te las enseñaron y te dijeron: jamás podrás tenerlas. No son para ti.

«Nunca seremos realeza», canta Lorde. Pero ella sí ha conseguido serlo; ¿por qué yo no?

Su madre era poeta; su padre, ingeniero civil. Hizo una actuación en el instituto de Davonport y el vídeo llegó a un ejecutivo de una discográfica. Me gustaría saber dónde llegaría mi vídeo si un día decidiera ponerme a cantar en el salón de actos del instituto de Gérgal. A ningún sitio.

Cuando era pequeña, y en Madrid, grababa canciones estúpidas con mi portátil y las subía a SoundCloud, todavía creía posible ese sueño. Pero luego abrí los ojos. Perdí la ingenuidad y vi con claridad dónde estaba: Portocarrero y el desierto. Mis ridículos padres.

«*And I've never felt so alone. It feels so scary getting old*»,* dice el estribillo de *Ribs*. Le buscaba las letras a Néstor en su móvil y le intentaba convencer de lo buenas que eran, pero él no era capaz de traducirlas. De entenderlas. «Da tanto miedo hacerse mayor», le decía yo. Y sí: jamás me sentí tan sola.

Carol, Néstor, los amigos del instituto y con los que coincidíamos en las fiestas del Cóndor. Estábamos en el mismo equipo. Un grupo de adolescentes que intenta

* «Nunca me he sentido tan sola. Da tanto miedo hacerse mayor.»

hacer suficiente ruido para no ver la vida que los rodea: esos adultos cínicos que fingen no darse cuenta de nada. ¿De verdad esto es todo? ¿El cinismo? ¿Eso significa hacerse mayor? ¿Adquirir la capacidad de disimular y hacer como si no supiéramos lo que realmente está pasando? Y, mientras tanto, seguir con el día a día: ¿qué hago de comer? Parece que va a hacer frío.

Me dan náuseas.

Mi padre se convirtió en un alcohólico, mi madre se acostaba con el Rubio. La Fuertes los odiaba: ella era la que antes gozaba de los favores del tío de Néstor. La que, cuando Ginés terminaba por los suelos borracho, se metía en la habitación del Rubio y echaban un polvo rápido. Carol me lo contó. Y también me dijo: «Un día tu madre y la mía la van a tener». Mi tío, Alberto, se arrastraba a los pies del Rubio. Él y su estúpida mujer, Rosa. Esa pesadez de costumbres de Portocarrero, como si estuviera recordando los logros de los egipcios y no las miserias de un puñado de labradores. Pero también callaban lo que sabían: interesados, ruines. Todos se odiaban y todos quedaban para cenar y reír y beber como si nada estuviera pasando.

«Pretty girls don't know the things that I know»,* cantaba Lorde en una colaboración con Disclosure. La única canción, aparte de la de la banda sonora de *Los Juegos del hambre*, que había sacado después de su disco.

Yo tampoco soy una niña bonita.

Empecé a vestir y a maquillarme como ella. Labios oscuros y uñas negras y mi melena rizada suelta, acentuando la palidez de mi piel. Soy un ángel de la muerte. Quería bailar como Ella, seducir como Ella lo hacía en el

* «Las chicas bonitas no saben las cosas que yo sé.»

videoclip de *Magnets*. Aprendí a entreabrir la boca y entornar los ojos cuando un hombre estaba cerca de mí. A jugar. También soy sexo. ¿No te resulto tentadora tan pequeña, tan inocente?

Me acosté con Néstor y me reí cuando Carol me acusó de robarle a su chico. «*Let's embrace the point of no return*»,* le contesté. Ella no entendió qué quería decir y me llamó zorra y manipuladora. Me dijo que estaba loca. Pero yo le contesté que no era así: simplemente, estaba por encima de ellos. Esto es una guerra y cada uno debe luchar por su supervivencia. Aquí, cariño, no hay equipos.

¿Y si mato a mis padres? ¿Quién se atreve a entrar en ese juego? ¿Quién iguala mi apuesta? Más versos de Lorde: «*La gloria y la matanza van de la mano, por eso salimos en los titulares*». ¿Y quién no quiere aparecer en los titulares?

La pequeña zorra estúpida está aquí. Riéndose y creyéndose superior; hablando de la muerte como si supiera qué significa. Ardí al volar demasiado alto y, en el fondo, creo que lo merezco. ¿Por qué Lorde no hablaba de esto en ninguna de sus letras? Me dejaste sola. Abandonada delante del cuerpo de mi madre. Ya no hay nada en mí de esa chica bonita. Sé cosas que no debería saber.

Sé qué se siente al ver a tu madre con un disparo en el pecho, helada, y la piel pálida de la que brotan manchas violetas, flores de muerte. Sé qué se siente al mirar a tu padre borbotear sangre y, después, encontrarlo atado a una máquina que respira por él. Sé qué se siente cuando todas las miradas se vuelven hacia ti como si hubieras apretado ese gatillo. Sé qué es la soledad y la vergüenza. Sé cómo pueden empujarte a poner fin a tanto sufrimien-

* «Abracemos el punto de no retorno.»

to. Cuando estás segura de que ya no podrás soportar más dolor y ni siquiera notas la horquilla que has abierto y se clava en tu carne. Cuando estás tan cansada que solo quieres apagar la luz de una vez por todas.

Después de todo eso, ¿qué queda de mí?

Una inválida.

Un animal asustado que no encuentra refugio. El juego perverso se hizo realidad y salí perdedora. También, perdida.

Nora era la única que tenía una fe inquebrantable en mí. En el centro de menores se sentaba a mi lado y me intentaba convencer de que todo esto pasaría. Tenía un futuro por delante e iba a ser bueno. Logró hacérmelo creer. Logró que olvidara mis ganas de rendirme para volver a enfrentarme a esta cosa absurda que es la vida. A la mirada de mi padre y de los vecinos de Portocarrero. A Néstor. «No has hecho nada», me decía Nora. «Cometiste un error, esos chats infantiles, pero te mereces una segunda oportunidad.» Ella me daba seguridad. Nos hicimos amigas y le hablé de Lorde. De que me habría gustado ser como ella. Le conté que yo ya tenía un pseudónimo, Queen Bee, y que antes de mudarnos al desierto había grabado alguna canción. Nora escuchó el disco de Lorde y me dijo que no le había gustado una mierda. «Lo siento, cariño. Pero ese disco me deprime.» Me reí. ¿Cuánto tiempo hacía que no me reía?

No fue fácil perder a Nora durante unos meses. Volver sola al cortijo junto a mi padre. Las pesadillas no me dejaban dormir. La sal del desierto me atrapaba y me convertía en una estatua. Me despertaba gritando, asustada. Y, una noche, me desperté en brazos de mi padre y él me dijo «tranquila». Cómo necesitaba ese calor. Su calor.

Decimos la palabra amor con demasiada frivolidad, demasiadas veces. Quizá esto también sea un lugar común. Me da igual. Sé que es verdad. Como sé que amo a mi padre, a mi madre, a Néstor. Y que, en esta obrita, es lo único que ha merecido la pena. A lo mejor fuera eso a lo que se refería Lorde: «*Da tanto miedo hacerse mayor*». Porque, cuando creces, descubres que también te lo pueden arrancar. También puedes perder ese amor.

Ya no tengo el de mi madre. Tampoco el de Néstor.

No sé si puedo seguir caminando, pero estoy segura de que no podré seguir haciéndolo sola.

¿Me he hecho mayor? Es posible. Tal vez, por eso han dejado de importarme el Rubio, la Fuertes y Carol, el idiota de mi tío. Ginés. He aprendido a sonreírles y a preguntarles por el tiempo, aunque sepa que no son más que alimañas. Llámame hipócrita o suspira aliviado porque por fin sé qué es lo que realmente importa. Y lo que importa ha dejado de ser quién mató a mi madre, por qué Néstor se dejó caer al vacío.

Dejemos en paz a los muertos.

Lo que importa somos nosotros. Tú y yo.

Papá, tenemos que salir de aquí. Tenemos que olvidar antes de que el pasado nos devore.

Velatorio

–la danza de las serpientes–

El cortejo abandonó el pueblo tras el coche fúnebre, en lenta procesión al tanatorio de Almería. La nube de polvo africano tamizaba el sol, convertido en un resplandor incandescente de bordes difusos, el centro del fuego. El cielo, un perpetuo crepúsculo. La arena se pegaba a los parabrisas. Intentar limpiarlos solo servía para transformarla en barro. Avanzaban sobre un asfalto pálido como un muerto. Los faros del coche del Rubio iluminaban con un tinte naranja la corona de flores que colgaba del portón trasero del coche mortuorio. Los pétalos sucios, sus colores apagados bajo la calima.

Después de un día en el tanatorio, regresarían al cementerio de Portocarrero para enterrar a Néstor. Para escuchar la oración del sacerdote, asistir al trabajo de los enterradores cubiertos de tierra y calor. Sudando y respirando arena.

Nora se presentó en el tanatorio a media tarde. Algunos vecinos desperdigados por el *hall* principal, otros en las mesas de la cafetería, vasos de la máquina de café amontonados. El calor disuadía a los fumadores de abandonar el edificio. Imaginó Portocarrero en esos momentos: abandonado a los caprichos de la calima. Un pueblo fantasma con una sábana de tierra.

Concha y su hijo salieron de la sala de los familiares. Otros los reemplazaban. Un turno silencioso con el que los vecinos hacían compañía al Rubio y a Marga. En el *hall*, conversaciones sobre la tormenta y pésames delegados de los que no habían podido asistir. Concha le dijo a Nora que la madre de Néstor no estaba bien y sus ojos la previnieron: tal vez no era buena idea que la abogada entrara en la sala.

Habían puesto en libertad al Rubio, libre de cargos. Todas las culpas se irían junto al cuerpo de Néstor, encerradas dentro de un nicho como una caja de los truenos. Que nadie exhume jamás su cadáver. ¿Quién defiende el honor de los que ya no están?

—Será solo un momento —tranquilizó Nora a Concha.

Al entrar, Nora escuchó la voz de Marga como una carcajada extemporánea. «Cojones, qué zapatos...», le decía a alguien. El Rubio le cogía la muñeca a su hermana con fuerza, como si intentara contener el volumen al que hablaba. Pero Marga no calló y siguió alabando los zapatos de la Fuertes. Carol, detrás de su madre, gris e inflada como un alimento en mal estado, no se decidía a darle el pésame a una Marga fuera de control. Tras un cristal, estaba el ataúd abierto y, dentro, Néstor: de traje y con los ojos cerrados. Nora pensó en la tarea de reconstrucción que habrían tenido que llevar a cabo en la funeraria para que su rostro no estuviera desencajado. El informe de la autopsia hablaba de múltiples fracturas en el cráneo.

Carol iba a derrumbarse en cualquier momento y la Fuertes aceleró los trámites para salir cuanto antes de la sala. «Volved a casa», les concedió el Rubio, amable. No era necesario multiplicar el dolor de Carol.

Las sillas de plástico rodeaban el habitáculo del féretro, ancianos y ancianas enlutadas, rosario en mano, murmuraban una oración. Su mirada regresó a Néstor, tan extraño vestido con un traje gris. «Te acompaño en el sentimiento», debería haberle dicho al Rubio, pero, no supo bien por qué, cuando él se levantó, le dio un abrazo. «Lo siento», murmuró la abogada. Quizá él pretendía deshacerse rápido de Nora, quizá había preparado un «preferiría que no estuvieras aquí», pero el abrazo lo desarmó y, por un segundo, ella notó cómo el pecho del Rubio temblaba. A punto de romper el frío caparazón con el que siempre actuaba.

Se separó de él y cogió la mano de Marga. Esta la miró sorprendida, como si no hubiera reparado antes en su presencia, y le sonrió. «Deberías haberte quedado a probar las albóndigas. Estaban de vicio», le dijo. «Otro día», le contestó Nora, y se puso en cuclillas frente a ella. «¿Sigues escribiendo poemas?» El gesto de Marga y sus ojos le decían que, en realidad, no estaba allí. No parecía consciente de que, tras el cristal, ese cuerpo sin vida era el de su hijo. Su mente había creado un escudo de ilusión y entendió que el Rubio hubiera evitado darle la medicación: ¿quién no necesita un escudo ante un drama así, por cuerdo que esté? Marga se inclinó hacia Nora y le murmuró: *«El libro está roto, dame otro ojo, caldero y quincalla, siempre hay quien se calla, que viene el cojo».*

Tan pronto salió del tanatorio, empezó a sudar. La calima había dejado atrás la ciudad de Almería, pero su huella todavía podía sentirse en el bochorno, en la necesidad de que las corrientes marinas limpiaran un aire viciado. El Indio estaba sentado en el *parking*, la puerta de su vieja furgoneta abierta, medio cuerpo fuera de ella. Le sorprendió encontrarlo allí. No había sombra en los alrededores del edificio; tal vez el arquitecto pensó que unos árboles o un porche estaban de más, que la desolación del descampado en el que se levantaba el tanatorio era el entorno que mejor remataba el cuadro.

—¿Vas a pasar? —le preguntó cuando estuvo a su lado.

—Luego —respondió el Indio—. Cuando esté más vacío...

—Su madre está en las nubes. No sé cómo reaccionará el día que baje...

—Con un poco de suerte, no lo hará nunca; a veces es preferible vivir en la locura.

El Indio dibujó una sonrisa triste entre los cientos de arrugas que cuarteaban su piel tostada. ¿Hablaba de él? Nora le propuso tomar un refresco en algún bar cercano. Un poco de aire acondicionado. El Indio la invitó a subir a su furgoneta. Dejaron atrás el muro del cementerio que se levantaba frente al tanatorio: El Sol de Portocarrero, se llamaba.

—Los hopis y la gente de aquí, al final, adoran a un mismo dios: el Sol —le dijo el Indio una vez se sentaron en la cafetería—. ¿Te has fijado en el escudo de la catedral de Almería? Los rayos de ese sol parecen serpientes —le dijo también. Nora le dio la razón—. Como todo lo que hay en ese tanatorio: serpientes —continuó el Indio—. El pobre se crio entre ellas, ¿qué iba a hacer?

—¿Te quedarás en el *camping*?

El Indio se encogió de hombros cuando la camarera les llevó las bebidas. La mujer no pudo evitar una mirada curiosa al bombín con pluma que llevaba el Indio antes de dejarlos solos.

—¿Sabes una cosa? Ginés no mentía del todo. En Barcelona, me acusaron de abusar de una mujer, pero no llegaron a condenarme. No tengo ni idea de cómo se enteraría... A lo mejor el guardia civil al que preguntó tenía amigos allí...

—¿Y era verdad? —quiso saber Nora—. ¿Abusaste de esa mujer?

—¿Importa? Pasé ocho años en la cárcel. Por el atraco a la gasolinera, pero... estuve encerrado. No sé si después me volví loco con toda esta historia de los indios hopi, o si lo que pasó es que me convertí en otra persona. Pero de eso se trata, ¿no crees? Uno comete errores, paga por ellos, y después le perdonan. Le dejan vivir: ¿qué daño puede hacer un colgado como yo en el desierto? Déjame con mis danzas de la serpiente y mis *kachina*... No le hago daño a nadie.

—¿Por qué me cuentas todo esto?

El Indio dio un largo trago a su Coca-Cola antes de responder.

—Siempre hacen falta culpables. —Y Nora se dio cuenta de que estaba asustado—. En los funerales hopis estaba mal visto mostrar dolor. No eran el espectáculo de lágrimas que son aquí. Los indios echaban la culpa al muerto por dejar solos a los vivos. Por abandonar. Algunos descargaban su ira contra el cadáver... —Hizo una pausa. Jugueteó con el vaso. Evitaba la mirada de Nora, que todavía esperaba entender dónde quería llegar—. Pero aquí siempre buscamos culpables entre los vivos.

—¿Tienes miedo de que te carguen lo que pasó con Néstor?

—Dicen que el chico saltó —negó el Indio—. Otra historia es Irene. Un día vendrán a por mí, lo sé. Dirán que yo estaba con los serbios...

—Muchos tuvieron relación con Zoran y Sinisa —le tranquilizó Nora—. ¿Te suena un tal Ródenas? Alto, por lo menos uno noventa. Gitano.

—Un matarife —le confirmó el Indio—. Iba y venía. No sé si fue Zoran quien me habló de él... Lo vi una vez, me llamó la atención lo grande que era.

—¿Dónde lo viste?

—En el matadero de la Fuertes. Creo que era él quien andaba por ahí... Fui a hablar con ella de su hija. De lo que me había dicho: «Cuidado. O te vamos a matar a ti también». Ni me escuchó.

Nora sacó unas monedas para pagar la consumición.

—Néstor no era un mal chico —murmuró el Indio cuando volvieron a la furgoneta.

Un títere en manos de quien le diera cariño, pensó Nora. La culpa le persiguió como perseguía al Indio. Ni siquiera escondido en la piel del loco del desierto había logrado escapar de ella: el ojo sin párpado a tu espalda, siempre observándote. El Indio había dejado escapar un deseo mientras tomaban algo en la cafetería: el perdón. Pero nadie se puede perdonar a sí mismo.

Nora también había sufrido esa culpa. Si ella sobrevivió fue gracias a su hermana. Carmela le dio una absolución que no llegó a tiempo para Néstor. ¿Qué errores pesaban tanto que se habían hecho insoportables? ¿Cuál era la culpa del chico? ¿Quién le había empujado a hacer esas cosas?

Hasta entonces creía que había sido el Rubio. Ahora se le antojaba absurdo que él utilizara a su sobrino: tenía el dinero, los amigos suficientes para hacer lo que quisiera sin Néstor. ¿Quién podría necesitarle? ¿La Fuertes?

Al llegar al *parking* del tanatorio, notó la tensión en el ambiente. Demasiada gente en la puerta. Gestos de indignación entre los que ni siquiera fumaban pero habían salido al sol. El coche de Jacobo aparcado en la puerta. Supo qué sucedía.

—Preferiría que os fuerais —les dijo el Rubio, de pie ante el ataúd abierto de Néstor.

—Solo queremos darte el pésame —respondió Jacobo—. Y despedirnos de él.

Silencio y todo el rencor a flor de piel. Los ancianos de la sala los miraban graves. Respeto, fue lo que el Rubio les exigió. El derecho de los deudos a comportarse como les viniera en gana. Eran dueños del velatorio y ellos no eran bien recibidos; ¿qué importaban las lágrimas de Miriam?

—Le damos un beso a Marga y nos vamos —insistió Jacobo. Nora entró en la sala.

—No lo mires —le dijo a Miriam, cogiéndola del brazo, apartándola de Néstor, y, rápida, la llevó hasta Marga—. ¿Te acuerdas de la hija de Irene? —le preguntó sin saber muy bien por qué lo hacía. Tal vez solo para ocupar el silencio y fingir que todo estaba bien. Todo era normal. Miriam le dio dos besos a Marga.

—¿Por qué lloras? —le preguntó la madre de Néstor.

—Porque soy una tonta —respondió ella.

Nora sintió la sombra del Rubio a su espalda y, aunque intentó evitarlo, su mirada se deslizó al ataúd donde estaba Néstor. Su cara maquillada y una oleada de rabia: ¿por qué jugamos con nuestros muertos como si fueran muñecos? Tiró con suavidad de Miriam. Jacobo le echó un brazo alrededor de la cintura a su hija y, apoyándose en el bastón, salieron de la sala seguidos por la abogada.

Los murmullos se encendieron conforme dejaban atrás a los vecinos de Portocarrero. ¿Qué pensarían de Miriam? ¿También la consideraban culpable de la muerte de Néstor?

—Pobre Marga —dijo Jacobo al volverse a Nora y certificar que los seguía.

—Hay que llorar por los que viven —le dio la razón la abogada—. Eso es lo que siempre decía mi madre...

Las puertas del tanatorio estaban abiertas. El sargento Almela disimuló su ansiedad después de dar unos pasos en el interior del edificio, acompañado por dos agentes, la urgencia con la que había irrumpido ahora les parecía fuera de lugar. Tras los guardias, los que antes habían salido a la calle, espantados por la presencia de Miriam. No querían perderse detalle: Alberto y Rosa entre ellos. Nora creyó ver una disculpa en la mirada del sargento antes de que este enfilara sus pasos hacia Miriam. Jacobo cogió aún con más fuerza a su hija; temía que se la quitaran. Tuvo ganas de gritar a los que murmuraban alrededor de ellos. A Rosa, que musitaba Dios sabe qué tonterías al oído de una mujer.

—¿Qué estás haciendo? —se adelantó Nora a preguntarle a Almela.

—No hagamos un espectáculo —rogó el sargento

y, después, se volvió a Miriam—. Tienes que acompañarnos.

Jacobo no supo controlarse y le gritó que los dejara en paz. El Rubio salió de la sala familiar alertado por las voces.

—Solo quiero hacerte unas preguntas —insistió Almela con Miriam, obviando la negativa de Jacobo a soltarla.

—¿Qué preguntas? —se atrevió ella a responderle.

El cerco de vecinos se iba estrechando. Cada vez más curiosos, cada vez más indignados.

—Vámonos —terció Nora—. Es mejor que hablemos lo que sea en la Comandancia.

Jacobo dudó un instante antes de aceptar la propuesta de la abogada.

—No voy a separarme de ella —le advirtió al sargento—. Es una menor.

—No estoy deteniéndola —intentó tranquilizarle Almela.

Alberto fue el último en apartarse. En despejar el pasillo que los conducía fuera del tanatorio. Los agentes acompañaban a Jacobo y Miriam. Nora buscó la compañía de Almela:

—¿A qué viene esto?

—Miriam llamó por teléfono a Néstor un par de horas antes de que se suicidara.

—¿Y? ¿Qué tiene eso de malo? —A Nora le costó contener el volumen. No quería que nadie supiera el motivo de la visita de la Guardia Civil, aunque sabía que también sería difícil ocultarlo mucho tiempo.

—Cuando Néstor saltó por el barranco, quizá no estaba solo. —Almela no le dio opción a réplica. En la puerta del tanatorio, se alejó de ella. El sargento se subió al todoterreno donde le esperaban Jacobo y Miriam.

El cuarto no tenía ventanas. Gotelé blanco en las paredes y ni rastro de esos espejos semiplateados de las películas; ningún experto en psicopatías al otro lado poniendo gesto grave ante el testimonio de Miriam. Un viejo aparato de aire acondicionado que hacía ruido al escupir frío, sillas de plástico y una mesa de formica blanca. Apenas si había espacio para los cuatro. Almela se había esforzado en escoger el lugar más incómodo de la Comandancia.

—¿De qué hablaste con Néstor? —insistió el sargento.

Miriam dijo no recordarlo. Encorvada, desvió la mirada a la pared, un corcho donde se amontonaban anuncios para el personal de la Comandancia: ofertas de chalecos antibalas, pisos compartidos. Jacobo la tenía cogida de la mano. Se quejó del interrogatorio al que estaba sometiéndola Almela.

—Todos queremos aclarar las circunstancias de la muerte de ese chico —le tranquilizó Almela como si se dirigiera a un niño pequeño.

—Se suicidó —puntualizó Jacobo. Estaba a punto de desbordarse—. No sé qué más se puede aclarar.

—Miriam llamó varias veces a Néstor esa noche, ¿verdad, Miriam? —Pero ella seguía evitando la mirada del sargento. Hasta que él le contestó—: ¿De qué hablaste con Néstor?

Repetir el nombre. Repetir la pregunta. Una y otra vez. Rechazar todas las respuestas de Miriam, «no me acuerdo», «de nada en particular», «le pregunté cómo estaba», «no recuerdo qué más hablamos», hasta que la niña diera la explicación que el sargento esperaba. Almela se echó hacia atrás en la silla, se estiró entrelazando las manos detrás de la cabeza: no tengo prisa, les estaba diciendo.

—¿De qué hablaste con Néstor? —Miriam suspiró, más débil que enfadada—. Le preguntaste cómo estaba, y ¿qué más?

—Le animó a que saltara por el barranco y se partiera la cabeza. —Nora no pudo contenerse más. De pie, en la pequeña habitación—. Estás machacando a una cría de catorce años el día del entierro de su novio. Hasta ahora he tragado con tu estupidez, pero esto ya es demasiado.

—¿Así es como piensas defenderla? —Almela se recolocó en la silla, incómodo, como el padre al que han puesto en ridículo en público.

—No sabía que la acusaras de algo —le dijo ella—. De momento, lo único que has hecho es preguntarle lo mismo sin parar. ¿Qué tal si nos dices qué estamos haciendo aquí?

El sargento prefería guardar la carta un poco más. Seguir horadando en el mutismo de Miriam hasta abrir un túnel a la verdad. Pero Nora le sacaba de sus casillas y había sido torpe.

—Néstor estuvo con alguien poco antes de suicidarse. —Se echó hacia delante en la mesa. Miriam pudo sentir su aliento, café y cigarrillos—. Contigo, ¿verdad, Miriam?

—¿Cómo estás tan seguro de que había alguien?

La mano de Miriam apretó con fuerza la de su padre. A Nora le habría gustado salir de ese cuarto: pactar con Jacobo y Miriam qué iban a decir, pero hacerlo habría sido como señalar a la niña. Decirle a Almela: «Un momento, estamos jodidos». El sargento habló de la presencia de otras pisadas en la zona por donde Néstor saltó; no correspondían con las de su madre y eran recientes. Un vecino madrugador había visto salir a alguien con el amanecer. Una mujer.

—Una cría —matizó Almela—. Aunque no pudo reconocerla.

La autopsia de Néstor reveló que había saltado poco antes de las siete de la mañana. Una noche de insomnio que terminó con su muerte.

—¿De qué hablaste con Néstor? —insistió una vez más Almela—. Tenemos registradas varias llamadas. Cinco que él no te contestó. A las cinco y cuarenta y siete sí te cogió el teléfono. Estuvisteis dos minutos y medio hablando. ¿Qué pasó? ¿Os peleasteis y fuiste a verlo?

—No nos peleamos —murmuró Miriam.

—Entonces, ¿de qué hablaste con él?

Miriam quería desaparecer. Esfumarse de ese cuarto asfixiante, dejar de oír la voz del sargento y el ruido del aire acondicionado. Quizá por eso empezó a llorar. Porque era imposible. Porque estaba atrapada.

—¿No te ha dicho ya un millón de veces que no se acuerda? —Jacobo abrazó a su hija.

—Tranquila, Miriam. No quiero que llores. —Almela sacó un pañuelo de su bolsillo y se lo ofreció para que se secara las lágrimas—. Cuéntame qué pasó y te irás a casa. Vamos a terminar con esto muy pronto.

—¿Y qué es pronto para ti? ¿Cuando diga lo que quieres oír? —Nora se dio cuenta de que era mejor forzar el final del interrogatorio, pero Almela no era tan ingenuo: también temía que saliera con la protección de menores y, por eso, se adelantó:

—¿Dónde estabas esa noche? —le preguntó el sargento. Miriam levantó la mirada en un acto instintivo, buscando un consejo en la mirada de Nora o de su padre. La abogada le dio a entender que no debía mentir con un gesto. Si Almela había hecho esa pregunta era porque tenía la respuesta.

—Dormí en la Venta del Cura... —reconoció Miriam.

—¿Por qué?

—Nora me pidió que fuera con ella...

—Tuvimos una discusión —intervino Jacobo—. No hace falta ser un genio para imaginar que estos días no están siendo fáciles para nosotros.

Almela se lo concedió con un gesto; como si fuera capaz de ponerse en el lugar de Jacobo. Pero no era eso lo que de verdad le importaba.

—Nora acompañó a la Venta a Miriam..., y ¿luego?

—Volví a la casa de Jacobo cuando se quedó dormida.

Agentes de la Guardia Civil en Portocarrero, vigilando sus movimientos esa noche. Aunque el todoterreno ya no estaba en la era, supuso que el sargento había tenido la precaución de mantener vigías que le avisaran de cualquier movimiento extraño. El suyo, por ejemplo. Por eso no merecía la pena mentir.

—Miriam, te quedaste sola en la habitación, pero no estabas dormida. Empezaste a llamar a Néstor. Hasta que te respondió...

Nadie vigilaba a Miriam esa noche. Más preocupados de lo que habían hablado, Jacobo y Nora la habían dejado sola; otra vez. Y ahora ese abandono se volvía en su contra.

—¿Cuándo volviste a la Venta? —le preguntó el sargento a Nora.

—Sobre las ocho —reconoció la abogada.

—Teníais mucho de qué hablar —dijo Almela sin disimular su sarcasmo.

Jacobo no se atrevió a decir nada. Sus errores en el pasado, su confesión ahora, parecían estar siempre en el origen de todos los males. ¿Por qué no confesar de una vez por todas? ¿Por qué no dejar de esconderse?

—Jacobo me dijo que había empezado a recordar con más claridad lo que pasó la noche en la que entraron los serbios. Quién era el hombre de la puerta de la cocina: te lo dije por teléfono. Coincide con Lázaro. Me parece que era algo para pasarse la noche hablando...

—Y hemos insistido en la orden de busca y captura.

—Pero, mientras tanto, pierdes el tiempo con preguntas absurdas...

—Solo quiero saber qué pasó antes de que Néstor se suicidara, ¿no queréis saberlo vosotros?

—Yo no fui a verle. —La voz de Miriam sonó como un grito de socorro.

—¿Eso sí lo recuerdas? —se burló Almela.

—No salí de la habitación —insistió ella, cada vez más desesperada.

Jacobo le dijo «basta» a Almela. Nora cogió del brazo a Miriam: «Vámonos» y, después, a Almela: «Acúsala de algo formalmente». El sargento no se levantó de su silla ni respondió a la abogada. Harto de medias verdades y de Portocarrero. De ese trabajo y de tener que escarbar en un avispero.

—¿De qué hablaste con Néstor? —volvió a preguntarle.

—¡¡De nada!! —estalló Miriam, fuera de sí—. ¡Le dije que le quería! Que me hiciera caso... Que me dejara estar con él...

Miriam tembló, a punto de derrumbarse en el suelo, y si no lo hizo fue porque Jacobo la sujetó.

—Néstor te había dejado... —entendió Almela.

—No me llamaba, no hablaba conmigo... ¡¡Todo el mundo dice que estoy loca!! ¡¡Todos!!

—Te pondré una denuncia —le dijo Jacobo a Almela. Trató de tranquilizar a Miriam: ella repetía fuera de sí «le quería, le quería».

Nora abrió la puerta de la sala de interrogatorios. Jacobo y Miriam salieron como si una corriente de aire los succionara.

—Hoy dormirás como un rey —acusó la abogada al sargento una vez solos.

—Sabes que tenía que llegar a eso. —A Nora no le pareció que Almela estuviera orgulloso de sus actos.

—Has conseguido que Miriam se sienta responsable; enhorabuena. Vete a comer caracoles con tu familia. Cuéntales a tus hijos el gran hombre que eres.

Nora cruzó la comandancia. Ojos de rabia y la seguridad de que Almela todavía no había dado carpetazo a este asunto. Habría más interrogatorios, más preguntas a Miriam: ¿seguro que pasó toda la noche en la Venta? ¿No estaba tan desesperada para ir a casa de Néstor y rogarle que volviera con ella? ¿Qué hizo que el chico saltara por el barranco? La culpa, pero ¿cuál? El Rubio o esa «cría» que había estado con él bordeando el precipicio, discutiendo y, tal vez, diciéndole: «Cuenta de una vez lo que sabes. Cuenta lo que hiciste».

Miriam estaba en un taxi. Jacobo le dijo que volverían al tanatorio para recoger su coche y se marcharían a casa.

—Ya deben de haberse ido al cementerio —murmuró Jacobo, consciente de que si los vecinos del pueblo seguían allí, no serían bien recibidos—. ¿Qué vamos a hacer?

La pregunta de Jacobo también era un: ¿no debería contar toda la verdad?

—Pensar en tu hija —le respondió Nora—. Por ahora, no nos conviene añadir más confusión; que se centren en buscar a Lázaro. Después hablaremos del Jifero.

Sentada en el taxi, Miriam seguía llorando. El sol le quemaba la cara, y su piel, blanca y seca, le recordó a la corteza del olivo que se quemaba al lado del Diamond.

—Espero que Miriam haya dicho la verdad y no saliera en toda la noche de la habitación. De momento, no la atosigues. No hables con ella de lo que ha pasado. A ver si puede dormir un poco.

—No va a ser fácil con este calor.

—Iré a veros en cuanto pueda —se despidió Nora.

Erosión

–un viaje más, por favor–

La tormenta estaba atrapada entre la sierra de los Filabres y la Alhamilla, los muros de Gádor y Sierra Nevada. La arena, como un ejército de hormigas rojas, tapaba el cielo, se pegaba a la piel, convertía el cortijo en un invernadero a cien grados. Solo el resplandor naranja de un sol poniente les recordaba que se acercaba la noche de un día que, como una crisálida enferma, jamás terminó de abrirse.

Miriam, agotada, no habló en el viaje de regreso. Entrecerró los ojos y deslizó su cuerpo por el asiento del copiloto. Al mirarla, Jacobo recordó a Irene: cómo se maquillaba antes de llegar a Portocarrero. No se parecían y, sin embargo, eran idénticas, como dos muñecas rusas: Miriam dentro de Irene. Siguió el consejo de Nora; tampoco tenía fuerzas para hablar con su hija del sargento o del velatorio de Néstor.

A esas horas, el cementerio ya estaría vacío, pensó cuando enfiló el camino de tierra a la casa. La lápida de

Néstor y la de Irene abandonadas. ¿Por qué nunca había encontrado el momento para ir a visitarla? También se preguntó: ¿por qué ir?, ¿por qué fingir que esa visita le acercaría a Irene cuando Irene ya no estaba allí?

Muerte y mentiras, moscas a su alrededor.

Al llegar al cortijo, Miriam subió a su habitación; necesitaba dormir. Él no sabía bien qué hacer con el tiempo; como un padre primerizo con el bebé en sus manos, temeroso de que muera en sus brazos, incapaz de disfrutarlo. ¿Cuánto hacía que no perdían el tiempo en tareas comunes? Ir al supermercado, ver una película, salir de viaje.

Comprobó que las ventanas estaban cerradas. El viento quemaba y, aunque dentro de la casa no era fácil respirar, fuera se hacía imposible. No había sido consciente de cómo el ritmo de su respiración se había acelerado: pequeñas bocanadas de aire le llenaban los pulmones, pero no eran suficientes, como si el polvo africano se hubiera metido dentro de él y hubiera reducido aún más su capacidad pulmonar.

Un viaje, volvió a pensar. El mar, ¿por qué jamás habían ido al mar? Estaba tan cerca...

La senda de las Menas, allí donde termina Mojácar; la ruta paralela al mar, entre calas, abierta en el borde de unas montañas volcánicas. Donde besó a Irene por primera vez y el agua los salpicaba. Quería sumergirse de nuevo en ese mar, limpiar el polvo que se acumulaba sobre él y sobre Miriam. Los dos, tumbados en la orilla, mojados por las olas. Mañana despertaría a Miriam y saldrían del desierto. Quizá cerraran la puerta del cortijo para no volver; ¿qué iban a echar de menos?

Falta dentífrico, ¿has visto lo que han dicho en ese programa?, creo que han detenido al alcalde de no sé qué pueblo, tengo entradas para ver el fútbol. *Todas esas tonterías llenarán las horas: el fútbol, ¿qué sé yo de fútbol?*, se preguntó Jacobo, y mientras intentaba dormir en el sofá, se prometió que compraría el abono anual de cualquier equipo, todos los domingos iría a los partidos y especularía con la mejor alineación. Podría ser fútbol o cualquier otra cosa. Submarinismo; ¿le dejarían hacer una inmersión con sus problemas respiratorios?

Escuchó un ruido en la cocina y, en el duermevela, creyó que era el gato. Luego identificó unos pasos. Se incorporó tan rápido que tuvo la sensación de que una parte de él se quedaba pegada al sofá. Mareado, no reconoció las figuras que invadían el salón. *¿Otra vez?*, se preguntó, y temió que Zoran y Sinisa hubieran vuelto para terminar lo que empezaron: sus dientes blancos y las armas colgando de sus manos como azadas. Alguien encendió una luz; la lámpara dio algo de claridad a un salón teñido de sombras rojas. Parpadeó y la pesadez de su cerebro se diluyó cuando vio que era Alberto quien se acercaba a él. No tuvo tiempo de preguntarle qué hacía allí.

—¿Para qué os quería la Guardia Civil?

Tras Alberto reconoció al camarero de seis dedos. ¿Quién más había en el salón? ¿Uno de ellos era el Gordo? Vestidos de chaqueta. Elegantes para presentar sus condolencias. Le rodearon. Al mirar por la ventana descubrió que fuera había varios coches. Tres o cuatro pudo contar. Sus faros como los dientes de los serbios clavados en la era.

—¿Qué estáis haciendo aquí? Fuera de mi casa. —Y todavía no estaba seguro de si esas presencias eran reales o fantasmas.

—Estas cuatro paredes son más mías que tuyas. ¿Y la cría? —preguntó Alberto.

—¿Qué te importa? ¡He dicho que os vayáis!

La arena golpeaba los cristales. Y entre ese polvo, fuera de la casa, más sombras surgieron de los coches. ¿Habían ido a buscarle directamente desde el cementerio?

—¡¿Qué tuvo que ver Miriam con Néstor?!

Alberto le agarró de un brazo. Jacobo se había apartado de ellos y buscaba la puerta de la casa.

—¿Estuvo con él? —El gesto de Jacobo se heló ante la pregunta de Alberto. ¿La Guardia Civil se lo había contado?—. ¿Qué hizo? ¿Le empujó?

—¡Estás hablando de tu sobrina! —respondió él.

—¡Estoy hablando de la asesina de mi hermana!

Apareció en el rellano de las escaleras. Se había cambiado: llevaba unos vaqueros cortos, una camiseta de tirantes larga que le caía por debajo del culo. Estaba descalza, su melena rizada enmarañada por el sueño. Y los miraba aterrorizada. Una mano en la barandilla y la otra vagando en el aire.

—¡¡Miriam!! —le gritó Alberto.

Soltó a Jacobo de un empujón y se lanzó a las escaleras. Miriam parecía una estatua de sal; incapaz de reaccionar. Jacobo corrió tras Alberto y lo agarró de la espalda: «¡Vete de aquí!», le gritó. Pero, de inmediato, otras manos cayeron sobre él: las del Gordo, la mano deforme del hijo de Concha; le apartaron mientras le decían: «No va a pasar nada», «Solo queremos hablar con ella». Jacobo perdió el equilibrio, trastabilló y sintió una punzada en el pecho. ¿Por qué tenía que ser tan débil? En el suelo, gritó a Miriam: «¡Métete en tu habitación!», pero de inmediato recordó que su pomo estaba roto desde la noche en que temieron que el Jifero rondaba la casa; ¿cómo pudo asustarse de un fantasma? Ahí estaban los verdaderos demonios. El Gordo y Seisdedos. Los que ya habían alcanzado el porche de la casa. Rosa, que descubrió que se había quedado en la cocina; esa mirada de fingida compasión que, en realidad, era desprecio. Aquellos que pintaron en los muros del cortijo: «Asesina».

—¡¿Estás disfrutando?! —le gritó Jacobo a Rosa desde el suelo.

Ella simuló escandalizarse; hasta unas lágrimas se le escaparon al volver su rostro y buscar cobijo en otra vecina del pueblo. *¿Quién no ha venido a la fiesta?* Alberto subía las escaleras; inflado de orgullo, podía suponerlo. Comandando este pelotón de linchamiento: por el pobre Néstor, por mi amada hermana, por nuestro pueblo. Al fin, cabeza de la piara. No podía odiarlo más.

—¡¡Déjala!! ¡¡Como la toques, te mato!! —gritó Jacobo fuera de sí.

Un escalón más. Alberto se volvió ligeramente para mirarle desde arriba. «A ver cómo explica qué hacía con Néstor. A ver qué mentira inventa ahora.» Miriam seguía agarrada al pasamanos. «Papá», murmuró en una súplica.

Jacobo cogió un cenicero de cristal y, sin pensarlo, se lo rompió en la cabeza al Gordo. Su cuerpo se derrumbó con estrépito contra la mecedora. Lo había sorprendido de espaldas. «¡¿Estás loco?!», le gritó Seisdedos; Alberto se dio la vuelta y bajó a la carrera. Jacobo miró su mano, manchada de sangre, y la enorme masa de grasa del Gordo desparramada por la mecedora. ¿Estaba muerto, inconsciente? No vio venir el puñetazo de Alberto: le había abierto la puerta a lo que llevaba deseando hacer desde que llegó a Portocarrero. *Adelante, deja escapar todo el rencor*. Después de caer al suelo, vinieron las patadas, los puñetazos. Voces y sombras que se movían a su alrededor. «Hijo de puta», le decía Alberto. «Lo vas a matar», aullaba histérica Rosa. Un golpe en el estómago le cortó la respiración; por un segundo todo se tornó oscuridad, pero, al abrir los ojos, vio a Miriam correr a la espalda de Alberto y los demás; abrió la puerta de casa y huyó hacia el desierto. «La niña», dijo alguien. Alberto se separó de Jacobo y vio cómo el hijo de Concha intentaba levantar al Gordo; un hilo de sangre le resbalaba por la frente.

Jacobo se puso en pie apoyándose en una mesa que derribó. Fuera estaba su hija, rodeada por los coches que habían llegado hasta el cortijo. ¿Habían venido todos por voluntad propia o los había enviado el Rubio? Los faros encendidos iluminaban la arena en suspensión y el pavor de Miriam. Aturdido, salió del cortijo; no sabía cómo detener esta locura. Hombres y mujeres cercaban a Miriam y le gritaban «asesina», «qué le hiciste a Néstor». Su hija se tapó los oídos y cayó de rodillas en mitad de la era.

Tambaleándose, intentó llegar a ella; apenas si podía identificar a esa gente que había invadido su vida. Siluetas desencajadas de un teatro de sombras. Un hombre de manos rugosas lo apartó, impidiéndole alcanzar a Miriam. Alberto se había situado al lado de ella, sacerdote de esta ridícula caza de brujas.

—Nos da igual lo que digan los jueces. Todos sabemos que es verdad —la acusó.

¿Dónde está el fuego?, pensó Jacobo. Era absurdo forcejear con esa gente, no podía esperar más que clemencia.

El ruido de un coche atravesó la era y, después, la voz rota de la Fuertes: «¿Queréis iros a vuestra casa?». Apartó a los más timoratos hasta llegar al centro donde estaba Miriam. Pequeña, nervuda como siempre. «¿Te has vuelto gilipollas?», le dijo a Alberto. Se arrodilló junto a Miriam. La abrazó.

—No íbamos a hacerle daño; su padre es el que está fuera de sí.

—¿Y qué queríais conseguir? —le respondió la Fuertes.

—La verdad. ¿O es que a ti te da igual quién mató a Néstor o a mi hermana?

—Eso es cosa de la Guardia Civil. Ni tuya ni mía...

Los murmullos se propagaron entre los vecinos. Jacobo no podía entenderlos, pero sí imaginar su intención: ¿hasta cuándo se contendrían con la Fuertes?

—¡Llévatela, por favor...! —le gritó Jacobo.

—¿Y tú?

—Llamaré a la Guardia Civil...

La Fuertes levantó a Miriam. De la mano, la condujo hacia el coche; sus luces también estaban encendidas, como las de los demás, y convergían en ese punto de la era donde antes estaba Miriam. Una estrella de luz roja.

—¡A ver quién sigue aquí cuando vengan los guardias...! —gritó Jacobo, enarbolando su móvil.

Más que asustarlos, pretendía ganar el tiempo suficiente para que la Fuertes se llevara a Miriam. Ya estaban montadas en el coche y ella maniobraba para tomar el camino que las devolvería a la carretera del desierto.

Vio al Gordo apoyado en Seisdedos; salían de la casa.

—Si mañana sigues en esta casa, te juro que vengo y la quemo. Me va a dar igual que estés dentro... —le amenazó Alberto.

Luego, el hermano de Irene buscó el abrazo de Rosa; como si ellos hubieran sido las víctimas de todo lo que había pasado. El coche de la Fuertes desapareció en la tormenta de arena. La tensión dejó de atenazar sus músculos y se dio cuenta de lo cansado que estaba. Volvió a la casa y se encerró en ella. El móvil en su mano, el número de la Guardia Civil esperando su llamada.

Por la ventana vio cómo todos se escondían en sus coches, alacranes que se camuflan de nuevo bajo las piedras del desierto. «Desapareced de una vez», murmuró. Y, en ese momento, decidió que esa misma noche saldrían de allí.

La esperanza de abandonar Portocarrero le devolvió las fuerzas. Subió las escaleras. Cogería un par de macutos, la ropa y lo poco que tenían. Iría a buscar a su hija y se marcharían para siempre. Al pasar a su habitación, vio al gato: estaba enroscado en una esquina y le pareció extraño que ni siquiera levantara las orejas al oírle entrar; ¿había estado todo el rato ahí, a pesar de los gritos? Se acercó a él y, al tocarlo, sintió la piel dura, cuarteada, la rigidez del cadáver.

Al salir de la Comandancia en Almería, Nora decidió hablar con el Rubio. Había demasiados huecos en torno a Néstor. ¿Qué sabía el chico o qué había hecho? ¿Por qué?

Aparcó el Ford Fiesta en la puerta del chalet, puso la radio y esperó a que volvieran del cementerio. Mientras dejaba pasar las horas, pensó que esta calima era el reverso desértico de la famosa niebla de Londres. «Querido Sherlock, me gustaría verle con su gorrito y su lupa en mitad de esta tormenta», murmuró aburrida, y entonces vio llegar el coche del Rubio.

¿Qué se hace después de enterrar a un hijo, un sobrino? ¿Existe un protocolo? Imaginó al Rubio atravesando su enorme salón en busca de ansiolíticos. Un vaso de agua y dosis suficiente para que Marga durmiera durante días. El silencio solo roto por este viento de fuego que golpeaba los cristales. Cigarros y un enorme vacío, aún más evidente al encerrarse en la casa. ¿También se tomaría él unas pastillas? No sabía calcular cuánto debía esperar antes de ir a hablar con ellos; minutos le parecía imprudente. Si dejaba pasar horas, tal vez los encontrara dormidos.

En un programa de radio, los tertulianos hablaban con un fervor excéntrico de la situación económica del país. «¿En serio?», les preguntó Nora aunque no pudieran escucharla. Y, después, imaginó a esos mismos tertulianos discutiendo con idéntica pasión sobre cualquier tema mientras Dios dejaba caer sobre la Tierra el Armagedón. Todos esos jinetes terroríficos prendiendo fuego a su alrededor y los tertulianos, en su pequeña Babilonia, pisándose los unos a los otros con tal de exponer la última idea. La teoría definitiva.

Cuarenta minutos le pareció el término justo.

Salió del coche y subió las escaleras hasta la casa del Rubio.

Las luces de la enredadera parecían luciérnagas suspendidas en mitad de la polvareda que invadía cada rincón. Nora tuvo que acercarse más para asegurarse de que era Marga quien dormitaba en la tumbona. ¿Cómo podía estar allí con el calor que hacía? Solo en el camino hasta el jardín, Nora había empapado su vestido de sudor. La lengua seca.

—¿Marga? —Y levantó la voz para hacerse notar—. ¿Cómo estás?

Su sobrepeso la volvía torpe, aunque tampoco podía negarle que tuviera razones para que moverse fuera una tarea faraónica: el calor, las pastillas o su hijo. Con solo una de esas excusas habría bastado.

—Néstor está viendo la tele. —Al decirlo, sus labios se arquearon en una sonrisa—. ¿Vienes a hablar con él?

Nora no supo qué contestar. La recordó en el velatorio, desubicada. Ajena al cadáver de Néstor, exhibido al otro lado del cristal.

—¿Qué hora es? —preguntó Marga.

—Las siete —respondió ella después de mirar su móvil.

—No puede ser, ¿y el sol?

Nora señaló al punto naranja en el oeste.

—Es por la calima; parece de noche.

—¿Las siete? —murmuró Marga incrédula desde la tumbona—. Es imposible. Es de noche.

—Una noche boreal... a nuestra manera —bromeó Nora—. Con arena del Sáhara...

El polvo se había ido depositando en la cara de Marga; sus mofletes teñidos de un color calizo. Dijo que tenía sed y Nora se ofreció a ir a buscarle agua; debía convencerla de que regresara a la casa. Tenía la impresión de que si se marchaba, acabaría por convertirse en una roca más del paisaje. «Ahora mismo vuelvo», le dijo.

La puerta del chalet no tenía echada la llave. ¿Y el Rubio? ¿Por qué dejaba que Marga se ahogara fuera? Dio unos pasos en el salón y miró a su alrededor; la casa estaba vacía, ¿se había marchado el Rubio sin que ella se diera cuenta? Entró en la cocina: una nevera de doble puerta y un expendedor de hielos. Decidió usarlo porque nunca había usado ninguno. El crujido de los hielos al caer resonó en la casa. Abrió el grifo y, al principio, el chorro de agua brotó tan rojo como la arena del desierto; tal vez la tormenta había afectado a la purificadora. La dejó correr unos segundos hasta que el agua adquirió cierta transparencia.

—¿Qué haces aquí?

La voz del Rubio la sobresaltó. Se explicó torpe: «Marga, agua...», más que porque se hubiera sentido descubierta, por encontrar al Rubio con la camisa abierta y en calzoncillos. La mirada vidriosa del borracho.

—¿Has venido a robar? Porque aquí no queda nada de valor... La voz pastosa y un equilibrio difícil. La camisa negra manchada, como si se hubiera derramado líquido sobre ella.

—Exageras; por la televisión del salón me darían un dinero. —Pero el Rubio ni siquiera se quedó a escuchar su respuesta. Salió de la cocina y, al llegar al sofá, se dejó caer en él.

Con el vaso de agua en la mano, Nora lo siguió; de nada serviría hablar con él. Ahora no, por lo menos. Tenía mucho que preguntarle y el temor de que ese hombre hecho jirones estuviera detrás de la muerte de Irene. Pero, tal vez, saberse causa del suicidio de Néstor era lo que había terminado con él.

Volvió al jardín. Se sentó frente a Marga y le ofreció el vaso de agua. Ella lo bebió sedienta. Miró las luces de colores en la enredadera.

—¿Siempre están encendidas? —preguntó.

—Siempre es feria —respondió Marga.

Antes de seguir hablando, empezó a sentirse mal: ¿qué derecho tenía a hacer lo que iba a hacer?, ¿quién quiere vivir en la realidad?

—Y tú pasas el día aquí. Hoy no, claro, por la tormenta. Pero otros días sí se ve la piscina y el terreno de alrededor... Tiene que dar gusto dormir al aire libre.

—Se está bien aquí.

—Cuando estás en los momentos bajos. Porque cuando estás de subidón no hay quien te pare.

—Cariño —le respondió Marga después de una sonrisa—. De lo mío no se habla.

—¿Nadie te ha dicho que estás enferma?

—No se habla. Nada más.

—Yo sí voy a hacerlo, Marga. Lo siento.

—Estoy estable: me tomo mis pastillas, siempre que me acuerdo. ¿Es que eres psiquiatra?

Nora negó con un gesto y luego le dijo que solo estaba harta de que nadie le diera las respuestas que necesitaba.

—Yo te puedo dar las que quieras. Puedo ver el futuro, ¿no me crees?

—Como tampoco me creo que no sepas que acabas de enterrar a tu hijo.

—Yo no he enterrado a nadie.

—¿Y de dónde vienes? Por favor, Marga, hacerte la loca no va a arreglar nada.

—Es que es lo único que sé hacer.

Marga se intentó incorporar, pero Nora la empujó lo justo para que perdiera el equilibrio y volviera a caer en la tumbona.

—¿Estabas aquí cuando tu hijo saltó por el barranco? ¿Lo viste? Pasas las noches en la tumbona...

—Mi hijo está dentro, jugando a su consola.

—Y yo tengo el culo de la Kardashian. ¿Quieres hacerle un favor a Néstor? Bastante ha tenido con aguantar a una madre bipolar... Por lo menos, dale el final que merece: cuéntame qué viste... ¿O quieres que Miriam cargue con su muerte?

El polvo de la tormenta las golpeaba. Y el calor; los cubitos del vaso hacía tiempo que se habían derretido. Marga se columpió suavemente, parecía debatirse entre abrir la puerta a su conciencia o dejarla cerrada para siempre.

—Mi hijo no está muerto —repitió varias veces como un mantra.

—¿Vamos adentro? ¿Miramos en su habitación? ¿Qué tengo que hacer? ¿Abrir la tumba y enseñártelo? Hace unas horas estaba en el ataúd, delante de ti... ¿Qué veías si no era el cadáver de tu hijo?

Los ojos de Marga se empañaron y los levantó a las bombillas, como si esa luz pudiera curarlos.

—Veía a mi hijo en la noria. Le encantaba la noria y yo lo llevaba a todas las ferias... Aquí, en Gérgal..., donde fuera que pusieran una... Salía corriendo y gritando: «Un viaje más, un viaje más...». —Luego, sus ojos, de repente firmes, se clavaron en Nora—. No fui una mala madre.

—Te lo he dicho solo para cabrearte —reconoció Nora.

—Me gustaba follar.

—Eso no es malo.

—Me gustaba mucho.

—No, Marga; el problema no es que te gustara follar. Es tu cabeza; algo no está bien ahí dentro y, a veces, te disparas... La manía: seguro que te han hablado de todo eso. Hasta que no aprendas a reconocer los momentos de euforia o de bajón... no vas a mejorar.

—Gracias... Me has abierto los ojos. —Y, a continuación, Marga dejó escapar una sonora carcajada.

Nora no impidió que se levantara. Lentamente, se alejó entre la tormenta. Había dejado que se le escapara.

De nuevo, se refugiaba en la risa y en una actitud soberbia, como si flotara por encima del resto de los mortales. La siguió y empezó a murmurarle:

—Voy a ser una de las voces de tu cabeza, ¿sabes? Cada vez que cierres los ojos, allí estaré. Pero no te voy a decir tonterías sobre el futuro ni nada por el estilo. Voy a ser la voz de tu cabeza y te voy a estar repitiendo una y otra vez lo mismo: Néstor está muerto. Tu hijo está muerto. Néstor está muerto.

—¡¡Déjame en paz!! —gritó Marga y, al volverse, la apartó de un empujón.

—Tu hijo está muerto.

—¡¡Cállate!!

—¿Quién ha dicho nada? Son las voces de tu cabeza.

—¡¡He dicho que te calles!! ¡¡Cállate!!

—Tu hijo está muerto. Y tú lo viste.

—¡¡Y no hice nada!! —gritó Marga.

Marga se resquebrajaba por dentro. Un alud de su memoria: el entierro y el velatorio, pero también Néstor aquel amanecer. Cuando todavía vivía. Azotada por la tormenta y por el dolor. «¡¡No hice nada!!» El grito era un desgarro y Marga se dejó caer al suelo. Nora se acercó y pudo escuchar en un entrechocar de dientes ese látigo: «No hice nada».

—¿Qué podías haber hecho? —le preguntó.

—No lo sé... Le vi paseando por el borde del jardín... Tanto calor; no podía dormir ni en el jardín... Siempre ahí, una foca tirada en el jardín... Él ni siquiera me miró, ni siquiera... Saltó la valla y se dejó caer... Pero ni me miró antes de hacerlo. ¿Para qué iba a despedirse de su madre?

—Fue su decisión: ¿cómo ibas a saberlo tú?

—No estaba bien. Hace tiempo que no lo estaba...,

desde antes de lo de Irene..., pero yo no hice nada. La enferma soy yo: venid y cuidadme... ¡¿A que os quemo la casa?!

—Necesito que hagas memoria: esa noche, ¿vino alguien a verle? —Marga temblaba. Nora sabía que a esta explosión le seguiría una profunda depresión. De nuevo, silencio y medicamentos—. ¿Quién vino a ver a Néstor?

Marga perdió sus ojos carnosos a la piscina; al barranco que ahora la tormenta ocultaba. Tal vez proyectaba en ese espacio las imágenes. La escena repetida del suicidio como espectros que ya por siempre interpretarán su final. Y, antes, cuando Néstor paseó con alguien alrededor de la piscina. Discutieron y le gritó: «¡No quiero volver a hablar contigo!». Siempre venía y él intentaba evitarla. Le perseguía. Marga, desde su tumbona, era testigo, noche tras noche, de las peleas entre Néstor y su amiga. De las discusiones entre susurros porque sabían que lo que decían estaba vedado al resto, incluso a los lagartos o las chicharras.

—¿Quién era ella? Dímelo, Marga: ¿quién venía a ver a Néstor?

—Carol —le respondió ella—. La dulce Carol. —Y una carcajada se mezcló con su llanto.

Calima

–hace tanto calor–

Jacobo escarbó un agujero en el patio trasero. Enterró al gato. Los parásitos abandonaron el cuerpo; una espantada desagradecida, después de alimentarse de él. Le invadió la tristeza: su único logro, el gato famélico, bajo la tierra de un desierto que le había ganado todas las batallas. Recordó los versos de un tema de los ochenta: «Canciones sobre la felicidad murmuradas en sueños, cuando los dos sabíamos cómo es siempre el final».

Tumbó a Marga en su cama. Sentada a su lado, Nora esperó a que se tomara las pastillas. «El Rivotril me deja frita», confesó la hermana del Rubio. Nora le cogió la mano hasta que notó que su respiración adquiría la regularidad del sueño.

Antes, Miriam miraba por la ventanilla del coche de la Fuertes; la cúpula que era la tormenta envolvía la carretera de un infinito rojizo. Sin horizontes reconocibles.

Cantaban las chicharras, enloquecidas por el calor y un atardecer interminable.

Las manos sucias de barro bajo el grifo de la cocina. El redoble del agua contra la loza. La decepción se abría paso en Jacobo, con los hombres y también consigo mismo. En el salón, el macuto con su ropa y la de Miriam. Esperando para huir. ¿Qué pudo matar al gato? ¿La tormenta o una enfermedad? Le dolía el estómago y el pecho. Los golpes de Alberto y su maltrecho pulmón le recordaban que no saldría ileso. *Quedarán cicatrices.*

Escuchó el ruido de un motor. Pensó que podía ser la Fuertes; tal vez había regresado a por él. Pero no era su coche el que se internaba en la era. Se detuvo frente al porche, apagó el motor, las luces también. No sabía quién conducía; ¿otro invitado? Al cruzar el pasillo, Jacobo se descubrió en el espejo de la entrada: ¿tanto había envejecido? Una barba cana crecía en una piel tan marcada como el suelo del desierto y, antes de apartarse de su reflejo, recordó a aquel anciano, en la gasolinera. El desdentado que ya entonces se reía de su suerte.

Encontró a Ginés sentado en el poyo. La punta de su cigarro se prendió al dar una profunda calada.

—Jacobo —murmuró al verle—. Con este tiempo dan ganas de pegarse un tiro.

La última casa de la avenida. Dos alturas y los motores del aire acondicionado girando. Colgados, bajo las ventanas. Y una luz: ¿el dormitorio de Carol? Nora llamó al timbre y esperó. «No era Miriam», le había dicho a Almela mientras regresaba al pueblo. «No era ella quien estaba con Néstor. Era Carol.» «No hables con ella», le pidió el sargento. Aunque Nora le prometió obedecer, ahora estaba en la puerta de su casa. Llamó de nuevo al timbre.

—¿Por qué no pasas adentro? —le preguntó Jacobo.

—No querrás que esté en tu casa cuando escuches qué te he venido a contar. —Y Ginés le sonrió como hacía cuando contaba un chiste malo. Pidiendo perdón.

Miriam vio pasar los coches que habían estado en su casa. Aquellos «queridos vecinos». Los vio sin que pudieran verla a ella. El coche de la Fuertes, aparcado en el arcén del cruce de la nacional, era prácticamente invisible tras la cortina de arena.

—Mi madre no está —se excusó Carol al abrir la puerta.

—No es con ella con quien quiero hablar —respondió Nora—. ¿Puedo entrar? No se puede estar en la calle...

Ginés se secó el sudor con el dorso de la mano.

—Vinisteis a estropearlo todo. Irene y tú: dos conquistadores haciendo las Américas.

No estaba alterado. Al contrario, Ginés parecía cómodo en mitad del calor. Tampoco le había acusado al hablar; era más una revelación, como si al fin hubiera logrado entenderlo todo.

—No volveréis a vernos —dijo Jacobo.

—¿Estás seguro?

—Esta noche nos vamos.

—Tenías que haberte llevado a tu hija mucho antes.

—Me parece que no eres el más indicado para dar consejos de buen padre.

—He sido un padre de pena —aceptó él—. Un hombre de pena.

Tiró el cigarrillo al suelo. No lo pisó. ¿Qué más daba? ¿Había algo en kilómetros a la redonda que pudiera arder?

—Echaba de menos la vida que llevábamos antes —reconoció después Ginés.

—No tengo ganas de escucharte —le cortó Jacobo—. Me dan igual tus motivos para andar detrás de las niñas...

—¿Niñas? La mayoría son más putas que las gallinas. Las mujeres no eran así cuando íbamos al instituto.

—Qué pena, ¿no? —le respondió con sarcasmo—. Me das asco.

—Tú estás lleno de virtudes. San Jacobo: hasta te han dedicado una comida...

Ginés rio. Él le dio la espalda; no tenía por qué aguantarle. «Adiós», le dijo. Y Ginés le respondió: «¿Te vas con tu pequeña?». La furia que le invadió en la sierra, al matar al Jifero, volvió a él. ¿Estaba evitando enfrentar la verdad de Ginés? Quizá no quería saberlo: ¿hasta dónde llegó con Miriam? ¿Fueron solo vídeos o hubo algo más?

—Mi mujer estaba tranquila mientras podía echar un polvo de vez en cuando con el Rubio —dijo entonces Ginés—. Todo estaba bien. Pero llegó Irene y le quitó eso. Como Miriam le quitó a Néstor a mi hija... No eres tú el que tiene la culpa: eran ellas.

—Vete antes de que sea tarde —le advirtió Jacobo.

—Solo intento ayudarte. Desde el día que pusiste el pie en Portocarrero, intento ayudarte. Soy tu amigo, Jacobo; ¿es que no lo ves?

—Eres un cerdo.

—¿Por hacerme unas pajas? Venga ya, ¿tú no lo has hecho nunca? No les hacía ningún daño. Me gustaba ver las fiestas que montaban..., grabarlas..., pero nunca crucé la frontera.

—¿Y crees que eso te hace mejor persona?

—Tampoco aspiro a tanto. Soy un gilipollas, eso ya lo sé. No doy la talla. Ni con mi mujer ni con tu hija...

Jacobo alcanzó a Ginés en dos zancadas y le dio un puñetazo. Él, desprevenido, perdió el equilibrio y cayó del poyo donde estaba sentado. Como un huevo roto al otro lado del muro. Jacobo le gritó que se fuera, pero Ginés se recompuso. Su pequeña cabeza rizada sobre un cuerpo redondo, sin cuello. La tierra manchándole la cara.

—Fue ella la que empezó...

La sangre de los cerdos. La sangre del Jifero. ¿Por qué no la de Ginés?

—No te creas su pose de niña, Jacobo. ¡No lo es!

—¡¡Tiene catorce años!! ¡¿Qué le hiciste?! —Jacobo cogió de la pechera a Ginés. Él sabía que su visita acabaría así. No tenía miedo a más golpes. Había ido a buscarlos.

—Fue después de su cumpleaños. Me la encontré en casa, en la habitación de mi hija. ¡¡Suéltame!!

Jacobo se apartó de Ginés. No sabía qué quería hacer: ¿tenía fuerzas para escuchar la historia de boca de Ginés? Sobrepasado, no supo callarle. Y las palabras fueron reconstruyendo la escena; la habitación vacía de Carol, la hija de Ginés no había vuelto a casa, y Miriam, catorce años recién cumplidos, sentada en su cama; las manos entre las piernas y los ojos llorosos. «¿Qué te pasa, cariño?» «No es nada. Es que estoy un poco tonta.» «¿Es porque has cumplido años?» «Es porque estoy sola, Ginés. Porque no tengo lo que tiene Carol. No hablo de móviles y todo eso. Hablo de una familia. De una vida que merezca la pena.» «Es solo una mala temporada.» Y los ojos de Ginés que se desviaban a las piernas de Miriam, delgadas y temblorosas. «Aquí, todos cuidaremos de vosotros.» Él la abrazó y ella se dejó guarecer en su pecho. «Puedes venir a mi casa tantas veces como quieras.» «Gracias, Ginés. Gracias, de verdad.» Y la mano de Miriam cogió la de Ginés y, después, se separó solo un poco para mirarle a los ojos. Sus labios, húmedos de lágrimas, buscaron los de él. Los suspiros de excitación cuando Ginés rozó su lengua. «Júrame que siempre cuidaréis de mí», le susurró a la vez que la mano de Miriam encontraba su sexo y lo acariciaba.

—Le dije que no podía ser —le prometió Ginés—. Me levanté. Ella me dijo que no me fuera, que quería follarme... Así, con esas palabras. Quiero follarte.

Jacobo se dio cuenta de que lloraba. No podía sentir el calor de las lágrimas, pero sí su humedad. Recordó el día del cumpleaños de Miriam, cuando estaba convencido de que estaban a punto de recuperar el rumbo. La esperanza de arreglar las cosas con Irene. Pero ¿había pensado en Miriam? ¿Había intentado saber cómo se sentía?

Le regalaron un reproductor MP3, unos cascos nuevos. Irene los había comprado en un chino de Almería. No tenían dinero para más. Todavía no.

—No puedes seguir al lado de ella. Te volverá loco —le advirtió Ginés.

Jacobo lo miró con desprecio. Ese pequeño hombre, ruin, capaz de volcar todas sus culpas en quien fuera, incluso en su hija. «Ella me besó. Ella me buscó.»

—Tenías razón —le dijo Jacobo—. Eres un gilipollas.

Nora le dijo que no hacía falta que su madre volviera para contestar a la pregunta: no iba a pasarle nada. «Está confirmado que Néstor se suicidó y que, cuando lo hizo, estaba solo. Su madre pudo verlo.» Pero Carol, en el sofá, insistía en el silencio.

—No tardará —murmuró.

—¿Y qué va a cambiar cuando ella esté aquí? ¿O es que hay algo que no debas contar?

—No hay nada.

—Subiste a su casa por la noche y discutisteis. ¿Por qué?

Carol no respondía. Su cuerpo hinchado y su gesto de cansancio le recordaban a ella misma, hace mucho tiempo, cuando pensó que no podría sobrevivir a ÉL. Insomnio y pastillas para contener los nervios y, a pesar de todo, la continua vuelta atrás, al deseo de estar a su lado.

—Déjame que pruebe yo —decidió Nora—. Estabas enamorada de Néstor, pero él te había dejado por Miriam... Con todo lo que pasó, conseguiste que se alejara de ella. No la llamó una sola vez al centro de menores. La abandonó. Y tú te dedicabas a convencerle de que ella era una asesina. Una chalada. Que, cuanto más lejos, mejor. —Carol miraba a la puerta, esperando que en cualquier momento su madre irrumpiera y la salvara de este interrogatorio, pero Nora insistió—: Lo habías conseguido hasta que Miriam salió del centro, detuvieron al Rubio... Estaba claro que ella no había tenido nada que ver y Néstor empezó a dudar. Tú sabías que Miriam hablaba con él, que estaba intentando recuperarlo..., y a ti eso te sacó de quicio... Empezaste a dormir poco, a estar de uñas con todo..., a odiar al que te decía que no era para tanto. Créeme, sé de lo que hablo. Y te fuiste a decirle que dejara a Miriam...

—No fue así.

—¿Seguro? Yo creo que sí: hiciste todo lo que estuvo en tu mano para apartar a Miriam.

—¡Hice lo que pude para ayudar a Néstor!

—Nadie es tan buena persona cuando está enamorada.

Carol no podía seguir sentada. Se levantó, histérica, y mientras se dirigía a la puerta para indicarle el camino de salida, más que hablar, farfullaba...

—Miriam se inventó todo. Nos dijo que como le contáramos a alguien lo del chat, diría que fue cosa nuestra. Ella no le quería. Solo buscaba el dinero. Como su madre: dinero, dinero y dinero. Nos estaban quitando lo que era nuestro... —Una pausa para recuperar el aliento, y después—: Vete de mi casa —le dijo Carol en la puerta.

—No me voy a ir —respondió Nora—. ¿Y tu madre?

—Fue a ver a Jacobo, pero debería olvidarse de él..., de esa puta... Ojalá les hayan dado una paliza...

Nora iba a llamar a la Guardia Civil cuando entendió lo que Carol le estaba diciendo: la indignación que se había encendido en el entierro de Néstor, la mecha prendida en el velatorio con la llegada de Almela y que había acabado por explotar después de que el cuerpo fuera sepultado.

El móvil en la mano de Nora y el teléfono personal del sargento seleccionado. Pero entonces fueron cayendo las revelaciones como enormes bloques de hormigón hasta armar un retrato perfecto: Carol era uno de los miembros del chat. La chica, pareja de Néstor, de repente se había visto desplazada. El rencor adolescente. Y el rencor adulto de la Fuertes: su lugar usurpado por Irene. Miriam les había regalado una coartada: ellas tenían los medios. El dinero y la relación. Con el Jifero, matarife de la Fuertes, con los serbios: «Creo que ella sabía lo que hacía», le había dicho Jacobo. Los robos de cerdos. Más razones para apuntalar una decisión: «¿Por qué no vienes el jueves a dormir a casa?», le había propuesto Carol a Miriam. Matar a una niña era demasiado; no así condenarla por un crimen que no había cometido. «Serán unos años en un centro de menores», pensó que habría dicho la Fuertes a su hija para tranquilizarla. El Jifero no pudo terminar el trabajo; tal vez la Fuertes descubrió su coche, el Volvo, en esa caseta de aperos de los Filabres. Tal vez fue ella misma quien lo condujo hasta la puerta del cortijo, cuando temió que nada de lo que habían hecho sirviera. El Rubio estaba destrozado por la muerte de Irene. Miriam intentaba recuperar a Néstor. El Volvo como dedo acusador que señala de nuevo a los culpables: Miriam, Jacobo. Fuera de aquí. Marchaos.

Buscó el teléfono de Jacobo en su agenda.

—¡¿Dónde está Miriam?! —le preguntó tan pronto descolgó.

Corrió hasta el coche. No esperó a que Ginés se hubiera ido. Lanzó el móvil al asiento del copiloto y arrancó. ¿Cuánto tiempo hacía que la Fuertes se había llevado a Miriam? ¿Por qué no habían llegado todavía a su casa? Maniobró en la era y cogió el camino hacia la carretera del desierto. «Tuvo que ser ella. Tuvo que ser la Fuertes», le insistió Nora por teléfono. Y todas las piezas del puzle le encajaron: ellos en la raíz de los males que aquejaban a la familia de la Fuertes. Irene, Miriam y Jacobo.

El coche saltaba sobre los baches del camino. Los faros apenas iluminaban lo suficiente para intuir el borde hasta que llegó a la incorporación a la carretera. Nadie circulaba. ¿Quién iba a adentrarse en Tabernas una tarde como esa?

«¿Dónde pueden estar?», le había preguntado Nora. El miedo le hizo recuperar fuerzas.

Condujo en dirección a Portocarrero. Demasiado rápido: la ansiedad apretaba el pedal del acelerador y Jacobo se dio cuenta de que sería absurdo cruzar el desierto a esa velocidad. ¿Y si se habían detenido antes de abandonarlo? ¿Qué pretendía hacer la Fuertes? Levantó el pie. Una marcha menos. Y la mirada en los márgenes de la carretera, buscando el coche aparcado en cualquier ensanche. «Esta puta tormenta», murmuró entre dientes.

La Fuertes se quedó paralizada nada más poner un pie en su casa: ¿qué estaba haciendo allí la abogada?

—No ha dejado de hacerme preguntas. Me quieren echar la culpa de lo que ha pasado con Néstor. —Carol lloró buscando el abrazo de su madre.

—¿Dónde está Miriam? —Nora no esperó para lanzarle la pregunta. La Fuertes cerró la puerta de su casa. Sus zapatos estaban manchados de arena, como su ropa.

—No lo sé —le respondió.

—¿Qué le has hecho?

—¡Nada! —gritó la Fuertes al ver que Nora se le echaba encima—. Me la llevé para que no pasara una desgracia... Dijo que se sentía mal. Que tenía ganas de vomitar. Me salí de la carretera y ella se bajó. Pero no sé qué le pasó. Se fue corriendo. Te prometo que he estado buscándola, pero, con esta tormenta, no se ve nada... No tengo ni idea de adónde ha podido ir.

—¿Dónde se bajó?

—Paramos a la altura del cruce con la nacional.

El móvil de Jacobo vibró sobre el asiento del copiloto. Era Nora. Luego giró en mitad de la carretera. Hacía unos kilómetros que había sobrepasado el cruce con la nacional.

—¿Crees que está diciendo la verdad? —le preguntó a Nora.

—No lo sé.

Polvo y aire caliente cuando Jacobo se bajó del coche en el cruce. Al otro lado del asfalto, las Salinas. Un camino que serpenteaba por la rambla de Lanújar y, después, la de Tabernas, hacia la puerta sur del desierto: una vía de salida al mar. Miriam podía haber seguido ese rumbo.

Dejó atrás el asfalto y avanzó hacia el oeste. El sol se

desvanecía tras la montaña, agotado en su lucha infructuosa contra la calima. Una mancha de aceite naranja en el horizonte que convertía el cielo en un mar espeso, rojo y negro, púrpura. Y el vigilante del desierto, a su derecha, entreabría la boca, más exhausto que nunca; la roca que observaba todo y que parecía un perfil humano. «¿Dónde está Miriam?», le preguntó Jacobo y, después, siguió caminando.

Sentía la arena en el paladar, en los párpados. Cada vez le resultaba más difícil respirar. Tosió, y luego desgarró una manga de la camiseta. Sin dejar de andar, rompió la costura y se tapó la nariz y la boca. El viento no cesaba. Ni el polvo. Tampoco la tormenta.

El camino desembocaba en una explanada, el final de la rambla Lanújar. Piedras moldeadas como arcilla, un suelo irregular que recordaba el lecho marino que fue. Y la sal: los restos del antiguo océano que ocupó esas tierras y que ahora brotaba del suelo y de las piedras, blanca como nieve, la sal. Un paisaje helado en mitad del infierno. Gritó el nombre de Miriam apenas sin fuerzas, pero su voz se apagó entre los montes y las ramblas. Nadie respondió.

Buscó cobijo de la arena entre unas rocas. Necesitaba recuperar el aliento. Al inspirar, su pecho emitía un tenue pitido.

Malas tierras, malpaís.

Nada podía crecer allí. Nada sano.

¿Dónde has ido, cariño? La impotencia empezaba a dominarle. La inmensidad de un desierto para un hombre a pie. Una niña perdida en él. La calima difuminando las formas y la noche haciendo desaparecer el resplandor macilento del sol. ¿Adónde ir? ¿Qué haría su hija? La pregunta le recordó lo poco que la

conocía; sabía de sus escapadas al Cóndor con el resto de los adolescentes. El fuerte abandonado no quedaba lejos, pero ¿habría ido allí? ¿Para qué? Si huía de la Fuertes, ¿por qué no regresó? Ella era fuerte, no como él. Desde las Salinas hasta la rambla del Infierno existía un camino y, al otro lado, estaba el cortijo. Media hora. Una, como mucho. Miriam no habría necesitado más.

O, tal vez, estaba tan asustada que no se había fijado un destino hasta que fue demasiado tarde. Perdió la orientación en ese paisaje sin referencias. Vagaba perdida entre barrancos.

Subió una loma para intentar tener una mejor perspectiva de la zona. Tampoco se le ocurría qué otra cosa podía hacer. Gritar el nombre de su hija otra vez, rogar por un milagro.

¿Y si la Fuertes había mentido? «No sé dónde está», le había dicho a Nora, pero también pudo salir de la carretera y matarla. Dejarla caer en algún rincón inaccesible hasta que la casualidad la descubriera; un accidente, diría ella. Y la sensación de que lo que estaba buscando en el desierto no era a su hija, sino su cadáver, se convirtió en certeza.

¿Cómo no se había dado cuenta antes? Recordó el día en que visitó la casa de la Fuertes y se odió por salir de allí sin darse cuenta de que ella había ordenado la muerte de Irene. Sus balas, siempre dirigidas al Rubio, a Ginés o incluso a Alberto. A Néstor. Imbéciles que solo trataban de sobrevivir. Ninguno de ellos tenía la capacidad para organizar lo que había sucedido; tampoco los motivos, aunque crueles, para culpar a Miriam.

Conversaciones en la barra de la Venta del Cura.

Brindis cómplices en el Diamond o en la piscina del Rubio. Lo único puro que había crecido desde que llegó a Portocarrero, su amistad con la Fuertes, también estaba enfermo. Consejos que, en realidad, eran advertencias: «¿Has pensado que, a lo mejor, este pueblo no es el mejor sitio para salir adelante?», «No es el dinero lo que te está destrozando. Es él».

La Fuertes le gritaba que huyera. No supo ver las señales.

Carol subió a su habitación. Nora y su madre tenían que hablar en privado. La Fuertes se sentó en el sofá y no dijo nada hasta que estuvo segura de que su hija no podría escucharla.

—Saber algunas cosas no duele tanto como cuando tienes que decirlas en voz alta. Entonces, ya es imposible engañarte: no son pesadillas; es la vida —empezó a confesar.

La arena de la tormenta se estrellaba contra los cristales de la ventana. Roja y furiosa, o quizá desesperada. Buscando refugio como los hombres, escapando del desierto. Nora tuvo la tentación de abrirle la puerta. En el sofá, la Fuertes dio una calada. El papel del cigarro crepitó con un anillo de brasas. «Siempre supe cómo era Ginés», le dijo. «De la misma forma que era consciente de cómo se ganaba el dinero Jacobo.»

Avergonzada, pero no culpable. Así le contó la Fuertes su papel en los últimos años. Todo equilibrio es frágil, e Irene lo había roto al apartar al Rubio de su lado. Miriam también desestabilizó la relación entre Néstor y Carol. Y, como sucede tras el terremoto, las placas deben volver a asentarse, a establecer un nuevo orden. Uno en el que todo lo que habían ocultado brotara en la superficie como jóvenes montañas. Un nuevo paisaje que aterraba a la Fuertes. Por eso fingió ignorancia. Con su marido, con Jacobo. ¿Quién quiere enfrentarse a una verdad que te destruirá?

Solo lo hizo cuando no tenía alternativa. La detención de su esposo, los vídeos en su ordenador. Y entonces, como una pataleta de niña malcriada, fue en busca del Volvo. La Guardia Civil le había contado que ese coche estaba implicado de alguna forma en la muerte de Irene. Y ella sabía dónde encontrarlo. En su momento, la Fuertes recorrió cada centímetro de los Filabres para descubrir quién estaba matando a los cerdos. En esa búsqueda dio con la caseta de aperos, con el Volvo abandonado en su puerta. Sabía que encontrarían las huellas de Jacobo en su interior. ¿Por qué todas las miradas del pueblo tenían que converger en ella y en su hija, incluso en Ginés? ¿No eran Jacobo y Miriam quienes habían provocado el temblor? Jacobo tenía mucho que contar. Ella le obligaría a hablar dejando el Volvo en el cortijo.

No había más que decir. La Fuertes apagó el cigarro. Prendió otro. *Más caminos sin salida*, pensó Nora. Y luego se preguntó: *¿cuándo acabará la tormenta?*, *¿qué quedará en el desierto cuando el cielo escampe?*

Imaginó a Miriam y a su padre, rojos de tierra, frente a frente. ¿Quién era inocente?

Jacobo bajó de nuevo a las Salinas. Decidió caminar al azar; subió el curso de la rambla. Un enorme vacío a su alrededor. La planicie del desierto cada vez más opaca. Un ataque de tos le obligó a ponerse de rodillas. Quizá la mañana traería un cielo despejado. Quizá pronto todo acabara. Cómo deseaba decirle esas palabras a Miriam: «Hemos acabado». Cómo deseaba convertir en un punto insignificante de su retrovisor ese pueblo y ese desierto.

Una punzada se clavó en su pecho. Una aguja que parecía hincarse aún más a cada bocanada de aire. El gancho para matar a los cerdos, al Jifero.

¿Y si no hay mañana?

Por un momento, perdió el sentido del espacio. Incapaz de orientarse a norte o a sur. El cielo solo era una mancha parda.

El dolor del pecho se hizo más intenso. Lloraba. Las lágrimas dibujaron surcos en su piel cubierta de arena. *¿Voy a terminar aquí? ¿Voy a abandonar de nuevo a Miriam?* La visión del vigilante del desierto le ayudó a ubicarse.

Pero algo se había instalado dentro de él. Una sombra que ahora le hacía caminar de vuelta hacia el este. Despacio, deshaciendo el camino hecho hasta la carretera. La cruzó sin mirar si había coches. Cada paso era también un deseo de error. Y, sin embargo, no podía detenerse. El Pueblo del Oeste, la silueta negra del decorado, como las orejas mordidas del gato, quedó a su izquierda. Avanzaba por el cañón que otra rambla había abierto en el desierto. El fósil de un río. Matojos de esparto y, entonces, se dio cuenta, el silencio de las chicharras.

Habían callado. También el viento.

Los únicos ruidos eran sus pasos. Su tos y el silbido de su pecho. Tiró el trozo de camiseta que había usado de mascarilla; era inútil.

Caminaba hacia el final.

Un estrecho sendero salía de la rambla. Sabía perfectamente dónde estaba. Conforme se internaba en él, las montañas se cernían a los lados como si pretendieran abrazarle.

Seguía llorando. Unas lágrimas que no habían cesado desde que la sombra se hizo fuerte dentro de él. Desde que la sombra le empujó a dar un paso tras otro en esa dirección. Entre las montañas primero, luego por una pendiente, ascendiendo una de ellas hasta alcanzar la cima. Hasta llegar a la parte alta de la cresta y descubrir, sobre ella, el aljibe y, a su lado, a Miriam.

Se detuvo. Ella, en cambio, se puso en pie al adivinar su figura.

Su presencia como una confesión.

Todo lo que Nora le había dicho sobre la Fuertes, todo lo que había pensado, se volvió ridículo. Un edificio desmoronado para, en su interior, dejar a la luz la verdad: su hija.

Sentía que el pecho iba a reventar. ¿Qué le estaba arrasando por dentro? ¿La ira, el dolor?

«¡No te acerques!», le gritó Miriam al ver que se aproximaba a ella. Jacobo tampoco era capaz de detenerse; un muerto viviente que no domina su cuerpo. Tosió una vez más y tuvo la sensación de que escupía sangre.

«Soy una puta loca. ¡Déjame sola! ¡Déjame!», le volvió a gritar Miriam a la vez que daba unos pasos atrás como si evitara a una serpiente. Sus brazos como ramas secas se extendían hacia delante para detenerle. Le temblaban las piernas. Desnudas, marcadas de arañazos. La melena rizada y densa, revuelta, y sus ojos ahogados de miedo. Sus ojos de almendra que le rogaban que se marchara al mismo tiempo que su boca, sus labios finos, dibujaban un arco de pena y le decían: «No me dejes sola». Su niña pequeña o un animal. Y mirar sus rasgos, afilados por el pánico y el cansancio, le recordó al zorro que comía la jifa. El morro lleno de sangre.

Miriam en el aljibe. ¿Quién, sino ella, había cogido el dinero? ¿Quién había dado la orden? «La noche del jueves. Están solos.»

—¿Por qué? —fue todo lo que pudo decir Jacobo.

—Porque no soy buena. Porque soy una asesina. Porque soy yo la que debería haber muerto...

—¡¡¿Por qué?!! —gritó. No esperaba autocompasión. Esperaba razones.

Jacobo se agachó junto al aljibe y cogió una piedra del suelo. Al verle apretarla con fuerza en su mano, Miriam se quedó congelada. La verdad le había alcanzado y era momento de rendir cuentas. Ya no cantaría ante multitudes en un estadio. Ya no sería la chica del póster en la habitación de otras adolescentes, pero ¿es que tenía algo digno de admiración?

—Hazlo. Me lo merezco —murmuró.

—¡¿Por qué lo hiciste?!

—¡Por rabia! ¡¡Porque os odiaba!!

Jacobo sintió cómo las aristas de la piedra se clavaban en sus manos. Quería golpearla con ella. Quería hacerle daño porque también quería que se callara.

Miriam se dejó caer de rodillas. «Os odiaba, a los dos, os odiaba.» Y, aunque él no quería escucharla, Miriam dejó caer todos los velos: «El día de mi cumpleaños, Néstor me regaló un móvil. Un iPhone precioso. Se había metido con las claves de su tío en la página de su operadora. El Rubio ni se enteró. Me regaló el mejor iPhone. Yo pensaba que, a partir de entonces, todo iba a cambiar. Mamá me lo había prometido: me contó que te iba a dejar. Que nos iríamos a vivir con el Rubio y toda la mierda del cortijo quedaría atrás. ¿Qué os pasó? Algo cambió de repente. Mamá vino a mi habitación. Me dio un beso, me dijo que me quería. Que siempre iba a quererme. Como te quería a ti. ¡¡¿Qué le dijiste?!! ¡¡¿Por qué no quiso irse?!! Me prometió que ibais a arreglar todo. ¿En serio? ¿Arreglarlo? ¿Cómo?

»"Te quiero. Feliz cumpleaños." Me volví loca; no quería seguir así. ¡Solo necesitaba una vida normal! ¿Era tanto? Carol quería que hiciéramos las paces. El jueves iba a dormir a su casa. ¿Y si todas esas tonterías que había estado diciendo en el chat se hacían realidad? ¿Qué podía ser peor? Me daba igual vivir con Alberto... Al día siguiente, fui a casa de Carol: ella no estaba allí, pero su padre... ¿Sabes cuánto tiempo hacía que tú no me dabas un beso? Hasta mamá te ponía por delante de mí. Me gustó; me gustó que Ginés me besara. Alguien me miraba a mí... Encendí el móvil que me había regalado Néstor y puse el mensaje al Jifero. Los serbios me habían dado su teléfono. Pero no contestaba. No me respondía. Volví tarde a casa: no quería cruzarme con vosotros. Me ponía enferma. Néstor me dejó a la entrada del camino, y entonces te vi salir hacia el desierto. No sé por qué, fui detrás..., hasta aquí..., te vi guardar algo. Si hubiera tenido una pistola, sé que te habría disparado... Pero también quería demostrar que era lista; más que ninguno aquí. Quería reírme de todo después; en una fiesta en el Cóndor, borracha... Quería reírme de vosotros... Vine a ver qué habías escondido y encontré el dinero: ni me acordaba de eso. Del dinero. ¿Cómo iba a pagar? Y, de golpe, lo tenía ahí delante. Para mí. No sabes los gritos de alegría que di. No te lo puedes imaginar. Papá, mírame: estaba loca de felicidad...

»El Jifero no daba señales, por eso fui a buscar a Zoran, a Sinisa... Les enseñé todo lo que tenía. Les pagué y, el jueves por la tarde, Néstor vino a recogerme. Si crees que me dio pena dejaros en esa ruina de cortijo, te equivocas... No me arrepentí. Solo estaba nerviosa. Durante la cena y, después, en la cama: no podía dormir. Por eso le dije a Ginés que me había dejado unos libros..., porque quería que me llevara a casa; necesitaba saber si era verdad. Si había pasado.»

Jacobo dejó caer la piedra al suelo. La sombra que lo había arrastrado hasta allí empezó a tomar cuerpo, a ser reconocible; no era rabia ni dolor. Era culpa. ¿Qué le había hecho a su hija? Ella, de rodillas en el suelo, interpretaba el papel del diablo. No era más que una niña. Su crueldad resultaba infantil. Sus intentos de tapar el miedo, el arrepentimiento, inútiles. Jacobo se acercó a ella. De rodillas, a su lado. Su mano buscó la de su hija, abierta en la tierra. El contacto lo estremeció tanto como a ella. Como si se hubieran vuelto a conectar viejas corrientes rotas. Padre e hija. El desierto como testigo. La abrazó tan fuerte como si quisiera meterla dentro de sí mismo, protegerla con su propia piel, que los latigazos le dolieran solo a él. «Lo siento», murmuró al oído de Miriam y ella dejó caer la última barrera: el llanto, agitándose entre sus brazos como un animal aterido de frío.

«Soy un monstruo», dijo ella entre sollozos. «No lo eres», le contestó Jacobo.

Un suave viento frío les recorrió la piel. Jacobo levantó la mirada al cielo: las estrellas desmigaban la nube africana. ¿Podía respirar? El dolor del pecho le hizo encogerse de dolor. Un ataque de tos que no podía contener. Miriam le ayudó a sentarse junto al aljibe. «Llama a una ambulancia», balbuceó Jacobo. Ella buscó el móvil en los bolsillos de su padre y, al encenderlo, maldijo que no hubiera cobertura. Se puso en pie, dijo que correría hasta la carretera. Allí sí había señal. «Quédate conmigo, por favor», le murmuró Jacobo. «Siéntate a mi lado.»

Miriam se acurrucó entre las piernas de su padre. Él dejó caer una mano entre sus rizos, acariciándola. Miriam vio cómo la otra mano, derrumbada junto a él, había empezado a tomar un color azulado. Pegaba la cara al pecho de su padre y, cada vez que tomaba aire, podía oír ese silbido. «Estaba loca, papá.»

A Jacobo le habría gustado decirle que sabía cuánto había sufrido. Antes y después de la muerte de Irene; cómo toda esa perversa alucinación adolescente en la que había caído se derrumbó cuando entró en la casa. Cuando sus sueños se convirtieron en el cadáver de su madre. Recordó su pie; el pie de Irene. Muerta. Y como una marea viva las palabras que Irene le había dicho a Miriam: «Le quiero tanto como a ti». Amargo premio.

—No me dejes sola —le rogó Miriam—. Tienes que llevarme a la playa.

—Tenemos que bañarnos juntos. —Jacobo le sonrió.

Sabía que el tiempo se le agotaba. El dolor del pecho se hacía insoportable y apenas si podía mantener los ojos abiertos. Una última mirada que recorrió aquellas piedras cortadas, estratos rojos, violetas y blancos, unos sobre otros en láminas, eras pasadas que dejaron en la roca su huella. Como él acabaría fundiéndose con la tierra. «Escúchame», le dijo a Miriam. «Dile a Nora que lo hice yo.» Ella intentó protestar, negarse: debía asumir el castigo por lo que había hecho, pero él le rogó que no discutiera. Casi no podía hablar. «Dile que cuente lo que pasó con el Jifero. Que yo contraté a los serbios. Que quería que nos mataran a los dos y salió mal. Que yo tuve una prórroga que no merecía.»

Miriam se dio cuenta de que era absurdo oponerse. Su padre se apagaba y el dolor de su pecho se clavaba en su rostro, los dientes que apretaba a cada bocanada. Ella se pegó a él, puso los brazos de Jacobo alrededor de ella y le pidió perdón. «Por favor, papá. Perdóname.» Sus inspiraciones eran cada vez más breves y, también, más dolorosas. «Te quiero, Miriam.» «Te quiero», le respondió ella.

Jacobo cerró los ojos y se dio cuenta de que ya no tendría fuerzas para abrirlos. Nunca más. Solo oscuridad. Caía suavemente en el pozo que era su interior, haciéndose pequeño, cada vez más pequeño, un guijarro que se pierde en el abismo. Lejos de una piel que había dejado de enviarle señales; ni siquiera el calor. Tampoco al otro lado de sus párpados podía intuir la luz. Un silencio absoluto. Quiso hablar, pero no quedaba aire en sus pulmones; quiso abrazar a su hija y besarla, pero su cuerpo era una carcasa inservible. Sabía que ella estaba al otro lado. ¿Cómo despedirse? ¿Cómo alargar el adiós? Seguía hundiéndose, alejándose. Esperando el instante en el que, como la gota que rompe el agua, las ondas se extinguieran y ya no quedara recuerdo de él. Invisible. «Sé mi redención», le habría gustado decirle. Pero la oscuridad se hizo densa como petróleo y le atrapó. Mudo.

Miriam sintió cómo dejaba de respirar, pero no se atrevió a mirarle a la cara. Se quedó quieta bajo sus brazos muertos. Contra su pecho. «No me quiero separar. Me quedaré a tu lado; solo un poco más.»

Encogida en el regazo de Jacobo como cuando era una niña, buscando abrigo en un calor que ya no existía.

«Solo un poco más.»

Nora

A unos kilómetros de Portocarrero, en una mina de plomo abandonada, hallaron una geoda gigante. Cuando oí esa palabra por primera vez, geoda, no tenía ni idea de qué quería decir; mi cerebro, Dios sabe por qué asociaciones, imaginaba el fósil de algún bicho prehistórico. Un lagarto conservado en las galerías de la mina, entre plomo y hierro. Pero nada más lejos de la realidad: una geoda es una roca cuyo interior ha cristalizado. Algo así me dijeron; sin embargo, al verla, pensé más bien en una enorme almendra hueca; por una cavidad se podía acceder a su interior. Cabíamos tres o cuatro personas. Me contaron que habían hecho falta millones de años para que se produjera este fenómeno; dentro de ella crecían cristales de yeso, como estalagmitas y estalactitas. Cristales de una pureza que los hacía transparentes. «El refugio de Superman», les dije. «Habéis encontrado el refugio secreto de Superman.» A mi alrededor, esos cristales increíbles, hechos de finas láminas, el mapa de su lento proceso de formación. Sus huellas dactilares. Una especie de viaje al inicio de los tiempos.

Quise ponerme mística allí dentro de la geoda. Hablarles a mis compañeros de expedición de cómo la naturaleza fabrica cosas asombrosas, cosas como nosotros mismos, cosas hechas de accidentes y casualidades, de heridas provocadas por fenómenos externos: tormentas y terremotos, volcanes. O solo el viento, el agua. El guía me miró con gesto de hastío y supuse que me catalogaba de colgada *new age*. Por su expresión, temía que me pusiera a cantar a Enya.

No lo hice. No canté nada.

Solo me quedé en el interior de aquella roca, observando los cristales: perfectos y tan frágiles.

Y el olor a humedad; como si estuviéramos en las profundidades de un océano.

Algunas formaciones rocosas de los montes del desierto son, en realidad, macizos coralinos.

No es difícil encontrar fósiles de animales marinos; caracolas prehistóricas. ¿Se escuchará el mar dentro de ellas? Ese mar antiguo que antes cubrió estas tierras. ¿Qué historia nos contarán? ¿Qué tragedia les tocaría vivir?

Miriam quiso contarme la verdad. El relato que desmontaba una inocencia que yo había creído con fe ciega. Llámame ingenua. O llámame Marlowe, porque tal vez no sea tan idiota.

La calima había dejado a su paso una capa de arena. Coches y calles manchados de un barro rojizo. Por fortuna, las temperaturas descendieron.

Una crisis respiratoria aguda terminó con la vida de Jacobo. La autopsia así lo dictaminó. Miriam no tenía fuerzas para pisar de nuevo el cortijo, tampoco la Venta del Cura. Carmela puso mala cara cuando me presenté con ella en casa; en la cocina, me preguntó: «¿Estás segura?». Y supe que temía por su hijo. Como si el mal de Miriam fuera contagioso.

«Yo pagué para que los mataran», y la narración de su hundimiento se extendió a lo largo de toda la noche. Alienación y frustración. La búsqueda equivocada de una salida en el dinero, las drogas o el sexo. «Debería haberme suicidado», me dijo. «Eso debería haber hecho: quitarme de en medio. Pero luego pensaba: ellos no van a cambiar y ya han vivido. ¿Por qué tengo que renunciar a mi vida? Solo tengo catorce años. Eran sus circunstancias las que me estaban impidiendo, no sé, aspirar a algo..., lo que fuera.» Ellos o yo. Para Miriam, esa había sido la disyuntiva. Encontraba en su razonamiento los rescoldos de las conversaciones del chat: cuando la idea de acabar con la vida de sus padres era un divertimento y no un verdadero plan.

El beso de Ginés y el aljibe, el dinero hallado por casualidad, el regalo de cumpleaños de Néstor, ese móvil por estrenar, y la oportunidad que Carol le brindó al invitarla a pasar la noche del jueves en su casa.

El amor de Jacobo e Irene. La decisión de su madre de seguir apostando por él; más porque se sabía enamorada que porque tuviera verdadera esperanza.

«Todo cambió cuando fui a la casa..., cuando entré y vi toda esa sangre.»

Como quien juega con historias de fantasmas y, una noche, el espectro se presenta a los pies de tu cama. ¿De verdad tienes el coraje para enfrentarlo? Miriam, no. Se derrumbó. Pero ¿cómo volver atrás en el tiempo? ¿Cómo borrar lo que ya ha quedado escrito?

Abandonada por sus amigos. Ni Néstor ni Carol hablaron con ella tras el entierro de Irene; el miedo a ser señalados si un día todo salía a la luz. Tanto como el que ella sentía a que Jacobo despertara en el hospital. Que abriera los ojos y las ventanas del pasado.

Una imprudencia propició que su primo cogiera el móvil y, desde entonces, todo fue en cascada. Las acusaciones, la Guardia Civil y el centro de internamiento. «Tu padre se está recuperando», le dije en una de mis visitas. «¿Por qué esta abogada se preocupa tanto de mí?», reconoció que se preguntaba Miriam.

Pero la curiosidad solo duró un instante; se sabía culpable y también que, un día, Jacobo entraría en ese centro de menores y la acusaría. «Maté a mi madre...», dijo después entre lágrimas. «Sé que no me crees, pero... no puedes imaginar cuánto la quería.»

Se cortó las venas. Quiso desaparecer. Pero, entonces, una luz inesperada se encendió en ella: la visita de Jacobo, la preocupación de un padre que no acababa de confiar en ella. Se dio cuenta de que él era todo lo que le quedaba. Todo por lo que merecía la pena seguir viviendo. «Había cambiado. Ya no era como antes. Era como el padre que recordaba de cuando era pequeña.»

Eso era todo a lo que Miriam aspiraba: ser de nuevo una niña. Refugiarse en los brazos de su padre y dejar a un lado complejos y rencores adultos. Jugar con sus muñecas. Yo había conseguido paralizar el proceso: señalábamos una y otra vez al Jifero. «Jamás me contestó y pensé que se habría ido lejos. Que no aparecería, igual que los serbios.» Un culpable perfecto para encubrir su tremendo error.

Pero con señalar a ese fantasma, no bastaba. Necesitaba a Néstor: cuando la Guardia Civil se presentó en la casa de Alberto, cuando la detuvieron, todo pasó demasiado rápido. No tuvo tiempo de recoger sus cosas y, entre ellas, oculto bajo el colchón de la cama que ocupaba, estaba el móvil con el que había enviado el mensaje al Jifero, el dinero que le sobró después de pagar a los serbios. ¿Y si lo encontraban? ¿No bastaría eso para demostrar su culpabilidad? Para que su padre descubriera que ella había estado detrás de todo. «Hablábamos de mudarnos a la playa. Cerca del sitio donde mamá y él se conocieron. No quería que lo supiera: iba a ser una buena hija. Te juro que quería ser una buena hija.»

Néstor la evitaba hasta que le di un móvil para que me avisara si tenía problemas. Lo acosó por teléfono; le dijo cuánto lo echaba de menos, cuánto lo quería. Cuánto se arrepentía. ¿Es que él no era capaz de perdonarla? Lo convenció para que fuera a la casa de Alberto a recuperar ese teléfono y el dinero. Lo convirtió en su cómplice. Recordé la mañana que estuve allí, cuando Alberto organizaba a los vecinos para hacer una manifestación en contra de ella. Recordé a Néstor bajando del segundo piso; quizá entonces llevaba el móvil y el dinero en la mochila. La verdad ardiendo en su interior.

«No sé si era amor. Creo que sí. Pero lo que sí te puedo asegurar es que no quería hacerle daño.»

Todo salió mal. La investigación señaló al Rubio. La confesión de Jacobo del asesinato del Jifero; Ródenas, para él. La debilidad de Néstor; Carol la avivaba con sus continuas acusaciones a Miriam. «Te está utilizando», «No hables con ella», «Va a joderle la vida a tu tío, y entonces ¿de qué vas a vivir? ¿Quién cuidará de tu madre?». Esa era la gasolina que prendió al chico. Demasiados miedos. Un peso que Néstor no pudo soportar y del que prefirió huir saltando por el cortado.

«Solo he traído la muerte», me dijo Miriam, y también reconoció que se sentía merecedora del odio del pueblo. De los insultos, los gritos en la puerta de su casa. «No podía más», me dijo. «No puedo más. Vamos a la Guardia Civil, Nora: vamos a contarles todo lo que pasó.»

No sé si cometí un error. Tomé una decisión y, de momento, no me he arrepentido de ella. ¿Miriam necesitaba algún castigo más? ¿De qué habría servido? La necesidad de resarcirse de Alberto y de todos los espectadores que este crimen había tenido se veía satisfecha con Jacobo; con su muerte en el desierto. Su figura pasaba a engrosar la memoria negra del pueblo. Rosa recordaría su historia a quien quisiera escucharla en cualquier cena. Los niños también tenían a su hombre del saco.

En el juicio, cargué toda la responsabilidad en Jacobo. La policía había encontrado el cuerpo del Jifero. Dibujé al padre que había usado la fantasía de su hija para cometer un crimen que ahora formaba parte de las cifras de las víctimas de género. Unos meses después, la policía marroquí detuvo a Lázaro y a la Cocinera en Tánger. El mecánico había sido un personaje secundario: no podía señalar a Miriam. Jamás tuvo relación directa con ella.

Zoran y Sinisa nunca fueron localizados.

«Es lo que tu padre quería», le dije a Miriam cuando me despedí de ella. «Y sé que Irene habría estado de acuerdo.» No se atrevió a darme las gracias porque no sabía si lo que habíamos hecho merecía un agradecimiento.

Hubo colegas que preguntaron: ¿seguro que la niña no tuvo nada que ver? Hubo comentarios en los juzgados que intentaban sonsacarme: ¿de verdad el padre decidió matarse, a su mujer y a él mismo, y cargar las culpas en su hija?, ¿qué clase de hijo de puta era? Yo les respondía: «Los padres comen uvas agrias, y los hijos padecen de dentera. Jeremías 31.29». Nadie replica a una cita bíblica. Es curioso comprobar cómo todavía se respetan las Escrituras como una fuente de sabiduría indiscutible.

Miriam fue a un centro de menores. No como una condena, sino como resultado del abandono. Hasta que fuera mayor de edad, dependería del Estado.

«¿Hay peor castigo que la orfandad?», le pregunté a Carmela.

«Dios quiera que nadie sepa lo que has hecho», me contestó.

Y en su deseo se escondía el temor a descubrir, dentro de unos años, que Miriam estaba involucrada en un nuevo asesinato. Que la semilla de la maldad estaba dentro de ella y, tarde o temprano, volvería a brotar.

Sé que no es así. Sé que Miriam era una niña perdida. Sé que solo tenía catorce años y, ahora, un pasado que se haría una carga insoportable incluso para un anciano.

No he vuelto a pisar Portocarrero. Las vidas de Alberto, el Rubio y Marga, Concha, su hijo o el Indio. La Fuertes y Carol. Todas esas vidas son extrañas para mí. No sé si continúan en las calles del pueblo al pie del desierto. Solo sé que el desierto se sigue extendiendo: cada año crece un poco más, centímetro a centímetro. Coloniza sus límites; hasta que un día, dentro de cientos de años, todo este país haya sido devorado por él.

Pero, mientras tanto, intentamos vivir.

He aprendido a preparar sushi. He hecho algunos cursos de especialización en jurisdicción de menores. Me invitaron a un programa de televisión y discutí con el padre de una víctima que exigía condenas de adultos para los menores implicados en delitos de sangre. No volvieron a llamarme, aunque yo creo que animé la tertulia. ¿Quién está dispuesto a entender que son solo niños? Crueles, egoístas y, también, ingenuos. Un poco estúpidos. ¿Quién está dispuesto a perdonar?

Estuve un fin de semana en Madrid; me invitaron a unas conferencias. Al terminar la última jornada, fui al centro. Como la provinciana que soy, paseé fascinada por Preciados y la Gran Vía. Salí del Primark con una bolsa enorme de ropa y el orgullo de haberme gastado solo treinta euros. Tomé un helado en la última planta de El Corte Inglés. Le pedí a un camarero que me hiciera una foto con el cartel de Schweppes a mi espalda. Luego me monté en el metro. Mi hotel estaba en las afueras y, después de no sé cuántas estaciones, tuve que cambiar de línea. Me dejé llevar por las prisas de los habitantes de esta ciudad y corrí por los pasillos hasta llegar a mi andén, pero el metro ya estaba cerrando las puertas. Me quedé decepcionada, aunque no llegaba tarde a ningún sitio, contagiada por la ansiedad que recorre Madrid. Vi a la gente que viajaba dentro del metro: cansados, móvil en mano, otros en grupos, hablando. Sentada junto a una puerta estaba ella. Había cambiado, pero pude reconocerla: más delgada, se había alisado el pelo, largo y oscuro, del que colgaban los auriculares con los que escuchaba música. Los labios pintados de un rojo oscuro casi negro. Levantó la cabeza, como si supiera que yo estaba allí fuera. Miriam me sonrió con sus enormes ojos solo un segundo antes de que el interior del vagón se convirtiera en una mancha borrosa por la velocidad y desapareciera en el túnel.

Me alegré de verla.

Seguía creciendo a pesar de todo, como la mala hierba.

Agradecimientos

A Julio, por todo lo que me contó y que él sabrá encontrar en estas páginas.

A Félix J. Velando, Jorge Díaz, José Óscar López, Carlos Montero y Laura López: sin sus lecturas no habría encontrado la salida del laberinto. Este libro es mejor gracias a ellos.

A mi familia, mi madre, mi hermano, por estar siempre ahí.

A Sally y Mei, por ronronear.

booket